T0278978

Ladrona de guante rojo

ANASTASIA UNTILA

Ladrona de guante rojo

Grijalbo

Primera edición: septiembre de 2023

Travessera de Gràcia, 47-49. 08021 Barcelona

Printed in Spain – Impreso en España

ISBN: 978-84-253-6571-3
Depósito legal: B-12.099-2023

Compuesto en La Nueva Edimac, S. L.

Impreso en Black Print CPI Ibérica
Sant Andreu de la Barca (Barcelona)

GR65713

A mi otra María. A pesar de los 9.440 km
que nos separan, siempre estás para mí.
Te quiero, amiga

Prólogo

El miedo revoloteaba alrededor de la niña, que no tendría más de seis años, en ese espacio frío y oscuro, infestado por un silencio denso que se entremezclaba con los latidos de su corazón. Mantenía las rodillas pegadas al pecho y la cabeza entre ellas, incapaz de moverse. «Mamá, ¿dónde estás? —susurró—. Quiero volver a casa».

La habían encerrado.

La madre superiora la había encerrado y ni siquiera le había temblado la voz mientras la arrastraba del brazo: «Aurora, *bambina stupida*... Eres mala, muy mala; ni Dios será capaz de salvarte». La pequeña había tratado de decirle que ese no era su nombre, pero la monja, que hervía de rabia, nunca la escuchaba y no había dudado en lanzarla hacia esa oscuridad que estaba deseando engullirla.

«Quiero volver a casa».

Intentó buscar cualquier otra salida que le permitiera escapar de aquel mal sueño, pero solo había una puerta, la misma por la que había entrado y que la madre superiora acababa de cerrar con llave.

Se frotó las muñecas a la vez que se sentaba en el suelo terroso y, mientras se acostumbraba a la nula luminosidad, llamó una vez más a su madre. Cuando comenzó a sospechar que no volvería a verla, rompió a llorar; un llanto desesperado que podría haber roto a cualquiera y que pedía a gritos que lo calmaran. Quería regresar a casa, a los brazos de sus padres, al refugio de su cama... Quería sentir de nuevo la calidez de su hogar, el aroma que todavía recordaba de cuando le preparaban su desayuno favorito. Ella no era mala... Hacía travesuras, como cualquier niño de su edad, y tenía algún que otro berrinche cuando le decían que no, pero ¿qué había hecho para acabar encerrada?

Entrar en el despacho de la madre superiora a escondidas y de noche.

Cuando esa niña pelirroja, que tantas veces se había burlado de ella porque no sabía vocalizar, le reveló dónde se guardaba la información, los ojos verdes se le iluminaron al pensar que podría encontrar algo sobre sus padres. Tal vez el motivo por el que la habían abandonado en aquel espantoso lugar o, a lo mejor, cuándo irían a buscarla. Así que empezó a indagar en los diversos cajones sin ser consciente de la mirada de la religiosa, que se había acercado con sigilo a la puerta entreabierta.

La fría voz de la madre superiora recorrió la espalda de la pequeña como una ráfaga de aire helado, tensándola. No había vacilado en asirla con fuerza del brazo mientras soltaba improperios, en arrastrarla de mala manera por todo el orfanato y hacerla bajar rebotando por las escaleras. Ni siquiera le importaron las lágrimas que le imploraban que no volviera a castigarla; tampoco los ruegos, y la encerró ahí, en ese sótano putrefacto, para que aprendiera la lección de una vez.

Cuando volvió a abrir esa puerta, casi un día más tarde, se la encontró en el suelo en posición fetal, temblando, con los ojos cerrados y el pelo largo y oscuro repartido de manera desordenada. La expresión en su mirada no había cambiado y su voz, estricta e imponente, vibró con intención de despertarla.

—Aurora —pronunció, sin abrir apenas la boca, mirando a la pequeña desde arriba—. Aurora —volvió a decir mientras observaba sus dos manitas juntas cerca de su pecho—. *Svegliati.*

«Despierta».

«Aurora, despierta».

Pero había otra voz diferente que no dejaba de llamarla, como si tratara de rescatarla tendiéndole una mano a través de esa oscuridad.

«Aurora».

1

Nueva York, Estados Unidos
Julio de 2022

No sabía qué hora era y el frío, como una corriente helada, la atravesaba impidiéndole oír a quien intentaba despertarla.

—Aurora. —Esa voz era suave, cálida, muy diferente de la que había percibido escasos segundos antes. Apretó los ojos mientras notaba que el pecho se le contraía a cada soplo—. Aurora, vamos, despierta.

Cuando la voz volvió a pronunciar su nombre, acompañado de una suave caricia en la cabeza, la princesa de la muerte abrió los ojos y se dio cuenta de dónde se encontraba: en una clínica veterinaria.

Pero lo que provocó que se irguiera al instante fue percatarse de la postura en la que se había quedado dormida. Sus mejillas no tardaron en adoptar un color rojizo, ya que, sin haberse dado cuenta, había acabado con la cabeza sobre su regazo.

—Perdón —susurró apartando la mirada.

Se frotó la cara con ambas manos mientras dejaba escapar un suspiro denso. A pesar de los años que habían transcurrido, aún recordaba la tierra húmeda bajo las uñas, el molesto olor a encierro, la asfixia al imaginarse que se quedaría sin aire, la incertidumbre por el tiempo, por pensar que nunca saldría... Se acarició las muñecas sin poder evitarlo. Lo peor de todo era que esa no había sido la única vez; había habido una segunda, incluso una tercera. La cuarta la había experimentado en la organización sin que el *capo* supiera lo que Aurora había vivido en el Orfanato della Misericordia, pues la ladrona era una mujer de pocas palabras.

Muy pocas.

Una característica de la que Vincent Russell, a su lado, se había percatado ya en los primeros días de convivencia.

—¿Estás bien? —preguntó, aunque supo que no obtendría respuesta.

Llevaban horas en la clínica, en la pequeña sala contigua a la recepción, esperando noticias del único ser por el que Aurora sería capaz de dar la vuelta al mundo las veces que hiciera falta. Vincent había decidido acompañarla después de que le hubiera asegurado que se encontraba bien. El detective no la había creído y había arrugado la frente ante la insistencia de la mujer, que acababa de despertar tras un golpe en la cabeza. «Te llamarán en cuanto haya noticias», le había asegurado, tratando de que volviera a la cama, pero ella no era de las que acataban órdenes, menos las de él, y se había levantado sin importarle el pequeño mareo que la había invadido. Sin embargo, Vincent no había dudado en pasarle un brazo alrededor de la cintura mientras le decía lo testaruda que era y se percataba de la cercanía de ambos rostros.

El médico había sido claro con las indicaciones después de examinarla en ese piso minúsculo y descuidado, por lo menos las que él había logrado captar a unos metros de la puerta entreabierta: nada de movimientos bruscos, tampoco de esfuerzos excesivos; debía seguir una dieta equilibrada y rica en nutrientes...

Lo que necesitaba Aurora era comer, descansar y recuperarse tras todas las emociones fuertes de las últimas semanas.

Pero ahí se encontraban debido a su terquedad, aun cuando el sanitario les había propuesto que se marcharan a descansar y les había asegurado que los avisaría con cualquier novedad. Aurora se negó y se sentó mientras se cruzaba de brazos, y una hora después empezó a cabecear. Vincent se acercó un poco más para dejar que se apoyara en él, una postura que tampoco duró demasiado, pues el sueño pronto la venció, y no tuvo más remedio que ingeniárselas para que estuviera lo bastante cómoda como para que descansara un rato.

Se había permitido contemplarla durante varios minutos mientras no dejaba de pensar en la conversación que habían mantenido horas antes, en todo lo sucedido durante los últimos días, en la doble vida que estaba llevando... ¿Qué clase de policía había resultado ser? «Un héroe, si te dignaras a esposarla para llevarla delante de Howard Beckett». El inspector lo recompensaría, no tenía la menor duda; tal vez con un ascenso o con más reconocimiento... Había apartado el pensamiento dejando que su mano curiosa se adentrara en la cabellera desnuda, libre de la trenza de raíz que siempre solía hacerse; suaves caricias entre los mechones negros.

Pero se lo había prometido... Le había pedido que confiara en él, que se mantuviera a su lado hasta que la Corona se completara, un tesoro que su padre también perseguía. Y para el detective no había nada más importante que su familia.

«Nuestro fin es inevitable, Aurora».

Cualquier pensamiento desapareció al contemplar el movimiento de sus labios.

—¿Piensas que con un par de palabras bonitas voy a

contarte todo lo que me pase? No necesito que te preocupes, ¿de acuerdo? Esto no forma parte de la tregua.

Vincent frunció el ceño ante aquel cambio repentino. Daba igual cuántas veces hubieran conseguido avanzar en su peculiar relación, que hubieran intimado en un par de ocasiones o que se hubiera negado a alejarse de su lado hasta comprobar que estaba bien. Todo aquello no importaba cuando Aurora se convertía en una víbora cuya lengua bífida escupía veneno en cada palabra.

—Yo no soy tu enemigo —murmuró, intentando no ponerse a la defensiva.

—Pero tampoco somos amigos.

El detective dejó escapar otro suspiro. La actitud de Aurora lo irritaba.

—¿Quién dice que quiera serlo? Pero, si no me preocupara por ti, ahora mismo estarías sola. ¿Dónde está el orangután de tu jefe? ¿O esos dos amigos tuyos que te siguen como perritos falderos? Sé un poco más agradecida y deja de protestar cada dos por tres.

Habría querido decir algo más, como que podía marcharse de su lado si así lo deseaba, pero sabía que, si se lo planteaba, el orgullo de la princesa no dudaría en responder para mandarlo lejos, así que se quedó callado, aunque sin dejar de mirarla. Y cuando vio su intención de contestar agradeció que el veterinario hiciera acto de presencia.

—Sira está bien —pronunció al ver la impaciencia en los ojos de la mujer. Con las manos escondidas en los bolsillos de la bata, se aclaró la garganta para continuar—: No tenía nada grave, una leve desnutrición, pero con un poco de reposo y una buena alimentación se recuperará del todo. Ahora os indicaré lo que debéis comprar.

—¿Puedo llevármela? —Aurora no iba a marcharse de aquella clínica sin su gatita.

—Preferiría que pasara una noche en observación. Os

mantendré al corriente de su estado, de verdad. Podéis marcharos tranquilos, aunque sí necesitaría un teléfono de contacto.

Pero la ladrona no podía permitirse el lujo de proporcionarle sus datos personales a cualquiera, algo que el detective, cruzado de brazos a su lado, sabía a la perfección; por eso no dudó en darle el suyo a la persona que se hallaba tras el mostrador.

—Avísanos a la mínima novedad, por favor —rogó la mujer de ojos verdes, ya en la puerta, mientras el hombre que el veterinario supuso su pareja la arrastraba—. Si se despierta y no me ve...

—No os preocupéis. Está en muy buenas manos.

Y con una última sonrisa por parte del veterinario, Vincent cerró la puerta de la clínica para encontrarse, como de costumbre, con el bullicio que la ciudad de Nueva York les ofrecía.

El trayecto hacia la casa de Thomas transcurrió en un silencio ensordecedor del que ninguno de los dos quiso escapar, no porque les resultara difícil, sino porque su orgullo les impedía retomar la conversación pendiente.

Tampoco hubo miradas, aunque el detective había sucumbido dos veces a la tentación de contemplarla por el rabillo del ojo, un ligero movimiento de cabeza al que Aurora ni siquiera le había prestado atención. Con una mano en el volante, Vincent observó la otra apoyada en su propio muslo; sentía un hormigueo peculiar recorriéndole la palma, instándolo a satisfacer la imagen que su mente le había enviado: apoyarla sobre la pierna de la mujer de ojos verdes.

Verdes como la serpiente en la que solía transformarse.

Negó rápido con la cabeza, con la intención de concentrarse de nuevo en la carretera, y condujo durante el resto del camino aferrando el volante con las dos manos.

Cuando llegaron, la ladrona fue la primera en bajarse del coche, aunque se tomó la molestia de esperar a su acompañante; al fin y al cabo, era la casa de su padre. Dudaba que el hombre de baja estatura, aunque de gran corazón, volviera a ofrecerle su casa como refugio.

Vincent se adentró después de que Thomas le hubiera abierto la puerta, y percibió un cansancio visible en su rostro. Se notaba que no había dormido; de hecho, ninguno lo había conseguido, y era fácil de entender teniendo en cuenta lo que habían pasado. Aunque estuviera vendado y con las heridas a medio curar, el policía aún era capaz de sentir el dolor de las gotas de vinagre resbalándole por la piel.

Tensó la mandíbula tratando de que el recuerdo desapareciera y no dudó en decirle a su padre:

—¿Se puede saber por qué no has dormido?

Thomas no pudo evitar asombrarse por la seriedad de su tono de voz.

—Buenos días, hijo, ¿qué tal todo? Yo también me alegro de verte. —Sin embargo, desvió la mirada hacia la mujer, que se encontraba detrás de él. Mantenía los hombros caídos; el color de ojos apagado; el pelo negro, algo despeinado, le caía cual cascada por el torso, sin rastro de la trenza—. ¿Queréis un café? —se limitó a decir, y se dirigió hacia la cocina.

No quería mostrarse ansioso por saber del Zafiro de Plata, la joya que casi le había costado la vida a su hijo y el único motivo, además, por el que había dejado entrar a la ladrona. Al fin y al cabo, ya tenía las alas curadas y no existía necesidad alguna de que siguiera acogiéndola.

—Estaría bien, gracias —respondió Vincent sentándose en uno de los taburetes. Se fijó en Aurora, unos metros más alejada, y pudo darse cuenta de esa timidez que revoloteaba a su alrededor, como si pisara la casa por primera vez—. ¿Qué pasa? —murmuró mientras su padre estaba distraído con la cafetera.

—Nada. ¿Debería ocurrir algo?

Vincent puso los ojos en blanco, cansado de sus preguntas constantes. De no haber sido porque su padre se encontraba cerca, le habría respondido tan solo para admirar su reacción.

Pero los labios del detective se mantuvieron sellados y esperó a que, por lo menos, se dignara a sentarse junto a él. Sorprendentemente lo hizo, aunque después de que Thomas hubiera colocado ambas tazas de café delante de ellos.

—Quiero saber qué ha pasado —empezó a decir el hombre—. ¿Dónde está el Zafiro?

Lo único que sabía, y porque su hijo se lo había contado vagamente por mensaje, era que habían logrado cambiar la joya original por la falsificación.

—Nina y Dmitrii se han escapado con el Zafiro falso, pero vete a saber cuánto tardan en averiguarlo —comentó el detective.

—No lo harán —aseguró Thomas—. Sin el cofre es como si no tuvieran nada, aunque este ahora está más expuesto que nunca. Si dan con él... estamos perdidos.

Aurora levantó la mirada al apreciar la clara indirecta por la decisión que había tomado para conseguir que Nina saliera de su escondite. Quiso responder, pues no solía quedarse callada; sin embargo, algo dentro de ella le aconsejó que no lo hiciera y Vincent se apresuró a intervenir, consiguiendo que su padre se centrara de nuevo en él.

—¿Dónde está? Si el cofre ha pasado a ser la gallina de los huevos de oro, habrá que esconderlo, protegerte a ti también... Eres una parte fundamental de toda esta búsqueda y no pienso permitir que nadie te haga daño.

—Hay un coche aparcado al principio de la calle —soltó la ladrona consiguiendo que ambas miradas, de color idéntico, se posaran sobre ella—, con un par de hombres armados y atentos a cualquier movimiento. Otro vigila cerca de la entrada con la orden de actuar al mínimo indicio de peligro. Tendrás un operativo de seguridad que te seguirá las veinticuatro horas del día durante el tiempo que haga falta. Ni siquiera notarás su presencia, pero considéralo una medida de protección para ti y también para Layla. Dmitrii es peligroso, pero su hermano más, así que cualquier precaución es poca.

—A ver... —El detective soltó una risita cargada de asombro y burla, y se olvidó durante un momento de la tregua que había pactado con Aurora—. ¿No se te ha pasado por la cabeza consultármelo, teniendo en cuenta que es mi padre y que debería ser yo quien velara por su seguridad?

—¿Y qué ibas a decirle a Beckett? —Alzó las cejas desafiándolo—. «Inspector, necesito a un par de agentes vigilando a mi padre porque tiene a los rusos amenazándolo por su alianza con la ladrona de guante negro para recuperar el Zafiro de Plata» —dijo con la única intención de molestarlo—. Tú no puedes protegerlo; yo sí.

—¿Con esos matones y asesinos que tienes por hombres? ¿Quién me asegura que puedo confiar en ellos y que no se llevarán a mi padre a la mínima oportunidad?

—Te lo aseguro yo, siguen mis órdenes, ¿alguna pregunta?

—Vamos a calmarnos —pidió Thomas, y dejó escapar un suspiro profundo. Las discusiones constantes lo agotaban.

—Oh, perdóneme usted, su alteza real —exclamó ignorando la petición de su padre—. No sabía que estaba tratando con la aristocracia criminal. Sí, una pregunta más, princesa: ¿dónde está la joya? ¿O crees que te la vas a quedar por tu cara bonita? Si hemos podido recuperarla ha sido, precisamente, por mi padre. Sin la falsificación, sin la información del cofre y sin su ayuda ahora no estaríamos donde estamos.

Antes de que Aurora hubiera podido contraatacar, la voz de Thomas, imponente cuando era preciso, se dejó notar por todo el espacio para acallar la usual rabieta de los dos niños en cuerpo de adulto que había empezado a consumir su paciencia.

—Nunca aprenderéis, ¿verdad? ¿Queréis callaros durante un momento y comportaros como las dos personas maduras que se supone que sois? —Apoyó ambas manos sobre la mesa mientras alternaba la mirada—. Tenemos que continuar con la búsqueda y mantener nuestra ventaja. A saber dónde está escondida la segunda gema; debemos trabajar unidos y, en esta ocasión, tu placa de policía te pondría en peligro, así que dejad de discutir por tonterías, por favor os lo pido. Parecéis niños de tres años peleando por un juguete.

Un juguete con forma de cofre que contenía la mayor joya de la historia: la Corona de las Tres Gemas, perdida en algún lugar del mundo a la espera de ser completada. Cuántas veces se había imaginado sosteniéndola, maravillado ante su peculiar brillo. Todavía recordaba el momento en que le hablaron de ella por primera vez: la existencia de un tesoro como ningún otro. Parecía que se tratara de una leyenda, de un cuento para asombrar a los más pequeños. Desde entonces Thomas Russell le había entregado su corazón y, con la primera piedra en su poder, tan solo era cuestión...

No, el Zafiro de Plata no obraba en sus manos, sino en las de la ladrona, a quien había curado y acogido en su hogar para despistar a Howard de la cacería que había iniciado. De no haber sido por Thomas, el inspector ya la habría enterrado en el pozo más oscuro. Por más que Aurora quisiera hacer las cosas a su manera, no podía permitir que lo desplazara de la búsqueda a la que había dedicado la mitad de su vida.

—Sin embargo —continuó tras unos segundos de silencio—, quisiera mantener el Zafiro de Plata bajo mi protección.

—No —respondió seria—. Y no hay discusión.

—¿Porque tú lo digas? —intervino Vincent—. ¿No crees que va a estar más seguro con mi padre?

—Precisamente por eso quiero mantener la joya lejos, para evitar que le hagan daño. Eres detective, ¿no? —Inclinó la cabeza de manera sutil provocando que frunciera el ceño—. ¿Vas a darle a tu padre los dos objetos por los que algunos serían capaces de torturarlo hasta la muerte? Dejad que yo me encargue.

Vincent no respondió, tampoco lo hizo Thomas. ¿Qué iba a decir el joven detective cuando sabía que era la mejor opción? No podía arriesgarse a que su padre quedara expuesto; necesitaba la protección que Aurora estaba ofreciéndole y, aunque le disgustara admitirlo en voz alta, ella era imprescindible.

—Está bien —aceptó ganándose una mirada de su padre.

—Hijo...

—Tiene razón. —Se giró hacia él interrumpiéndolo—. Atravesamos un campo de minas y Aurora es experta en escabullirse sin rozar ninguna. Os ayudaré en todo lo que pueda, pero debo tratar de mantener un perfil bajo si no quiero que Beckett meta las narices. Bastante estoy haciendo con mentirle, y me gustaría seguir conservando mi puesto.

Con la decisión tomada, Thomas no podría convencerlos de lo contrario. Aunque sabía que era un riesgo enorme, la imagen del Zafiro no se le iba de la mente. Trató de controlar el ansia con una respiración lenta que le permitió pensar y centrarse en su objetivo común:

—¿Cuándo empezamos a buscar la segunda gema?

—Hablaré con mi jefe y os informaré.

—Pensaba que eras tú quien daba las órdenes, princesa —se burló el detective con el codo apoyado en la mesa y la barbilla sobre la palma de la mano. Una postura que no duró mucho, ya que Aurora no tardó en desequilibrarlo de un manotazo—. Que era broma...

—*Vaffanculo.*

Entendió la expresión perfectamente.

—Estaré arriba —murmuró Thomas levantándose; había cortado el contraataque de su hijo sin darse cuenta—. Intentad no destrozar la casa y cerrad la puerta cuando os vayáis.

«Vayáis». Los dos. Aurora dejó salir el aire por la nariz.

De nuevo en silencio, el detective no apartó la mirada de su rostro y siguió contemplando el color que desprendían sus ojos. Se había percatado de su reacción cuando su padre había dado a entender que tenía que irse. Una decisión que él, además, apoyaba. Al fin y al cabo, seguía siendo una ladrona con tendencia a la mentira y a la manipulación, una mujer cuyo historial aseguraría una larga estancia en cualquier prisión de máxima seguridad. Aurora era peligrosa, temeraria, violenta... sin contar con que su cabeza tenía precio. Él tampoco iba a dejar que siguiera quedándose con su padre; sin embargo, y a pesar de que conocía su expediente, su cuerpo le pedía que no se alejara de su lado, que la tuviera cerca. Que la mantuviera vigilada.

«Vigilada», repitió su corazón en desacuerdo. Quizá fuera uno de los motivos, pero no era el principal.

—¿Puedes dejar de mirarme? —preguntó la joven, aunque ella tampoco había apartado los ojos—. Es incómodo.

—No quieras saber lo que a mí ahora me parece incómodo —soltó—. Irritante, desesperante, molesto...

—¿Vas a recitar todo el diccionario?

—En realidad, quería proponerte otra cosa —contestó en su lugar ganándose su inmediata atención—. Si no tienes dónde dormir y si te apetece...

—No.

—No me has dejado acabar.

—Que me quede en tu casa. —No pudo evitar esconder el asombro ante la descabellada propuesta—. ¿Has perdido la cabeza? Además, no tengo problemas de...

—Prefiero mantenerte cerca —la interrumpió.

La ladrona alzó las cejas y se cruzó de brazos.

—¿Qué ocurre, detective Russell? ¿Temes no estar cerca cuando pierda el control? ¿Tan desequilibrada piensas que estoy?

Con la simple mención de su apellido, adornado con una melodía apenas perceptible que a Vincent le pareció cautivadora debido a sus raíces italianas, sintió que un pequeño escalofrío le recorría la espalda, el mismo que su imaginación recreó al pensar en sus uñas arañándole la piel... «Basta», se dijo, intentando combatir la fantasía con la que su mente se había obsesionado.

—Nada de eso; además, sabes perfectamente que es peligroso que te quedes aquí —dijo, aunque no dudó en añadir para aligerar el ambiente—: Y tengo más libros que mi padre, para que lo sepas.

Y con una diminuta sonrisa manchándole la comisura del labio, se mantuvo en silencio esperando la contestación de la mujer que pronto sería su perdición.

Cuando la ladrona de guante negro se adentró en la estancia bañada por los suaves colores del atardecer, frunció el ceño al percatarse de la amplitud del espacio; no había paredes de por medio, aunque sí un par de estanterías que intentaban delimitarlo. Pero lo que se ganó su asombro fue contemplar la cama de matrimonio con sábanas negras, que provocó que torciera la boca en una mueca.

—No me dijiste que vivieras en un estudio —murmuró la joven—. Con una sola cama, además.

—Es grande.

—Sigue siendo una —respondió después de dejar la mochila en el suelo y cruzarse de brazos. No tardó en girarse hacia Vincent, que se encontraba detrás de ella—. ¿O tu idea era que durmiéramos juntos? —Esbozó una sonrisa torcida; incrédula también.

—Me ofende que pienses eso, princesa. Si tanto problema te supone, puedo dormir en el sofá, que también es cómodo.

—No me llames así.

—¿Por qué? —El detective avanzó hacia ella inclinando levemente la cabeza—. Tu jefe también te llama así, aunque en italiano: *principessa*, ¿no? —pronunció en un tono más bajo para que experimentara el mismo escalofrío que había sentido él cuando Aurora lo había llamado por su apellido—. Es un apodo bonito, teniendo en cuenta tu nombre.

—Evita llamarme así delante de él si quieres seguir conservando la lengua.

El detective dejó escapar una pequeña risa cuyo sonido se mantuvo suspendido en el aire unos pocos segundos. Sin embargo, cuando tuvo la intención de responder, un desagradable pensamiento frenó cualquier deseo. «Evita llamarme así delante de él». ¿Por qué debía tener cuidado si se trataba de un apodo inofensivo? Frunció el ceño al no comprender el tipo de relación que los unía. ¿Familiar? Era probable, teniendo en cuenta la diferencia de edad. ¿Amistad? Negó con la cabeza. ¿Amor? Tragó saliva. Tal vez. Al fin y al cabo, no la conocía. Ignoraba por completo su vida pasada, igual que el motivo que la había llevado a sumergirse en ese mundo sombrío, codicioso y cruel, en esa organización que le había colocado sin dudar una tiara sobre la cabeza para darle un poder capaz de destruir a quien quisiera.

O un poder que, tal vez, ella misma se había ganado.

—¿Te he dicho alguna vez que me gustaría saber más de ti? Esa relación que tienes con tu jefe... ¿Es tu padre?

—¿Por qué? —respondió en su lugar ignorando la pregunta—. ¿Por qué sigues empeñado en conocerme? ¿No sería mejor dejarlo estar? Sin necesidad de entrar en la vida del otro... ¿Tengo que repetirte que sigo y seguiré siendo una ladrona y tú nunca dejarás de ser el policía que hará lo imposible por verme tras las...?

Cualquier intención de terminar lo que iba a decir murió cuando el brazo del detective la rodeó por la cintura en un movimiento rápido que la dejó perpleja, sorprendida ante su actitud, ante la cercanía de ambos cuerpos, ante la tensión que se concentraba a su alrededor.

—¿Qué haces? —susurró, y no se atrevió a tocarlo aun sintiendo ese insaciable cosquilleo viajándole por las manos.

—También te pedí que te olvidaras por un momento de que era detective.

—¿Y entonces? ¿Hasta cuándo pretendes que actúe como si no lo fueras? Compartimos una noche, ¿qué más quieres? —soltó, pese a que era consciente de aquel trato que los unía, el que permitía que saborearan otro encuentro sin provocar que los sentimientos florecieran.

El detective no dejaba de mirarla; el brazo seguía envolviéndole la cintura, manteniéndola pegada a él mientras notaba que esa sensación conocida empezaba a despertar lentamente.

—Joder, Aurora... —respondió, casi en un susurro, y afianzó el agarre un poco más, resistiéndose a la tentación de esconderse en su cuello para plantar ahí los labios, ansiosos por probarla de nuevo—. ¿Que qué quiero? ¿Estás segura de que deseas oírmelo decir? Lo que quiero es otra noche más. Quiero más, Aurora. ¿Tú no? —propuso cuando notó su tacto en la espalda, la otra mano apartando la melena hacia un lado con el único propósito de enloquecerlo por completo.

El gemido no tardó en brotar de su garganta en el momento en el que le alzó una pierna para que le rodeara la cadera con ella. Vincent se mantenía encorvado y con los ojos fijos en sus labios. Quería más, mucho más, otra noche para adentrarse de nuevo en ella y sucumbir ante el deseo que ambos sentían, antes de que llegara su desenlace. «Nuestro fin es inevitable, Aurora». Lo era; sin embargo, lo único en lo que podía pensar era en deshacerse de su ropa.

—Dime algo... —insistió con la boca muy cerca de la de ella mientras le acariciaba la espalda, aún cubierta por el tejido.

De pronto, un sonido estridente, que procedía del móvil del detective, los interrumpió; la llamada entrante se dejó oír por todo el espacio como si se hubiera asignado la tarea de separarlos. No lo consiguió la primera vez, pero cuando volvió a sonar...

Aurora fue quien se alejó poniéndole una mano sobre el pecho.

—¿Podemos, simplemente, ignorarlo? —sugirió él dejando escapar un suspiro entrecortado. Pero la ladrona negó con la cabeza alejándose, lo que provocó que Vincent chasqueara la lengua mientras se frotaba la cara.

—Puede que sea importante.

—Follar contigo lo era más —mascculló, soltando el aire de nuevo, mientras se acercaba al aparato.

Dos llamadas perdidas y cuatro mensajes nuevos de Jeremy.

Se quedó mirando la notificación durante un instante y

no dudó en bloquearlo de nuevo después de activar la función «No molestar».

Vincent se volvió hacia ella y se limitó a observarla confuso.

—Llegará el momento en que nos arrepentiremos —dijo la joven mientras se arreglaba la camiseta—. Lo mejor será que tomemos distancia, así que... buenas noches, supongo.

Pero el detective no respondió y lo que hizo, muy a su pesar, fue encerrarse en la ducha para aplacar el deseo que le había hecho arder. Aurora le quemaba y no podía dejar de pensar que, aunque no quisiera admitirlo en voz alta, tenía razón.

2

Aunque la que había sido la segunda al mando de la Stella Nera estuviera observando el rostro enfadado de Dmitrii Smirnov, en aquel momento su mente vagaba por los recuerdos que la organización le había dejado, recuerdos que Nina quería olvidar, que no hacían más que aparecer con el único propósito de molestarla. Y pensar en ello equivalía a que la imagen de su tío se asomara sin avisar.

Lo mismo sucedía con Aurora, esa mujer de personalidad ambiciosa y actitud egoísta que seguía creyéndose superior al resto del mundo. Lo que la tranquilizaba era saber que se había quedado sin su tesoro; con el Zafiro de Plata bajo la protección de los rusos, la ladrona de guante negro acababa de bajar posiciones hasta el último puesto de la carrera.

Habían pasado tres días desde la lucha que habían protagonizado, antes de que las sirenas de la policía las interrumpieran, y, de no haber sido por Sasha, habría acabado con ella sin piedad, sin arrepentimiento, sin nada que le hubiera impedido destrozar todo lo que habían compartido en el pasado. En aquel momento, en medio de la oscuridad, ya no eran esas dos niñas que se miraron con interés cuando Aurora pisó por primera vez la organización. Tampoco las adolescentes que habían prometido cubrirse las espaldas y ayudarse en lo que fuera necesario. Para Nina, la ladrona había muerto desde el instante en que había empezado a ingeniárselas para opacarla y quitarle la autoridad que le pertenecía por derecho.

No lamentaba haberla traicionado, tampoco a Giovanni. Ni siquiera le importaba haberse aliado con el enemigo si con ello conseguía enterrar, a tres metros bajo tierra, a la ladrona de joyas. Sin embargo, no podía evitar preguntarse qué pasaría una vez que Dmitrii Smirnov decidiera que no la necesitaba más o, peor aún, que Serguei, su hermano mayor, el tiburón a quien todos temían, ordenara que se deshicieran de ella. De brazos cruzados, apretó los dientes al pensar que estaba permitiendo que su futuro impactara contra el azar.

Necesitaba tener en mente un plan para huir y desaparecer en cuanto sintiera que su vida corría peligro. Era consciente de que no podía volver con su tío, no después de cómo la había tratado en la mansión de Smirnov. Aún recordaba el desprecio con el que le había hablado, a ella, a su sobrina, a la hija de la hermana que Giovanni había perdido y que tanto había querido.

«Tú también has actuado mal». Un reproche que había ocasionado que miles de agujas se le clavaran en el corazón, pues Giovanni no había tenido reparo en quitarle importancia a la manera en que Aurora siempre la había hecho sentir: apartada a un lado, siempre a su sombra, detrás de ella; nadie más podía llevarse el reconocimiento, los aplausos después de cada misión… Se mordió el interior de la mejilla mientras no dejaba de contemplar la seriedad en el semblante de Dmitrii; incluso se percató del pequeño movimiento de sus labios, como si estuviera tratando de decirle algo, pero ella no podía sacarse de la cabeza esa palabra: «segunda».

Segunda. Segunda. Segunda.

Odiaba esa palabra.

—¡Nina! —gritó Dmitrii haciendo que se sobresaltara debido al golpe en la mesa—. ¿Ahora sí tengo tu atención? Mi paciencia tiene un límite, querida.

La italiana parpadeó con rapidez.

—*Cazzo* —murmuró, y se llevó una mano al pecho—. No es necesario que me grites.

El empresario detestaba las constantes distracciones, la falta de actitud, de compromiso... Odiaba tener que ir detrás de ella, pero lo que más le enervaba era que todavía la necesitaba.

—No te distraigas la próxima vez.

—No estaba...

No obstante, la enfurecida mirada del menor de los hermanos provocó que los labios de la italiana se quedaran congelados. A pesar de la usual ironía de sus palabras, de ese toque burlón que a veces empleaba, Dmitrii Smirnov seguía conservando el carácter y los rasgos familiares: mirada penetrante, azulada, expresiva, temeraria...

Nina comprendió que no debía cuestionarlo, menos replicarle.

—¿Eres consciente de que estamos paralizados sin ese cofre? —dijo segundos más tarde sin dejar de mirarla. Se encontraban sentados cara a cara en el salón principal, uno en cada sofá—. Solo tenías una misión: hacer que la ladrona viniera con el cofre en la mano, conseguir que nos lo diera... Habías dicho que secuestrando a esa gata lo conseguiríamos. ¿Y bien? ¿Dónde está? —inquirió con una ceja alzada.

—Tenemos el Zafiro de Plata —pronunció después de haberse aclarado la garganta. Quería mostrarse segura, sin titubear, pero el tono de Smirnov, envuelto en su característico acento, no facilitaba su propósito—. Ellos tampoco pueden continuar. Sin la gema original no hay manera de obtener la ubicación de la segunda.

—Por eso sigues con vida, niña. Porque, de haber perdido también la joya, habría dejado que Sasha se hubiera divertido contigo —murmuró, y no dudó en esbozar una sonrisa torcida para demostrar que a él le gustaba jugar con la imaginación de sus víctimas—. Además, eres la única que conoce cómo piensan, cómo actúan, cuáles son sus secretos... Sigues siendo valiosa, pero ten en cuenta que nada dura para siempre.

—¿Es una amenaza? —A pesar del temor que Dmitrii era capaz de infligir, Nina no bajaría la cabeza ante él. Se había criado en una de las organizaciones más letales, había aprendido de la mano dura de Giovanni, además de haber dirigido docenas de misiones y robos; no permitiría que nadie la obligara a someterse, ni siquiera él—. Seguimos teniendo un trato: me da igual el Zafiro de Plata, me da igual la Corona; lo que a mí me interesa es derrotarla. Y créeme cuando te digo que lo que ha pasado no ha sido por mi culpa, sino por Aurora, porque ha confiado en una persona que siempre pertenecerá al bando contrario y que no dudará en traicionarla a la mínima oportunidad.

Nina, Dmitrii y sus hombres no habían dudado en desaparecer al oír los coches de la policía acercarse a gran velocidad, aunque la italiana había mirado una vez hacia atrás mientras la invadía una ligera preocupación. Ella no quería que los miembros de la Stella Nera acabaran entre rejas, tampoco deseaba que sepultaran a la ladrona de guante negro bajo el foco mediático y con varias cadenas rodeándola para impedir que se escapara. Lo único que la joven quería era acabar con ella sin la intervención de la justicia ni de la prensa ni de ninguna persona entrometida que no perteneciera a su mundo. Quería acabar con la ladrona, pero no con Aurora, y que entendiera de una vez cuál debería haber sido su posición desde el principio.

—Aún sigue sorprendiéndome tu decisión de renunciar a uno de los tesoros más grandes de la historia —murmuró mientras aprovechaba para servirse una copa—. ¿Quieres? —La italiana negó con la cabeza—. No obstante, no es algo que vaya a cuestionarte, así que, dime, ¿qué propones? Porque cada día que pasa nos confirma que Giovanni y los suyos siguen libres y que la policía no los ha atrapado.

En realidad ni se le había pasado por la cabeza esa posibilidad, no tratándose del jerarca italiano y de la ladrona de joyas, dos personas habituadas a escabullirse y desaparecer. Dmitrii se acercó el vaso de cristal a los labios para saborear el potente aroma que desprendía. Lo único que le tranquilizaba por el momento era saber que la organización italiana también tenía las manos atadas y no podía avanzar.

Con aquellas cartas sobre la mesa, el siguiente movimiento de Aurora se reducía a una posibilidad: conseguir el Zafiro de Plata. Pero con ellos escondidos y con Nina de su parte, esa posibilidad estaba muy lejos de cumplirse.

—La prioridad es encontrar el cofre —siguió diciendo al apreciar su silencio—. Un operativo sencillo, ya sabes, sin necesidad de montar otro espectáculo —enfatizó, pero esa simple mención provocó que la mente de Nina se torciera—. ¿Qué propones? —repitió una vez más.

—¿Espectáculo?

—¿No lo fue? —Aunque había pretendido que la pregunta sonara inofensiva, su tono de voz no había ayudado en absoluto—. El que montasteis vosotras dos, como un par de niñas pequeñas peleando por una muñeca. Y, si me permites la observación, te faltó carácter.

—No te permito una mierda —interrumpió con rapidez dejando que la boca se le torciera en una mueca.

—¿Cómo has dicho?

—Ya me has oído. —Una respuesta que Nina no había pretendido dar, pero que aun así había decidido mantener con la barbilla en alto—. Si quieres que te ayude a encontrarla, te pido que me trates con respeto y no como si fuera una cría inmadura que no sabe nada de la vida. Tú mismo me lo has dicho: todavía soy útil; sé cómo trabaja la mente de Aurora y daré con ella y con el cofre, pero vuelve a ofenderme y ya puedes despedirte del trato.

Entonces, Dmitrii dejó que un silencio mortal se desplazara por todo el salón como una advertencia que acarició la rígida espalda de la italiana, tensándola todavía más. No soportaba los aires de superioridad, las órdenes de los peces chicos, mucho menos si procedían de mentes inexpertas en cuerpos jóvenes. Para el ruso, Nina solo era un mero instrumento para hacerse con la Corona de las Tres Gemas, no una aliada, como ella se creía.

Quiso responder, levantarse incluso, pero cualquier intención se esfumó cuando las puertas dobles del salón se abrieron para anunciar la llegada de Serguei Smirnov. Fue en aquel instante cuando Nina dejó de respirar durante unos segundos al encontrarse por primera vez ante su imponente figura. No tardó en notar el aura de peligro que lo envolvía y recordó el momento en que se lo había mencionado a Aurora, casi un mes atrás: «Un tiburón a quien le gusta cazar y torturar a sus víctimas». Si se había atrevido a desafiar al menor de los hermanos, el pensamiento de volver a hacerlo se desvaneció cuando Serguei dirigió su fría mirada hacia ella.

—Nina D'Amico —murmuró, con las dos manos escondidas en los bolsillos, mientras ignoraba el ceño fruncido de su hermano—. Te pido una disculpa por el idioma, no estoy habituado a hablarlo, pero espero que podamos entendernos. —La italiana se limitó a asentir con la cabeza sin atreverse a abrir la boca—. Estoy al corriente del trato entre tú y mi hermano, pero tienes que comprender que los acontecimientos han cambiado.

—*Брат*. —A Dmitrii le dio igual que su invitada no lo hubiera entendido cuando se giró hacia su hermano para llamar su atención—. *Это дело между ею и мной* —siguió diciendo ante la clara confusión de Nina. No quería que Serguei interviniera en sus asuntos, como siempre acababa haciendo, y que después se jactara de ello.

—*Замолчи, брат*. Y es de mala educación hablar en otra lengua —murmuró Serguei haciendo que guardara silencio, y su hermano pequeño no tuvo más remedio que cerrar la boca—. Te pido otra disculpa por sus modales. No hemos dicho nada malo de ti, espero que no te preocupes.

No obstante, Nina seguía sin saber de qué manera comportarse. Incluso dudó si ponerse de pie para estrechar la mano que le tendía, mucho más grande que la suya. Al final lo hizo y Serguei esbozó otra sonrisa torcida mientras demostraba firmeza en el agarre. No tardaron en sentarse, el mayor junto a Dmitrii para dejar a Nina delante de ellos, dispuestos a discutir el siguiente movimiento: recuperar el cofre de las manos de la ladrona.

3

Llevaba gran parte del día y toda la tarde leyendo, pues había procurado que ninguna preocupación la interrumpiera. Quería olvidarse de todas ellas hasta la mañana siguiente, cuando el amanecer volviera a darle la bienvenida con un café cargado de aquella realidad en que la Stella Nera había conseguido obtener una gran ventaja frente a los demás, frente a los Smirnov..., frente a Nina.

Le molestaba que apareciera su imagen, algo que, además, a Aurora le era difícil de entender, pues, en lo más profundo de su frío y negro corazón, quería pensar que su amiga volvería a ella con el perdón reflejado en sus ojos, arrepentida de su comportamiento. Sin embargo, la mente de la ladrona se encargaba de pisotear cualquier ilusión que pudiera tener.

Dejó escapar un suspiro profundo. No quería seguir pensando en Nina, tampoco en el cofre, ni siquiera en la búsqueda de la segunda gema. Lo que Aurora quería en aquel momento era leer sin detenerse, imaginándose escena tras escena mientras se permitía escuchar el ronroneo tranquilo de Sira, a la que había recogido al día siguiente, tal como el veterinario les había indicado. La pequeña gata aún se encontraba débil, pero mucho mejor que como había llegado a la clínica.

Necesitaban recuperarse. Las dos. Al igual que Vincent, cuyas heridas ya habían empezado a cicatrizar.

El detective se había esforzado en pasar el mayor tiempo posible fuera de casa y, desde hacía cuatro días, trataba de marcharse a primera hora de la mañana para llegar cuando el anochecer ya hubiera tocado el horizonte. Todavía no habían hablado de lo sucedido la primera noche; de hecho, dudaba de que Aurora fuera a iniciar la conversación, y Vincent no sería quien rompiera el silencio. A veces se preguntaba si estaba actuando correctamente, si había hecho bien en proponerle que viviera un tiempo con él.

«Menudo idiota», se regañó dejando que la respuesta le retumbara en la mente. Reconocía que no había sido una de sus ideas más brillantes; sin embargo, le tranquilizaba saber que la ladrona de guante negro se mantenía bajo su techo con las garras escondidas, permitiéndole controlar cualquiera de sus movimientos.

Al menos, eso creía cuando abrió la puerta de su estudio para encontrársela con un libro en la mano, ensimismada en un mundo ficticio. Ni siquiera lo saludó, ni con un mísero movimiento de cabeza, por lo que el detective, aunque pendiente de la mirada de Sira sobre él, dejó escapar un sonoro suspiro para advertir a la ladrona de su presencia.

No funcionó.

Empezó a quitarse la ropa a unos metros de ella para vestirse con unos pantalones de chándal, sin percatarse de que aquello sí provocó que Aurora levantara la mirada del libro, cuyas páginas habían ocasionado, segundos antes, que cruzara una pierna encima de la otra. Cuando el detective volvió a pasearse por la estancia colmada de luz cálida, tratando de ignorarla, la ladrona dejó que su mente siguiera recreando el pasional encuentro entre los protagonistas, leyendo el mismo párrafo una y otra vez para imaginarse cómo esa mano iba subiendo por la pierna de la chica sin ningún tipo de reparo.

Apretó los muslos con cierto disimulo para que ninguna reacción la delatara, pero de poco sirvió al notar que Vincent se acercaba. Sin alzar la cabeza, se dio cuenta de su intención de sentarse en el sillón situado delante; con una cerveza en la mano, se acomodó separando levemente las piernas.

Quiso continuar con la lectura, averiguar cómo culminaba el acercamiento entre los personajes, pero su mirada se lo impedía. De un momento a otro, las letras empezaron a danzar al ritmo de cada latido y no supo si el cosquilleo que empezaba a sentir se debía a la lectura o a la presencia del detective, que había conseguido desconcentrarla por completo.

—¿Qué lees? —preguntó él para luego llevarse el botellín a los labios y darle un trago.

—Un libro —se limitó a responder Aurora sin levantar la mirada. Su orgullo impedía que Vincent notara que su cercanía, sus ojos fijos en ella, la distraían.

—Me costará adivinarlo si no me das alguna pista.

Ella dejó escapar un suspiro sonoro.

—Por tu culpa acabo de perder la línea —murmuró, aunque fuera mentira; la había perdido hacía minutos—. ¿Qué quieres?

—Quiero saber qué lees.

—¿Para qué?

—Llámalo curiosidad. Además, el libro es mío; más puntos a mi favor —respondió dejando entrever el comienzo de una sonrisa—. Podrías leerme un párrafo, a lo mejor te ayuda a encontrar la línea de nuevo.

—¿No tienes nada mejor que hacer? Vete a hacer tus cosas de detective y deja de molestarme.

—Una pena que no puedas echarme, ¿eh? —Se tomó otro trago—. Me gusta hablar contigo, aunque solo sea para que me dirijas dos palabras; así que no, ahora mismo no tengo nada mejor que hacer.

La ladrona frunció levemente el ceño y cerró el libro, pero sin perder la página. Y fue en aquel instante cuando el detective descubrió el título que con el que había estado entreteniéndose, pues se lo había leído hacía unos pocos meses. Juntó los labios al sentir el molesto hormigueo viajándole por el abdomen hasta detenerse en un punto específico, y ni siquiera dudó cuando, de nuevo, le pidió:

—Léeme un párrafo, Aurora —susurró dejando que su mirada adoptara una expresión más oscura mientras contemplaba los labios entreabiertos de la joven—. ¿No te parece suficiente haberme ignorado durante cuatro días?

—Yo no te he ignorado.

—¿Cómo quieres que te demuestre que sí lo has hecho? —preguntó mientras intentaba no desviar los ojos hacia sus piernas desnudas—. Lee para mí —pidió una vez más tras unos segundos.

La ladrona se aclaró la garganta, volvió a abrir el libro y no tardó en encontrar el lugar por donde se había quedado. «¿Qué es lo que estás haciendo? —se preguntó mientras trataba de tranquilizar los latidos de su corazón—. Sabes cómo acabará». Lo intuía a la perfección por su tono de voz, por su mirada, por el intranquilo movimiento de su mano... Sabía que, una vez que empezara a leer, Vincent no tardaría en actuar, aunque no supiera aún de qué manera.

No tardó en descubrirlo después de pronunciar las dos primeras líneas, cuando el detective se acercó a ella con lentitud; la misma acción que el personaje acababa de realizar.

—«No me importaba que nos encontráramos rodeados por media docena de personas» —siguió leyendo desde el punto de vista masculino—. «No me importaba cuando lo único que quería era saciar el apetito que tan solo ella era capaz de generarme. Su aroma acababa de calar todos mis sentidos. ¿Así era como se comportaban los imbéciles enamorados? Porque, con una sola mirada, había bastado para declararme como uno: como un imbécil feliz y enamorado».

Vincent se dejó caer de rodillas, muy cerca de donde se encontraba Aurora, aunque sin permitir que la mano cayera en la tentación de acariciarle la piel desnuda. La ladrona juntó los labios, sin saber si debía continuar o no, mientras ambas miradas se encontraban. Ella no solía sentirse insegura a la hora de intimar; sabía cómo actuar o cuál era el tono que debía emplear para acabar de provocar a los hombres, pero con él..., con el detective arrodillado ante ella, que le pedía que continuara leyendo, las paredes de su mente acababan de teñirse de blanco.

—No te detengas —susurró él, y Aurora pudo observar la tensión paseándose por su mandíbula, la tenue luz de la vela que había encendido danzando por su rostro.

Sin darse cuenta, acababan de entrar en una burbuja de la cual les sería realmente difícil escapar e incluso hacerla explotar. Ninguno de los dos conocía lo que estaba a punto de suceder y, aunque lo intuían, tampoco desearon frenarlo. Habían transcurrido semanas desde su primer encuentro, y lo que había sucedido días atrás había bastado para que la promesa de compartir otra noche empezara a brincar ansiosa, recordándoles que todavía se encontraba ahí, a la espera de ser consumida.

La ladrona continuó leyendo con la voz envuelta en un suave murmullo, consciente de la mirada de Vincent.

—«Permití que mi mano hambrienta campara a sus anchas por la suave piel de su muslo. Quería más de ella. Mucho más. Y fue cuando me pregunté si esta condición, la de estar enamorado, había sido la culpable de avivar aquel insaciable apetito. ¿Lograríamos parar? Porque en mis planes no estaba el de morirme de hambre...». —Aurora tuvo que detenerse por un instante mientras contemplaba al detective todavía delante de ella, quieto. Después de soltar el aire de manera disimulada, decidió seguir—: «Con la mano firme sobre su piel, y sin mostrar ningún tipo de reacción, la conduje hacia esa intimidad que me pedía a gritos que la calmara. Y no me lo pensé dos veces cuando acaricié la humedad que empapaba la tela, mucho menos cuando aparté la lencería sin que me importara que el ascensor se hubiera detenido. Al fin y al cabo, yo era...».

Pero la voz de Aurora se apagó cuando sintió su caricia delicada acercándose de manera peligrosa hacia su entrepierna, que rogaba desesperada por Vincent. Con el libro todavía abierto, no fue capaz de romper el contacto visual mientras la mano del detective recorría con extrema lentitud la pierna desnuda. No supo si detenerlo, si pedirle que se alejara. ¿Realmente quería hacerlo? ¿Frenarlo?

«No».

Por una vez en la vida, corazón y cuerpo acababan de ponerse de acuerdo.

—Sigue leyendo, Aurora —pidió en un tono que ni él mismo reconocía: denso, áspero, como si el más puro deseo lo hubiera engullido. Había actuado sin pensar, sin medir las consecuencias, ya que lo único que sentía era la necesidad urgente de acabar de desnudarse y dejar que la mujer de mirada esmeralda se sentara encima de él—. Si quieres continuar... —Tragó saliva—. Si quieres que continúe, sigue leyendo.

La ladrona observó la página colmada de letras cuya narración, junto a la caricia, había despertado su lado más primitivo. Ansiaba que continuara, pero su mente, la parte más racional, no dejaba de decirle que no sucumbiera a la idea de abrirse de piernas para que el detective la tocara a su antojo. Porque si él llegaba a introducirle un par de dedos... Y si ella, más tarde, decidía dejarse caer sobre su erección... Entreabrió los labios al imaginarse la sensación, la imagen de dos seres hambrientos tratando de buscar el ansiado orgasmo.

Lo necesitaba; quería que continuara, así que el cuerpo de Aurora no dudó en acatar la orden ignorando todas las advertencias. El detective quedó sorprendido, pues esa mujer que conseguía encenderlo y enfadarlo a partes iguales acababa de permitirle el acceso a todo aquello con lo que había estado fantaseando noches enteras.

—«Al fin y al cabo —continuó leyendo ella—, yo era un ser necesitado de cumplir cada fantasía que la imaginación me dejara crear, y jugar en un ascensor rodeado de personas trajeadas siempre me había parecido una experiencia fascinante».

Aurora sintió que le resultaba difícil pronunciar las últimas palabras, pues Vincent no había dudado en acercarse a ella dejando solo unos pocos centímetros de separación. Él no quería esperar, pero no podía negar que ese juego había hecho que su excitación aumentara. Permitió que continuase leyendo, sin dejar de mirarla, mientras contemplaba sus labios moviéndose al compás de la narración, aunque su tono de voz iba bajando a cada palabra que pronunciaba. Su respiración, igualmente afectada, se entrecortó cuando el protagonista decidió empezar a masturbarla, ya que Vincent no se lo pensó dos veces y dejó que la ladrona sintiera su toque hasta introducir un par de dedos en su interior.

—Sigue leyendo —ordenó cuando Aurora no fue capaz de aguantar un gemido—. Sigue leyendo o pararé.

Pero a ella poco le importaban sus advertencias, tampoco cuando dejó caer el libro para buscar sus labios y unirlos en un beso desesperado. ¿A quién querían engañar? Con el ansia a flor de piel, les habría sido imposible seguir el suave ritmo de la narración. Aurora quería fuego, igual que él, por lo que no esperó demasiado para colocarse encima de su regazo con una rodilla a cada lado de su cuerpo. El beso no se detuvo, tampoco Vincent, que seguía moviendo los dedos dentro de ella.

Necesitaban más.

Y la ladrona, sin que le importara sentirse ansiosa, le buscó el miembro, provocando que Vincent esbozara una pequeña sonrisa sobre sus labios.

—¿Se puede saber qué es lo que te parece divertido? —preguntó interrumpiendo el beso, aunque no se había demorado en esparcirle suaves mordiscos por la mandíbula—. ¿Te has olvidado de que conmigo no funcionan las amenazas?

El detective seguía sin esconder la sonrisa cuando Aurora tiró la ropa al suelo y se quedó desnuda a su merced; noches enteras imaginándose ese momento y por fin el destino juguetón había decidido concedérselo. Sentía que cada pálpito lo sacudía como si se tratara de una súplica para que no siguieran aplazando el encuentro. La mujer se alzó, de manera leve, mientras con la mano lo conducía hacia la húmeda entrada; sin embargo, la sorpresa no tardó en adueñarse de su rostro cuando Vincent frenó su propósito.

—Joder, pero ¿qué coño pasa ahora?

—Y la dulce princesa murmuró... —El detective no vaciló cuando le regaló un corto beso en los labios provocando que frunciera el ceño. Era consciente de que acababa de interrumpirle el gemido, sobre todo cuando ella continuaba tentando el roce entre ambos sexos—. ¿Crees que no lo estoy deseando? Ahora que he vuelto a arrodillarme ante ti... —Escondió la nariz entre sus pechos y no se resistió a pasar los labios por su piel; besos cortos que exploraban la zona de la clavícula. Aurora sintió que un escalofrío le recorría la espalda—. Tenemos por delante toda la noche aún.

Ni siquiera le permitió responder, ya que volvió a buscar sus labios mientras se levantaba del sofá cargando con su peso. No tardó en dirigirse hacia la cama, casi a ciegas, para dejarse caer en ella notando que ese cosquilleo lo recorría entero. Quería... Necesitaba que su delicada mano volviera a rodearlo para conducirlo hacia su entrada y acabara por unirse a él. Entonces, se hizo la misma pregunta que el protagonista de ese libro. ¿Lograrían parar? ¿Saciar el creciente deseo entre ambos? Cerró los ojos cuando, después de haberse protegido, Aurora volvió a alzarse sobre él permitiendo que notara cómo su mano juguetona le rodeaba la erección...

—Aurora... —pidió en un susurro entrecortado; un jadeo cargado de súplica para que no siguiera torturándolo.

Vincent, aun encontrándose debajo de ella, a su completa voluntad, trató de alzar la pelvis, pero solo consiguió una sutil caricia. Observó la pequeña sonrisa cargada de maldad que se le dibujó en el rostro, una sonrisa que le advirtió de lo que iba a suceder a continuación: la cálida estancia quedó inundada por un par de respiraciones irregulares, otro par de gemidos también, mientras la ladrona de joyas conseguía habituarse a su tamaño.

Levantó una vez más las caderas para satisfacer ese pensamiento y fue en aquel instante, mientras se emborrachaba de su imagen, cuando notó que su humedad lo envolvía por completo; un movimiento delicado, lento, que le permitía apreciar cómo los labios de Aurora volvían a entreabrirse ante esa sensación.

Con las dos manos apoyadas sobre su pecho, la ladrona empezó a marcar un ritmo constante. No podía negar el cúmulo de placer, la calidez que empezaba a formarse, sobre todo mientras notaba las manos del detective moldearle las nalgas a voluntad.

No, del detective no, de Vincent.

En aquel momento, a quien tenía a su merced no era sino un simple mortal dispuesto a ofrecerle otra noche de incontables partidas, las que sus cuerpos estuvieran dispuestos a soportar. Había dejado de ser el policía cuyo propósito, al final, era capturarla, el detective a cargo de su investigación, el único que había conseguido adelantarse a ella y enfrentarla. El hombre que jadeaba a cada embestida sin dejar de mirarla era la persona a quien le había entregado una parte de su confianza, con quien había acordado seguir saciándose hasta que la tregua llegara a su fin.

«Nuestro fin es inevitable, Aurora». Cerró los ojos con fuerza cuando esas palabras volvieron a golpearla mientras otro gemido se le escapaba de los labios. No quería pensar en ello, no mientras notaba que la conocida presión empezaba a acumularse dentro de ella. Sin embargo, se hizo la misma pregunta que el personaje al que había dado voz, la misma que Vincent se había planteado hacía unos minutos: ¿conseguirían saciar ese deseo antes de que llegara su fin?

La ladrona de joyas cerró los ojos cuando la suave brisa le agitó la melena ligeramente húmeda; todavía no se había secado por completo, a pesar de que ya había transcurrido una hora desde que había salido de la ducha, en donde habían aprovechado para regalarse el último orgasmo.

Eran las seis de la mañana y solo habían dormido un par de horas.

Se mordió sin querer el labio inferior al recordar la manera en la que Vincent la había alzado sobre su cuerpo, con la espalda apoyada contra la pared mientras que la de él se situaba bajo la lluvia templada. Sostenida por sus grandes manos, Aurora se había encargado de volver a conducirlo hacia su entrada palpitante...

Dejó escapar el aire con extrema lentitud mientras contemplaba el despertar de la ciudad. No dejaba de pensar en el increíble placer que le había producido moviéndose en su interior, aunque retrasando el momento culminante tanto como le había sido posible. Sus labios no habían dejado de divertirse, igual que sus manos, mientras continuaba buscándola.

Pero la noche acababa de despedirse, escondida sin que ninguno de los dos supiera cuándo volvería a aparecer.

El detective abrió los ojos en la cama, se percató de que el lado de Aurora estaba vacío y se frotó el rostro mientras trataba de contener el bostezo; no tardó en encontrarla en el balcón, oculta tras las cortinas. Estaba apoyada en la barandilla, con el cuerpo ligeramente inclinado y vestida con una de sus camisetas. El pelo bañado en azabache le caía por la espalda con delicadeza, e hizo que recordara las veces en las que había adentrado la mano en él para agarrarlo con fuerza.

Aurora era adictiva, deliciosa, una droga letal de ojos verdes que sabía jugar y llevarlo al límite. Disfrutaba cuando se metía entre sus piernas, con la nariz escondida en su cuello, mientras alzaba una de ellas para que lo rodeara; cuando lo guiaba hacia su cálido interior para que pudiera entrar con una lentitud abrumadora. Disfrutaba de tenerla para él, en su cama, y sucumbir al apetito que ambos sentían.

Pero seguía siendo una adicción, al fin y al cabo; una potente de la que sabía que tendría que recuperarse pronto.

Se preguntó si podría llegar a olvidarla y frunció el ceño al contemplar ante él la respuesta; una respuesta decisiva, firme y que no le gustó en absoluto. Trató de ignorarla y avanzó hacia la terraza después de haberse enrollado una toalla en la cadera. Ni siquiera se lo pensó dos veces cuando la rodeó con los brazos mientras apoyaba la barbilla en su hombro, aspirando el agradable aroma que desprendía.

—Ahora es cuando me gustaría saber en qué estás pensando —murmuró ocultando la sorpresa que le había provocado que aún no se hubiera apartado—. Si estás arrepentida...

—¿Tendría que estarlo? —preguntó separándose para buscar sus ojos. Vincent imitó su posición, a su lado, y dejó escapar una pequeña sonrisa—. No entiendo por qué tendría que arrepentirme cuando he sido yo quien se ha subido a tu regazo.

—Después de que yo te metiera mano.

—Permití que lo hicieras —respondió, y se mordió el labio sin darse cuenta. Un gesto en el que la mirada del detective se detuvo durante unos pocos segundos, dejando que Aurora se percatara de ello. Decidió, de manera inconsciente, liberarlo—. ¿Por qué volvemos a tener esta conversación? ¿Te sorprende que no te haya frenado? No pienses ni por un segundo que voy a dejar que esto nos afecte. Solo es sexo, Vincent, nada más.

«Solo es sexo», la misma respuesta que el detective había contemplado antes, la misma de la que Aurora trataba de convencerse. Sexo sin amor, sin sentimientos, cuyo único objetivo era liberar esa tensión que los consumía.

—Nada más —repitió él—. Pero ¿y si sucediera? ¿Cómo actuarías si te dijera que estoy profundamente enamorado de ti? —dijo casi sin abrir la boca. No había sido su intención preguntarle aquello; sin embargo, a su traicionero corazón le gustaban las aventuras y pisar arenas movedizas—. Como un imbécil enamorado de la mujer por la que sería capaz de arrancarle el corazón a todo aquel que intentara hacerle daño. —Ambos recordaron, a la vez, lo que había sucedido con Charles—. ¿Qué me dirías, Aurora?

La joven apartó la mirada para asimilar lo que acababa de soltarle el detective. ¿Qué esperaba que le respondiera? ¿Qué esperaba, teniendo en cuenta que pertenecían a dos mundos distintos? Dos mundos bañados en dos colores tan diferentes: blanco y negro, negro y blanco. Dos extremos que debían tener cuidado de no chocar.

—¿Te late más rápido el corazón cuando me ves? —Aurora se volvió hacia él, con el enfado haciéndole chispas en los ojos, y Vincent negó con la cabeza—. ¿Te sudan las manos? ¿Te pones nervioso? Tú no estás enamorado de mí, Vincent, lo que ha pasado es que no has podido resistir la tentación de follarme porque sigo siendo una ladrona. Te excita recordar que me has tenido en tu cama no una, sino dos veces, porque sigues creyendo que me has atrapado. —Hizo una pequeña pausa y soltó una risita—. No lo has hecho; me escapé y después hice un trato con una persona que, por casualidad, resulta ser tu padre. No me hables de sentimientos cuando lo único que hemos hecho, aparte de querer matarnos, ha sido discutir y follar.

Él no contestó.

—No entiendo por qué me has preguntado eso —siguió diciendo ella—. ¿Qué esperabas que respondiera? «Sí, *amore mio*, quiero que me prometas que quemarás el mundo por mí». La ladrona de guante negro junto al detective que ha traicionado a la policía; una pareja de fugitivos. ¿Qué te parece el titular?

—Llamativo —respondió con esa ironía que empleaba cuando quería defenderse del ataque. Aurora dejó escapar el aire—. Pero no has contestado a mi pregunta, has dado por hecho algo que no sucederá jamás. Me queda claro que los sentimientos no tienen cabida en nuestra cama, pero ¿puedes asegurarme que serás capaz de controlarte? Tengo mi encanto, por si no te has dado cuenta, y podría conquistarte sin problema.

—Te ganarías una patada en los huevos si intentaras hacerlo. ¿Sabes lo que es el acoso?

El detective, tratando de aguantar la risa, no pudo evitar morderse el interior de la mejilla para no caer. No lo consiguió y dejó que el sonido prevaleciera en el aire durante unos segundos.

—A mí no me hace gracia. —Aurora intentaba no reaccionar, aunque habría deseado unirse a él—. Tú y yo somos incompatibles. Ni yo voy a enamorarme de ti ni tú lo harás de mí. ¿Queda claro? Somos dos desconocidos, Vincent; dos personas que han compartido la cama para combatir la tensión sexual, nada más.

Pero Vincent no tardó en pasarse la lengua por el colmillo para, en su lugar, responder:

—Ya conoces a mi hermana, Layla. Tiene veinticuatro años, aunque todavía tenga cara de niña. Es un trozo de pan, pero es feliz con su trabajo y tiene una pareja que la adora, y su felicidad es unas de las cosas que más me importan.

—Vincent, para, ¿qué estás haciendo?

—No suelo hablar de mi madre —decidió continuar ignorando su pregunta—. Murió tiempo después de que Layla naciera, yo tenía diez años, creo, a punto de cumplir los once. Antes me dolía incluso recordarla, pero con el tiempo lo vas asimilando, supongo, aunque no cuando se trata del amor de tu vida. Mi padre solo la ha amado a ella: con sus virtudes y defectos, enamorado de su risa contagiosa, de lo atrevida y amable que era, de sus orígenes puertorriqueños, de sus ojos, de su forma de ser, de lo rápido que hablaba cada vez que lo regañaba... Pero la vida es tan injusta que es capaz de arrancarte a tu ser más querido sin pestañear. En estos momentos es cuando pienso que el amor es una mierda, ¿sabes? Dañino, impredecible; le da igual clavarte siete puñaladas en el corazón si un día se despierta al revés. Mi padre quedó devastado, con el pecho partido en dos. Dime, ¿cómo alguien puede sobrevivir con un corazón lleno de parches mal cosidos? El amor duele, Aurora, duele más de lo que te imaginas —dijo con tono grave—. Puedes estar tranquila porque tú y yo, además de incompatibles, seguiremos siendo dos desconocidos.

La princesa de la muerte no supo qué responder o cómo reaccionar; tampoco sabía si debía moverse o no. ¿Qué se le decía a la persona que acababa de asegurar que el amor estaba lleno de agujas e hilos? Un amor traicionero, desleal, que actuaba con incertidumbre. ¿Qué podía responderle si ella pensaba lo mismo? Así que lo único que hizo fue observar de nuevo la ciudad, apartando la mirada de la de Vincent, quien seguía esperando una respuesta de su parte, aunque en el fondo supiera que no obtendría ninguna. La mente de la ladrona había vuelto a teñirse de blanco, algo que estaba volviéndose habitual debido a él.

—¿Quieres desayunar? —murmuró el detective ante el silencio permanente. No tendría que haberle dicho nada, mucho menos mencionar el tema de los sentimientos. ¿De qué le había servido, cuando lo único que quería era volver a la burbuja de antes?—. He comprado galletas de esas que te gustan, con almendras.

No obstante, las palabras quedaron suspendidas en el aire cuando la ladrona, en un arrebato, cruzó todo el estudio para abandonar el domicilio; Vincent se asustó.

—¡Aurora! —gritó con la intención de ir tras ella, pero se detuvo al percatarse de la toalla que le rodeaba la cintura—. Joder —mascculló al observar a Sira escapándose para seguir a su dueña.

No entendía qué había visto para reaccionar de esa manera. Mientras se enfundaba en un chándal cualquiera, se planteó la posibilidad de que el motivo de su enfado fuera esa amiga de la infancia que la había traicionado. Pero Aurora era inteligente, y quería creer que no se dejaría llevar por un impulso estúpido que además la había arrojado al desnudo: sin armas, sin un equipo a sus espaldas y con una simple camiseta que apenas la cubría.

Al detective apenas le dio tiempo a cerrar la puerta principal y empezó a descender por las escaleras casi de dos en dos con el deseo de alcanzarla antes de que Aurora pusiera un pie en el exterior.

Tarde.

La imprudencia hecha persona se dirigía a un coche negro aparcado de tal manera que pasaba inadvertido y que tenía, además, una perfecta perspectiva de su balcón.

Frunció el ceño ante la precipitada conclusión, pero lo que hizo que acelerara el paso fue ver cómo aporreaba el vidrio tintado.

—¿Qué estáis haciendo aquí? —preguntó la mujer después de que Stefan hubiera bajado la ventanilla bostezando. Cuando enfocó su rostro enfadado, no tardó en golpear a Romeo para que despertara—. Os ha mandado Giovanni, ¿verdad? ¿No tenéis nada mejor que hacer, par de cotillas? ¿Qué le habéis dicho?

—Jesús —pronunció el primero frotándose la cara—. ¿Se puede saber qué hora es?

Romeo dejó escapar otro bostezo y no tardó en apoyar la mejilla contra el hombro de su compañero, haciendo que este se tensara. Pero Aurora no iba a quedarse de brazos cruzados y no se le ocurrió una idea mejor que apretar el claxon.

Los dos espías se sobresaltaron asustados y la risa del detective se hizo presente. Pero no duró mucho, pues Aurora se volvió hacia él al instante.

—¿Cuánto hace que me estáis vigilando? —Se dirigió de nuevo a los dos hombres en el interior del coche—. ¿Tengo pinta de necesitar dos guardaespaldas? Llamad al *capo*. Ahora.

—Pero…

—Ahora —ordenó notando la presencia de Sira merodeando alrededor de sus piernas aún desnudas. También se había percatado de su falta de calzado y no pudo evitar dar las gracias al contemplar la calle casi desierta. Lo último que necesitaba era montar un espectáculo.

Los muchachos obedecieron y Stefan no dudó en marcar el número de su jefe. No quería imaginarse la bronca que les echaría a su vuelta, ya que una de las órdenes había sido que la princesa de la muerte no se percatara de su presencia.

Al tercer timbre, Giovanni Caruso contestó la llamada.

—Espero que sea una emergencia, muchacho, porque como me hayas despertado sin motivo dejaré que Grace piense en un castigo para ti —respondió, provocando que Aurora frunciera el ceño ante la mención de ese nombre desconocido.

—No necesito a este par de niñeras, ¿me oyes? ¿Y quién cojones es Grace?

—*Buongiorno, principessa* —murmuró Giovanni aún con la voz adormilada—. Qué agradable sorpresa.

—No me jodas, Giovanni, no soy ninguna niña ni tampoco una damisela en apuros que necesite que estos dos la protejan. Sé cuidarme, por si no lo sabes, y odio que me vigilen. Diles que se marchen.

—Es muy pronto, Aurora, y domingo, además; día de descanso. Lo hablaremos mañana.

Pero lo que más odiaba la ladrona de guante negro era apreciar la burla en una conversación seria.

—Ordena que se marchen o...

—¿O qué? —la provocó—. Tal vez no seas una damisela en apuros y no pongo en duda que sepas cuidarte, pero necesito que Stefan y Romeo sean mis ojos por si los hombres de Smirnov dan señales de vida, ¿queda claro? Si planean ir a por el cofre, tú serás la primera pieza que intentarán derrocar. Recuerda que Nina está con ellos y no dudará en atacar.

Al italiano no le gustaba hablar de sentimientos, tampoco que estos lo delataran, por lo que intentó esconder la tristeza que le había generado pronunciar esas últimas palabras.

—Espero que a Nina no se le olvide que yo también sé jugar —respondió Aurora.

—Ven mañana y lo hablamos —dijo el *capo*, dando la conversación por terminada—. Y no lo pagues con Stefan y Romeo, ¿de acuerdo? No me han informado de con quién te estás quedando.

Aurora, sin pretenderlo, le regaló una mirada a Vincent.

—Lo sospechas.

—Nos vemos mañana —murmuró para, acto seguido, cortar la llamada.

Y la ladrona dejó caer lentamente el brazo mientras pensaba en esas palabras pronunciadas por Giovanni.

4

Eran las seis de la mañana de un lunes cualquiera de julio. Las seis de la mañana después de las incontables veces que Aurora había revisado la hora ansiando que el nuevo día asomara por la ventana.

No podía quitarse de la cabeza esa pesadilla que no dejaba de perseguirla y que le había hecho dar infinitas vueltas en la cama. Odiaba profundamente esa sensación: la de sentirse vulnerable ante un recuerdo de años atrás, el mismo que había vivido en la clínica veterinaria. Un recuerdo, al fin y al cabo, que la había marcado a fuego; una cicatriz que era imposible ocultar.

No se lo pensó dos veces cuando se levantó de esa cama todavía hundida por el peso de Vincent, que dormía plácidamente a su lado. La ladrona había estado ocupando el sofá, pero la noche anterior, antes de acostarse, el detective le había propuesto que compartieran el colchón para que ella pudiera dormir en condiciones. «No te estoy pidiendo que durmamos abrazados, pero admite que el sofá es incómodo», le había dicho, y ella se lo había reconocido con un leve movimiento de cabeza.

La respuesta lo había sorprendido, pues había creído

que se encontraría con una nueva discusión, pero no había sido así; tampoco una caricia ni ningún roce que hubiera desatado un nuevo encuentro como el que habían vivido veinticuatro horas antes. Esa noche habían dormido como un par de desconocidos obligados a compartir una sola cama con la tentación vagando bajo las sábanas. Una tentación que seguía entre ellos, y que se cruzó de brazos indignada cuando vio que la princesa de la muerte la abandonaba para, un segundo más tarde, cerrar la puerta principal con suavidad.

Eran las seis y cuarto de la mañana y Aurora, enfundada en un conjunto deportivo, acababa de salir del estudio después de haber pasado días encerrada.

Necesitaba respirar y deshacerse de esa tentación que intentaba llevarla a la deriva, igual que la pesadilla que la había despertado.

Así que empezó a correr. Un trote ligero, sin detenerse. Corría sin pensar, tratando de que ninguna preocupación la invadiera, pero sus palabras...

«El amor duele, Aurora».

Había transcurrido un día desde aquella conversación y ninguno de los dos había tenido el deseo de adentrarse de nuevo en ella. La habían dejado suspendida en el aire, colgando de un par de hilos que esperaban que se mantuvieran intactos. El detective había puesto el punto final y la ladrona, ignorando el sabor agridulce, no había tenido intención alguna de rebatírselo. El amor dolía, no podía ni quería negarlo, pues ella tampoco quería que su corazón sufriera daño alguno.

«¿Cómo actuarías si te dijera que estoy profundamente enamorado de ti?». No estaba enamorado de ella, ambos lo sabían; sin embargo, no podía negar la inquietud que le habían generado aquellas palabras. «Profundamente enamorado». ¿Hasta ese extremo podía llegar a sentir el corazón?

La ladrona siguió corriendo sin detener el ritmo, distraída, preguntándose si sería capaz de albergar tal magnitud. Nunca se había enamorado y dudaba que algún día lo hiciera. Giovanni se lo había advertido en un par de ocasiones durante su adolescencia: «Nosotros no sentimos amor, *principessa*. Amar es una tontería, una debilidad... El poder no reside en el amor, tampoco te hace fuerte. No dejes que nadie se adueñe de tu corazón, ¿de acuerdo?».

Y ella había asentido a esa orden con la mirada firme y sin mostrar ningún tipo de emoción.

No sabía cuánto tiempo había transcurrido desde que pisó Central Park, pero había empezado a notar una sensación de alerta, así que ralentizó los pasos hasta detenerse por completo. Esperaba que no fuera verdad y que los dos pares de ojos que acababan de percatarse de su descuido no estuvieran siguiéndola; sin embargo, la ladrona de guante negro fue mucho más rápida girándose hacia los dos muchachos vestidos en su misma sintonía y con la respiración levemente agitada.

—No me lo digáis —empezó a decir ella—. Es una casualidad, ¿verdad? Me parece que ayer os lo dejé claro: dejad de seguirme.

—¿Crees que me gusta estar haciendo de niñera? —soltó Stefan arqueando una ceja—. Órdenes de Giovanni. Ya sabes cómo funciona.

Romeo le regaló una mirada a su compañero como muestra de acuerdo.

—Me tenéis harta. Los tres.

—Vamos, no te enfades —siguió diciendo el primero—. Estás en peligro quieras admitirlo o no. ¿A quién se le ocurre salir a escondidas para dar un simple paseo por el parque? Los rusos pueden estar vigilándote desde cualquier ángulo y, si llegaran a atraparte, el *capo* nos cortaría el cuello. Serías la responsable de nuestras muertes.

—Prometo llevaros flores —ironizó la ladrona, y no tardó en añadir—: Necesitaba un poco de aire, ¿cuál es el problema?

—Uy —intervino Romeo—. ¿Primera discusión conyugal? —murmuró, sonriendo, y observó que Stefan se unía. No obstante, la mirada que recibió por parte de la mujer de ojos verdes bastó para que retrocediera un paso—. Era una broma, ¿vale? Relax.

—Para la próxima, piensa en otra que tenga más gracia.

Stefan soltó otra risotada, divertido ante la humillación a Romeo, pero sin obviar la reacción de Aurora. Si bien su compañero solo había pretendido aligerar el ambiente, no dudaba de que algo había ocurrido entre la ladrona y el detective, dos personas que, pese a estar conviviendo bajo el mismo techo, seguían siendo enemigos naturales, aunque entre ellos se respirara una evidente atracción de esa que a veces solía desencadenar un sentimiento más fuerte. El problema residía en que nadie sabía hacia cuál de los dos extremos.

Cuando Stefan y Romeo, seguidos por Aurora, traspasaron las puertas de la base neoyorquina de la Stella Nera, el primero de ellos sintió que un nubarrón negro se aproximaba con rapidez para asentarse sobre la cabeza de la ladrona. Recogía las miradas, muchas de ellas aún enfurecidas, de los demás miembros de la organización. No sabía si había sido buena idea entrar por la puerta grande, tal como ella había ordenado en el parque, ya que aquello había supuesto caminar por la sala principal y contemplar el desprecio en sus facciones, los murmullos entre ellos o los deseos de venganza dirigidos hacia su alteza real, la princesa de la muerte.

Al fin y al cabo, siempre pensarían que Aurora había

sido la responsable de la muerte de su líder, y si nadie se había atrevido a acercarse era porque Giovanni Caruso estaba en las instalaciones, pendiente de cada movimiento. Algunos tenían entendido que, al cambiarse al bando de Nina, Charles había quebrantado una de las normas más importantes: había traicionado a la organización, al *capo*; si bien los más leales no lo contemplaban de aquella manera. Stefan, no obstante, se encargó de desmentir cualquier teoría o rumor que hubiera empezado a circular por los pasillos, teniendo en cuenta que él había sido el auténtico culpable.

Charles habría muerto de todos modos, no por haber traicionado a la organización, que también, sino por haber herido al detective. Estaba seguro de que Aurora habría recurrido a un método mucho más sangriento y cruel, y ella misma lo había confirmado al acercarse al policía para desatarlo; la delicadeza con la que lo había tratado, la preocupación adueñándose de su voz... Dos enemigos que habían olvidado por completo que lo eran.

Stefan había decidido callar lo que era evidente, pues no era de su incumbencia ni tampoco deseaba acelerar lo que parecía estar cociéndose a fuego lento. Ni siquiera lo había hablado con Romeo, a pesar de que la confianza entre ellos se fortalecía cada día, aunque no en la dirección que él deseaba.

Le regaló otra mirada de reojo sin que él se percatara y mientras la ladrona se acercaba al despacho de Giovanni se preguntó qué pasaría si él decidiera contarle lo que le hacía sentir cada vez que notaba su cercanía. ¿Se enfadaría? ¿Cuántas posibilidades existían de que lo aceptara? No tenía ni la más remota idea. Pero lo que más le asustaba era pensar que Romeo decidiera alejarse y cortar cualquier tipo de vínculo que hubieran forjado.

Lo miró una vez más y fue cuando vio sus labios moverse. Estaba hablándole.

—Stefan, ¿sigues en las nubes? Grace nos reclama.

El italiano asintió con la cabeza, espabilándose. Más valía no hacer esperar a la nueva líder de la organización, quien, a pesar de su dulce sonrisa, no escondía los colmillos afilados. La colombiana podía llegar a tener dos caras: delicada y tierna por fuera, pero con un carácter capaz de levantar a cualquier ejército.

Mientras avanzaba con las manos escondidas en el interior de los bolsillos, se preguntó cómo sería el encuentro entre las dos mujeres.

Pero la ladrona se había olvidado de ese nombre y no deseaba que hubiera un nuevo miembro en su equipo. En ese momento resistía a la tentación de abrir la puerta del despacho del *capo* sin llamar. Se regañó a sí misma por haberse planteado una actitud tan inmadura e infantil, porque, aunque no dejaba de tener veinticuatro años, tenía una reputación que mantener. Esperó unos segundos hasta que el propio Giovanni abrió enfundado en su habitual traje con corbata aun cuando el reloj no había marcado las nueve de la mañana.

—Llevo catorce años contigo y nunca te he visto vestido con algo menos formal —murmuró cerrando la puerta detrás de ella.

—Forma parte de mi identidad, *principessa* —respondió él, y esbozó una pequeña sonrisa mientras se dirigía al sillón colocado detrás del escritorio—. Siéntate, ¿quieres un café? Un café en condiciones. —Aurora negó después de haber tomado asiento—. ¿Cómo te encuentras? ¿Y Sira? Pensaba que la traerías contigo.

—No está sola —se limitó a decir, aunque no tardó en cambiar de tema—: Creo que ayer dejé clara mi postura: no necesito una niñera. Que investiguen los movimientos de Smirnov todo lo que quieran, pero como vuelva a pillarlos siguiéndome, los ataré a un árbol.

—Drástico, ¿no te parece? Stefan y Romeo están cuidando de ti.

—No necesito sus cuidados, tampoco que...

—Lo sé, *principessa* —la cortó alzando la mano—. Tú sola te vales para acabar con todo aquel que se atreva a ponerte una mano encima. Pero cualquier precaución es poca. Además, me pediste protección y vigilancia para los Russell. —El *capo* levantó las cejas, lo que provocó que Aurora se mostrara levemente confundida—. Estoy dándote lo que me has pedido.

—Te dije...

—El padre, su hija menor y, según tengo entendido, ese policía siguen siendo de la familia.

La ladrona frunció el ceño.

—No mencioné nada sobre vigilarlo a él.

—¿Porque ya lo estás haciendo tú? ¿Qué tipo de relación mantienes con él?

—¿Para esto me has hecho venir? ¿Para interrogarme?

—No estoy haciéndolo.

—Claro que sí.

—Me preocupo por ti, Aurora —respondió tratando de que la conversación no se acalorara.

—Tenemos una tregua.

—Las treguas se rompen.

«Nuestro fin es inevitable». La ladrona dejó escapar un profundo suspiro. No quería volver a pensar en esas palabras, pero parecía que su mente no dejaba de recordárselas.

—¿Crees que no me he planteado la posibilidad de que Vincent me traicione? La tengo presente todos los días, a cada momento, porque nunca dejará de ser un policía. Lo sé, lo tengo en cuenta, ¿podemos pasar a lo importante? Tu querida sobrina, por ejemplo, el verdadero origen de todo este desastre.

El *capo* tensó la mandíbula, aunque sin dejar de mirarla, y no dudó en reclinar el asiento hacia atrás. Había notado algo en su mirada que no le había gustado en absoluto.

—Te he hecho una pregunta —pronunció, serio, y contempló cómo alzaba la barbilla de manera sutil—. No me hagas repetírtela.

—Tenemos una tregua —repitió, y Giovanni empezó a jugar con los anillos de oro—. ¿Qué piensas que podría pasar? ¿Temes que me enamore de él? —preguntó mientras sonreía. Una sonrisa que reflejaba burla—. Llevas toda la vida insistiendo en que el amor no es más que una ilusión, una debilidad... ¿Te asusta que convierta a Vincent en mi igual? Que no sea mi punto débil, sino una fortaleza... ¿Te imaginas?

—Solo seríais una pareja de fugitivos.

—Una pareja implacable —refutó ignorando el cosquilleo que esa respuesta le había generado—. Me deshice de tus cadenas hace tiempo, así que no sigas creyendo que tienes poder sobre mí. La decisión de enamorarme o no, de sentir o no, de vivir o no, me pertenece. Y no dejaré que nadie, ni siquiera tú, sentencie por mí.

Giovanni dejó escapar el aire, un soplo de aire cálido que se le había escapado con lentitud mientras trataba de asimilar sus palabras. «Tiene razón», pensó, pero no quería plantearse la posibilidad de que su pequeña se olvidara de la mano que seguía dándole de comer, la que la había sacado de la miseria y de aquel orfanato en donde aún seguía reinando la crueldad.

Y menos quería que el culpable fuera ese detective que se moría por quitarse de en medio.

—¿Estás enamorada de él? —se atrevió a preguntar, segundos más tarde, temiendo su respuesta.

—No.

Volvió a respirar tranquilo, pues era el único capaz de distinguir cuándo la ladrona de guante negro utilizaba su lengua envenenada en mentiras.

—¿Y por qué te empeñas en seguir a su lado? Con independencia de la tregua que tengas con él...

—Giovanni...

—No entiendo la necesidad, eso es todo. Sabes que puedo darte lo que me pidas, mantenerte escondida en un lugar seguro. ¿Por qué...?

—Basta —lo interrumpió una vez más. Ni ella misma conocía la respuesta, ¿qué esperaba que contestara?—. No quiero seguir hablando de Vincent Russell.

No obstante, su mente traicionera no dejaba de recordarle su segunda noche, que había resultado ser incluso mejor que la anterior. Tragó saliva y, de manera disimulada, trató de despejar esas imágenes mientras observaba el impasible rostro del italiano.

Giovanni decidió poner un punto y aparte a la conversación; la retomarían más adelante, cuando la princesa se diera cuenta de que los cuentos de hadas no existían. Antes de que tuviera oportunidad de adentrarse en el tema de su sobrina y de los Smirnov, un par de golpecitos en la puerta lo detuvieron.

—Pasa, querida —murmuró el *capo* cuando la mujer de pelo rizado abrió la puerta. «¿Querida?». La ladrona se giró de manera sutil para contemplarla—. Aurora, quiero presentarte a Grace. Ella llevará las riendas de esta sede a partir de ahora, en cuanto yo regrese a Italia.

El mismo nombre que había oído el día anterior por teléfono, al que, al parecer, no le había prestado la atención suficiente.

Aurora no contestó y en la habitación se produjo un largo silencio, que aprovechó para ponerse de pie y observarla de manera detallada; la misma postura que Grace había adoptado, aunque con la barbilla levemente alzada debido a la diferencia de altura. La colombiana era una mujer de baja estatura, pero eso no le impedía mostrarse intimidante.

—Nunca te he visto por aquí —murmuró la italiana sin dejar de contemplarla, pues el color de sus ojos había captado su total atención, igual que sus rizos definidos, oscuros, como si los hubiera bañado en chocolate.

—Quizá porque no se ha tomado la molestia de buscarme; fíjese que soy bajita, pero tampoco tanto —respondió Grace, esbozando una de sus características sonrisas apenas elevando la comisura del labio, desafiante, provocativa—. Es un gusto conocerla, Aurora. —Extendió la mano hacia ella bajo la atenta mirada de Giovanni, mientras observaba su desconfiada reacción. Transcurrieron un par de segundos hasta que la ladrona decidió devolverle el gesto en un apretón firme—. He oído varias cosas de usted.

—Entonces habrás oído la historia de cuando le disparé a...

—Aurora —intervino Giovanni con la mirada seria.

—No hay problema. —Grace negó con la cabeza—. Creo que nos llevaremos bien.

La italiana no dudó en regalarle otra mirada más formal, recelosa. No la conocía y tampoco era su intención hacerlo, menos aún después de lo sucedido con Charles. Había confiado en él formando parte de su plan y la respuesta que había recibido había sido un puñal en la espalda, una traición, sin que se lo hubiera pensado dos veces.

No caería de nuevo en la trampa.

—¿Sabes por qué estoy aquí? —preguntó mientras se cruzaba de brazos.

—Estoy al corriente, Aurora. De todo —aclaró tomándose la libertad de enfatizar esa última palabra—. Giovanni me ha puesto al día.

La ladrona esperó unos segundos antes de dirigirse a él:

—¿Tanto confías en ella?

—Grace —pronunció el hombre, aunque no había apartado la mirada de Aurora—. ¿Nos dejas un momento? No tardaremos. —La mujer asintió con la cabeza, sin discutir, y enseguida cerró la puerta del despacho—. Que sea la última vez que me cuestionas, ¿queda claro? Silencio, estoy hablando yo —pronunció al observar su intención de abrir la boca—. Dices que no tengo poder sobre ti, pero recuerda con quién estás hablando. No permitiré otra falta de respeto, mucho menos que pongas en duda mi palabra. Me da igual que te muestres como un animal salvaje en libertad, pero te olvidas de que siempre regresas a mí para lamerte las heridas y resguardarte del frío. Mantén los pies en la tierra o habrá consecuencias.

—Sí, señor —respondió escondiendo lo que aquella amenaza le provocaba—. ¿Alguna otra petición?

El italiano suspiró ante esa melodiosa ironía que ella sabía que lo hacía enfadar. Sin embargo, no quería que la discusión entre ellos siguiera creciendo.

—La reunión será mañana.

La que había convocado para descubrir el paradero de la segunda gema, en la que los dos extremos de la escala de grises, la Stella Nera y los Russell, se reunirían muy a su pesar para unir fuerzas y completar la Corona de las Tres Gemas.

Aurora asintió de manera sutil, sin decir nada, aunque sorprendiéndolo con la pequeña reverencia que hizo antes de marcharse. La ladrona estaba jugando como una niña pequeña que odiaba que la regañaran, y Giovanni lo sabía, la conocía a la perfección. No obstante, confiaba en que sabría comportarse, pues lo último que deseaba era que algún miembro se llevara otra bala en la frente por su culpa.

Decidió encender un puro para calmarse mientras esperaba a que Grace volviera a entrar por esa puerta. Pero cuando la colombiana observó que la ladrona abandonaba el despacho del jefe, no dudó en detenerla y acercarse a ella.

—Giovanni te espera —murmuró Aurora dejando escapar la molestia que le generaba, como si se tratara de... ¿celos? Apartó ese pensamiento enderezando la espalda—. Y yo no tengo nada que hablar contigo, así que...

—Yo no quiero llevarme mal con usted. —Su voz sonaba dulce, aterciopelada, con el único propósito de que su temperamento pasara inadvertido.

—Mira, vamos a dejar las cosas claras —la interrumpió—. No me interesa forjar una relación más allá de la cordial contigo. ¿El *capo* te ha escogido para que dirijas Nueva York? Felicidades; espero que no se arrepienta.

La mujer de pelo rizado se quedó mirándola durante un momento con la misma expresión de hacía unos minutos: sonriente, relajada, con una seguridad envidiable.

—Siempre he querido saber más de usted; causa curiosidad, ¿sabía?, pues es difícil que una mujer tome el control y lleve derechito a un grupo de hombres que se comportan como niñitos inmaduros que no quieren acatar las órdenes de quien consideran del sexo débil, sobre todo en este mundo tan lleno de porquería. Llevo en esta organización mucho tiempo, sé lo que me hago y también reconozco cuándo una mujer lleva los pantalones bien puestos. Entiendo la desconfianza, pero, *mor*, yo no soy el enemigo, y menos la rata traicionera que fueron Charles o la segunda del jefe.

Pero Aurora no iba a hablar con Grace de la que había sido su mejor amiga teniendo en cuenta lo que aún le provocaba.

—Dijo alguien una vez: «No os fieis de aquellos que aseguran que no os clavarán un puñal en la espalda; serán los primeros en hacerlo».

—¿Usted qué come, que adivina? —preguntó la líder, divertida, y la ladrona frunció el ceño. Seguía sin entender por qué la conversación no había acabado aún—. Ay, pero dejémonos de formalidades. En este oficio la traición es demasiado habitual, Aurora. Menos mal que las acciones suelen pesar más que las palabras y que a ninguna de las dos nos convendría tenernos de enemigas.

—¿Cuánto tiempo llevas viviendo en la ciudad? —se interesó, aunque Grace negó ligeramente con la cabeza.

—No es una conversación para mantener en medio de un pasillo, ¿no crees? Aunque tal vez sí en un bar; hace tiempo que no tengo una charla de chicas. —La ladrona no respondió, así que Grace no dudó en añadir—: No te me asustes, que no me estaba refiriendo para ya; la propuesta sigue en pie hasta cuando te decidas.

—¿Y si no lo hago nunca?

—En ese caso, luego no te arrepientas por haberme rechazado, pues. Las oportunidades no se presentan dos veces —aseguró, y empezó a dar pequeños pasos hacia ese despacho que, en realidad, le pertenecía a ella—. Qué gusto haber conversado al fin, Aurora; me quedo a tu disposición.

Grace se marchó dejándola en medio del pasillo, ya que sabía que no obtendría ninguna respuesta de su parte. Había oído rumores, cotilleos y demasiadas historias sobre la princesa de la muerte y lo arisca que podía llegar a ser. Desconfiada, de lengua afilada y con los ojos inyectados en veneno. Sin embargo, a la colombiana no parecían desagradarle esas singularidades; al contrario.

Y esperaba que, finalmente, aceptara su invitación.

Al detective no le hizo falta abrir los ojos para darse cuenta de la inusual tranquilidad que se respiraba en el ambiente; una calma que, aunque lo mantenía entre las sábanas, le hizo fruncir el ceño.

Escondiendo el bostezo, no tardó en girarse hacia el lado contrario con la intención de encontrarse con las dos esmeraldas, una idea que al instante se vio truncada por la falta de calidez a su lado. La cama se encontraba vacía, a excepción de la mancha negra que dormía plácida sobre el colchón. Vincent no se atrevió a tocar a Sira, así que procuró levantarse con cuidado para dirigirse al cuarto de baño, casi arrastrando los pies, mientras se preguntaba en cuál de los cuatro rincones se habría ocultado su dueña. Aquel pensamiento hizo que un escalofrío le enderezara la espalda después de haber pronunciado su nombre en alto con la voz todavía ronca.

En el estudio del detective, un espacio amplio, abierto, no era posible esconderse. ¿Dónde se suponía que se había metido? No recordaba que le hubiera comentado que fuera a salir.

Decidió llamarla, aunque no sirvió de nada; la vibración del aparato se oía entre los cojines del sofá. Dejó escapar un suspiro profundo mientras se rascaba la nuca. Vincent no era de los que perdían la calma; intentaba mantenerse sereno y pensaba antes de actuar, pero aquella cualidad había empezado a desgastarse desde la llegada de la ladrona a su vida.

Podría salir a buscarla, pero la ciudad era inmensa. ¿Habría vuelto a reunirse con el par de italianos? ¿Tal vez con la gente con la que había hablado por teléfono?

No lo sabía. No sabía absolutamente nada y aquello provocó que su preocupación se tiñera de una ligera molestia. El enfado aumentó cuando el tiempo fue pasando y la puerta se mantuvo inmóvil. ¿Qué más podía hacer aparte de esperarla? Estaba claro que Aurora no había huido, pero la diana en su espalda no había desaparecido y con Dmitrii Smirnov en un campo de juego donde las reglas no existían era peligroso que pisara la calle sin que nadie la cubriera.

Cerró la tapa del portátil, se levantó del sofá y chasqueó la lengua mientras se preguntaba cuánto más sería capaz de esperar. Empezó a caminar en círculos hasta que sintió el impulso de avanzar hacia la puerta de madera; no se había dado cuenta de que Sira acababa de tenderse a unos metros de ella.

Justo en aquel instante sonó el timbre y Vincent, sin dejar pasar un segundo, abrió la puerta para encontrarse de lleno con aquellos ojos verdes que habría deseado contemplar al despertar en su cama. Arrugó la frente cuando se hizo a un lado para dejarla pasar.

—¿Se puede saber qué te pasa? —preguntó mientras Vincent cerraba la puerta, y se agachó para acariciar a su gata. Sira ronroneó en respuesta.

—¿Lo dices en serio? Para la próxima podrías dejar una puta nota avisando de que vas a salir. Es peligroso que vayas sola, ¿o pretendes que los rusos te atrapen?

La ladrona se levantó segundos más tarde, asombrada, y dejó escapar una pequeña sonrisa ante la preocupación del detective, que estaba adornada con un enfado que no comprendía. ¿Desde cuándo tenía que darle explicaciones?

—No estaba sola —se limitó a decir cruzándose de brazos.

—Aurora, me parece muy bien que salgas a correr, pero...

—¿Pero?

—Avísame —pronunció después de haber soltado el aire—. Entiendo que necesites salir, respirar, pero llévate el móvil al menos. No desaparezcas.

Ella inclinó levemente la cabeza mientras contemplaba el ruego en aquellas palabras. Ya no había sonado como si se tratara de una preocupación; había ido mucho más allá: miedo, tal vez, a abrir los ojos y darse cuenta de que se había ido.

—No ha pasado nada —contestó la muchacha con indiferencia. Empezó a deshacerse la trenza mientras se alejaba de él.

—No vayas por ahí.

—¿Por dónde se supone que estoy yendo?

—Le estás quitando importancia. —Vincent se mantenía de brazos cruzados, tenso y sin dejar de observarla, mientras se percataba de su intención de encerrarse en el baño—. ¿Por qué no quieres entenderlo?

En aquel instante la ladrona, dejando que la melena ondulada le cayera sobre el pecho, se volvió hacia él para encararlo.

—¿Me estás sermoneando?

—No —aseguró—. Lo que trato de decirte es que me avises si vuelves a salir, que te lleves el móvil por si llega a pasarte algo. Deja que me preocupe por ti, Aurora. —Una petición que había envuelto en un susurro, como si temiera su reacción—. Ya me has dejado claro que eres perfectamente capaz de enfrentarte al mundo, pero... No te escondas de mí.

Sin embargo, y a pesar de sus encuentros, de las confesiones esporádicas que la dejaban sin habla, de las noches en las que el deseo los quemaba cada vez más, a pesar de todo eso él nunca dejaría de ser un enemigo para la ladrona de guante negro. ¿Cómo pretendía que no se escondiera de la preocupación que reflejaba su mirada?

—¿De qué sirve que me abra a ti cuando entre nosotros existe una fecha de caducidad? —respondió provocando que a Vincent se le encendieran todas las alarmas—. De no haber confiado en ti, no habría aceptado venir; no te habría dejado acompañarme para enfrentarme a Nina y a Smirnov, y mucho menos participar en la búsqueda de la Corona. Me habría reservado toda la información, pero mírame... Estoy aquí, contigo, después de haber pasado la noche en tu cama —murmuró recordando todo lo que habían hecho y soltó un suspiro mientras volvía a la realidad—. Te avisaré cuando salga la próxima vez, llevaré el móvil encima, pero no me pidas que me comporte como si fuésemos dos personas que se están conociendo o que no quiera esconderme para evitar una relación que a ninguno de los dos nos conviene.

Vincent tragó saliva y, aunque habría querido decirle algo, se quedó en un triste intento. ¿Qué pretendía? Él mismo se lo había dejado claro semanas atrás, después de su primera noche en la casa de su padre.

—Voy a darme una ducha —pronunció Aurora un instante más tarde sabiendo que no iba a decir nada más—. Mañana tenemos la reunión para hablar de la segunda piedra. Dile a tu padre que no se olvide de llevar el cofre —le recordó mientras se encaminaba hacia el cuarto de baño.

El detective se limitó a asentir sin decir nada y observó que cerraba la puerta despacio, como si una coraza impenetrable acabara de implantarse entre ellos.

5

Thomas Russell se encontraba más nervioso que de costumbre; los ojos en alerta, los hombros tensos, casi rígidos, igual que las manos, que sujetaban la bolsa negra. Temía acabar inconsciente y despertarse en un lugar alejado de la mano de Dios o, peor aún, abandonado a su suerte, y que el italiano tuviera vía libre para robarle el cofre.

Ese pensamiento hizo que se le erizara la piel.

Apretó la bolsa un poco más contra el regazo. No confiaba en la organización ni en el hombre que la dirigía, a quien Aurora no había dejado de llamar durante su estadía en la casa. «Mi contacto», había mencionado en una ocasión, aunque más tarde hubiera averiguado, gracias a su hijo, que no se trataba de alguien común, sino de un hombre cuyo poder residía en el subsuelo de la ilegalidad, afiliado a esos negocios en los que no convenía meter las narices.

Thomas tragó saliva, tensó la mandíbula y levantó la mirada hacia los dos hombres sentados en la parte delantera del coche. Sus guardaespaldas, o así era como se habían hecho llamar cuando, hacía unos días, se habían presentado delante de la puerta de su casa. «Órdenes del *capo*», le había dicho el más alto de los dos, cuya mirada había conseguido que Thomas se hiciera pequeño ante él, a lo que también había contribuido la extensa cicatriz que le cubría el lado izquierdo del rostro.

A partir de aquel momento, cada vez que miraba hacia atrás ahí se encontraban: al acecho, escondidos entre los coches, pendientes de cualquier movimiento.

«Estamos aquí para velar por tu seguridad».

¿Seguridad? En absoluto. Lo controlaban para evitar que se escapara con el cofre. Una sensación de dominio que el *capo* de la Stella Nera le estaba regalando, acompañada además por una rigidez que nunca había experimentado, pues hasta el silencio quería escabullirse del interior de aquel coche por la tensión que se respiraba. Su mirada se suavizó cuando vio acercarse la motocicleta negra de su hijo en el aparcamiento en el que se encontraban, aunque no la conducía él, sino la ladrona de joyas.

Ambos vestían de negro, incluidos los cascos, como si se hubieran puesto de acuerdo. Esa imagen le hizo soltar el aire despacio mientras uno de los guardaespaldas le abría la puerta. Thomas se bajó sujetando la bolsa un poco más fuerte.

—Hola, papá —pronunció Vincent quitándose el casco.

Thomas le devolvió el saludo, además de esbozar una sonrisa, aunque desvió la mirada sin querer hacia la muchacha, que se encontraba distraída arreglándose la trenza. Aurora se percató al instante y no dudó en alejarse de la conversación que padre e hijo habían iniciado.

Algo había cambiado entre ellos y ella lo sabía, pues ya no existía esa cercanía que Thomas le había mostrado los primeros días. Los gestos del hombre se habían vuelto más esquivos, mantenía una distancia prudencial, y sus ojos... Ese color miel, el mismo que Vincent había heredado, se había vuelto más opaco; ya no era tan dulce como antes. ¿Qué podía decirle? No podía pretender que actuara como ella deseaba, y forjar una relación más cercana carecía de sentido.

Aurora enderezó los hombros después de haber diluido cualquier pensamiento y se cruzó de brazos al oír el ruido de un motor que se aproximaba. De un vistazo contempló detrás de Thomas a sus dos hombres, que mantenían la posición para esperar la llegada de Giovanni Caruso. No pudo evitar volver a centrarse en el padre del detective, que, a pesar de que tratara de ocultarlo, desprendía olor a miedo, a incertidumbre; una fragancia a inquietud y malestar que la ladrona había captado al instante.

Al fin y al cabo, no era ningún criminal, sino un ambicioso joyero cuyos conocimientos los ayudarían a hacerse con uno de los tesoros más valiosos de la historia. Quizá aquel había sido el motivo por el que el *capo* todavía no había emitido la orden de matarlo. «El conocimiento es poder, Aurora», recordó las palabras que siempre le decía. No obstante, lo que la inquietaba era lo que pudiese pasar en el momento en que la Corona de las Tres Gemas ya estuviera completa. Y en sus planes no entraba, en ninguna circunstancia, compartir el botín.

—*Il padre del ragazzo* —pronunció Giovanni, esbozando una peculiar sonrisa después de bajarse del vehículo. Stefan y Romeo se colocaron detrás de él—. Encantado de conocerle. Me han hablado mucho de su misteriosa investigación —siguió diciendo, dejando que su melódico acento se notara en cada palabra, y no tardó en ofrecerle la mano para empuñar un cordial saludo.

—Gracias, supongo —respondió el hombre, que no dudó en mirar a su hijo. Vincent asintió levemente con la cabeza para tranquilizarlo, dándole a entender que no permitiría que le pasase nada.

—Tenemos un largo día por delante. Señores, por favor. —Miró a sus hombres y estos no dudaron en acercarse, cada uno con un antifaz en la mano.

—Un momento —los detuvo el detective.

—Me temo que no eres tú quien decide aquí, muchacho. ¿Crees que voy a permitir que un policía conozca la ubicación de mis propiedades? Suficiente estoy haciendo con acceder a que estés aquí, teniendo en cuenta tu profesión.

—¿Y pretendes dejarme ciego para que confíe en ti?

—Hijo —pronunció Thomas poniéndole una mano en el hombro—, tengamos la fiesta en paz.

—Escucha a tu padre. Y te vendría bien un poco de disciplina, ¿no te parece?

El detective le devolvió la mirada, frunciendo el ceño, y no pudo evitar desviarla hacia la ladrona, que se encontraba cruzada de brazos, indiferente a la situación. Ni siquiera lo había encarado y no supo si aquel gesto pretendía molestarlo más. Pero lo que el joven no sabía era que Aurora, con el *capo* alrededor, no deseaba que surgiera una nueva discusión después de la conversación del día anterior.

«¿Estás enamorada de él?».

«No».

—¿Y bien? ¿Nada que objetar? —El *capo* alzó las cejas esperando una respuesta.

—¿Podemos irnos ya? —Fue Thomas quien respondió.

Giovanni esbozó otra sonrisa.

—Como ordenes, amigo mío. En marcha.

Todo el mundo reaccionó a la orden.

—Te apuesto cien euros a que uno de los dos acaba sacando el arma —murmuró Stefan cerca del oído de su compañero, y este sonrió imaginándose la situación.

—Doscientos a que lo hace Aurora.

Ambos la observaron subirse a la moto.

—Hecho.

Sellaron la apuesta con un apretón de manos y no tardaron en introducirse en el coche junto al *capo* de la organización. Thomas hizo lo mismo, volvió a colocarse la bolsa sobre el regazo y observó que uno de los guardaespaldas le pedía al detective que se sentara junto a él. Vincent acabó haciéndolo a regañadientes mientras contemplaba el antifaz.

—Como alguno de los dos —empezó a decir el de la cicatriz— se atreva a quitarse la venda, le arrancaré los ojos y se los haré tragar. ¿Queda claro?

Ninguno de los dos respondió, aunque el hombre se dio igualmente por satisfecho.

Antes de que el detective sucumbiera a la oscuridad, se permitió regalarle una última mirada a Aurora.

¿Cuántas vidas tendrían que pasar para que Thomas pudiera sostener uno de los tesoros más valiosos y enigmáticos de la historia?

Notaba el cosquilleo que le viajaba por debajo de la piel y que le pedía tener el Zafiro de Plata cuanto antes entre las manos. Sin embargo, aunque el colgante no se encontrara muy lejos de su alcance, era visible a los ojos de los presentes.

Hacía varios minutos que les habían quitado la venda permitiéndoles un momento para que se acostumbraran al continuo e intenso parpadeo de la luz. Se trataba de un apartamento con dos habitaciones, al parecer; pequeño, sencillo y con escasos muebles. Los suficientes, no obstante, para que los seis pudieran sentarse alrededor de la mesa redonda. Él se encontraba junto a su hijo y, a sus respectivos lados, los dos muchachos, que no habían abierto la boca. Aurora y el *capo*, por el contrario, se habían sentado delante de ellos, que no dejaban de observarlos. Los matones debían de haberse quedado en la puerta.

—¿Y bien? —preguntó Giovanni mientras se mostraba dispuesto a encenderse un puro—. Tenemos el cofre y el Zafiro de Plata. ¿Quién hace los honores?

—Antes de empezar... —murmuró Thomas arrugando la nariz—. ¿Te importaría no fumar, por favor?

—¿Te molesta?

—Es un espacio cerrado —puntualizó el detective saliendo en su defensa—. Y no creo que ahora mismo sea necesario que te fumes uno.

—¿Cuál es el problema, Russell? —intervino la ladrona desconcertándolo. Nunca había empleado su apellido con ese tono—. Si no soportas el olor, puedes marcharte. John y Dereck estarán encantados de acompañarte a casa.

Giovanni no se tomó la molestia de intervenir en la discusión y alzó las cejas divertido mientras observaba a Thomas pasarse la lengua por el colmillo, como si ya hubiera presenciado con anterioridad la dinámica que el detective y la ladrona solían mantener.

—No estaba hablando contigo —respondió el joven juntando las manos sobre la mesa.

—Pero estoy aquí, presente en la reunión. ¿No tengo derecho a opinar?

Stefan y Romeo se miraron entre ellos. Una mirada rápida, fugaz, que daba a entender que la apuesta estaba en marcha.

—Suficiente —ordenó Giovanni mirándola, una sola palabra que bastó para que Aurora se diera cuenta de que no estaba sola; no tuvo más remedio que morderse la lengua mientras Vincent se aclaraba la garganta—. Thomas, procede.

Sin embargo, el policía ya no prestaba atención. Sus ojos verdes lo habían distraído, igual que sus labios; aún recordaba el momento en que se habían marcado sobre su piel. «Joder», pensó, incapaz de decirlo en voz alta porque creía que, de hacerlo, su lengua le jugaría una mala pasada.

Parpadeó varias veces para volver a la realidad, en la que su padre acababa de colocar la bolsa bajo el foco de luz. La abrió al instante, sin esperas innecesarias, y permitió que los asistentes contemplaran el cofre encargado de resguardar a los tres corazones de la Corona. Una pieza de madera cuya vejez podía apreciarse con claridad; majestuosa, con decoraciones talladas con delicadeza y pulcritud.

—Necesitaré el colgante —pidió, pero Giovanni se había quedado ensimismado ante los elementos decorativos que poseía el único instrumento capaz de trazar el camino en el mapa—. Lo habéis traído, ¿no?

—Jefe —pronunció Romeo a su lado.

—Oh, sí, claro, *scusa*. Antes de sacarlo... —Vincent endureció la mandíbula ante aquellas palabras—. El Zafiro de Plata me pertenece. Haz lo que tengas que hacer, pero volverá a mis manos al acabar, ¿queda claro? —La voz del *capo* había sonado firme, tranquila, aunque había dejado que la amenaza la envolviera de manera sutil.

Thomas no respondió.

Sin embargo, su hijo no iba a quedarse callado.

—Lo habéis robado, así que, técnicamente, no os pertenece —dijo negando con la cabeza mientras chasqueaba la lengua.

—Si nos ponemos en ese plan... —intervino Romeo, provocando que todas las miradas cayeran sobre él, sobre todo la de Stefan—. Le pertenecerá a quien ha creado la joya o, en su defecto, al miembro de la realeza que...

—Romeo —pronunció el *capo*, y el muchacho juntó los labios al instante contemplando su oscura mirada—. Deja que hablen los mayores.

El joven francotirador asintió con la cabeza, algo cohibido, y dirigió la vista a su compañero. Stefan no dudó en regalarle un gesto tierno, compasivo, como si acabara de decirle: «El jefe es idiota, ni lo escuches». Romeo apenas levantó la comisura del labio en un gesto de gratitud, al mismo tiempo que Thomas se aclaraba la garganta antes de decir:

—El colgante no es de nadie, tampoco se trata de una joya más y no podemos contemplarla como una pieza individual. Este zafiro pertenece a la Corona de las Tres Gemas, a la composición entera. ¿Por qué estamos hablando sobre esto ahora? —preguntó dejando que la impaciencia se le apreciara en la voz. Giovanni levantó las cejas ante el reclamo—. Se supone que nos hemos reunido para averiguar el paradero de la segunda gema. ¿Podemos, por favor, dejar de lado nuestras diferencias?

Sin embargo, ninguno de los presentes quiso responder y lo único que se oyó, segundos más tarde, fue a Stefan aclararse la garganta; un ruido seco, compacto, que hizo que Thomas se pusiera de pie y extendiera sobre la mesa los utensilios que necesitaría para separar el zafiro del colgante.

—Giovanni —murmuró el hombre, y el italiano contempló las manos cubiertas por los guantes blancos de algodón—. Entrégame el Zafiro de Plata.

Bastó un simple movimiento de cabeza por parte del *capo* para que Dereck, el de la cicatriz, se acercara con el maletín que contenía la joya. Ninguno de los presentes pronunció una palabra cuando la ladrona lo abrió dejando entrever el característico brillo, origen de aquella aventura. Entonces, Thomas Russell empezó a trabajar. Lo único que le interesaba era obtener la piedra central de la composición: el zafiro bañado en ondulaciones plateadas, igual que el resto del colgante, motivo por el que había recibido su nombre.

Contuvo la respiración durante varios segundos. Necesitaba que alguien lo pellizcara, convencerse de que no era ningún sueño y de que estaba manipulando una de las gemas más valiosas de los últimos veinte años.

Aquel pensamiento provocó que se transportara al pasado, al momento en que la contempló por primera vez, de lejos y durante unos pocos segundos, antes de que volviera a perderse en el tiempo. Aún recordaba las consecuencias de ese instante y lo que le había hecho sentir: los años de búsqueda tirados a la basura, la decepción, la adrenalina, el frenético latido del corazón, la sangre en la que todavía pensaba... «Un accidente, solo fue un accidente».

Negó levemente con la cabeza y el recuerdo desapareció.

Ahora el Zafiro se encontraba a salvo, en sus manos, y se lo imaginó descansando delicadamente sobre el pecho de la mujer a quien todavía amaba. Esbozó una diminuta sonrisa, que ocultaba la tristeza que siempre sentía cuando pensaba en la madre de sus hijos, y se aclaró la garganta para obligarse a volver al presente; entonces se dio cuenta de las miradas puestas sobre él.

—Según tengo entendido, basta con introducir la piedra en su lugar correspondiente. Hijo, por favor, ábrelo —le pidió, y Vincent no tardó en acatar la orden y dejar al descubierto los tres huecos vacíos—. Se activará un mecanismo que lo hará funcionar, como si se tratara de los engranajes de un reloj manual. Entonces veremos la ubicación de la segunda gema, que podría estar en cualquier parte del mundo... —terminó por decir, casi en un susurro, mientras acercaba la gema al primer espacio.

Nadie se atrevió a hablar mientras observaban la delicadeza con la que la manipulaba, esperando oír un sonido que les confirmara que estaba funcionando.

Pero no se oyó nada. Y Thomas, frunciendo el ceño, sintió que se le aceleraba el corazón tras los primeros segundos de silencio completo.

—¿Falta mucho? —preguntó Stefan con la barbilla apoyada sobre la palma de la mano.

El hombre no supo qué contestar.

—Se supone que es inmediato —dijo con nerviosismo, sobre todo por la mirada que el *capo* estaba regalándole—. Funcionará, ¿de acuerdo? Tiene que funcionar, tan solo dejadme… —No acabó la frase, pues su concentración se volcó en el cuaderno que acababa de poner sobre la mesa, una libreta de cuero, antigua, en la que el paso del tiempo se apreciaba con claridad. Avanzó por las hojas con rapidez hasta hallar la página que buscaba—. Se supone que no hay que hacer nada más —siguió diciendo, desesperado, al ver que el cofre seguía sin mostrar señales de funcionamiento.

¿Habría colocado la gema en el espacio equivocado? «Imposible», pensó arrugando la frente, y volvió a leer la única página que hablaba sobre él. Lo leyó en silencio, no obstante, hasta que la voz de Aurora consiguió que levantara la mirada.

—¿Podría ser en voz alta? —preguntó, aunque no se tratara de una petición. Giovanni se mantenía en silencio, expectante, y notó que la rigidez de los hombros empezaba a entumecerle el resto del cuerpo—. O déjamelo ver a mí.

—No creo que… —murmuró, y volvió a aclararse la garganta ante la inquisidora mirada de la ladrona—: «Para descubrir la siguiente gema será necesario insertar la anterior en el lugar asignado y que el sol pueda darle la bienvenida. Entonces, el cofre empezará a maniobrar. No se debe forzar ninguna articulación; de hacerlo, el funcionamiento podría verse alterado a cada vuelta que el reloj de arena conceda».

Las instrucciones no eran complicadas y parecía que los pasos a seguir eran sencillos. Thomas seguía sin entender por qué no daba resultado.

—¿Y bien? —habló Giovanni evidenciando la clara molestia.

—¿A qué se refiere cuando dice no sé qué del sol y darle una bienvenida? —preguntó Romeo. Había dejado que su curiosidad sosegara la situación.

Thomas quiso responder, pero fue la ladrona de guante negro quien habló:

—Indica en qué lugar debe introducirse la primera piedra —empezó a decir, consciente de la mirada ámbar del detective—. Hay que colocar el cofre orientándolo hacia el norte. Entonces, si descartamos el centro, nos quedan la derecha o la izquierda como únicas posibilidades. El sol sale por el este, así que le corresponde el tercer hueco si empezamos a contar desde la izquierda.

—Eh... Ya. —El muchacho asintió tratando de entenderlo—. ¿Y por qué no funciona, si está en el lugar correcto?

La ladrona no supo qué responder y no se le ocurrió mejor idea que encogerse de hombros mientras volvía a cruzarse de brazos. Observó, aunque sin prestarle demasiada atención, que la boca del *capo* empezaba a moverse; su molestia, sujeta por finos hilos, no dejaba de crecer. Pero Aurora había dejado de escuchar y ni siquiera le interesó la respuesta de Thomas, que reclamaba un poco de paciencia. También ignoró las intervenciones de los chicos, así como la mirada de Vincent, sorprendido ante el silencio repentino.

«A cada vuelta que el reloj de arena conceda». No dejaba de repetirse esas palabras mientras una extraña sensación interior le exigía que la escuchara, como si se hubiera colocado delante de ella. «A cada vuelta que el reloj de arena conceda». Para que la cuenta atrás pueda iniciarse de nuevo y que la arena empiece a caer, es necesario que gire el reloj. ¿Girar el cofre? La ladrona se mordió el interior de la mejilla. No tenía sentido. Las instrucciones eran claras: «Podría verse alterado a cada vuelta que el reloj de arena conceda». Volvió a arrugar la frente sin dejar de observar la pieza de madera y no dudó en acercársela ignorando el aumento del volumen de las voces.

Inspeccionó la base donde se habían tallado los tres espacios; el zafiro seguía ahí, perfectamente encajado.

—¿Y si le damos la vuelta? —preguntó dándole igual a quién hubiera interrumpido—. No perdemos nada por intentarlo.

Thomas parpadeó un par de veces.

—Eso es, precisamente, lo que no debemos hacer.

—¿Has probado? —Enarcó las cejas—. Enséñame esa página. —Pero el hombre volvió a negar con la cabeza—. No te lo voy a robar, si eso es lo que te preocupa. Lo único que quiero es volver a leerlo para explicarte mi teoría.

Giovanni decidió intervenir.

—Dáselo.

Una orden que había acompañado de su imponente mirada y que bastó para que el hombre deslizara el cuaderno sobre la superficie, aunque sin permitir que lo tocara.

—Dice que no hay que forzar el mecanismo; entiendo que se referirá a desmontarlo o darle un golpe, lo que provocará que el cofre se altere, pero eso no significa que no se le pueda dar la vuelta. Si el mecanismo se ve afectado, da igual cuántas veces lo gires, no funcionará, y para que lo haga hay que pensar en él como si fuera un reloj de arena. Tres piedras, tres vueltas. Un reinicio por cada ubicación.

La habitación se quedó en silencio durante unos segundos tratando de asimilar la explicación de la ladrona; fue Stefan quien lo rompió.

—Ya podrían haberlo explicado sin tanto adorno: «Inserta la gema y gira el cofre si quieres la ubicación de la segunda pieza». —Romeo empezó a reírse, pero, al darse cuenta de que ninguno pretendía acompañarlo, se calló al instante.

—¿Y si no funciona? —La inquietud de Thomas había empezado a hablar—. ¿Crees que no lo he pensado? No podemos arriesgarnos, no...

—Papá. —Vincent le puso la mano sobre el hombro—. Lo que ha dicho Aurora tiene sentido, podemos intentarlo. Al fin y al cabo, no tenemos ninguna otra opción, ¿o sí?

El nuevo silencio confirmó la respuesta.

Entonces, tras un largo suspiro, Thomas afirmó con la

cabeza y permitió que la ladrona de guante negro probara su teoría. Vio cómo cerraba el cofre con las dos manos, con el zafiro en el interior, y no tardó en darle la vuelta para dejarlo encima de la mesa implorando que la esperanza no la abandonara. No se oyó nada durante los primeros segundos, aunque Thomas sentía en los oídos el retumbar de sus latidos cada vez más fuerte. Quiso chasquear la lengua para dejar entrever su frustración; sin embargo, al cuarto segundo...

Al cuarto segundo el cofre cobró vida y el engranaje empezó a funcionar.

—Muy bien, *principessa* —murmuró el jerarca poniéndole una mano sobre la espalda, gesto que Vincent captó enseguida, aunque no dudó en disimular—. Espero que la segunda piedra no esté muy lejos.

Una incógnita que pronto sería revelada. Diez segundos después, cuando el ruido ya había cesado, Aurora volvió a girar el cofre y lo abrió para dejar al descubierto la inscripción que había aparecido encima del segundo espacio. Las miradas no tardaron en acercarse, expectantes, para observar el conjunto de números, letras y símbolos: unas coordenadas.

Stefan frunció el ceño.

—¿Y ya? ¿Unas tristes coordenadas van a conducirnos directamente hasta la segunda piedra? Demasiado fácil.

—No te adelantes, *ragazzo* —replicó el *capo*, y desvió la mirada hacia el portátil que la ladrona acababa de colocar sobre la mesa.

Aurora hizo una mueca y comprobó, una vez más, que la secuencia de números fuese correcta.

—Se trata de una estatua localizada en una ciudad costera en República Dominicana. Una estatua con forma de ángel colocada entre las rocas, en contacto con el agua del mar.

—¿Cómo se llama la ciudad?

—Puerto Plata —respondió la ladrona, y Stefan dejó escapar una pequeña risa.

—No me digas que «Zafiro de Plata» viene de ahí —murmuró—. Vamos por buen camino, entonces. ¿Cuál es el plan?

—¿No es evidente? —La voz de Aurora provocó que los Russell tensaran la mandíbula—. Iré a República Dominicana para buscar la segunda gema de la Corona mientras vosotros os encargáis de que Smirnov se mantenga lejos del cofre.

—¿Tú sola?

—Sí —respondió en el instante en el que sus miradas se cruzaron—. ¿Es que no estás de acuerdo?

Y el detective, que se había cruzado de brazos, dijo:

—Por supuesto que no.

6

La seriedad en el rostro de la ladrona era indiscutible, pues no podía quitarse de la cabeza las palabras que el detective había pronunciado hacía unos minutos.

Aquello le había hecho fruncir el ceño al preguntarse con qué derecho había expresado su disconformidad delante de Giovanni, delante de su padre, incluso. Vincent Russell no era nada para ella, ni ella para él, y seguía sin comprender por qué se mantenía firme en su empeño por acompañarla. La discusión recién iniciada empeoraba con el transcurso de los segundos. El *capo* de la organización se había negado en rotundo y había impuesto su opinión por encima de la del propio detective. Thomas, por el contrario, se había mantenido en silencio mientras pensaba en el motivo que habría arrojado a su hijo a asumir los riesgos del viaje. También le regaló una mirada a la joven, que ni siquiera le prestó atención, enfrascada como estaba en la nueva disputa con su hijo.

—¿Se puede saber por qué dejaría que vinieras conmigo? —soltó frenando su impulso por levantarse mientras sus miradas seguían peleando—. ¿Crees que no seré capaz de apañármelas sola? Porque déjame decirte que...

—En ningún momento lo he insinuado —aseguró Vincent interrumpiéndola—. Pero me parece justo que vaya una persona de cada bando, y teniendo en cuenta que no voy a dejar a mi padre en manos de una criminal... Soy la única opción que queda. Y me va a dar igual que estéis de acuerdo o no.

Giovanni se aclaró la garganta, quizá para aplacar el conjunto de las palabras malsonantes que deseaba dedicarle. Que la princesa y el detective iniciaran ese viaje los dos solos no le convencía en absoluto, pero él necesitaba hacerse con la siguiente gema cuanto antes. No había tiempo que perder en discusiones, los rusos acechaban. Confiaba en la ladrona y estaba convencido de que lo mantendría vigilado, así que se levantó, con los dedos rozando la superficie de madera, y no dudó en dictar sentencia:

—Aurora y Vincent irán a República Dominicana para buscar la segunda gema. Yo me ocuparé de que Nina y Dmitrii Smirnov sigan entretenidos. Y en cuanto al cofre, lo mantendré escondido y lejos de sus garras.

—Eso no es lo que acordamos. —Thomas se levantó con las manos convertidas en puños para evidenciar su disconformidad—. Acepté ayudaros porque tenemos un objetivo común; me necesitáis os guste o no, ¿y así es como vas a proceder? ¿Dejándome sin nada?

El detective quiso intervenir, defender a su padre, pero Giovanni silenció su propósito levantando el dedo índice.

—¿Y cómo pretendías proteger el cofre? ¿Escondiéndolo en otra caja fuerte? —Thomas lo miró con rabia contenida, igual que a Aurora, y los imaginó riéndose a su costa, comentando lo fácil que había sido merodear por su casa cuando él ya se había ofrecido a ayudarles—. No hay que subestimar al señor Smirnov, mucho menos a mi sobrina, y estoy seguro de que saben a estas alturas en manos de quién puede estar, teniendo en cuenta que Nina sabe con certeza quién localizó el Zafiro de Plata. —Giovanni puso todas las cartas sobre la mesa sin dejar de mirar a su supuesto aliado—. Déjame proteger el cofre de la misma manera que estoy haciendo con tu familia.

Entonces, el corazón de Thomas Russell empezó a bombear con mucha más fuerza, dejando entrever la angustia que le generaba toda aquella situación. El Zafiro y el cofre arrancados de sus manos, la amenaza del ruso encima de su familia, la imposición de Giovanni para hacerlo a su manera, poniéndolo entre la espada y la pared... Dejó escapar un suspiro largo, tratando de tranquilizarse, y se obligó a sí mismo a tomar asiento sin percatarse de que los ojos de la ladrona no habían dejado de observarlo y se habían dado cuenta de su sobrecarga mental: la desesperación que le hacía chispas en los ojos, el pálido color de sus mejillas, el constante empeño por aclararse la garganta para desechar el nudo que la comprimía.

—No —logró decir tras un momento—. El cofre se queda conmigo; hasta ahora me he encargado de esconderlo y así continuará. Fin de la conversación.

Habían transcurrido un par de horas desde el punto final de Thomas. A pesar de la insistencia que había mostrado el *capo* por saber cómo pensaba proteger el cofre, el neoyorquino no había dado su brazo a torcer y le había asegurado que no tenía de qué preocuparse, pues el nuevo escondite era a prueba de balas.

Giovanni no había dudado en dedicarle una mirada llena de desconfianza y tuvo que ser Aurora quien finalizara de una vez la discusión, después de buscar su mirada para compartir con él, en su idioma natal, sus pensamientos: «Somos un equipo ahora, tenemos un mismo objetivo. Dale un voto de confianza».

Y el *capo*, mientras observaba la confusión en los Russell, no tuvo más remedio que aceptar las condiciones para, acto seguido, dar por acabada la reunión.

—Vas a dejar a tu padre solo —murmuró la ladrona sentada en el sofá mientras el detective deambulaba por los armarios buscando algo. Esas palabras no tardaron en llamar su atención e hicieron que se detuviera, aún de espaldas a ella—. Tampoco sé con seguridad cuánto tiempo estaremos en Puerto Plata, y tú eres detective, ¿crees que Beckett no te va a echar de menos? ¿Qué excusa piensas darle? Y si solo lo haces para mantenerme vigilada...

En aquel instante Vincent se volvió haciendo que sus miradas, cargadas de sentimientos incomprendidos, se unieran, y contempló los colores del atardecer tratando de mezclarse con su aura oscura.

—No quiero vigilarte —confesó mientras observaba cómo acariciaba a Sira, que descansaba sobre su regazo. No pudo evitar acercarse—. Sé que volverás en cuanto hayas conseguido esa piedra, porque confío en ti. Quiero hacerlo, Aurora, pero eso no significa que vaya a cambiar de opinión. Iré contigo a República Dominicana, y no hay más que hablar —siguió diciendo absteniéndose de avanzar un paso más hacia ella—. Y no te preocupes por mi padre ni por el inspector, tampoco por mi puesto. No te preocupes por nada.

—Ni se te ocurra decirme lo que puedo hacer o no —declaró sin ser consciente de que había frenado la caricia hasta que la gata la abandonó—. ¿Puedes asegurarme que Beckett no va a sospechar? ¿Qué le dirás cuando no te encuentre? No son unas vacaciones... ¿Por qué te empeñas en seguir desafiándome? Este no es tu mundo.

—Deja de repetirlo.

Peligro.

—Lo diré las veces que sean necesarias para que te des cuenta de que no se trata de un juego, de que podrías ponerme en peligro con tu sola presencia, de que no es, ni por asomo, una de tus misiones para atrapar a los malos. Vamos a robar, Vincent... Deja de intentar ser lo que no eres. Déjame ir a por la gema sin que tenga que preocuparme por ti.

—No. —Fue lo único que dijo, aunque su deseo habría sido revelar lo que su interior pretendía seguir escondiendo—. Iré contigo. Y punto.

—¿Por qué? —La ladrona se levantó para acercarse a él—. Dime por qué insistes, por qué te empeñas... ¿Tienes miedo de que no vuelva? ¿De que traicione a tu padre?

—Aurora... —pronunció su nombre en un denso suspiro, y trató de que la lengua no le jugara una mala pasada—. Basta.

Sin embargo, la mujer de ojos verdes no iba a quedarse sin la explicación que ansiaba, y el detective lo sabía aunque no quisiera aceptarlo. Volvió a soltar el aire segundos más tarde buscando tranquilizarse. La insistencia en su mirada seguía firme, rogándole una y otra vez que se lo dijera.

—Dímelo —insistió mientras avanzaba otro paso sin ser consciente del riesgo al que tentaba—. Sabes que no pararé hasta que me lo expliques. —Hizo que las últimas palabras se convirtieran en un susurro que alborotó el pecho del detective—. Vincent.

La caricia de su nombre en aquellos labios que aún recordaba teñidos de rojo se materializó en un suave roce en la mejilla; el aliento de las respiraciones chocando. Esa caricia que hizo que los colores de ambas miradas se fundieran en uno solo: un esmeralda bañado en oro.

—¿Por qué me lo pones tan difícil? —susurró—. Te acompaño porque no quiero que te pase nada, para asegurarme de que vuelves con vida. Porque, aunque sepa que puedes apañártelas sola, no voy a ser capaz de estar semanas sin saber nada de ti. Y deja de repetir que somos incompatibles, dos desconocidos con el final escrito; ya lo sé, Aurora, soy consciente de ello. —Hizo una pequeña pausa, entremezclando la última palabra en un suspiro involuntario, y aprovechó para apartarse y así no caer en la tentación de volver a besarla—. ¿Esto era lo que querías saber? No tendrías que haber insistido.

—¿Me culpas?

—No —aseguró con rapidez—. Pero tenías razón en algo —siguió diciendo recordando sus palabras—: Lo mejor sería que evitáramos este tipo de conversaciones, teniendo en cuenta el viaje que nos espera.

El cofre había trazado el camino en el mapa y, con la ventaja en manos de la organización, Giovanni Caruso no iba a escatimar en gastos para que la ladrona de guante negro se hiciera con el segundo trofeo.

Un trofeo compartido, en realidad.

Se llevó el puro a los labios cuando ese pensamiento lo invadió. Al *capo* no le gustaba compartir y esa molestia creció al recordar con quién acababa de aliarse, la misma persona que había intentado capturarla y que se encontraba a un pequeño paso de dar al traste con el acuerdo y condenarlos a todos si lo deseaba.

Por suerte, el jerarca italiano era un hombre inteligente, minucioso; siempre iba varios pasos por delante y no permitiría que un detective cualquiera derrumbara el imperio que tantos años le había llevado construir. Y como se le ocurriera caminar en la dirección equivocada, no hallaría lugar en el mundo en el que esconderse. Hasta entonces, Giovanni se mantendría con los labios sellados, pero sin dejar de acecharlo en la oscuridad, pendiente de cualquier movimiento o palabra que dijera.

Sobre todo, con el viaje que él y Aurora tenían entre manos.

La travesía estaba planificada desde hacía dos días, a punto de que la pareja se embarcara en el avión para aterrizar en la capital de República Dominicana. Había ordenado a sus hombres que cuidaran cada detalle, cada imprevisto, para no dejar nada al azar, incluida la tapadera de su visita al país, que Stefan se había encargado de pensar y organizar, y que la ladrona había conocido mientras sostenía en las manos los pasaportes falsos.

—¿De verdad? —preguntó ignorando el ajetreo en la sala—. ¿Una pareja de recién casados de luna de miel?

—Vamos, no te enfades; es lo más creíble que se nos ha ocurrido para que paséis inadvertidos —respondió Stefan, con Romeo a su lado contemplando en la pantalla los nombres que habían escogido.

—¿Y dos amigos que viajan juntos no es lo bastante creíble? Dos hermanos, dos antiguos compañeros de la universidad... Fíjate cuántas posibilidades había —se quejó mientras dejaba caer los papeles encima de la mesa—. ¿Tú estás de acuerdo? —preguntó girándose hacia Giovanni.

El *capo* se limitó a encogerse de hombros.

—Yo no le veo mayor problema, *principessa*. Al fin y al cabo, nada es real, vais a una misión —puntualizó—. Como si sois padre e hija.

—Eso sí que no se lo creería nadie —aseguró Stefan cruzándose de brazos sin poder dejar de sonreír—. No te quejes tanto y actuad como si lo fuerais. No tiene por qué salir mal.

Pero Aurora no estaba tan convencida de ello, sobre todo después de las últimas palabras que había intercambiado con el detective, que acababan de limitar cualquier cercanía que pudiera surgir entre ambos, cualquier roce, cualquier mirada... La ladrona cerró los ojos durante un efímero instante para que esa extraña sensación no la invadiera. Para cuando volvió a abrirlos, Giovanni ya había abandonado la sala y Stefan y Romeo aún tenían la mirada sobre ella. «La oportunidad perfecta», pensó.

—Necesito que me hagáis un favor —murmuró agachándose entre ellos. Y cuando se aseguró de que no hubiera gente alrededor, dijo—: Ni una palabra a nadie, ¿está claro? Ni siquiera a Giovanni. —Ambos asintieron con la cabeza—. ¿Os acordáis del cuaderno de Thomas? Me da igual cómo lo hagáis, pero necesito una copia.

—Dalo por hecho —aseguró Stefan—, pero ¿por qué no quieres que el jefe se entere?

—Haced lo que os digo.

Los dos italianos intercambiaron una mirada y no dijeron nada más cuando la princesa de la muerte abandonó la sala, el mismo camino por el que el *capo* se había marchado minutos antes. Habían comprendido su cometido, pero lo que no acababan de entender era el misterio con el que la ladrona había actuado, la necesidad de mantenerlo en secreto. Stefan arrugó la frente mientras pensaba que se le escapaba algo.

—¿Cómo se supone que vamos a conseguir ese cuaderno? —habló Romeo provocando que volviera a pisar tierra firme.

—Ya la has oído; tocará improvisar —respondió—. Lo que sabemos es que está relacionado con la Corona y que Thomas tiene información jugosa.

La mente de Romeo empezó a maquinar mientras volvía a prestar atención al ordenador, sin percatarse del ligero toque con el que había rozado el hombro de su compañero. Un roce, parecido a una suave caricia, que el muchacho de pelo rizado ignoró, pero con el que Stefan no pudo evitar tensarse.

«Iluso», se regañó mordiéndose el labio sin querer, y no tardó en volver al trabajo después de haberle regalado una última mirada a la puerta por la que había salido Aurora.

No podía dejar de pensar en que les había pedido que dejaran fuera a Giovanni, el hombre en el que se suponía que la ladrona confiaba.

Y lo hacía. Aurora confiaba en el *capo*. Después de catorce años a su lado, extraño sería que no lo hiciera, pero aquello no significaba que tuviera que contarle sus planes. Antes necesitaba averiguar qué escondía Thomas, el porqué de esa actitud tan arisca, desconfiada... Con independencia de la razón obvia, la ladrona no podía quitarse de la cabeza el miedo del hombre cuando le pidió que le dejara hojear las demás páginas, un temor del que nadie más había parecido darse cuenta, ni siquiera el detective.

Antes de regresar con él a su estudio, debía mantener una última conversación con Giovanni; sin embargo, cuando se adentró en el despacho, descubrió que no estaba solo.

—Grace —murmuro la ladrona aún con la mano en el pomo—. No esperaba encontrarte aquí.

—¿Y a quién más, pues? —respondió la mujer, y no dudó en esbozar su característica sonrisa—. ¿Me descuido dos segundos y el jefe ya me quiere destronar de mi puesto?

Aquello provocó que Aurora le devolviera el gesto: una sonrisa curvada, la cabeza sutilmente inclinada, sin apartar la mirada de aquellos ojos bañados en chocolate.

—Quédate tranquila. ¿Sabes dónde está Giovanni? —preguntó, y avanzó un par de pasos hacia la habitación.

En aquel instante, junto a la mención de su nombre, el *capo* apareció con una taza de humeante café que la ladrona saboreó con ganas, como si le hubiera hecho cosquillas en la nariz.

—Grace, querida, ¿nos dejas un momento?

—Creo que ha llegado mi tiempo de estirar las piernas; no se ofenda, jefe, muy bonito ese sillón, pero es incómodo como la mierda. —Iba diciendo mientras se dirigía a la puerta, y no dudó en dedicarle una mirada a la ladrona de joyas—. Que vaya bien el viaje, y mi invitación sigue en pie. No vayas a olvidarte de mí.

La ladrona no respondió, pero tampoco apartó la mirada hasta que la puerta no se hubo cerrado. No podía negar que la colombiana le causaba curiosidad. Decidió no seguir pensando en ella y se sentó delante de Giovanni, que había estado contemplando en silencio a las dos mujeres.

—¿Qué puedo hacer por ti, *principessa*?

—Te traeré a Sira antes de que nos marchemos. Supongo que tu regreso a Italia se pospone hasta que vuelva con la segunda gema.

A Giovanni se le suavizó la mirada.

—¿Quieres decir que me necesitas?

—No he dicho eso, simplemente... —La joven se encogió de hombros—. Quiero asegurarme de que Sira estará bien cuidada.

—Stefan y Romeo no se moverán de aquí.

—Lo sé —respondió, e hizo una pausa antes de agregar—: ¿Y tú?

—He dejado Milán en buenas manos —aseguró, y entre ellos se produjo un breve silencio que Giovanni no tardó en romper—. Pero me da la sensación de que no estás aquí por Sira. ¿Qué ocurre?

«Catorce años a su lado», recordó, y aprovechó el silencio momentáneo para cruzarse de piernas.

—Quería despedirme de ti y que me prometas que, en mi ausencia, si llegaras a atraparla... Querré ser la primera en hablar con ella, y no pienso aceptar un no como respuesta.

El *capo* dejó escapar un suspiro.

—Concéntrate en el viaje, sobre todo si vas a tener a ese policía merodeando a tu alrededor.

—Vincent no tiene nada que ver ahora.

—¿No? —Arqueó una ceja sorprendido—. Qué casualidad que el hombre que ha descubierto el paradero de la primera joya, que posee una información que vete a saber de dónde ha sacado, sea el padre de un detective que ha participado en tu captura. Ten cuidado con él, Aurora, y no te confíes.

—No me trates como si fuera una niña.

—Una niña encerrada en el cuerpo de una mujer —soltó de repente, casi en un susurro—. Has pasado por un infierno, te han obligado a arrastrarte por las cenizas, has sentido la oscuridad penetrar cada centímetro de tu piel... —Aurora empezó a notar la rigidez en los hombros. El italiano solo conocía la parte superficial de lo que ella había vivido en el orfanato—. Y yo no he dudado en moldearte a mi capricho desde que te encontré en ese callejón. Tu mirada estaba tan vacía... Te arrancaron la infancia, Aurora, de la misma manera que se le arrancan los pétalos a una flor, y yo no hice nada para subsanarlo, al contrario. Tenías tanto potencial... Lo sigues teniendo, y mira dónde has llegado, la mujer en la que te has convertido —siguió diciendo, y no pudo evitar tragar saliva ante la brutalidad de aquellas palabras—. Yo he pulido el diamante en bruto. Aunque seas una mujer, aunque el mundo entero te conozca como la ladrona de guante negro, sigues siendo mi pequeña, así que perdóname si me preocupo por ti y te advierto sobre los peligros que podrían ponerte entre rejas.

Aurora no respondió, no sabía qué decir, y sin apartar la mirada dejó que los envolviera un silencio desconocido, el más denso de todos. ¿Qué podía decirle al hombre que se jactaba de haberla convertido en una sombra de lo que podría haber sido, en una persona sin ley?

«De la misma manera que se le arrancan los pétalos a una flor». Aurora se había convertido en una rosa marchita, aunque con las espinas intactas.

Pero ella no lo culpaba y jamás lo haría. Giovanni la había salvado del orfanato, de la crueldad de la madre superiora, de las torturas diarias y de las lágrimas constantes. La había salvado de acabar ahogada entre las cenizas que las monjas habían disfrutado arrojando sobre ella.

—No eres tú quien me ha roto —contestó tras unos segundos—. Tampoco he olvidado cuando me lanzaste a ese agujero, pero... Soy una ladrona, Giovanni —murmuró poniéndose de pie—. Me gusta robar y no habría llegado a la cima sin tu ayuda. —El *capo* quiso decir algo más, pero Aurora continuó hablando—: Tendré al detective controlado, no te preocupes por él.

—Ten cuidado, Aurora.

La princesa de la muerte le regaló una última mirada antes de abrir la puerta y abandonar el despacho. Quizá el verdadero motivo detrás de su visita había sido escuchar esas palabras: que tuviera cuidado y que regresara con vida.

7

Aunque el detective se había obligado a mantener los ojos en la carretera, no fue capaz de frenar el impulso de girar la cabeza en un movimiento delicado, fugaz, y contemplarla de nuevo.

En realidad, deseaba que fuera la última para que su cordura se mantuviera intacta, pero ese pensamiento provocó que el destino hiciera una mueca en desacuerdo. Al fin y al cabo, ellos tenían un propósito que cumplir y no debía darle más importancia de la que tenía. Las instrucciones habían quedado claras, igual que el disfraz que los mantendría encubiertos. Vincent levantó la comisura del labio al recordar las palabras de «su mujer» horas antes. El disfraz se basaría en ellos convertidos en una pareja de recién casados a punto de embarcarse en su luna de miel.

La sonrisa todavía le acariciaba el rostro para hacerle ver lo inverosímil de la situación: un par de desconocidos, de hecho, dos enemigos, que habían acabado felizmente casados. Aunque se tratara de una tapadera, volvió a pensar en los nombres escogidos: Jared y Mia Miller. Arrugó la frente al pensar en las dos ocasiones en las que Aurora se había presentado con un nombre que no le pertenecía.

«Varano, Victoria Varano».

«Déjeme que le presente a Francesca Fiore».

Le pareció curioso que nombre y apellido compartieran la misma letra y eso provocó que le regalara otra mirada fugaz a la mujer que contemplaba el movimiento de la ciudad a cámara rápida.

En aquel momento decidió provocar que el silencio desapareciera.

—¿Siempre haces lo mismo? —Una pregunta ambigua que hizo que Aurora despertara de su ensoñación—. ¿Siempre que te haces pasar por otra persona escoges un nombre y un apellido que empiecen por la misma letra?

De todas las preguntas que podría haberle hecho, la ladrona no había esperado que se hubiera percatado de ese detalle tan inofensivo.

—Sí —se limitó a decir.

—¿Por qué?

—Si te soy sincera... No hay una explicación —murmuró encogiéndose de hombros—. Una manía, a lo mejor, desde que me infiltré por primera vez.

—¿Cuántas veces han sido?

—Muchas —respondió, y sus miradas se unieron durante un segundo.

Aurora conocía la cantidad exacta y recordaba a la perfección el nombre que había utilizado para su primera misión. Diferentes nacionalidades, pero siempre la misma característica.

El detective se quedó callado al darse cuenta de que acababan de compartir una conversación algo más cercana, que le había permitido conocerla, aunque se hubiera tratado de una curiosidad sin importancia. Quiso decir algo más, tal vez hacerle otra pregunta, pero se arrepintió cuando Aurora volvió a concentrarse en la ventana para contemplar la medialuna escondida en el cielo nocturno.

Y continuaron el resto del trayecto hacia el aeropuerto sin decir una palabra más.

Cuando Vincent notó que el avión empezaba a moverse para posicionarse en pista, dejó escapar el aire que llevaba acumulando desde los controles de seguridad. Sin embargo, lejos de tranquilizarse, sentía que el conocido nerviosismo se lo comería vivo.

—Dame la mano —imploró en un susurro mientras colocaba la suya sobre el regazo de Aurora—. Por favor.

—No me digas que...

Pero el detective no tenía tiempo para explicaciones absurdas y no se lo pensó dos veces cuando unió las palmas en un fuerte apretón que reveló su miedo a volar. Aunque Aurora estuviese molesta con él, lo miró con cierta compasión.

—¿Sabías que íbamos a viajar en avión y aun así aceptaste venir? ¿A quién se le ocurre?

—Ahórrate el sermón —contestó, y volvió a tensar la mandíbula—. No me gustan los despegues ni los aterrizajes. —Una verdad dicha a medias—. Tú solo... No me sueltes.

La nueva súplica hizo que la mirada de la ladrona descendiera hacia la unión de sus manos para, a continuación, volver a encontrarse con la de él. Vincent ni siquiera supo cuántos minutos habían transcurrido, pero la ladrona mantuvo los ojos verdes fijos en los suyos hasta que, ya en el aire, el detective empezó a relajarse. Quería pensar que la caricia de su pulgar había conseguido distraerlo lo suficiente para haberse permitido dejar la mente en blanco.

—No sabía que te asustaba volar —susurró la mujer a su lado, cerca de su oído—. ¿De verdad ha valido la pena...?

Sin embargo, la mirada de él bastó para callarla.

—Aunque nuestras discusiones, que suelen empezar por cualquier tontería, me resulten entretenidas, justo ahora no me vería capaz de mantener una —respondió en voz baja.

—No me culpes —replicó ella—. Eres tú el que me provoca.

El detective dejó escapar una pequeña sonrisa y le devolvió aquella sueva caricia que la joven le había regalado, quizá por el recuerdo que esa respuesta le había despertado.

—¿Tú no le tienes miedo a nada? —Una pregunta que esperó que pasara por fortuita, pero que hizo que la ladrona se tensara.

—¿Por qué me lo preguntas si ya lo sabes? —Aurora no había pretendido sonar arisca, pero no pudo evitarlo, sobre todo cuando percibía su constante insistencia por penetrar la fortaleza que la rodeaba—. No he tenido una infancia bonita —agregó, aunque cuidando las palabras; al fin y al cabo, no estaban solos—. Así que no me pidas que te la cuente.

—Puedes soltarme la mano —respondió en su lugar, prometiéndose que no volvería a insistir.

—¿Para que empieces a llorar?

Contuvo la risa y negó con la cabeza, incrédulo, mientras observaba el intento de Aurora por frenar el bostezo.

—Todavía faltan unas horas para llegar; te ofrezco mi hombro en agradecimiento, si quieres —propuso, y lo que recibió a cambio fue una mirada esquiva—. Me miras como si nunca hubieras dormido sobre mi pecho.

Vincent no había pretendido dar esa contestación en voz alta, pero ahí estaban las palabras, suspendidas en al aire, haciendo que ambos recordaran los primeros rayos del sol asomándose o el despertar en el estudio después de los incontables encuentros que habían protagonizado en su segunda noche. Aurora disfrutaba apoyando la cabeza sobre su corazón o escondiéndose, incluso, en su cuello, y a él le gustaba que lo hiciera, sobre todo cuando las piernas se entrelazaban y sus dedos le repartían delicadas caricias por la espalda desnuda.

—Eso lo hacen las parejas —susurró la mujer, pero se arrepintió en el instante en que vio que los labios se le curvaban en una pequeña sonrisa.

—¿Y tú y yo no lo somos, señora Miller? —Vincent decidió jugar—. Unos recién casados que se van de luna de miel. —Sin embargo, aquel era un juego que a la ladrona no le gustaba, así que no dudó en romper la unión de sus manos—. Qué poco aguantas las bromas.

—No pienso tener esta conversación aquí —siguió diciendo, aunque en voz baja.

—¿Aquí?

—Ya me entiendes.

Vincent echó un vistazo alrededor.

—Entonces, queda pendiente, ¿no?

—¿El qué? —contestó ella frunciendo el ceño.

—Si no quieres hablar aquí es porque lo haremos más adelante, cuando estemos solos.

La voz del detective había sonado divertida, con un ápice de burla que la muchacha no acababa de entender. No comprendía la razón de su extraña actitud, con tantos giros repentinos que ponían en duda lo que le había dicho días antes: «Lo mejor sería que evitáramos tener este tipo de conversaciones».

—Me confundes —se atrevió a decir al cabo de unos segundos. El rostro de Vincent se endureció—. ¿Por qué me hablas así? Con esa doble intención... No hemos venido a jugar, tampoco a divertirnos. ¿De qué sirve que prometamos mantener las distancias si ahora me ofreces tu hombro para dormir?

—Estaba siendo amable. Relájate —respondió Vincent

tratando de esconder la molestia repentina. Ni siquiera él lo entendía—. Ya me ha quedado claro.

—Bien.

—Estupendo —finalizó el detective, y apartó la mirada de aquellos ojos verdes.

Durante el resto del vuelo, mientras se enfocaba en respirar con calma, se prometió no volver a adentrarse en ese color que no dejaba de perseguirlo por las noches, aunque esa voluntad cargada de orgullo no le impidió bajar la mirada hacia el libro que la chica había empezado a leer unos minutos antes. El mismo que la otra noche le había hecho sentir fuegos artificiales, sobre todo después de haberle pedido a Aurora que lo leyera en voz alta.

Cerró los ojos durante un instante y no pudo evitar colocar una pierna encima de la otra.

«Maldita princesa».

No le quedó más remedio que intentar dormir para sobrellevar las horas que le quedaban, sin ser consciente de la efímera mirada que Aurora acababa de regalarle.

Tras cuatro largas horas, el detective oyó el ruido de las ruedas al tocar tierra firme. Los aterrizajes le provocaban la misma sensación de angustia que los despegues, aunque un sentimiento mucho menor en comparación.

No habían vuelto a dirigirse la palabra; sin embargo, cuando la ladrona presenció que ese malestar volvía a rondarlo, buscó su mano en un suave apretón. Vincent, sorprendido y aliviado a partes iguales, se giró hacia ella con la esperanza de encontrarse con sus ojos, pero Aurora no apartó la mirada de la diminuta ventana hasta que el avión se detuvo por completo.

Atravesaron sin mucho esfuerzo el aeropuerto de Santo Domingo, la capital de República Dominicana, incluido el control de seguridad, para dirigirse al lugar donde un contacto de la Stella Nera les haría entrega del vehículo que utilizarían para llegar hasta Puerto Plata. De esa manera, a Nina le resultaría complicado rastrearlos en el caso de que consiguiera dar con su paradero, pues la ruta que habían seleccionado se escondía de las cámaras de tráfico.

—¿Es más seguro ir en coche? —preguntó él en el asiento del copiloto, después de haberse puesto en marcha. Se había hartado del silencio constante—. Pensaba que iríamos en autobús.

—Es más cómodo, directo, pasas inadvertido... Aunque tengamos nombres falsos, es mejor que no llamemos la atención. —Aurora no apartaba la mirada de la carretera. Conducía con una sola mano mientras observaba el paisaje diurno extenderse a lo lejos—. Este coche pertenece al hombre que nos lo ha entregado y que le debe la vida a Giovanni. No le ha quedado más remedio que hacernos el favor; sin preguntas, sin ningún tipo de documentación o registro, sin nada de nada —dijo, y guardó silencio mientras buscaba la manera de formular la pregunta que llevaba horas deseando hacerle.

Ignoraba que en aquel instante el detective estaba sopesando la magnitud de la organización que era capaz de controlar el mínimo detalle, los hilos atados incluso en el lugar más recóndito del mundo.

—¿Puedo preguntarte algo? —soltó de repente—. Dijiste que tenías raíces latinoamericanas. Tu madre...

Pero Aurora no supo cómo continuar y le echó un vistazo rápido. Se encontraba en una posición cómoda, con las piernas ligeramente separadas y el antebrazo tocando el vidrio de la ventana.

—Nací en Nueva York, pero mi madre era puertorriqueña. —Desvió la mirada hacia ella e intentó, con todo el disimulo del que fue capaz, no dejarse impresionar por su aspecto con la trenza de raíz cayéndole sobre el pecho, la camiseta negra de tirantes y los pantalones cortos de mezclilla. Se aclaró la garganta cuando la observó asentir con la cabeza—. Mi madre solo nos hablaba en español. Mi padre se defendía como podía, pero cuando ella murió... Empezamos a hablar solo en inglés, ni siquiera sé si se le ha olvidado, a lo mejor sí. Yo continué practicándolo, no quería desprenderme de esa parte de mí, así que traté de no perderlo. Lo hablo bastante bien, aunque se me nota muchísimo que soy extranjero.

El detective, bajo la luna de esa noche, le había asegurado que su corazón ya no sangraba, pero Aurora percibió cierto dolor manchándole el tono de voz; un dolor lejano, que se movía con el tiempo, aunque se empeñara en ocultarlo y esconderlo. Mientras se concentraba de nuevo en la carretera, pensó «Es otro tipo de máscara», una muy diferente a la que ella se colocaba, pero una máscara al fin y al cabo, cuyo objetivo se resumía en alejar a los más curiosos.

—He intentado aprenderlo varias veces —respondió ella dejándole claro que no tocaría el tema de su madre si él no quería—, pero tengo un nivel muy básico, prácticamente inexistente. Lo digo por si nos va a tocar hacer preguntas y...

—¿No será una excusa para oírme hablar en español? —la interrumpió con una mano en el pecho para tratar de mostrarse ofendido.

—Claro que no.

—¿No sientes curiosidad?

Alzó una ceja divertido mientras se percataba de lo aburrido que se había sentido después de que el orgullo los hubiera llevado a implantar ese denso silencio entre ellos. Disfrutaba mucho más de esas charlas que siempre acababan en una peculiar discusión cargada de gracias e ironías, y se había percatado de que la intención de la ladrona había sido no seguir hablando de su madre. Lo agradeció, aunque no lo admitiría en voz alta.

—No soy curiosa.

—Sí lo eres —aseguró el detective—, o no habrías entrado en mi habitación aquel día cuando me fui y tuviste la casa a tu disposición.

—Qué ataque más desafortunado. No me esperaba esto de ti, detective Russell.

—Sabes perfectamente que no miento, Aurora —respondió, aunque sin esconder la sutil sonrisa—. Eres igual de curiosa que tu gata. ¿Crees que no me acuerdo de cómo dejo colocadas mis cosas?

La ladrona dejó escapar un suspiro profundo y negó mientras chasqueaba la lengua.

—¿Qué me ha delatado?

—Así que es verdad...

Entonces una exagerada sorpresa inundó la mirada de la muchacha. El detective acababa de engañarla para obtener su confesión y ella, cual abeja hambrienta del polvillo dorado, acababa de caer en la trampa.

—Me aseguré de dejarlo todo en su sitio.

—Y lo hiciste bastante bien, no te quito mérito —continuó, todavía sonriendo por su reacción—. Pero ¿qué delincuente dejaría pasar la oportunidad de registrar la habitación de un policía? Y estoy seguro de que te paseaste por el resto de la casa, por eso te caíste por las escaleras, ¿no? Ese día... —Su voz se apagó, sobre todo cuando la mirada verde se encontró con la suya—. No querías que te descubriera y por eso tropezaste, porque habías acelerado el paso.

—Y si tenías la sospecha..., ¿por qué me lo dices ahora? ¿Quieres que te pida perdón?

—¿Y recibir unas disculpas vacías? No es necesario, pero deja que disfrute de este momento y recuerde que he engañado a la ladrona de guante negro.

—Un engaño inocente, pequeño, diminuto; no existe ningún tipo de logro ahí. Lo sabes, ¿no? Logro sería si llegaras... —Se quedó callada preguntándose por qué se había detenido mientras notaba que, sin querer, había agarrado el volante con más fuerza. Decidió ignorar esa sensación, aliviar el agarre y acabar lo que iba a decir—: Cuando esta tregua acabe y seas capaz de colocarme las esposas en las muñecas, ahí habrás ganado; antes no.

Vincent notó que su sonrisa iba apagándose hasta quedar en nada. No quiso contestar, aunque se guardó la respuesta bajo llave para protegerla de sí mismo, para no soltarla sin querer, pues era de esas que precisaban que el tiempo las aclarara.

Se determinó a no decir nada más, igual que ella, y sintió que un *déjà vu* volvía a tocar a su puerta. Soltó un suspiro hondo ante esa sensación familiar, la misma que habían vivido en el avión, y se preguntó si cada conversación se encontraría sujeta al mismo fin: un silencio mortal.

Arrugó levemente el ceño ante la respuesta que su mente acababa de susurrarle, pero la necesidad de que ese final desdichado fuera menos cruel acabó por molestarlo. ¿Qué le importaba al detective que todas sus conversaciones estuvieran condenadas al fracaso? No eran amigos, jamás lo serían, por lo que debían limitarse a nadar en la superficie sin arriesgarse a llegar a algo más personal.

«Dos desconocidos con fecha de caducidad». Una realidad como ninguna otra, que ni el propio destino tenía el poder de cambiar.

Continuaron en silencio durante otra hora más. Ninguno de los dos parecía desear romperlo, tampoco enfrentarlo, y ya habían llegado a la mitad del camino. Sin embargo, de un momento a otro y en un tono confundido, la ladrona murmuró:

—Algo va mal.

—¿Qué pasa?

—¿No lo hueles? —soltó mientras frenaba hasta detenerse por completo a un lado de la carretera. Se encontraban en una zona boscosa, solitaria, en medio de la nada; hacía una hora que no habían visto pasar a ningún otro coche—. Joder —volvió a maldecir apagando el motor. Salió del vehículo con rapidez y Vincent no dudó en seguirla mientras se hacía una ligera idea. Aurora abrió el capó y arrugó la nariz ante el indiscutible olor a quemado. El humo salía en una columna negra—. Motor sobrecalentado, genial.

La ladrona soltó el aire en un notable suspiro de cansancio e irritación.

—Tiene que ser un problema con el líquido refrigerante; una fuga, quizá —murmuró Vincent mientras apartaba el humo con la mano y evitaba respirarlo—. No podemos hacer nada.

—No me digas —contestó arisca.

—¿Quieres tranquilizarte? Es una mierda, tratemos de pensar.

—¿Y qué se supone que hay que pensar? Estamos en medio de la nada, con el motor jodido y no tenemos manera de repararlo. ¿Tú sabes de mecánica? Porque yo no. Y, para colmo, no podemos arriesgarnos a llamar a una grúa —protestó mientras dejaba escapar otro suspiro cargado de frustración—. Nos falta la mitad del camino, por esta carretera no pasa nadie y, aunque nos pongamos a caminar hasta el pueblo más cercano, está empezando a oscurecer. ¿Dónde está el mapa? —exigió sin esperar respuesta, pues no tardó en buscarlo entre sus pertenencias—. Se suponía que el puto coche estaba en perfectas condiciones.

La muchacha hizo otra inspiración profunda para soltar el aire con lentitud; sin embargo, lejos de tranquilizarse, se tensó un poco más cuando notó que el detective se colocaba a su lado. Trató de disimularlo aclarándose la garganta.

—Estamos aquí, más o menos. —Aurora señaló un punto en el mapa; recordaba las señales y por qué tramos había conducido—. Y el pueblo más cercano es Moca, a unos diez kilómetros, tal vez más dependiendo del ritmo que llevemos.

—¿Y pasar la noche allí?

—¿Se te ocurre algo mejor? Tengo hambre, estoy cansada y no tenemos vehículo.

—Los dos lo estamos, no solo tú. —Vincent también se encontraba irritado y hambriento—. ¿Qué piensas hacer con el coche?

—No podemos dejarlo aquí.

—Aunque lo escondiéramos, ¿cuánto tiempo va a pasar hasta que alguien lo encuentre? ¿Días? La policía local no tardaría en investigarlo y, si esto escala a más arriba... Es un cabo suelto.

La ladrona odiaba esa expresión; dos palabras insignificantes, pero capaces de castigarla a un encierro que durara una eternidad. Debía tener cuidado, pues no podía permitir que algo inofensivo llegara a trazar el camino hacia la organización o hasta su nombre, tampoco que Nina consiguiera encontrarla. El pensamiento de destruirla no se había apaciguado. Aurora sentía que el momento llegaría tarde o temprano, cuando el nuevo enfrentamiento proclamara a la vencedora.

—Vamos a ocultarlo por el momento —murmuró mientras descargaba el equipaje—. Podré ponerme en contacto con Giovanni cuando lleguemos a un hostal. Yo no conozco a todos sus contactos y solo bastará con decirle dónde se encuentra el coche para que alguien se ocupe de él. Nosotros no tenemos tiempo que perder.

—Pensaba que eras un pez gordo dentro de la organización —murmuró sin poder evitarlo, buscando una respuesta cargada de ironía, pero una mirada bastó para que entendiera que no se encontraba de humor—. Supongo que hoy no es tu día.

—Supones bien. —Fue lo único que dijo antes de volver a sentarse ante el volante y quitar el freno de mano—. ¿Vas a quedarte ahí mucho más? Ayúdame.

—Como la princesa ordene —murmuró mientras dejaba entrever el reflejo de una reverencia—. Empujaré por detrás.

La ladrona no respondió; no estaba de humor para entablar una nueva discusión, así que, sin perder el control del volante, se bajó del coche y empezaron a moverlo hacia el interior del bosque, entre los árboles, para camuflarlo como pudieran.

Tras una última mirada al vehículo cubierto por la maleza, y con el equipaje cargado a las espaldas, empezaron a caminar.

Y caminar y caminar... Anduvieron sin aminorar la velocidad mientras un nuevo silencio, algo más denso, los envolvía. Ninguno de los dos se atrevió a romperlo, aunque el detective, con la tentación a flor de piel, no pudo frenar el impulso de regalarle unas cuantas miradas, gestos que la ladrona apreció, a pesar de que la oscuridad los rodeaba.

—¿Tengo algo en la cara? —preguntó de repente, mientras escondía la emoción al contemplar las luces de la ciudad a lo lejos.

—No sabía que tuviera prohibido mirarte.

—¿Qué quieres? —Aurora lo encaró, irritada, aunque no fuese por él, sino por el cansancio acumulado—. ¿Es que quieres decirme algo?

—Podríamos hablar para que el tiempo pasara más rápido —propuso—. No eres la única con hambre.

En aquel instante, ante la simple mención de la palabra, el ruido de la noche se vio opacado por un sonido exigente, doloroso, que pedía con urgencia ser calmado. La ladrona se aclaró la garganta con la intención de camuflar el ruido que había provenido de su barriga; sin embargo, no sirvió de nada, pues Vincent no dudó en reírse.

—Estamos cerca —murmuró él tratando de tranquilizarla—. ¿Qué te apetece?

—¿De verdad? —Lo miró perpleja—. ¿Quieres hablar de comida justo ahora?

—¿Ni siquiera para saber cuál es tu plato favorito?

Aurora frunció el ceño.

—Vincent —pronunció tras un par de segundos—, ¿quieres que me desmaye?

—No sería un problema.

—¿Morir de hambre?

—Llevarte en brazos —confesó.

—¿Por qué será que no me lo acabo de creer?

—¿Quieres ponerme a prueba? Cumplo mis promesas, Aurora, y cuando te dije que podías confiar en mí iba en serio. ¿Para qué hemos pactado esta tregua si no? Tienes que darme el beneficio de la duda y fiarte de mi lealtad, igual que yo estoy haciendo contigo —explicó, y, sin darle tiempo a decir nada, añadió—: ¿Cuál es tu plato favorito?

—¿Vas a preparármelo?

Vincent esbozó una sonrisa y se quedó un momento en silencio mientras creaba cierta expectación. En realidad, no contaba con grandes dotes culinarias y las veces que se veía obligado a pisar una cocina era para preparar platos simples que apaciguaran el hambre con rapidez.

—No me subestimes —aconsejó—. Te sorprenderías de lo que podría llegar a hacerte.

«Alerta», susurró la joven en su interior, como si la propia Aurora, en su versión más pequeña sentada en el hombro, se hubiera encargado de lanzar el aviso. El detective no había dudado en adentrarse en ese terreno donde la imaginación tenía la completa libertad de incitar al deseo más primitivo.

Sin embargo, la pregunta era si ella lo deseaba.

—Tendrías que demostrármelo —respondió en su lugar—. No me gustaría crearme expectativas para acabar decepcionada.

—No creo que «decepción» sea la palabra.

—¿No?

Aquella conversación estaba logrando que el tiempo avanzara sin que ellos lo notaran. De un momento a otro, la pequeña ciudad, que hacía unos minutos parecía aún lejana, ahora se encontraba a sus pies.

—Acabarías satisfecha —aseguró—. Aunque no dudo que con ganas de repetir.

La princesa de la muerte, sin censurar las fantasías que habían empezado a desatarse, inhaló de manera disimulada para soltar el aire despacio.

—Ahí —dijo de pronto, sacándolo de su fantasía—. Hostal y restaurante.

Entonces, Aurora aceleró el paso dejando que el detective no tuviera más remedio que seguirla.

«Una habitación con dos camas», murmuró la recepcionista cuando Vincent y Aurora se acercaron al mostrador. La única habitación que quedaba, al aparecer.

Ninguno de los dos había protestado, se habían limitado a esbozar una pequeña sonrisa mientras les hacía entrega de la llave. Al fin y al cabo, ellos no eran pareja; en ese hostal no había necesidad de aparentar, por lo que continuaron manteniendo las distancias en la cena. La situación no cambió cuando entraron en la habitación, no muy amplia, pero lo bastante grande para que cupieran las dos camas.

—¿Quieres ducharte tú primero? —preguntó ella sentándose en la que estaba más próxima a la ventana mientras observaba cómo la mirada del detective no había dejado de explorar el lugar—. Llamaré a Giovanni.

Sin decir nada, se encerró en el baño dejando que la ladrona de guante negro hablara con el *capo* de la Stella Nera, quien contestó al tercer tono.

—¿Qué ocurre? —respondió sabiendo que se trataba de ella.

—Hemos tenido un pequeño inconveniente con el motor del coche y ahora estamos en Moca, a unos setenta y cinco kilómetros de Puerto Plata. Lo he dejado escondido en mitad del bosque, pero necesito que te encargues de él.

—¿Con el motor?

—Se ha sobrecalentado por una fuga del líquido refrigerante. No quiero pensar que haya sido a propósito.

—Deja que yo me ocupe, *principessa* —contestó—. Tú céntrate en la segunda gema.

Aurora asintió aun sabiendo que no podía verla.

—¿Cómo está Sira?

—Nota tu ausencia, pero está bien, en buenas manos —recordó.

—Espero volver pronto —murmuró, ignorando la punzada en el corazón—. Te envío la ubicación del coche.

—Avísame cuándo estéis en Puerto Plata. Buenas noches, Aurora.

Giovanni finalizó la llamada dejándola aún con el aparato en la oreja, aunque acabó tirándolo lejos en el instante en el que su cabeza tocó la almohada. Quiso abrir los ojos segundos más tarde para no sucumbir ante el sueño, pero notaba la pesadez asentarse sobre los párpados, en todo el cuerpo, en realidad, como si estuviera abrazándola para evitar que se escapara.

Aquella sensación provocó que arrugara la frente. No

podía negar el cansancio que la envolvía y, con el estómago lleno, esa sensación no había hecho más que incrementarse, aunque se obligó a dejarla a un lado cuando el detective volvió a la habitación.

Salió de la ducha quince minutos después sin saber cómo había hecho para lavarse el pelo tan rápido, y se encontró al detective tendido en la cama con el torso al descubierto.

Ignoró esa imagen mientras se dirigía a la suya.

—Voy a apagar las luces —murmuró ella, y ni siquiera le dio tiempo para que contestara.

La habitación acababa de quedarse a oscuras.

—Buenas noches —susurró el detective un instante después. Notaba de nuevo la conocida sensación, ese silencio danzando entre ellos, en la oscuridad, con el único propósito de tensar las cuerdas: un silencio incómodo.

Creyó que la ladrona no contestaría, que ya debía de encontrarse rumbo a su primer sueño, pero se equivocó:

—Buenas noches, detective —dijo en apenas un hilo de voz.

Un susurro que hizo que una nueva pared emergiera entre ellos. Otro obstáculo, más difícil que el anterior, para que no pudieran saltarlo y así evitar el golpe de la caída.

Porque ella seguía siendo una ladrona y él el policía que debía atraparla.

8

Subdivisión de la Stella Nera, Nueva York

A través de la pequeña rendija Stefan observaba a Romeo concentrado en su actividad favorita, y no se le ocurrió mejor idea que irrumpir en la habitación a voces, abriendo la puerta como un animal.

—¡Buenas tardes! —gritó en un melódico italiano mientras esbozaba una gran sonrisa que pasó a convertirse en un sonido desmesurado al ver a su compañero caerse del taburete.

—Hijo de puta. —Ni siquiera pudo esconder el quejido de dolor—. ¿Qué pretendías? ¿Matarme? Un poco más y te disparo.

—Los taburetes, las sillas en general, tienen cuatro patas. Úsalas —dijo acercándose para ayudarlo. Romeo no solía sentarse como las personas normales, sino que disfrutaba balanceándose y tentando a la suerte—. ¿Qué hacías?

—Limpiar mi arma —contestó mostrando la obviedad mientras se acomodaba de nuevo—. Antes de que me interrumpieras, claro.

—No he podido resistirme. —Romeo negó con la cabeza sonriendo y con ese simple gesto su compañero supo que ya lo había perdonado. Sin apartar la mirada de él, vio que sus manos volvían a la labor—. Quería hablarte de algo: ¿cómo se supone que vamos a robar ese cuaderno si no sabemos dónde está?

—En su casa no, desde luego —respondió concentrado—. Puede que en el museo; tengo entendido que allí cuenta con un despacho que tiene cámaras. Aunque... ¿y si lo mantuviera junto al cofre? —preguntó levantando la mirada.

—Pues no sería muy inteligente por su parte.

—Es verdad —contestó Romeo para volver a concentrarse en la tarea—. Es un objeto pequeño y fácilmente transportable... ¿Y si lo lleva encima? Tiene sentido, si lo piensas: ¿Por qué esconderlo si puedo llevarlo debajo de la ropa? Yo lo haría. Y, si no, fíjate en Aurora —dijo, y volvió a levantar la cabeza—; casi todas las joyas las escondía tocándole la piel, porque era algo que no podía ni quería perder de vista.

—En el caso de que así sea... —pronunció Stefan—. Nos resultará complicado acceder a él.

—Eso sería un problema.

—Y uno bien grande. —Esa conclusión hizo que la unión de ambas miradas persistiera—. Algo se nos tiene que ocurrir, porque lo último que me apetece es tener que explicarle por qué hemos sido unos inútiles.

—¿Cuándo vuelve? —preguntó el joven francotirador.

—Depende; dale un par de semanas como mínimo, contando los inconvenientes que puedan surgir. Además de que le ha tocado hacer de niñera —murmuró Stefan con indiferencia—. Sigo sin entender por qué el jefe ha accedido a que ese tipo, que no nos olvidemos que es policía, la acompañe.

—Tampoco es que ella haya mostrado mucha resistencia. —Aquellas palabras, envueltas en un frágil susurro, provocaron que la mirada de Romeo volviera a bajar hacia el arma, que seguía desmontada—. Para mantenerlo vigilado, tal vez; aunque, pensándolo... ¿Tú crees que ha sido buena idea? Saltan a la mínima, como si estuvieran deseando declararse la guerra para matarse entre ellos.

—Se odian —intervino Stefan cruzado de brazos. No había dejado de observar el movimiento de sus manos: delicado, preciso, como si estuviera manipulando el engranaje de un reloj.

—Pero también se atraen. ¿No lo has notado? Las miradas no mienten.

—La tuya tampoco —se atrevió a decir al ver que sus dedos se detenían—. ¿Te molesta que se haya ido sola con él?

Romeo no contestó; no era capaz de explicar lo que había sentido cuando el *capo* había aceptado que Vincent la acompañara. No era molestia, tampoco enfado ni decepción; sin embargo, ahí estaba: esa sensación de tristeza que había viajado desde lejos para sacudirlo y que no lo dejaba en paz.

—¿Por qué debería molestarme?

—Ah, no, por nada. Solo preguntaba. —Lo último que Stefan quería era incomodarlo, pero su lengua curiosa no tardó en agregar, maldiciéndose por ello—: Creía que te gustaba; pero nada, es igual. ¿Tienes hambre?

El muchacho se pasó la mano por el pelo rizado, que requería un corte con urgencia, y dejó escapar un suspiro mientras negaba con la cabeza de manera sutil, refiriéndose a la pregunta que le había hecho sobre Aurora. Intentando que esa sensación se esfumara, decidió explicarle a su mejor amigo qué sucedía con su corazón confundido.

—Da igual que me guste o no, Aurora no es de las que se enamoran. Me lo ha dejado claro demasiadas veces y sin necesidad de abrir la boca, porque no quería hacerme daño, supongo, pero... —Se quedó callado buscando las palabras; se sentía algo nervioso—. Lo prefiero así, si te soy sincero, porque no siento ese tipo de amor por ella. La quiero, no es que no lo haga, pero como si fuera una hermana, de la misma manera en la que te quiero a ti. Por eso no me molesta que se haya ido a solas con él, aunque sigue pareciéndome una mala idea, todo hay que decirlo —aclaró—. Me he dado cuenta de que la atracción que pensaba que sentía no ha sido más que admiración, aprecio, preocupación... ¿Lo entiendes?

Stefan tardó más de lo habitual en reaccionar y aquello hizo que Romeo frunciera el ceño en señal de confusión, pues lo que el muchacho desconocía era que, aunque su intención no había sido herirlo, sus palabras habían hecho que su compañero se tensara.

«De la misma manera en la que te quiero a ti», había dicho. El amor fraternal que Romeo le profesaba a la ladrona de joyas era el mismo sentimiento que recibía Stefan. ¿Qué podía decirle? Él lo sabía. Conocía a Romeo desde hacía años, habían compartido centenares de misiones y noches en vela, comidas familiares y unos cuantos cumpleaños. Sabía que no sentía nada por él, no de la forma en que él deseaba, y, aun así, no podía evitar que el corazón se le acelerara cuando Romeo se encontraba cerca de él. Un latido por cada sonrisa, por cada mirada; un latido por cada abrazo que le había regalado. ¿Qué podía decirle si lo único que iba a recibir era ese sentimiento fraternal?

El corazón de Romeo jamás latiría por él y Stefan prefería conservar su relación a que saliera huyendo de su lado. No le importaba seguir nadando entre la amargura si con ello aseguraba su amistad.

—Sí, claro —respondió Stefan, y no dudó en esbozar una sonrisa que lo tranquilizó—. Supongo que...

Pero en aquel instante, antes de que hubiera finalizado lo que iba a decirle, la puerta se abrió dejando entrever a un miembro de la organización.

—El jefe os busca; moved el culo —ordenó, y no tardó en marcharse.

—O se ha enterado de que Aurora nos ha pedido que robemos el cuaderno o quiere felicitarnos por el buen trabajo que estamos haciendo —especuló Romeo.

—El *capo* no felicita; antes preferiría divertirse torturándonos que darnos una palmadita en el hombro.

—Él es el que da más miedo, ahora que lo pienso —soltó el joven francotirador ya saliendo de la habitación. Avanzaban por el pasillo uno al lado del otro—. Nadie lo supera enfadado.

—Todavía no hemos visto a Grace.

—Parece inofensiva.

—Que no te engañen su altura o su sonrisa... —De pronto, Stefan recordó el día en que el *capo* la había presentado; no había dejado de sonreír hasta que no le hubo concedido el turno de hablar. Esa sonrisa había conseguido que un escalofrío le recorriera la espalda—. No te fíes de las personas que están todo el día sonriendo.

—¿Por qué?

—Son las más peligrosas.

—Aurora apenas sonríe.

—Ella es una excepción —aseguró Stefan, y finalizó la conversación cuando se detuvieron delante de la puerta de doble entrada: el despacho que había pertenecido a Charles, pero que ahora ocupaba la colombiana de ojos marrones—. ¿Nos buscabas? —preguntó después de que Giovanni los hubiera hecho pasar, sin esperarse a que Grace se encontrara en el asiento de cuero negro.

—¿Qué hubo, muchachos? Me hacen el favor de cerrar la puerta —murmuró la mujer mientras no dejaba de observar a los dos hombres en quienes la ladrona más confiaba—. Siéntense, ¿quieren algo para tomar?

—Grace —suspiró el *capo* cruzado de brazos a su lado—.

Trabajan para ti, responden a tus órdenes. No tienes que ofrecerles nada aunque los veas muriéndose. ¿Queda claro?

Los dos italianos, con las manos juntas detrás de la espalda, se miraron entre sí.

—¿No actuaría de este modo una líder para ganarse el respeto de sus hombres? —Grace le dedicó una mirada a Giovanni—. Importa imponer miedo, claro que sí, pero también hay que otorgar ese respeto que les exigimos. ¿Por qué no con una muestra de buena voluntad? ¿Nunca les ha ofrecido un buen trago? ¿Ni una agüita? ¿Cómo consigue mantener a flote toda una organización que se encuentra repartida por el mundo? —Cuando la colombiana se dio cuenta del tono que había utilizado, trató de remediarlo—: Perdón, qué desubicada; mil disculpas. Pero para que usted me entienda, jefe: sus hombres, que ahora son míos, van a respetarme igual sea amable o no. No por nada me ha elegido, ¿cierto?

Los dos muchachos seguían sin atreverse a abrir la boca y aguantaron, incluso, la respiración durante un momento. Lo último que necesitaban era que el *capo* descargara su furia sobre ellos.

Nadie se atrevía a cuestionar su proceder o la actitud que debía adoptar con quienes trabajaban para él. Nadie lo había hecho desde que Aurora había arrojado sobre su mesa un par de carteras robadas en el metro de Milán. Nadie más hasta ese momento, cinco años después.

La provocación de Aurora había tenido consecuencias que Stefan todavía recordaba a la perfección. En aquel tiempo aún no se conocían; cruzaban miradas de vez en cuando, pero cada vez que revivía los gritos de súplica de la pequeña ladrona se obligaba a cerrar los ojos para ahuyentarlos. Cuando Giovanni se aclaró la garganta y lo devolvió al presente, se preguntó si Grace viviría algo parecido: un castigo igual de cruel por la presuntuosa valentía que acababa de exhibir.

—Grace, querida —murmuró el *capo* esbozando una sutil sonrisa que evidenciaba peligro—. No te he nombrado cabecilla de esta base para que me cuestiones o para que tengas el descaro de darme lecciones. He construido la Stella Nera desde la miseria, cuando tú ni respirabas todavía. ¿Estás poniendo en duda mi manera de dirigirla? Porque en ese caso también estarías cuestionando mi decisión respecto a sentarte detrás de esa mesa.

—No, señor, yo solo…

—Silencio. —El italiano ni siquiera dudó cuando colocó su arma delante de ella, como si se tratara de un aviso, el último antes de que su paciencia tocara el límite—. Si he llegado hasta la cima después de tantos años, tan mal no lo estaré haciendo, ¿no te parece? Y para que esta organización funcione, considerando que no puedo dividirme en diez, pongo al mando a esas personas que me han demostrado que pueden ser de mi confianza: leales, obedientes, sin preguntas absurdas de por medio… No hagas que tenga que replantearme la decisión después de haberte considerado la mejor candidata.

—No se repetirá —aseguró Grace mientras intentaba suavizar las facciones del rostro. Desvió la mirada hacia los dos chicos, que no habían perdido detalle de la conversación; odiaba que la regañaran en público, sobre todo cuando la situación ponía en duda su liderazgo—. Fuera —ordenó esperando que la obedecieran, pero lo que la mujer no sabía era que Stefan y Romeo no respondían ante ella.

Los dos italianos levantaron la mirada de manera imperceptible hacia su jefe.

—Aurora ya está en Puerto Plata —informó—. ¿Algún movimiento por parte de Smirnov?

—Ninguno —respondió Stefan—. No están mostrando

señales de vida. De todas maneras, seguimos vigilándolos, igual que a los Russell; padre e hija en sus respectivos domicilios.

—Mantenedme informado.

—Sí, jefe —finalizaron dedicándole, sin querer, una última mirada a la líder antes de abandonar el despacho.

Empezaron a caminar por el pasillo.

—Qué tensión, joder. —Romeo soltó el aire que había estado conteniendo sin darse cuenta—. Pensaba que nunca saldríamos de ahí.

—Le falta tiempo para habituarse. No dudo que lo consiga, porque he oído que es un tiburón, pero no es fácil tener a Giovanni respirándote encima.

—Lo mismo sucedía con Nina.

Stefan se lo pensó durante unos segundos, sin dejar de caminar.

—Más o menos. Cuando entré, el jefe ya la había nombrado su segunda y siempre la observaba de lejos. Más tarde empezamos a trabajar con ella y Aurora, aunque nunca noté... —Hizo una pequeña pausa tratando de encontrar las palabras, pero se quedó callado en el instante en el que Romeo lo detuvo agarrándolo por el brazo—. ¿Y ahora qué?

—Ahí está la solución a nuestros problemas —murmuró, y Stefan continuó el recorrido de su mirada: Sira en medio del pasillo, quieta, dejando que su collar de diamantes fuera visto desde lejos—. Podemos utilizarla de excusa para entrar en casa de Thomas. Aurora estuvo viviendo ahí durante un tiempo, ¿no? Seguro que tiene cosas de la gata. Podemos empezar a descartar por allí.

—No nos dejará pasar del umbral.

—Lo hará si actuamos como personas normales y no le hacemos sospechar.

—¿Por qué iba a hacerlo? —Elevó la comisura del labio—. Si solo somos dos amigos preocupados, a cargo de la gata de su compañera, que lo único que quieren son sus cosas para mantenerla cómoda hasta su regreso...

—Menos forzado, Stef, pero por ahí va la cosa.

Cruzados de brazos y con la mirada clavada en la sombra negra de ojos ambarinos, Stefan y Romeo, ignorando los rostros curiosos que ralentizaban el avance al pasar por su lado, pensaron cómo acercarse a Sira sin acabar con el brazo repleto de arañazos.

Porque la felina era igual que su dueña o incluso peor.

9

Puerto Plata, República Dominicana

Aunque los actores se detesten y camuflen su atracción en un odio inquietante, el espectáculo siempre debe continuar si los personajes están enamorados y viven en una burbuja de pasión y deseo.

Y aquello era lo que Vincent y Aurora, en el papel de Jared y Mia, debían entender, aunque el primero no había mostrado ningún problema al entrar en la recepción del hotel con la mano entrelazada con la de su mujer.

—Buenas noches —murmuró Vincent, en español y con la voz ronca, a la muchacha que se encontraba detrás de la mesa—. Tengo una reserva a nombre de Jared Miller.

—¿Me entrega su identificación, por favor? —pidió la recepcionista con amabilidad tras haberle dedicado una breve mirada a su acompañante—. La *suite* matrimonial. ¿Viaje de luna de miel? —decidió preguntar conservando la sonrisa mientras rellenaba la ficha con los datos.

—Sí —respondió el detective, y le dedicó una mirada fugaz a Aurora, que se mantenía en silencio y a su lado, aunque no tan cerca como debía estar—. Estamos visitando el Caribe —siguió diciendo, y dejó que su personaje actuara por él: la abrazó por la cintura para derribar esa lejanía impropia en unos recién casados—. ¿Alguna recomendación? ¿Un buen sitio para comer, tal vez?

La ladrona esbozó una pequeña sonrisa para disimular lo que ese agarre le había provocado. «Respira», se dijo mientras intentaba captar lo que fuera que aquella chica le estuviera diciendo a Vincent. No quería pensar que su desconcierto se debiera a la mano situada alrededor de la cintura, al tacto de las yemas sobre su piel, firmes aunque suaves, para que no se moviera.

De pronto, y con un simple parpadeo, empezaron a caminar.

—Despierta, Bella Durmiente —murmuró llegando al ascensor, y Aurora no pudo evitar fruncir el ceño ante el apodo. Ya no había ni rastro del agarre—. ¿Qué? No me digas que no tiene gracia.

—Pues no.

—Puede que tú seas el problema y carezcas de sentido del humor. ¿Cuándo fue la última vez que te reíste? Pero de verdad, nada de sonrisas fingidas o demostraciones de tu innegable ironía. Una risa auténtica, de esas dolorosas que te hacen llorar.

Aurora se quedó callada, aunque tampoco fue capaz de romper el contacto de su mirada, ávida por una respuesta. ¿Qué respuesta esperaba? No recordaba la última vez que se había permitido dejar de pensar para emborracharse en ese sonido agradable y liberador. «Una risa auténtica», como había asegurado el detective.

Tras varios segundos de silencio se abrieron las puertas del ascensor. Y esa respuesta que Vincent esperaba nunca llegó.

—No hacía falta que me rodearas con el brazo —declaró una vez que se adentraron; el detective pulsó el número de su planta—. ¿No te parece suficiente con agarrarme de la mano o afirmar ante la pregunta de si estamos casados?

—No.
—¿Qué?
La respuesta del detective la había sorprendido.
—Que no es suficiente —se limitó a decir; volvió a buscarla con su cálida mirada—. ¿Por qué te lo parece a ti?
—¿Crees que la gente va a sospechar si no me tocas o si no demuestras esa absurda necesidad de marcar territorio para dar a entender que soy tuya? No lo soy.
—Lo sé.
—Entonces no vuelvas a hacerlo —acentuó, y las puertas del ascensor se abrieron.
—¿Y si fuera necesario que la gente lo supiera? —se atrevió a preguntar mientras avanzaban por el pasillo para buscar el número de su habitación. Pero esas palabras provocaron que la ladrona se detuviera a unos metros de la puerta cuando notó una sensación inesperada que le recorría el pecho—: Si alguien creyera que estás soltera y necesitara hacerle entender que no, ¿me dejarías rodearte la cintura y decir que eres mía?
—Se te escapa un detalle —dijo mientras reanudaba la marcha.
—¿Cuál, si se puede saber? —Él la siguió por detrás y no tardó en abrir la puerta de la habitación: perfectamente arreglada, sencilla, aunque decorada con buen gusto, con una cama matrimonial de sábanas blancas en el centro del espacio—. Aurora —pidió ante su silencio después de que hubieran entrado y cerrado la puerta.
—¿Te has olvidado de que sí estoy soltera? —pronunció, y Vincent tensó la mandíbula sin querer mientras observaba el movimiento de sus labios—. ¿Vas a prohibirme que me acerque a cualquier persona por la que me sienta atraída?
En ese momento era Vincent quien no quería hablar.
—¿Te ha comido la lengua el gato?

—Sí que te queda sentido del humor, al parecer —contestó, mofándose, y observó su intención de buscar el portátil—. Sin embargo, aquí... —murmuró acercándose a ella, que le había dado la espalda—. Aquí estás casada conmigo a ojos de cualquiera, digas lo que digas.

—Una farsa —pronunció sin girarse, ignorando el choque de su respiración contra el cuello—. Un papel para pasar inadvertidos, porque hemos venido a trabajar.

—¿Y quieres empezar justo ahora? —Aunque el detective estuviera tentando a la cercanía, no la tocaría—. Salgamos.

—¿Qué?

—Lo que has oído —murmuró en un hilo de voz que provocó que la ladrona lo sintiera como un escalofrío en la espalda. A pesar de las discusiones, de los constantes arrebatos por demostrar el control, la atracción entre ellos era evidente y los incitaba a ceder—. Es de noche, ¿de verdad quieres trabajar? Salgamos a dar una vuelta, a que te relajes un rato. La estatua no se moverá de su lugar, te lo aseguro.

—¿Y si ya hay alguien buscando la gema?

—Lo dudo.

—No lo sabes.

—Seguiré dudándolo digas lo que digas —aseguró, y dio un paso hacia atrás. Aurora abrió los ojos al darse cuenta de la falta de calidez—. Vamos a cambiarnos y a dar una vuelta. La misión seguirá ahí mañana por la mañana, esperándonos.

Ella lo pensó durante un momento y se acercó hacia él.

—¿Pasear agarrados de la mano?

Y el detective, mientras se ponía las manos a ambos lados de las caderas, soltó un sonoro suspiro.

—Tengo dos respuestas. ¿Te apetece escuchar la racional o la que me haría arrancarte la ropa para acabar en la cama y no soltarte durante toda la noche? —Momento de silencio, de tensión, como si la habitación se hubiera convertido en un laberinto sin salida—. No te tocaré, a no ser... ¿Te has sentido incómoda? —preguntó de repente—. Sé que tenemos una tregua, que debemos interpretar un papel, pero... Joder. Nos hemos acostado, aunque soy consciente de que no debería haber pasado, pero lo hemos hecho y no puedo quitarme de la cabeza las dos noches en las que me perdí entre tus piernas. —Vincent soltó otro suspiro—. Me lo habrías dicho, ¿no? Si no hubieras querido que pasara... Pero esa noche en mi casa me dijiste que sí, dejaste que te tocara y... me olvidé de todo lo demás y me perdí en tu olor, en la sensación cada vez que entraba... —Pero en el momento en el que se percató de que su lengua había cobrado vida propia, se detuvo—. Voy a cambiarme.

No tardó en encerrarse en el cuarto de baño; arrugó la frente mientras se aferraba con fuerza al lavamanos. Su mente continuaba inundada con las imágenes de dos cuerpos desnudos moviéndose al compás. Recuerdos.

Ni siquiera había sido su intención rememorar su encuentro, mucho menos decirlo en voz alta, pero esos ojos verdes que no habían dejado de observarlo... La trenza deshecha que caía sobre su pecho, el recuerdo de su piel, la suavidad de sus labios, sus piernas abiertas para que él pudiera encajarse del todo y profundizar mucho más la unión. «Joder», volvió a maldecir negando con la cabeza y no pudo evitar estrellarse con la pared de diamantes, aquella que rodeaba a la ladrona de guante negro.

Aurora era adictiva.

Y, sin pretenderlo, se había convertido en una droga para él; la más letal de todas.

La princesa de la muerte cerró los ojos durante un instante cuando notó la calma del océano acariciarle los pies. El viento olía a mar y el sonido de las olas al chocar con la arena no hacía más que transportarla a un paraíso de zumos tropicales, hamacas de lino y un buen libro que le hiciera compañía.

Habían salido del hotel rodeados por un nuevo silencio, más extraño que cualquier otro.

Cuando el detective abrió la puerta del baño y se encontró con su mirada, a Aurora no le pareció que tuviera la intención de seguir con la conversación. Vincent había enterrado esas palabras a tres metros bajo tierra, aun cuando sabía que aparecerían en el momento más inoportuno para atormentarlo.

La ladrona dejó escapar un largo suspiro mientras avanzaban por la playa a paso lento.

—¿Vamos a estar callados durante mucho más tiempo? —preguntó sin dejar de mirar el jugueteo constante de las olas.

—Era lo que querías, ¿no?

Esas palabras la hicieron detenerse. La escasa luz de la luna impactaba con suavidad en sus facciones.

—¿Y esa conclusión la has sacado de...? —Alzó las cejas retándolo a que respondiera. Sin embargo, no pudo evitar añadir—: No quieres entenderlo, ¿verdad?, y dejas que el orgullo hable por ti.

—¿Ahora soy yo el que no lo entiende? —No podía ignorar el delicado movimiento de su melena entremezclándose con la brisa húmeda—. Solo estoy haciendo lo que me has pedido: centrarme en el objetivo para acabar con esta absurda tregua que nos une.

—Nunca te pedí que no me hablaras.

—¿Y qué quieres que te cuente? —saltó a la defensiva—. ¿Mi infancia? ¿Por qué decidí meterme en la academia? ¿Cuál es mi color favorito? ¿Lo que me gusta hacer aparte de perseguir delincuentes? Dime, Aurora, ¿con qué puedo satisfacerte?

—Si tan frustrante es para ti, ¿por qué has decidido acompañarme?

Vincent tensó la mandíbula.

—Ya te lo he explicado —respondió—. ¿Por qué vuelves a sacar el tema? ¿Y por qué cojones estamos discutiendo otra vez?

Lo que había empezado con el simple deseo de destruir el silencio que los consumía acabó con un enfrentamiento de miradas confundidas incapaces de explicar el porqué de esa actitud tan arisca.

—Has empezado tú.

—Aurora —dijo suspirando su nombre, como si intentara que la conversación llegara de una vez a su fin—. No quiero discutir contigo. —Pero ese ruego inofensivo incitó a que el recuerdo que él quería borrar volviera a impactar de lleno en él. Lo que Vincent deseaba en aquel momento era acostarla sobre la arena y que el sonido de sus gemidos se mezclara con el de las olas—. ¿Qué quieres saber de mí? —preguntó con la intención de que ese pensamiento se esfumara.

—¿Ahora quieres hablar?

—Lo que quiero es otra cosa, en realidad —murmuró de manera imperceptible, y se aclaró la garganta para añadir enseguida—: No me gustan los silencios incómodos, así que, teniendo en cuenta que tú no vas a contarme nada de tu vida, me ofrezco para remediar el problema. Pregúntame, Aurora.

A pesar de que se encontraban en medio de la oscuridad, bajo la débil luz de la luna, no pudo apartar la mirada de su rostro bañado en sombras. El mismo rostro cuyos labios se habían pintado una vez de rojo. Desde aquella noche, desde su primer encuentro, no había dejado de imaginarse cuándo volvería a contemplarlos; nunca esperó que la dueña de esos labios fuera a convertirse en su perdición.

—¿Por qué no me entregaste cuando tuviste la oportunidad? —preguntó acercándose a él—. Tenías otra mirada en el museo y estabas cegado por cumplir con tu objetivo, pero aquí estamos... ¿Por qué no llamaste al inspector cuando aún no era demasiado tarde? Podrías haberme quitado el Zafiro y todo habría terminado. Sabes que, cuando la tregua acabe, pondré continente y medio entre ambos y no podrás hacer nada para impedírmelo.

Vincent no contestó al instante y no encontró nada mejor que decir:

—Mi color favorito es el negro —murmuró, y observó el imperceptible horizonte que se extendía a lo lejos. El mar envuelto en la absoluta oscuridad—. Decidí que quería ser policía para contribuir en lo que estuviera en mi mano a que el mundo no estuviera tan en la mierda. También por la adrenalina, supongo. No me imagino en ningún otro puesto y aspiro a llegar a más, por qué no. —Volvió la mirada hacia ella y apreció sus labios juntos—. Me gusta hacer deporte y odio las alturas, sobre todo en los aviones, aunque eso ya lo sabes. Cocino lo justo para no morir de hambre y también soy un ávido lector, aunque últimamente no esté leyendo tanto.

A la ladrona se le suavizó el rostro.

—No has respondido a mi pregunta.

—Tengo muy buena relación con Beckett —siguió diciendo, ignorando su petición—. Me conoce desde que yo llevaba pañales y es el mejor amigo de mi padre, aunque no me preguntes qué pueden tener en común un inspector y un joyero que, además, es historiador del arte. —Entrecerró la mirada recordando su relación y soltó una pequeña risa—.

Él y su familia siempre han estado con nosotros, sobre todo desde que murió mi madre.

—No tienes por qué...

—Lo sé.

—¿Por qué el negro? —preguntó ella de repente—. De todos los colores que hay, nunca pensé que tu favorito fuera ese.

—¿Tan extraño es? —contestó con otra interrogante mientras la observaba encogerse de hombros y dibujar con el pie un pequeño círculo en la arena—. Es un color imponente que siempre se asocia a la noche y al peligro. Siempre me gustará el negro, no hay más —aseguró buscando su mirada. Aurora se la devolvió al instante mientras protagonizaban una breve pausa—. ¿Cuál es el tuyo?

No obstante, la ladrona de joyas seguía sin estar de acuerdo con que Vincent conociera pequeños detalles acerca de ella. Además, no dejaba de preguntarse para qué; si ambos lo sabían y eran conscientes del destino que les esperaba, ¿para qué profundizar en la vida del enemigo?

¿Por qué seguir poniendo a prueba esa atracción que respiraba entre ellos?

«Me olvidé de todo lo demás y me perdí en tu olor».

Aurora inspiró hasta la última partícula de aire para soltarlo con lentitud mientras recordaba la pregunta que el detective acababa de hacerle y, desafiando a su parte racional, respondió:

—El verde.

—Como tus ojos. —Ella asintió con la cabeza—. Pensé que dirías el rojo.

—¿Por qué?

Vincent no supo si responder. Aun así, lo hizo:

—Por tus labios esa noche, cuando nos conocimos —susurró, y deseó durante un momento que su respuesta se hubiera entremezclado con el sonido de las olas.

—Suelo pintármelos cuando salgo por la noche.
—¿Y ahora por qué no? —sonrió aligerando el ambiente, y aquello provocó que Aurora también imitara el gesto.
—Cuando salgo de fiesta, me refiero. ¿Adónde vas? —dijo ella cuando el detective empezó a caminar.
—A buscar un sitio para bailar.
—¿Qué?
Aquello provocó la risa de él.
—Vamos, nos vendrá bien distraernos antes de que me repitas que no estamos de vacaciones.
—Es que no lo estamos.
Pero aquella respuesta, lejos de haber sonado a reclamo, fue un soplo de aire fresco entre ellos que rebajó la tensión y los llevó hacia las callejuelas abarrotadas de parejas y gente bailando; la música de bachata sonaba en cada rincón e incitaba a que se unieran y disfrutaran de su sensualidad.
Aurora no dejaba de observar curiosa el animado ambiente. Captó las miradas que se posaban en ella y no dudó en devolverlas mientras se aventuraba entre el gentío, consciente de que el detective la seguía por detrás. A pesar de que no se había girado hacia él ni una sola vez desde que habían abandonado la playa, sabía que estaba pendiente de ella, como si temiera perderla de vista. Siguió esquivando a todas las parejas que se le acercaban sin querer y acabó entrando en un bar cualquiera, en el que sonaba la misma música de la calle.
Vincent le echó un vistazo rápido al local, igual de lleno que los demás, y mientras veía cómo las caderas femeninas cobraban vida al ritmo de la música, se preguntó si la ladrona de joyas sabría moverse de esa manera.
Cualquier deseo se esfumó cuando Aurora se sentó en un taburete que se había liberado segundos antes y llamó la atención del camarero. El muchacho no tardó en acudir y

el detective pudo apreciar el comienzo de una sonrisa galante cuando sus ojos oscuros impactaron de lleno con las dos esmeraldas, cautivados por su belleza.

—Buenas noches, señorita, para servirla —dijo alzando la voz mientras inclinaba el cuerpo hacia delante—. Dígame qué le pongo.

Pero antes de que Aurora le contestara, pues no le había supuesto problema alguno entenderlo, una voz que apareció por detrás la interrumpió. La ladrona se giró al instante para encontrarse con un joven no mucho mayor que ella; en su mirada se apreciaba una invitación a bailar.

—Ven a bailar conmigo, hermosa —pidió con la mano extendida a la exótica belleza que le había llamado la atención nada más pisar el local.

El muchacho todavía no se había dado cuenta de la presencia del detective ni de su impasible semblante, pues Vincent creía que la princesa rechazaría la invitación, pero, lejos de lo que había imaginado, escondió la sorpresa cuando Aurora se puso de pie mientras apoyaba la palma de la mano sobre la del extraño.

«¿Vas a prohibirme que me acerque a cualquier persona por la que me sienta atraída?». Endureció la mandíbula; no podía negar la extraña sensación, distinta a las anteriores, que empezó a removerlo por dentro mientras observaba cómo ese tipo la arrastraba hacia el interior del local. Una sensación dañina, parecida al fuego, que intentaba hacerle abrir los ojos.

Después de que el camarero lo hubiera atendido se llevó el pequeño vaso de cristal a los labios y notó en la garganta la quemazón que le generaba ver a Aurora tan cerca de aquel chico. Los dos cuerpos juntos, la mano en la cintura de ella mientras la otra se mantenía apoyada en su espalda. «Solo es un baile», se recordó, y le pareció como si hubiera escuchado a Jeremy.

Se sentía inquieto al ver el cuerpo de Aurora moviéndose junto a alguien que no era él. Tomó otro trago mientras contemplaba la respuesta que había aparecido delante de sus narices y que contestaba todas sus preguntas.

No. Se negaba a aceptarlo.

Vincent sentía que el tiempo pasaba lento. No quería darle más importancia; no la tenía, así que, indiferente, paseó la mirada por los demás rostros. Algunas mujeres se dieron cuenta de ese detalle y no dudaron en devolverle el gesto sin saber que él no tenía deseo alguno de bailar con nadie, tampoco de entablar ninguna conversación. No cuando su mente solo podía pensar en la manera en la que Aurora se movía.

Aunque él ya lo supiera desde el baile de máscaras, la ladrona de joyas acababa de demostrarle que dominaba ese arte a la perfección.

—¿No me has pedido nada? —Oyó que preguntaba, y Vincent chocó de nuevo contra la realidad. La canción había terminado y Aurora se encontraba a su lado—. ¿Ocurre algo? —insistió al no obtener respuesta.

No obstante, el detective siguió sin decirle nada cuando apreció, a lo lejos, que otro hombre tenía intención de hacerla volver a la pista de baile.

—¿Aún te quedan ganas de bailar? —contestó en un tono que había pretendido sonar irónico mientras alzaba la mirada por encima de su hombro—. ¿Quieres que te pida algo en particular para cuando acabes con él?

—¿Te molesta?

—¿A mí? En absoluto. —Sin embargo, el rostro de Vincent se encontraba a años luz de esa respuesta—. Mira, ya está aquí.

Aurora le regaló una mirada de desconcierto y se volteó hacia el sonriente muchacho.

—¿Quieres bailar? —preguntó de manera educada, extendiendo la mano algo tímido.

Pero la ladrona negó con la cabeza, aunque conservando la pequeña sonrisa, mientras se colocaba un poco más cerca del detective. Un gesto que sorprendió a los dos hombres por igual, sobre todo a su acompañante cuando la que habló fue Mia Miller:

—Mi *marito* —pronunció en un español pobre mientras abrazaba la cintura de Vincent; no había tenido más remedio que recurrir a su lengua natal esperando que la comprendiera—. Gracias, pero... —añadió al notar su cara de desilusión; sin embargo, no era capaz de encontrar la palabra que en su mente sonaba en italiano.

—Bailará conmigo —finalizó el detective por ella mientras la atraía un poco más hacia él, gesto que al muchacho no le pasó inadvertido.

—Está todo bien, mi *pana*. —El hombre retrocedió, con las manos en señal de rendición, y no titubeó a la hora de alejarse.

El brazo de Aurora no se movió de su cintura y el detective, sin atreverse a bajar aún la mirada, tampoco apartó la mano hasta segundos más tarde.

—¿Qué haces?

—Ya hemos interpretado nuestro papel.

—Me has arrastrado hasta aquí porque querías bailar, ¿y ahora me rechazas?

Había ocasiones en las que al detective le resultaba difícil entender el extraño comportamiento de Aurora, como si se tratara de una montaña rusa de infinitas vueltas. Pero ¿qué explicación podía reclamarle si él actuaba de la misma manera? Ambos atados, aunque sin estar dispuestos a confesarlo, por una extraña combinación de sentimientos ambiguos.

La ladrona no dejó de mirarlo mientras esperaba una respuesta.

—Querías divertirte, ¿no? —añadió recordando sus palabras de antes—. Divirtámonos.

Vincent siguió sin responder; sin embargo, en el instante en el que contempló su mano levantada, no fue capaz de rechazar la invitación. Y no vaciló cuando colocó la suya en la parte baja de su espalda, un simple roce que provocó que Aurora se tensara cuando la atrajo hacia él. Ni siquiera les importó qué canción estaba sonando, tampoco que ya hubiera empezado, y lo que hicieron fue dejarse llevar.

Los brazos de ella se dejaron caer alrededor de su cuello mientras se movía al compás de la sensual bachata, después de que hubieran destruido cualquier lejanía.

—Dime por qué estabas celoso —le susurró muy cerca del oído tras el largo silencio.

—No sé de qué me hablas.

—Lo sabes. —El detective aprovechó aquel instante para que diera una vuelta. Sus cuerpos no tardaron en impactar de nuevo—. Contéstame.

Otro giro, pero esa vez él se acercó por detrás dejando que su espalda impactara contra él. Sin pensárselo dos veces, el detective enterró la nariz en su melena para acariciarle la base del cuello mientras se permitía aspirar su fragancia.

—¿Qué me darás a cambio? —susurró él, y Aurora, sin querer, reaccionó a la áspera voz notando cómo un escalofrío le recorría el largo de la espalda.

—Estoy bailando contigo.

—No es suficiente.

—¿No? —Sin que el detective se lo hubiera visto venir, Aurora se giró para volver a encontrarse cara a cara—. Dime qué más quieres.

—Nada —se limitó a responder al darse cuenta de que la canción estaba llegando a su fin. No iba a dejar que ese juego llegara a más—. Porque no estaba celoso. ¿Quieres seguir bailando o...?

—¿De verdad?

—¿Quieres que te mienta? —sonrió restándole importancia—. ¿Por qué debería molestarme que bailes con otro? No soy nadie para ti.

La ladrona no apartaba la mirada de él.

—Volvamos al hotel.

Y el detective sintió que esa respuesta, esas últimas palabras intercambiadas, los habían hecho subirse en una nueva montaña rusa.

10

No era la primera vez que el detective y la ladrona compartían cama. Ya lo habían hecho en el piso de él, después de que Aurora hubiera aguantado tres noches seguidas en el incómodo sofá.

Ambos conocían la sensación, no estaban enfrentándose a nada nuevo; sin embargo, y a diferencia de aquellas veces, en esa se apreciaba cierta rigidez, como si temieran que algún roce se escapara y desatara un apetito que no pudieran frenar.

Y, teniendo en cuenta sus conversaciones anteriores, sobre todo la última, no querían que surgiera una nueva discusión que aumentara más aún la tensión entre ellos. Debían ser conscientes de que, una vez que abrieran los ojos y la habitación se inundara con la luz del nuevo día, comenzaría la búsqueda de la segunda gema, por lo que no podían perder el tiempo en distracciones.

Ante ese pensamiento, el detective volvió la cabeza hacia Aurora, su pareja de baile, y observó la tranquilidad con la que dormía. Todavía era temprano, pero él acababa de despertarse y, cuando contempló sus ojos cerrados y los labios ligeramente entreabiertos, le fue imposible volver a dormirse.

Se mantenía de lado, con la cabeza en la almohada, y siguió custodiando su sueño sin ser consciente de lo que realmente suponía. El destino, al que le había sido imposible no estar pendiente de ellos, se las arregló para que recordara esa conversación que había mantenido con Jeremy casi dos años atrás, en la que habían discutido el motivo por el que alguien empezaba a disfrutar de ver a otra persona dormir.

«—¿Te digo algo? —soltó de repente después de que la comisaría se hubiera quedado desierta. Era de noche, pero a los dos detectives aún les quedaba trabajo por hacer.

»—¿Qué?

»—¿Sabes lo que más me gusta de ti? —Una pregunta cargada de ironía y a la que Jeremy no esperaba que respondiera—. El amor que desprendes; de verdad, es arrollador. Me ciegas con tu encanto.

»—Jer, me estoy muriendo de hambre y tengo que acabar este puto informe para mañana a primera hora. ¿Se puede saber qué quieres?

»—Será rápido —prometió—. ¿Te acuerdas de la chica con la que he empezado a salir? —Vincent emitió un sonido afirmativo, aunque todavía estuviera dejando vagar los ojos por la pantalla—. Creo que me estoy pillando.

»—Nada nuevo en ti.

»—Lo digo en serio.

»—Felicidades y que viva el amor. ¿Cuál es el problema?

»—No me estás escuchando. Te estoy diciendo que "creo" que me está robando el corazón.

»—Sigo sin entender dónde está el problema. Eres policía, ¿no? Usa tus dotes —soltó a modo de broma; nunca perdía oportunidad de reírse de su compañero.

»—Métete la gracia por el culo. Estoy tratando de abrirme, tío.

»—Soy todo oídos —aseguró Vincent cruzándose de brazos, dejando el informe todavía a medias.

»—El corazón me late rápido cada vez que la veo, me comen las mariposas por dentro cuando se pone de puntillas para besarme, no paro de sonreír como un idiota cuando empieza a contarme cómo le ha ido el día... Y no me he dado cuenta de todos esos detalles hasta esta mañana, cuando me he despertado antes que ella para verla dormir. ¿Entiendes lo que digo? La he visto dormir y no me ha importado hacerlo hasta que se ha despertado, y ya sabes lo que me gusta a mí dormir.

»—Oh... Estás enamorado —murmuró Vincent—. Me alegro por ti. ¿Ya le has pedido que se case contigo?

»—No seas idiota.

»—Sin insultar.

»—Después del sexo —lo ignoró Jeremy—, si te levantas antes y lo único que quieres es observarla mientras duerme, es porque estás enamorado, créeme. ¿Por qué renunciaría alguien a sus horas de sueño si no?

»—Qué conclusión más interesante.

»—Ya te acordarás de mí cuando te suceda».

Vincent se había quedado callado pensando en esas palabras, aunque un segundo después ya se encontrara enfrascado otra vez en el dichoso informe.

Siempre había pensado que a él no le hacía faltar conocer esa información, que en el momento en que sintiera mariposas revoloteando alrededor del corazón lo sabría. El amor dolía, nadie lo convencería de lo contrario, pero no tenía por qué ser complicado. El detective no había vuelto a pensar en esa conversación hasta ese momento, mientras compartía la cama con la ladrona de joyas, a quien no dejaba de observar en silencio.

Tal vez lo que él no quería era pensar en la posibilidad de que su corazón se encontrara enamorado, precisamente, de Aurora.

Ninguno de los dos quiso desayunar y, después de haberse enfundado en algo cómodo, la ladrona fue la primera en entrar en el ascensor, con Vincent tras ella.

Un nuevo silencio los envolvió, aunque se tratara del mismo con el que habían despertado quince minutos atrás y el que continuó a su lado cuando salieron del hotel, rumbo a la estatua que todos los habitantes de Puerto Plata conocían y adoraban como si pudiera velar por cualquiera que le pidiera ayuda.

La estatua representaba un ángel al que le habían arrancado el ala derecha; con gesto triste, miraba hacia el horizonte.

—¿Qué crees que vamos a encontrar? —preguntó el detective; se había hartado de la falta de conversación.

—La piedra no, desde luego, porque eso sería demasiado fácil y no he venido desde tan lejos para acabar decepcionada —pronunció desviando la mirada durante un instante hacia el detective, aunque no tardó en fijarse en una niña vestida de rosa y subida en unos patines del mismo color—. Una pista... Otro acertijo, tal vez. —Se encogió de hombros—. Me conformaría con cualquier cosa, en realidad, porque lo último que me gustaría es dar vueltas en círculos. No me gusta estancarme.

—No eres la única que tiene contactos, podría...

—¿Qué? —lo desafió—. ¿Qué es lo que podrías? No quiero que hagas nada porque no es tu misión y el único motivo por el que estás aquí es porque tu padre está involucrado. Pensé que lo tenías claro.

—Baja el tono.

—¿O qué? —Aurora no perdió la oportunidad de contestarle con otra pregunta, pues sabía que eso al detective no le gustaba. Aunque Vincent había empezado a imitarla durante los últimos días sin darse cuenta—. ¿Los detectives no vais siempre con alguien en las misiones o a donde sea que vayáis? Pues eso es lo que eres para mí ahora: mi compañero. ¿Queda claro?

«Su compañero».

«Suyo».

Vincent se quedó callado durante unos segundos, pero, antes de que se hubiera obligado a responder, el ruido de una caída junto al grito de dolor que lo acompañó ensordeció cualquier pensamiento. Y lo que vio a continuación fue a Aurora corriendo hasta la pequeña niña que se había resbalado.

—¿Estás bien? —le preguntó en inglés esperando que la comprendiera, y se tomó el atrevimiento de acercarle el pulgar a la mejilla para frenar una lágrima, aunque de nada sirvió cuando contempló que sus ojos habían empezado a inundarse con el líquido salado—. ¿Te duele mucho? —siguió diciendo, y fue consciente de la presencia del detective, que no dudó en agacharse también.

—¿Dónde están tus padres? —preguntó, y la niña, que no debía de tener más de ocho años, giró la cabeza hacia él. No respondió y lo único que hizo fue encogerse de hombros mientras se limpiaba las lágrimas con las manos igualmente raspadas. Vincent levantó la mirada para buscar alrededor, pero no había nadie—. ¿Han dejado que salga sola a la calle?

—Tendríamos que llevarla a que la viera alguien. ¿Hay algún centro médico por aquí? —murmuró mientras volvía a examinar las heridas superficiales de las rodillas—. No deja de quejarse, a lo mejor se ha torcido el tobillo. ¿Puedes tranquilizarla? Dile que no tenga miedo y que buscaremos alguien que la cure.

El detective hizo lo que le había pedido y esbozó una sonrisa cuando los ojos asustados de la niña lo miraron, en el instante en que Aurora la alzaba para que su cuerpecito la abrazara.

Empezaron a caminar más rápido después de que Vincent hubiera preguntado por las indicaciones, aunque no sin antes haber mirado por última vez alrededor esperando que sus padres aparecieran en cualquier momento.

Dejó escapar un suspiro profundo, algo molesto, y se colocó junto a Aurora. La pequeña no había dejado de quejarse, aunque iba tranquilizándose con el suave murmullo de la mujer, un gesto que sorprendió al detective, pues jamás habría pensado que la ladrona de guante negro, cuyas manos estaban manchadas de sangre, tuviera paciencia para tratar con los más pequeños.

No se atrevió a interrumpirla y se mantuvo con la boca cerrada, cerca de ella, hasta que llegaron a su destino. Aurora ni siquiera lo esperó para pedir la atención de la enfermera. Pero fue el detective quien habló primero.

—¿Hay algún médico disponible que pueda atenderla? Se ha caído patinando y le duele mucho el pie.

—¿Son ustedes los papás? —preguntó la enfermera mientras miraba a la niña, que estaba en brazos de la mujer blanca—. Necesitaría que rellenaran este papel con sus datos y...

—No lo somos —aclaró Vincent—. Estaba sola, patinando a unas pocas calles de aquí, y se ha caído. ¿Podrían atenderla? Puede que se haya fracturado el pie.

—Dile que el dinero no importa —murmuró Aurora notando que la niña se aferraba un poco más a ella—. Y que no nos iremos hasta que no la vea un médico.

Pero no hizo falta que Vincent lo tradujera.

—Vayan a la sala de espera. Pronto la atenderá el médico —respondió la enfermera con el mejor inglés que pudo. Aurora no perdió el tiempo en ir hasta allí; antes de que el detective la siguiera, se detuvo cuando la mujer añadió—: Dígale a su esposa que averigüe el nombre de la niña mientras contacto con la policía. Si hay suerte, es posible que sus papás vivan por la zona.

—Gracias. —Fue lo único que respondió antes de ir a su encuentro y sentarse a su lado. La pequeña permanecía todavía en su regazo y con la mejilla apoyada sobre su hombro—: Va a llamar a la policía —susurró, y la mirada de Aurora impactó con la suya. No estaba sorprendida—. Supongo que ya lo sabías.

La ladrona asintió.

—¿Cómo te llamas, pequeña? —Vincent apoyó la mano sobre la espalda de la niña en una suave caricia, esperando que respondiera, pero seguía sin pronunciar palabra—. Podemos acompañarte a casa, ¿qué te parece? Seguro que echas de menos a tu mamá. —Con esa simple mención, la niña se volvió hacia él—. Eso es, ¿qué me dices? —sonrió—. Seguro que también te está buscando y quiere que vuelvas a casa.

—Me duele mucho el pie. —Su voz sonó rota y su diminuta mano no dejaba de limpiarse las lágrimas—. Quiero ir con mi mamá.

—Iremos, te lo prometo —aseguró—. Pero antes tienes que decirme tu nombre. ¿Sabes cómo te apellidas?

—Altagracia Reyes Guzmán.

—Tienes un nombre muy bonito, Altagracia.

La pequeña se limpió la nariz y no dudó en volver a esconderse en el cuello de Aurora.

Vincent, con los codos descansando sobre las rodillas, levantó la mirada para encontrarse con esos ojos verdes que habían estado contemplando la escena en silencio mientras esperaban a que el médico los atendiera.

—Pensaba que no te gustaban los niños. —Aurora ladeó la cabeza—: Siempre te muestras fría, incluso con tu gente de confianza. Tampoco permites que se te acerquen demasiado y cortas la conversación cuando sientes que van a hablar de tu vida o los pocos sentimientos que todavía conservas. Como este, por ejemplo, el de ayudar a esta niña y ofrecerte a pagar su tratamiento. ¿Por qué?

—¿Tú no lo habrías hecho?

—¿Ayudarla porque se ha caído? Por supuesto —aseguró—. Y también habría pagado, pero la habría sentado en una silla y no en mi regazo. —Contempló, una vez más, la fuerza con la que Altagracia se aferraba a ella—. Por eso te lo pregunto, por si has pasado por algo que…

—No me gustan —lo interrumpió, aunque se quedó callada dudando de si continuar o no—. Es solo que… no soy capaz de ver a ningún niño sufrir.

—¿Y la hija del director?

Recordó aquella noche de abril, casi dos meses atrás, cuando protagonizó el atraco número treinta y ocho.

—No le hice daño.

—La amenazaste.

—¿De verdad quieres hablarlo ahora? —susurró mientras observaba a las pocas personas que esperaban igual que ellos—. No la herí, ¿queda claro?

Pero la princesa de la muerte sabía que aquello no era justificación suficiente.

Vincent no respondió y ella tampoco tuvo intención de añadir nada más. El detective sabía que no retomarían la conversación, al menos no en ese momento, pero no se daría por vencido hasta saber más de su pasado.

11

La del *Ángel de una sola ala* no era una historia que tuviera mil versiones distintas, y los pocos artículos que la ladrona había encontrado acerca de esa estatua de granito medio sumergida en el océano Atlántico y envuelta bajo los colores del atardecer relataban la misma leyenda que la ciudad de Puerto Plata contaba de una generación a otra.

Era la misma que se encontraba escrita a los pies de la escultura y que el detective acababa de traducir, palabra por palabra, mientras los ojos de Aurora no habían dejado de contemplar el ángel esperando encontrar algo, lo que fuera, que los llevara a la siguiente pista en el mapa.

Habían transcurrido un par de horas desde que el médico había atendido a la niña, y otra más desde la aparición de los preocupados padres acompañados por la policía, momento en el que la ladrona había tratado de mantener un perfil bajo para, minutos más tarde, abandonar el centro sanitario.

—Es una simple historia para turistas; no tiene nada que pueda ayudarnos —murmuró Vincent, de brazos cruzados, mientras observaba cómo la ladrona andaba alrededor de la estatua—. Ni siquiera explica por qué le han arrancado el ala.

—Debe de haber otra historia distinta a la oficial. —Aurora se encontraba a las espaldas del ángel, intentando no perder el equilibrio, pues la escultura se había construido entre las rocas del punto más alejado de la playa—. Mira aquí, en medio de la columna, parece que tenga algo escrito. —Aquello captó el interés del detective—. ¿Tienes el móvil cerca? Creo que está en latín.

Vincent se acercó para observar la inscripción tallada, que apenas era visible.

—*Perditio mundi eius venit...*

—¿También sabes latín? —lo interrumpió ella a media frase—. ¿Alguna otra habilidad que quieras confesar, detective?

—La de mi lengua cuando me coloco entre las piernas de una mujer —murmuró, y no pudo evitar inclinar la cabeza en un sutil movimiento cuando apreció que su sonrisa desaparecía—. Aunque eso ya lo sabes. Y, respondiendo a tu pregunta anterior... —añadió cuando vio que quería replicar, pues la ladrona no era de las que se quedaban calladas—. No sé latín, ¿por qué habría de saberlo?

Con la diversión bailando en cada una de sus palabras, aprovechó el momento de silencio para desbloquear el móvil.

—Eres...

—¿Irresistible? ¿Adictivo? —Alzó una ceja mientras buscaba el término adecuado, aunque eso no le impidió esquivar el golpe travieso de Aurora, que hizo un amago de un tortazo que habría ido a pararle al brazo—. Tiene pinta de ser otro acertijo —murmuró.

—¿Qué dice?

—«La destrucción de su mundo llegó con la caída de la segunda lágrima al contemplar los ojos sin vida de la mujer a la que amó».

—No he visto nada parecido en los artículos que he leído —murmuró, y no tardó en volver a rodear la estatua para contemplar la posición—. Y tampoco creo que sea coincidencia que mencione la palabra «segunda».

—¿Y qué relación puede tener con la gema? Supongamos que la persona que escondió las joyas cientos de años atrás no se inspiró en la historia turística, sino en esta inscripción. Tiene sentido, si consideramos que las coordenadas pertenecen a la ubicación de esta estatua, pero ¿y ahora qué? ¿Dónde se supone que debemos buscarla? —preguntó colocándose junto a ella—. En la biblioteca, a lo mejor —murmuró, y observó que su mirada verde aún se encontraba examinándola—. Aurora.

—Estoy pensando.

—Hazlo en voz alta.

—¿Es una orden? —Lo miró mientras arqueaba las cejas sonriendo.

—Una petición, más bien. Se supone que somos compañeros. —Esa simple mención hizo que ambos recordaran la conversación de horas atrás, cuando la ladrona se había percatado del posesivo que había empleado antes, cuando lo había llamado «mi compañero». Dos mentes trabajan mejor que una.

—Cruza los dedos para que encontremos algo en los archivos.

—Alégrate —pronunció mientras empezaban a caminar para salir del agua, aunque antes no dudó en extender la palma de la mano para ayudarla—. Querías un reto, ¿no? Aquí tienes el camino difícil.

La ladrona aceptó el gesto y lo único que hizo fue esbozar una pequeña sonrisa.

El anochecer empezaba a tocar el horizonte con una rapidez de la que ni el detective ni la ladrona se percataron hasta que los últimos rayos del sol desaparecieron por completo.

Después de haber parado a comer algo en un puesto callejero, se encerraron en la única biblioteca en la que parecía que podrían hallar respuestas. Según la bibliotecaria, una mujer de edad avanzada, existían algunos informes sobre el *Ángel de una sola ala* que les resultarían de ayuda para el reportaje que querían hacer, pues, con la idea de no llamar la atención, se habían hecho pasar por una pareja de periodistas que ansiaban saber más sobre la misteriosa escultura.

—Se esculpió en 1773 —susurró el detective tras una hora de silencio, después de levantar la mirada para toparse con Aurora en la misma posición: las rodillas tocándole el pecho, la trenza que caía por el respaldo de la silla y las dos manos sosteniendo el libro vestido de cuero—. ¿Has encontrado algo sobre la inscripción?

Ella negó con la cabeza mientras paseaba la mirada por las páginas amarillentas.

—Hacía mucho que no investigaba así —dijo la ladrona sin alzar la voz, y no pudo evitar frotarse los ojos a la vez que cerraba el libro—. Suelo encontrar toda la información que necesito en internet o pido que la busquen para mí.

—¿Te duele? —preguntó al ver que se masajeaba el hombro.

—Estoy bien —aseguró levantándose—. Pero me da la sensación de que nos encontramos en un callejón sin salida.

El detective también se puso en pie en cuanto adivinó su intención de adentrarse entre los pasillos estrechos y solitarios, cuyo característico aroma, procedente de los miles de libros y papeles apilados de mala manera entre las estanterías, era capaz de sepultar cualquier otro. Cuando se colocó a sus espaldas se preguntó cuánto tiempo llevarían ahí sin que nadie se hubiera preocupado por cuidarlos.

Aurora podía sentir su presencia detrás de ella, cerca, aunque notaba que no se atrevía a franquear los pocos centímetros que los separaban. Sin embargo, siguió mostrándose indiferente mientras no dejaba de observar los títulos en los lomos.

—Es nuestro primer día.

—Segundo, en realidad —corrigió—. Perdimos el primero cuando se jodió el motor del coche.

—No tuvimos la culpa.

—Lo sé.

De pronto y sin saber por qué, un nuevo silencio los embarcó en otro viaje sin rumbo, uno que les pareció infinito, pero que solo duró unos pocos segundos, hasta que el detective los llevó de nuevo a tierra firme.

—Ya es de noche —anunció llamando la atención de la ladrona—. ¿Quieres que nos vayamos?

—¿Y si no hay nada? ¿No te parece extraño no haber encontrado más información sobre esa frase escrita en latín? La poca que hay se basa en la historia que toda la ciudad conoce. Tal vez no haya relación y estemos perdiendo el tiempo.

—«La destrucción de su mundo llegó con la caída de la segunda lágrima al contemplar los ojos sin vida de la mujer a la que amó».

El detective se mantenía de brazos cruzados y con la espalda apoyada sobre la madera; la cabeza levemente inclinada, sin apartar la mirada de ella.

—La recuerdo, no hace falta que la repitas.

—«Al contemplar los ojos sin vida de la mujer a la que amó». —La ignoró, e hizo una breve pausa—. No hemos buscado alrededor de la estatua. Se supone que la segunda gema tiene el mismo tamaño que la primera, ¿no? A lo mejor está escondida entre las rocas, debajo del agua.

—¿Con la posibilidad de que cualquiera la encuentre? No creo...

—Pero sigue siendo una opción —respondió—. «Con la caída de la segunda lágrima» —repitió una vez más—. Las lágrimas se acumulan en los ojos y resbalan por la mejilla hasta caer, si antes no te la has limpiado, claro está. Te puede parecer una tontería, pero... —Se encogió de hombros—. ¿Y si la piedra se encuentra debajo de la estatua? Aunque llamaríamos la atención y, para levantarla, necesitaríamos una grúa.

—Demasiado ruido.

—Creo que no se trata de buscar información, sino de seguir nuestro instinto. Podríamos mirar y preguntar en otros lugares —sugirió—: Tiendas de antigüedades, periodistas jubilados, algún historiador que sepa de esculturas... Pero lo que nos interesa, más que buscarle una explicación a la trágica historia, es encontrar la gema.

—¿Y no has pensado que la siguiente pista podría encontrarse tras esa explicación?

—No te estoy diciendo que no, Aurora —susurró—. Sigue siendo nuestro primer día; lo que trato de decirte es que...

Pero los dedos de la ladrona sobre sus labios provocaron que no dijera nada más. Vincent no tardó en comprender que acababa de pronunciar su nombre en alto. A pesar de que la biblioteca se encontraba vacía, habían acordado llamarse por los nombres de sus personajes cuando no pudieran asegurar que nadie los oía.

—Mia —recordó ella percatándose de la cercanía después de que el detective hubiera bajado la cabeza a su encuentro; cuando dio un paso hacia atrás, notó el firme agarre de su mano alrededor de la muñeca—. ¿Qué haces?

Un agarre disfrazado de un fugaz impulso que pronto se disolvió.

—Mia —repitió en un susurro. Parpadeó e hizo un movimiento sutil pero rápido con la cabeza, como si acabara de pelearse consigo mismo para volver a la realidad—. Será mejor que lo dejemos por hoy.

El detective abandonó primero el pasillo, dejando que el desconcierto en la mirada de Aurora se agrandara. La muchacha no dudó en seguirlo un instante después hasta que ambos salieron del edificio para tropezar con la cálida noche de mediados de julio. Vincent empezó a caminar sin detenerse, a un paso suave, aunque podía notarse todavía la inquietud que lo envolvía. El nombre que había escogido, el que acababa de pronunciar en apenas un hilo de voz...

—¿Qué ocurre? —preguntó la ladrona tratando de alcanzarlo. No demoró en colocarse a su lado sin darse cuenta de que se dirigían hacia la playa—. Vincent, joder, ¿puedes detenerte un segundo y calmarte?

—Estoy calmado.

—Por supuesto que sí —ironizó la mujer de ojos verdes apreciando su perfil, y no encontró mejor solución que detenerlo por la muñeca, el mismo gesto que había hecho él minutos antes—. ¿Se puede saber qué te pasa? —exigió; aunque se habían detenido en una calle cualquiera y repleta de gente, el detective no era capaz de bajar la mirada a su encuentro—. Se te ha escapado, no pasa nada, a mí también. Tan solo... recuérdalo la próxima vez.

—No es eso.

—¿Entonces? —Arqueó una ceja, cada vez más confundida, aunque muy en el fondo conociera la razón—. Si quieres contármelo, adelante, pero no hagas que tenga que sacarte palabra por palabra hasta deducir qué ha pasado.

—No creo que este sea un buen lugar para hablar.

—¿Vamos al hotel?

—¿Para encerrarnos en una habitación que solo tiene una cama?

Y esa simple mención bastó para que la mandíbula de

Aurora fuera la que se tensara. «Peligro», susurró su mente sin apartar la mirada de sus ojos.

—No tendría por qué ser un problema —respondió ella, aunque insegura, para tratar de desviar ese tema en el que sabía que a ninguno de los dos le convenía adentrarse.

—Mierda —masculló al reanudar la marcha y notar que la ladrona lo seguía—. ¿Por qué le restas importancia? —preguntó sin querer mientras seguía un rumbo que ni siquiera había trazado—. Lo peor de todo es que me prometí que no iba a reaccionar de esta manera, que trataría de controlar este deseo que… que… —Soltó el aire con rapidez tratando de encontrar la palabra adecuada—. Este deseo que me quema —pronunció finalmente, y se detuvo de golpe—. Lo que ocurre es que me quemas, me…

No obstante, se quedó callado de golpe, pues no tenía el valor suficiente para acabar de decir lo que su mente le gritaba.

Estaban cerca de la playa, del ruido de las olas peleándose entre sí, un sonido que ninguno de los dos parecía captar debido al fuerte latido de ambos corazones, que volvieron a verse envueltos en otro silencio. La ladrona no supo qué responder y el detective, buscando un rayo de esperanza que lo calmara, se mordió el labio inferior como si intentara frenar el impulso y las ganas que tenía de besarla.

—No estoy enamorado de ti —aclaró él; le había surgido la necesidad de arreglar lo que parecía que había roto—. Pero eres como una droga —confesó buscando sus ojos. Quería que lo mirara—. No tendría que haber reaccionado de esa manera, pero cuando te has acercado a mí… Y tus labios… —Se masajeó la nuca soltando un suspiro—. Vamos a olvidarlo, ¿vale?

—¿Me lo dirías? —se atrevió ella a preguntar—. Si tu corazón llegara a pertenecerme, ¿me lo dirías?

—Nunca le ha pertenecido a nadie.

—¿Lo harías? —insistió una vez más.

Vincent pareció pensárselo.

—Te lo entregaría aun a riesgo de que no lo quisieras —confesó dejando que su voz desapareciera en un susurro.

12

Las madrugadas se convertían en terreno peligroso cuando una nueva pesadilla amenazaba con adentrarse en la cabeza de la pequeña ladrona. Y, por más que intentara deshacerse de ellas, no tenía manera de impedirlo.

Las pesadillas que la visitaban ni siquiera se tomaban la molestia de llamar a la puerta, tampoco aparecían con una sonrisa y su estancia podía convertirse en una eternidad si así lo deseaban. Su único disfrute residía en el dolor y la angustia de sus anfitriones, a los que atormentaban hasta que ellos mismos decidían luchar y abrir los ojos.

Pero Aurora no era de las que se rendían; supo que había ganado la batalla en el instante en que su mirada impactó contra la oscuridad de la habitación. Notaba la espalda empapada y el corazón a mil por hora, además de la garganta áspera, como si no hubiera dejado de gritar. Se levantó de la cama, despacio, e intentó acostumbrarse a la escasa luz. Vincent dormía profundamente a su lado, con los labios entreabiertos y la mano apoyada en el abdomen, y esa imagen provocó que las facciones del rostro se le suavizaran. De pronto, recordó la conversación de horas atrás; en realidad, dudaba que pudiera olvidarse de ella, pues esas palabras no habían dejado de danzar en su mente.

Con cuidado de no hacer ruido, y después de haber soltado un suspiro profundo, se sirvió un vaso de agua, como si acabara de tropezarse con un paraíso en medio del desierto. No se había percatado de lo sedienta que estaba y de lo poco, además, que le apetecía volver a la cama. Se dirigió a la mesa, repleta de papeles y en la que descansaban un par de ordenadores todavía encendidos, y la pequeña lámpara alumbró la estancia con una luz cálida. El detective se movió dejando escapar un leve quejido que la inmovilizó. No quería despertarlo, pero el insomnio, que había decidido aparecer a las cuatro y diecinueve de la mañana, la había animado a adentrarse de nuevo en el misterio que escondía el *Ángel* de Puerto Plata. Una distracción, tal vez, para que se olvidara de lo sucedido en la pesadilla.

Seguía sin entender por qué había tan poca información al respecto. Era la primera vez que se enfrentaba a ese nivel de dificultad, al enigma que envolvía la Corona de las Tres Gemas como si se tratara de una reliquia cuya llave no tenía deseo alguno de aparecer. No obstante, no podía ni pretendía esconder la emoción que le generaba la búsqueda del tesoro por el que tanto estaban arriesgando.

Contempló de nuevo la inscripción en la espalda del ángel y se preguntó por qué la habrían colocado allí, cerca de la cicatriz del ala arrancada. Con la barbilla apoyada en la palma de la mano, y sin dejar de imaginarse la relación que pudiera guardar con la segunda gema, pensó en la teoría que el detective le había planteado en la biblioteca.

«Las lágrimas caen al suelo». Lo hacían, a no ser que las borraran antes del rostro.

«¿Y si la piedra está debajo de la estatua?». No obviaba esa posibilidad, teniendo en cuenta las coordenadas del cofre, pero ¿cómo podían comprobarlo y seguir pasando inadvertidos? La escultura era de tamaño considerable; «difícil de ignorar», pensó, y un pequeño bostezo se le escapó mientras volvía a desviar la mirada hacia la cama, donde Vincent continuaba durmiendo. Esas palabras, que no dejaban de perseguirla, pronto ocuparon su mente. «Te lo entregaría aun a riesgo de que no lo quisieras». Frunció el ceño mientras pensaba en lo equivocado que estaba. Ella no quería su corazón y, aunque se lo entregara, ¿quién le aseguraría que no lo dejaría caer al suelo?

La princesa de la muerte era cruel cuando se trataba de su corazón y, por mucho que lo había intentado, no podía cambiarlo. Llegaba a sentir afecto, cariño por algunas personas, tal como él le había insinuado en el centro sanitario; por Sira la que más. Sin embargo, le resultaba complicado, y desconocido, comprender lo que existía entre una pareja.

«Solo seríais una pareja de fugitivos».

«Una pareja implacable», le había respondido la ladrona al *capo* dos semanas atrás.

Después de que Giovanni la hubiera acogido, nunca se había molestado en explicarle lo que era encontrar a la otra mitad, un complemento; tampoco a su sobrina, y había dejado que ambas niñas crecieran sin conocer uno de los sentimientos más puros. Quizá porque se había empeñado en vaciar ese órgano al que había dejado de llamar «corazón». Nadie podía culparlo; la vida se había encargado de arrancárselo para destrozarlo. Sin embargo, la ladrona de joyas no podía ignorar que una parte de ella se sentía incompleta, aunque no era capaz de entender qué le faltaba. Lo único que sabía, y que la mantenía serena, era saber que Vincent nunca le entregaría su corazón; todas las provocaciones, las miradas, las caricias que habían intercambiado… No eran más que la atracción hablando por ellos.

«Lo que me ocurre es que me quemas».

Se frotó el rostro con ambas manos cuando esa conversación impactó en ella de nuevo. No quería pensar en él, mucho menos en la cercanía de sus labios durante el baile que habían vuelto a protagonizar... Se mordió una uña mientras seguía observando el rostro dormido del detective, totalmente ajeno a la batalla de pensamientos de su compañera.

Se concentró de nuevo en el ordenador, en las diferentes perspectivas que el ángel les había brindado, que reflejaban la tristeza incomprendida de su rostro. Bastaba con apreciar la posición de su única ala, además de las manos, para darse cuenta de la intención de proteger a su amada. Se quedó observando la figura durante unos segundos más y no pudo evitar que se le escapara otro bostezo. Trató de enfocar de nuevo, pero la pesadez sobre los párpados había vuelto a surgir, haciendo que la Bella Durmiente cerrara los ojos.

El sueño acababa de vencerla y los segundos pronto se convirtieron en minutos. Con los brazos cruzados sobre la mesa, sin que le importaran los papeles esparcidos, se acurrucó como pudo; le daba igual que a unos metros hubiera una cama esperándola, una en la que Vincent seguía durmiendo.

Tendría que haber insistido en reservar dos habitaciones. Podría haberlo hecho y nadie se habría preguntado el porqué; no obstante, allí se encontraba, cerca de él, pero sin atreverse a volver a su lado.

El detective, aún con los ojos cerrados, arrugó la frente debido a la molesta y sofocante luz que se las había arreglado para colarse entre las cortinas. Se llevó la mano a la cara para esconderse de ella, pero la sensación seguía siendo insoportable. No le quedó más remedio que empezar a desperezarse.

Pensó que se toparía con la abundante melena de Aurora, pero no fue así y levantó la cabeza con rapidez cuando se percató de la falta de calidez a su lado. Relajó los hombros, sin haberse dado cuenta de que los había tensado, cuando la contempló durmiendo encima de la mesa. Entendió lo que había estado haciendo y negó con suavidad mientras se acercaba a ella con el propósito de levantarla en brazos para acostarla de nuevo en la cama. Al fin y al cabo, todavía era temprano.

Se agachó con cuidado para pasarle un brazo por debajo de las piernas; la otra mano se encargó de que su cabeza quedara encajada en el hueco del cuello. Aurora protestó con suaves quejidos provocando que Vincent no se moviera, pero al comprobar que los ojos seguían cerrados se las apañó para ponerse de pie. Lo que no sabía, no obstante, era que el sueño de la princesa era ligero, casi tanto como una pluma, y la ladrona acabó despertándose cuando fue consciente del plácido latir de su corazón.

—Buenos días —murmuró, y Aurora arrugó la nariz—. Lo sé, tengo que ir a lavarme los dientes.

—Haz el favor de bajarme —pidió al sentir el agarre de sus brazos—. Vincent. —Había creído que con pronunciar su nombre bastaría para que la liberara, pero el detective empezó a caminar hacia el cuarto de baño—. Bájame.

Emitió un sonido negativo y, tentado por el deseo, no se le ocurrió mejor idea que colocarla sobre el lavamanos con él entre sus piernas. Contempló el intento de la muchacha por escapar de la jaula que había creado con los brazos y esbozó una media sonrisa que, aunque hubiera querido que fuera divertida, estaba teñida de un aura triste, decepcionada.

—Me has estado ignorando desde ayer —dijo mientras contenía el pensamiento de acariciar uno de los mechones negros de su pelo; esa forma indefinida lo llamaba como el canto de una sirena—. Y asumo que es por lo que te dije,

¿no? —Aprovechó el momento de silencio para alargar el brazo y depositar la pasta de dientes sobre el cepillo.

—No te he ignorado.

—Ya —soltó aún con el cepillo en la boca. Había dado un paso hacia atrás; ya no había nada que le impidiera desaparecer y volver a esconderse entre la pila de papeles, pero Aurora se mantuvo encima del lavamanos—. ¿Entonces?

—¿Entonces qué?

Vincent inclinó la cabeza sin dejar de mirarla mientras continuaba con la labor. No era la primera vez que deseaba adentrarse en su mente para saber lo que fuera que estuviera pensando; la manera que tenía de desviar la conversación, la facilidad con la que a veces jugaba para distraerlo, la convertían en un peligro cuyos ojos almendrados lo incitaban a dejar la mente en blanco y a olvidarse por un instante de la conversación que habían iniciado.

—Lo sabes perfectamente —respondió el detective después de haberse enjuagado—. No hagas que te lo repita.

—¿O si no qué?

Aquella provocación hizo que volviera a sonreír.

—Aurora...

—Dime.

—¿Me estás ignorando por lo que te dije anoche? —preguntó él acercándose de nuevo para colocarse entre sus piernas; dejó caer las manos a ambos lados del mueble, que agarró con firmeza—. Era algo hipotético, no sé si me explico. De todas maneras, estamos en una misión, ¿no? Somos compañeros. —Hizo una pausa breve y saboreó la cercanía de sus labios. Necesitaba deshacerse cuanto antes de la tentación que había empezado a invadirlo—. ¿Has descubierto algo?

—¿Qué...? —La pregunta acababa de perderse a mitad del camino, igual que el suspiro que se le había escapado. Enderezó la espalda y parpadeó un par de veces para ignorar la inminente calidez que había empezado a viajarle entre los muslos—. Tenemos que hacerle otra visita a la estatua —dijo después de aclararse la garganta.

—¿Por qué?

—Llámalo intuición.

—¿Y qué dice tu intuición?

«Demasiado cerca», pensó, y desvió la mirada sin querer hacia el torso desnudo del detective, un vistazo fugaz que la llevó a contener la respiración para no delatar lo que su presencia le hacía sentir.

—Apártate —pidió ella en un susurro; los ojos seguían sin romper el contacto—. Podrías vestirte, si no te importa.

—¿Te importa a ti?

No respondió, pero tampoco escondió la intención de bajar del mueble. Sin embargo, cuando sin querer acarició su brazo tatuado, el ligero roce hizo que la cabeza del detective bajara hacia el encuentro. No pudo ignorar la reacción que se había disfrazado de un cosquilleo inusual y que acababa de posársele en los labios. La mente de la ladrona se había dividido en dos: la parte racional que le exigía que se alejara y pusiera distancia, y la que deseaba sentir la lengua de Vincent entre las piernas. Aurora tragó saliva con cierto disimulo ante la escena que su traviesa imaginación le había regalado.

—¿Siempre tienes los dedos tan fríos? —murmuró él percatándose de la inquietud en su rostro. No dudó en alejarse de nuevo; de hecho, antes de que pudiera registrarlo ya estaba junto a la puerta—. ¿Cuándo nos vamos?

Aurora tardó unos segundos en contestar mientras se bajaba del lavamanos.

—Ahora.

No había sido necesario que ninguno de los dos lo dijera en voz alta, pero habían decidido enfriar ese deseo que los consumía lentamente. Eran conscientes del riesgo que su atracción podía desencadenar. Por mucho que trataran de negarlo, esconderlo de su pensamiento más primitivo, no sabían cuánto aguantarían. ¿Días? ¿Semanas? Era cierto que habían acordado disponer de todas las noches que desearan, pero no habían conseguido sacarse de la cabeza lo que en realidad eran y que ambos se encontraban envueltos en una tregua que tarde o temprano acabaría.

El destino, de brazos cruzados y pendiente de cada una de las miradas que habían intercambiado hasta que al fin salieron del hotel, se mordió el labio inferior mientras pensaba que el amor llegaba a ser complicado; testarudo, a veces, y caprichoso. Un amor al que le gustaba ponerse la máscara de deseo para jugar con la tentación que la ladrona y el detective sentían.

Aurora y Vincent descendieron de nuevo hasta la playa para encontrarse con la estatua del ángel. Solo había cambiado un detalle: la marea había bajado por completo, lo que les permitió apreciar la base sobre la que se había construido la escultura.

—Adiós al plan de la grúa —murmuró el detective mientras seguía observando el enredo de rocas y algas que yacía a sus pies; el mar se había apropiado del *Ángel de una sola ala* haciendo que resultara imposible moverla sin correr el riesgo de destrozarla—. Empiezo a pensar que solo es una estatua y que nos hemos equivocado con las coordenadas.

La ladrona se quedó callada, aunque sin apartar la mirada del escenario que tenían delante: una estatua atrapada en Puerto Plata, cuya inscripción trasera no les había dado ninguna pista. Desde su llegada a la ciudad no habían conseguido avanzar y la búsqueda de la segunda gema no había hecho más que enfriarse con el paso de los días.

—El sitio es este y la inscripción lo confirma; dudo que se trate de una casualidad —murmuró ella, y no pudo frenar el suspiro de frustración que se le escapó—. Lo dice bien claro: «Y la segunda lágrima cayó». Podemos comprobar tu teoría y mirar alrededor, porque no me apetece seguir perdiendo más tiempo buscando una información que podría no estar relacionada.

Empezó a moverse, con cuidado de no caer, mientras enfocaba la mirada hacia abajo, pero cuando quiso avanzar y colocó el pie donde no debía, sintió que el mundo se tambaleaba. No se había caído de milagro, aunque no tardó en percatarse de quién la había rescatado en realidad.

—Para ser quien eres resultas muy torpe, ¿eres consciente? —Vincent la mantuvo sujeta de la cintura hasta que se aseguró de que recuperaba el equilibrio—. Me parece bien que miremos, a lo mejor la encontramos y podemos irnos a casa, pero ten cuidado —dijo tardando unos segundos de más en soltarla—. Buscaré por allí; grita si encuentras algo.

—¿Para que se entere toda la ciudad?

El detective se volvió hacia ella riéndose.

—Podrías utilizar una palabra en clave.

—¿Como qué?

—Se supone que somos un matrimonio en su luna de miel; algo se te ocurrirá —soltó encogiéndose de hombros. Ya se encontraba lo bastante lejos para evitar otro golpe en el brazo, aunque eso no impidió que Aurora le hiciese un gesto vulgar—. ¡Las princesas no hacen eso! —exclamó, y negó con la cabeza, divertido, mientras volvía a concentrarse en la búsqueda de la gema perdida.

Ninguno se había percatado de la presencia de un pescador de edad avanzada, cuya mirada no pudo esconder la sorpresa cuando volvió a reparar en la pareja de jóvenes que curioseaban la estatua. Había decidido mantenerse escondido, sin llamar la atención; no obstante, no fue capaz de apartar los ojos cuando empezaron a mirar entre las rocas. El hombre, que sujetaba la caña esperando que algún pez picara en el cebo, mantenía la mirada por encima del hombro mientras apreciaba cómo el muchacho se iba acercando a la zona en la que él se encontraba.

El detective tampoco pudo ignorar su figura; habría sido imposible no verlo, sobre todo por el peculiar y llamativo sombrero que llevaba. Continuó con la búsqueda restándole importancia. Dudaba que pudieran encontrar la piedra a no ser que ese día la suerte se hubiera levantado de buen humor. Alzó la cabeza y miró a lo lejos; la imagen de Aurora agachada y con las rodillas rozando el agua le recordó a Layla de pequeña jugando con los cangrejos y buscando nácares para ampliar su colección. De repente, Vincent frunció el ceño ante la aparición de ese pensamiento, que había sido fruto de una imaginación demasiado vanidosa, ingenua; incluso cruel... Trató de ignorarla y, con la mirada todavía puesta en Aurora, no se dio cuenta de que el pescador había empezado a acercarse a él.

Había recogido la caña, que llevaba colgando al hombro mientras agarraba el cubo con la otra mano, sin dejar de preguntarse qué estaban haciendo; la curiosidad saltaba a su lado, le tiraba de la mano hasta que se detuvo junto al joven.

—¿Ustedes perdieron algo? —preguntó, haciendo que el muchacho se volviera hacia él. Tuvo que hacer un esfuerzo para enderezar la espalda y mirarlo a los ojos—. Miren, tengan mucho cuidado con la marea, ¿oyeron? —siguió diciendo, esperando que lo entendiera, pues parecían ser de fuera—. Subirá en menos de una hora.

—Gracias —se limitó a decir, aunque no dudó en esbozar una pequeña sonrisa en reconocimiento. Sin embargo, el pescador no rompió el contacto y Vincent entendió que esperaba a que le contestara a la primera pregunta—. Mi... —Le dedicó una mirada a Aurora sin saber qué excusa inventarse—. Mi mujer ha perdido una cadenita de oro y la estamos buscando.

—Eso ya estará en el fondo del océano, muchacho —murmuró, y desvió la mirada hacia la mujer, que los divisaba a lo lejos. Se había puesto de pie al percatarse del movimiento de una mancha roja; el sombrero del hombre no pasaba desapercibido—. Si la perdió ayer estará difícil que la encuentre. ¿Por qué mejor no le compra otra?

—¿Cómo sabe...?

—Ayer en la tarde también los vi por aquí. Admirando la estatua, ¿verdad? —Vincent asintió; quería ver qué más decía. Pero el hombre empezó a caminar, así que no tuvo más remedio que seguirlo no sin antes haberle dedicado un gesto a la ladrona para que se acercara—. Oche eso, esa historia cambió demasiado. Cualquier turista que viene y le hace una visita al *Ángel de una sola ala* se va a su casa con una versión que no es la verdadera.

—¿Hay otra historia aparte de la que está escrita?

El pescador se detuvo al pie de las escaleras.

—Cuenta con un montón de versiones; la que hay ahí escrita es la más popular, la más suavecita, la que viene y va de una boca a la otra, pues la gente es chismosa, ya tú sabe —respondió, y observó que la mujer se encontraba cada vez más cerca—. Pero existe una leyenda que muy poca gente conoce: la original, que es un chin más oscura.

—¿No le importaría contármela? —pidió el detective mientras veía que el pescador desviaba la mirada por encima de su hombro para observar a alguien. Supo al instante de quién se trataba—. Deje que le presente a mi esposa —murmuró dando un paso hacia atrás y levantando el brazo. La mirada confusa de Aurora no tardó en suavizarse—. Ella es Mia. —La ladrona, sabiendo que estaba presentándola, alargó la mano para estrechar la del anciano—. Yo me llamo Jared y somos periodistas —siguió diciendo mientras pasaba ese mismo brazo alrededor de la cintura de la ladrona y la apretaba contra él—. Estábamos haciendo un reportaje justamente sobre el *Ángel* de Puerto Plata, pero la poca información que hemos encontrado cuenta la historia que todo el mundo ya conoce. Sería estupendo si usted pudiera explicarnos esa otra.

El hombre pareció pensárselo y no escondió la intención de subir las escaleras; la marea había empezado a ascender.

—Es una historia triste y cruel —contestó aún de espaldas a ellos, que ya habían interpuesto cierta distancia.

Vincent le dedicó una mirada corta a Aurora, quien trataba de hilar la conversación para entender qué decía el pescador. Si el hombre disponía de cualquier información, ella quería saberla, así que se mantuvo en silencio y dejó que su compañero siguiera hablando. Seguía tratando de convencer al hombre para que les contara esa leyenda, cuyo misterio no hacía más que avivar su interés.

El señor, mientras los encaraba una vez más, dijo:

—Ahí cruzando la calle tengo una tienda de pesca donde vamos a estar más tranquilos, pero esa información cuesta unos chelitos, no es de gratis —advirtió.

Vincent no dudó en aceptar y los tres se encaminaron hacia la tiendita con la esperanza de arrojar algo de luz sobre aquel misterio que se había encerrado en una habitación oscura.

Quizá la suerte sí se había levantado de buen humor aquella mañana de mediados de julio.

A pesar de que lo había intentado, la ladrona de joyas no había entendido ni una palabra de las que el pescador, que debía de rondar los setenta años, había pronunciado.

—¿Qué te ha contado? —preguntó después de cerrar la puerta de la habitación. Estaba ansiosa, pues sentía que esa leyenda podría proporcionarles una buena pista—. Vincent —repitió ante el momentáneo silencio. Se había sentado a la mesa, que aún tenía los papeles esparcidos—. ¿Me oyes?

Los ojos del detective buscaron los suyos mientras se sentaba a su lado. Todavía intentaba asimilar toda la información que el pescador les había entregado.

—La historia real —empezó a decir— no es más que otra leyenda más trágica que no tiene nada de especial, pero sí menciona, a diferencia de la que todo el mundo conoce, lo que a nosotros nos interesa y por lo que estamos haciendo este viaje. ¿Quieres que te cuente todo lo que me ha dicho o nos lo ahorramos y vamos a por la gema?

Una propuesta tentadora, pero la ladrona de guante negro detestaba actuar a ciegas.

—Desde el principio —se limitó a decir.

—Se la arrancaron por defenderla —pronunció el detective refiriéndose a la cicatriz tallada en la espalda—. La versión que se cuenta dice que la perdió en el campo de batalla ante los ojos de su amada, que imploraba que regresara a su lado.

—Es lo que se intuye cuando menciona lo de la «destrucción de su mundo».

—El ángel perdió el ala por ella, en realidad —respondió Vincent mientras arrastraba la imagen de la estatua al centro de la mesa—. Nos remontamos a la Antigua Grecia; Idylla, la mujer en cuestión, era una criada de una familia adinerada que cada noche salía a escondidas para encontrarse con Gadreel, que a su vez bajaba del cielo para en teoría estar con ella.

—¿En teoría?

—A Gadreel le habían encomendado una misión: la estaba utilizando para conseguir una reliquia de aquella casa. Y antes de que me lo preguntes; no, no podía entrar. ¿Por qué? No lo sé. La clave de esta historia es que el ángel no esperaba enamorarse de ella y cuando descubrieron que

Idylla estaba robando, después de que Gadreel la hubiera manipulado, no dudaron en castigarla.

—Él lo impidió.

—Más o menos —respondió Vincent—. Apareció delante de Idylla, que se encontraba de rodillas ante su amo, y evitó que la golpeara. No obstante, quien acabó recibiendo el castigo fue él y le arrancaron el ala. Pero ese tipo de crímenes no se perdonaban con tanta facilidad. A Idylla le quitaron la vida delante de Gadreel, quien, aún sangrando, la acogió entre sus brazos para protegerla con la otra ala. Era la primera vez que lloraba y con ese gesto, sin ser consciente de sus lágrimas, llamó a sus hermanos. Por eso comenzó la guerra entre ángeles y humanos; lucharon durante días, semanas... hasta que destrozaron por completo la ciudad.

—¿Cuál es esa reliquia? —A pesar de que la ladrona ya lo había intuido, quería que acabara de contar la historia.

—Un brazalete de topacios —murmuró contemplando su reacción. Hizo una pequeña pausa antes de continuar—: Sigue siendo una leyenda e incluso se duda de que la joya exista, pero...

—¿Cómo lo sabe? —interrumpió—. ¿No te parece extraño? Llevamos días caminando en círculos sin averiguar nada, ¿y de repente aparece este hombre para contarnos una leyenda que pocos conocen y que ni siquiera aparece en los archivos?

—¿Me dejas terminar?

—¿No hay ningún rumor sobre el supuesto brazalete? Además, la primera piedra es un zafiro único en el mundo. ¿Qué te ha dicho sobre este topacio?

—Es lo que estaba tratando de decirte —contestó. Su impaciencia le había causado ternura—. No muchos conocen la leyenda porque la han ido suavizando; ni siquiera el pescador la sabe al detalle, pero se la cuenta a todo aquel que aparece en su tienda porque las generaciones anteriores de su familia fueron las que se encargaron de esculpir la estatua por encargo de un joyero europeo.

—¿No te ha dicho de qué país?

—No lo recuerda; ha mencionado que, probablemente, del sur. Y sobre el brazalete... Se notaba que no quería contarme demasiado, pero me ha dicho que podría estar escondido en una cueva submarina. —Aurora frunció el ceño—. No es un disparate, teniendo en cuenta dónde se encuentra la estatua.

—No tiene sentido —expuso ella—. Un joyero del sur de Europa manda construir una estatua del ángel Gadreel en República Dominicana para conmemorar una leyenda de la Antigua Grecia. Son muchas ubicaciones con muy poca relación. Además, ¿por qué una cueva?

—¿Querían dar a entender que Gadreel se había ahogado en sus lágrimas? —sugirió Vincent, y no pudo evitar que una pequeña risa se le escapara; la ladrona no reaccionó—. Ha tenido gracia, admítelo. —Pero ella seguía sin decir nada—. Ahí fue donde lanzaron el cuerpo de Idylla, según dice esa leyenda, pero lo dudo bastante —explicó tras unos segundos de silencio que ella había aprovechado para entrar en internet.

—Entre Grecia y República Dominicana hay un océano y medio continente.

—Sigue siendo una leyenda —murmuró él.

—Y la cueva más cercana está a media hora en coche, en Yasica Arriba. Podríamos ir mañana a primera hora e investigar, porque es lo único que tenemos. ¿No ha mencionado nada más?

—Que solo son rumores —respondió—. Duda de que el brazalete exista siquiera. De hecho... —Se quedó callado al recordar el nombre con el que se había referido a la joya. Aurora levantó la cabeza para encontrarse con su mirada—. Tiene un nombre; poco original, todo hay que decirlo, pero lo tiene.

—¿Y bien?

Vincent esbozó otra sonrisa creando expectación.

—Lágrima de Ángel —pronunció, y ambos permanecieron un instante en silencio—. El Zafiro de Plata también nació basándose en unos rumores hasta que su nombre se extendió por todo el mundo; la diferencia con la segunda gema es que esta aún permanece oculta y todo aquel que se interese por su historia va a pensar que se trata de otra leyenda más.

—Hay que investigar esa cueva; si resulta que el brazalete está ahí, tendremos que pensar en un plan de inmersión —dijo, aunque había bastado un solo pensamiento para sentir la rigidez viajándole por la espalda—. Necesitaríamos un equipo de submarinismo.

—¿Estás bien?

—Y pensar cómo pasar inadvertidos.

—Aurora. —El detective había percibido sus hombros tensos, al igual que su mirada inquietante, preocupada ante la idea de encerrarse en un espacio desconocido y, a lo mejor, estrecho, donde la sensación de encierro estaría presente—. ¿Te pasa algo?

—No.

—No hace falta que entres, puedo hacerlo yo —le dijo consciente de su mentira.

—¿Y piensas que voy a dejar que eso pase?

—¿No confías en mí?

Otro silencio, más denso que el anterior. Aurora juntó los labios mientras apoyaba la espalda en la silla; evitaba responder, aunque el detective no tenía intención alguna de apartar la mirada.

—Estás aquí, ¿no?

—¿Porque confías en mí? —se empeñó en saber.

—No habría dejado que vinieras si no fuese así.

—¿Por qué te cuesta tanto responderme?

—¿Y tú por qué no puedes dejar de insistir?

—Está bien, tú ganas —dijo al fin, y Aurora arrugó la frente—. ¿Crees que la Lágrima de Ángel está en Yasica Arriba? Deberíamos hacer una lista con todas las cuevas submarinas que hay por la zona.

Esperaba que la mujer de ojos verdes contestara, pero no fue así. Seguía observándolo en silencio.

—¿Ocurre algo? —le preguntó.

—Confío en ti.

Tres simples palabras envueltas en un tímido susurro que provocaron que el detective dejara escapar una diminuta sonrisa. Él no dijo nada; sin embargo, no dudó en guardar ese recuerdo para conservarlo hasta la eternidad.

Entonces, continuaron trabajando.

13

La seriedad se apoderaba del rostro de Nina, que, de brazos cruzados, contemplaba el paisaje verde que se extendía a lo lejos. No recordaba cuándo había sido la última vez que había dejado que se le escapara una sonrisa auténtica. Una real, no forzada, que mostrara la calma con la que a veces soñaba, ajena a las preocupaciones, a esa sombría realidad que le había tocado vivir.

Cerró los ojos un instante mientras hacía desaparecer ese pensamiento. A Nina le gustaba ese mundo, saber que contaba con poder, influencia, contactos... No deseaba cambiar su posición, mucho menos descuidar lo que le pertenecía. Y la Stella Nera era el legado de su familia; así lo dictaba la tradición. Aunque Giovanni se empeñara en reconocer a Aurora como a una más, no podía olvidarse de la voluntad de las generaciones anteriores: la organización no reconocía al heredero que no llevara el apellido familiar y Nina portaba el D'Amico Caruso sobre los hombros.

Sin embargo, y a pesar de esa idea tan firme, la italiana no dejaba de sentir la espina que le acariciaba el largo de la espalda, como si se tratara de la punta de una daga afilada que la *principessa della morte* sujetaba con firmeza.

Habían transcurrido casi tres semanas desde el intento fallido por hacerse con el cofre, pero Nina todavía era capaz de recordar las palabras de su tío, quizá porque no dejaba de repetírselas. Aunque se tratara de una cruel fantasía, quería pensar que Giovanni recapacitaría y acudiría para rescatarla de la jaula a la que los Smirnov la habían arrojado.

Dmitrii había ordenado que no pusiera un pie en el exterior; estaban prohibidas las llamadas sin supervisión, igual que el tiempo que pasaba delante de la pantalla del ordenador. Más que una aliada, Nina se sentía como una prisionera en un palacio de cristal. Los hermanos seguían sin confiar en ella, sobre todo Serguei, el mayor, cuya presencia a su alrededor seguía inquietándola.

«Serguei es un pez gordo, un tiburón al que le gusta cazar y torturar a sus víctimas», le había dicho una vez a Aurora mientras planificaban el golpe. Al lado de su hermano mayor, Dmitrii era un ser inofensivo que necesitaba una distracción constante para combatir el aburrimiento. No podían compararse, y Nina era consciente de ello: el poder que emanaba de sus ojos azules, la imponente presencia que no precisaba palabras, el aura sombría que lo rodeaba, mucho más densa que la de Dmitrii, incluso que la de su tío. Un halo intimidante que llegaba a compararse con el que Sasha, la mano derecha de los Smirnov, proyectaba a sus espaldas.

Se había hartado de él y no vacilaba en decírselo cada vez que se presentaba la oportunidad. Él era la «supervisión» que Dmitrii le había asignado. Nina aún recordaba sus palabras: «A Sasha le gusta jugar, así que pórtate bien a no ser que quieras que le desate la correa». Ni siquiera se había permitido dudarlo. Sasha era el más fiel de sus hombres y su complexión de dos metros llena de músculo hacía que se mantuviera en su sitio y que, además, cuidara la lengua.

Nina lo intentaba en la mayoría de las ocasiones, pero ¿quién podía concentrarse con su molesta presencia? No le hacía falta abrir la boca; bastaba el aroma que desprendía: una combinación a elixir, la versión mucho más intensa del clásico perfume, y a cerezas para saber que se trataba de él. Aún le divertía cuando lo recordaba de brazos cruzados, la mirada seria y masticando un chicle bañado en esa esencia dulce y rojiza. Sin embargo, no podía negar la crueldad y la antipatía que lo caracterizaba, la arisca personalidad que poseía, además de la desconfianza que le generaba.

A su lado debía andar con pies de plomo, aunque estuvieran en el mismo equipo. Sasha se lo había dicho el primer día: «Da igual el motivo, ¿cómo vas a asegurar tu lealtad si acabas de traicionar a la que decías que era tu familia? ¿Cómo sé que eres de fiar?». La italiana, permitiéndose unos segundos para contestar, no había dudado en decirle que el motivo sí importaba. Aunque Dmitrii y ella no compartieran el mismo objetivo, la Corona de las Tres Gemas con la que él fantaseaba cada noche sí le interesaba a la ladrona de guante negro. Y Nina ansiaba el momento de derrocarla del trono.

Antes debía encontrarla, pues donde estuviera Aurora también se encontraría el cofre que los conduciría a la segunda gema. Sin ese instrumento estaban perdidos, navegaban en círculos sin un rumbo que seguir. Y los Smirnov detestaban perder posiciones, sobre todo cuando era una mujer la que los adelantaba.

El sonido de una garganta aclarándose, la de Sasha, hizo que Nina volviera de su ensoñación.

—¿Tengo que recordarte que no podemos permitirnos el lujo de perder el tiempo? Vuelve al puto trabajo.

La italiana no se había percatado de que seguía contemplando el suave movimiento de los árboles, aguardando a que el programa de rastreo terminara. Miró el porcentaje de la barra de carga: 72 por ciento. Esperaba encontrar una pequeña pista, daba igual lo insignificante que fuera, que pudiera conducirlos hasta la ladrona de joyas. Sabiendo cómo actuaba, y teniendo en cuenta que contaba con la protección de la organización, se habría escondido en alguna ubicación que ella no conociera. Pero el mundo era grande y no podía cometer el error de subestimarla, no en aquel momento en que la ira se había apoderado de Aurora volviéndola mucho más escurridiza e implacable.

Sasha llamó su atención de nuevo y Nina no tuvo más remedio que enfrentarse a él.

—Eso es lo que estoy haciendo, ¿no lo ves? —El hombre entrecerró la mirada mientras observaba el conjunto de números, datos y localizaciones que iban apareciendo con rapidez—. La encontraré, pero necesito tiempo.

—Has tenido tres semanas.

—Como si necesito otras tres —contestó arqueando una ceja; no obstante, no tardó en regañarse al contemplar su cara de pocos de amigos—. No es fácil dar con ella; si no, pregunta a tus amigos informáticos. Estamos tratando con alguien que sabe cómo ocultar sus huellas, con un fantasma. No puedo ir más rápido.

—¿Quieres decirle eso mismo al jefe? Seguro que le encantará oírlo. —Nina dejó escapar un suspiro profundo mientras enfocaba de nuevo la barra azul; aún le faltaba para estar completa—. ¿Te ha comido la lengua el gato? —siguió diciendo en un tono burlón que a Nina no le gustó—. Aunque podría cortártela, ¿qué te parece? Así tendrías un motivo para estarte callada.

—¿Ves este porcentaje de aquí? —Señaló el número en la pantalla—. Está rastreando su imagen por todas las cámaras disponibles, ciudad por ciudad. ¿Quieres que me ponga un uniforme y lo anime con un par de pompones para que vaya más rápido? Yo soy la primera que quiere dar con ella, *capisci?* —No pudo evitar que se le escapara el italiano; siempre sucedía cuando se inquietaba. La seriedad en el rostro de Sasha se mantuvo intacta, aunque por dentro se hubiera reído al imaginársela vestida con aquellos colores chillones y el pelo, casi rubio, trenzado en dos coletas—. Son cinco continentes y muchos países; necesito tiempo —repitió.

Pero antes de que Sasha hubiera contestado, la puerta de la habitación se abrió dejando que Dmitrii y su hermano se adentraran. La mano derecha de los Smirnov enderezó la espalda y juntó las manos por detrás; incluso retrocedió un paso sin darse cuenta para apartarse de la mesa donde trabajaba Nina.

—Nina, *дорогая* —pronunció Dmitrii, e hizo que la muchacha se fijara una vez más en el porcentaje: 96 por ciento. Esperaba tener buenas noticias, pero la presión que ejercía el ruso sobre ella no ayudaba en absoluto, y menos ese «querida» que había pronunciado en su idioma natal—. ¿Dónde está mi cofre?

—No lo sé.

—¿No lo sabes? —Arqueó ambas cejas claramente disgustado—. ¿Y cuál es tu propuesta entonces? ¿Esperar hasta que salga de la madriguera?

«98 por ciento».

—¿Quieres buscarla tú? —soltó frunciendo el ceño. Los ataques constantes la hastiaban, además de la ironía que no dejaba de emplear—. Es de Aurora de quien estamos hablando, sabe que vamos a por ella. Y ten en cuenta que ha reforzado todos sus trucos para pasar desapercibida. La encontraré —aseguró, y se percató de que los ojos azules de Serguei la miraban con interés, con la tranquilidad ondeando en ese color tan parecido al cielo del amanecer—. Pero para ello necesito trabajar sin presión.

—Yo no te estoy presionando, ¿dónde ves tú la presión?

La mujer lo miró con fastidio y, antes de que le hubiera respondido, el sonido proveniente del ordenador la alertó. El proceso se había completado y la pantalla mostraba una ubicación en las Antillas.

—¿El Caribe? —Ni siquiera le permitió a Dmitrii decir nada cuando añadió—: Tiempo es lo único que te pido. Si resulta que están escondidos en una isla… —No acabó la frase, pues no podía apartar la mirada del círculo que parpadeaba en verde—. La encontraré. Y, con ella, el cofre.

Una promesa que había pronunciado en voz alta, aunque, en realidad, estuviera dirigida a la mujer de ojos verdes que tanto le había arrebatado.

14

La ladrona y el detective no se movieron de la habitación hasta que el tranquilo anochecer se asomó a través de la ventana, alertándolos del final del día.

Ni siquiera se habían percatado de ello, pues no habían dejado de investigar la leyenda que el pescador les había contado. Con los nombres de los protagonistas y el contexto en el que la historia se había desarrollado, había sido un poco más fácil hallar información al respecto, sobre todo de esa enigmática joya, la reliquia a la que el hombre se había referido como la Lágrima de Ángel: un brazalete de topacios cuya piedra principal esperaban que fuera la segunda gema de la Corona.

Su ubicación seguía siendo un misterio; no sabían si la encontrarían en alguna cueva submarina. Sin embargo, era la primera pista con la que se topaban desde hacía días y no podían permitirse perder más tiempo, por lo que empezarían a explorar las grutas que hubiera por la zona e irían cubriendo más territorio. Si las coordenadas de la estatua los habían llevado hasta Puerto Plata, la gema tendría que encontrarse cerca o, al menos, eso era lo que deseaban creer.

Aurora se frotó el rostro para que ese escozor que había empezado a sentir en los ojos desapareciera y no pudo evitar que se le escapara un pequeño bostezo mientras trataba de estirar las piernas. Estaba cansada, aunque no lo admitiría en voz alta, por lo que intentó concentrarse de nuevo en las mil páginas abiertas sin ser consciente de que las letras habían empezado a bailar sobre el fondo blanco, borrosas y con unas ganas de jugar que le hicieron frotarse la cara de nuevo.

—Deberíamos dejarlo por hoy —sugirió el detective, que había observado la escena. Él también estaba agotado—. ¿No tienes hambre?

Ella se lo pensó durante un instante y se dejó caer contra el respaldo de la silla cruzándose de brazos. No tardó demasiado en encontrar la mirada del detective; tenía los ojos igual de irritados que ella. Al fin y al cabo, tan solo se habían tomado un descanso para comer.

—No me apetece salir —murmuró, y no pudo contener el nuevo bostezo, señal de que había llegado la hora de irse a la cama, pues de poco le serviría continuar trabajando.

—Podríamos pedir algo al servicio de habitaciones.

—¿Algo como qué?

—Acércate. —Una petición que, sin querer, la había envuelto en una voz ronca. No tardó en aclararse la garganta y agregar—: Tengo la página abierta, por si quieres echarle un vistazo y necesitas que te traduzca algo. —La ladrona siguió sin decir nada—. No muerdo —soltó, y la reacción de sus ojos verdes fue digna de enmarcar. Aurora se levantó segundos más tarde para colocarse detrás de él—. ¿Qué te apetece?

—Algo ligero, pero que me llene —respondió mientras observaba los platos de la carta, comidas típicas de la isla con las que se le hacía la boca agua. Hasta el momento no se había percatado de lo hambrienta que estaba—. ¿Tienen algo con pescado? Y verdura, tal vez; me apetece una ensalada.

Vincent leía las descripciones esperando encontrar lo que Aurora le había pedido, aunque no podía ignorar su cuerpo inclinado hacia abajo, cerca de él; la mano apoyada en la mesa, la melena trenzada suspendida en el aire, su característico aroma viajando alrededor... Se había prohibido cerrar los ojos para perderse en él y trató de volver a concentrarse, pues había estado leyendo el mismo párrafo una y otra vez.

—El único plato con pescado es a la parrilla y viene acompañado de una salsa de coco, además de los tostones, que me parece que es plátano frito. Puedo preguntar si preparan ensaladas —dijo, y se quedó callado esperando una respuesta, pero al ver que tardaba en llegar, giró la cabeza para encontrarse con su perfil; su mirada seguía concentrada en la pantalla y no pudo obviar sus labios entreabiertos.

—Vale —contestó al fin. Aunque los plátanos fritos no la entusiasmaban, tendría que conformarse—. ¿Tú qué vas a pedir?

El detective parpadeó un par de veces.

—Algo parecido —se limitó a decir antes de llevarse el teléfono a la oreja y dejar que el acento viajara por toda la habitación. Aurora jamás lo admitiría, pero le fascinaba su pronunciación en español y la ligera variación, un poco más aguda, de su tono de voz.

La comida había tardado unos veinte minutos en llegar, tiempo que la muchacha había aprovechado para buscar en la aplicación algún libro de su interés. Aquel pensamiento, no obstante, había hecho que recordara... Pero cerró los ojos durante un segundo para no adentrarse en ese recuerdo que aún hacía volar su imaginación, sobre todo cuando se duchaba. Se levantó del sillón mientras observaba a Vincent colocar los platos en la mesa ya despejada; Aurora no dudó en sentarse para que ambos empezaran a comer.

De nuevo nacía otro silencio, este algo más rígido que el anterior. Vincent se aclaró la garganta y se llevó el tenedor a la boca mientras buscaba algún tema de conversación que consiguiera aligerar el ambiente.

—¿Sabes cocinar?

Aurora frenó la intención de enfriar el trozo de pescado y dejó el tenedor suspendido en el aire. Le había sorprendido la pregunta; sin embargo, no tardó en llevárselo de nuevo a la boca mientras pensaba la respuesta. La verdad era que no recordaba la última vez que había entrado en una cocina para preparar algún plato elaborado, ni siquiera el bizcocho con pasas que tanto le gustaba y que se veía obligada a comprar, o las galletas de mantequilla espolvoreadas con láminas de almendra. Aurora era de las que se conformaban con la comida precocinada y la docena de números de restaurantes que tenía pegados en la nevera.

—No suelo hacerlo —respondió mientras saboreaba la peculiar salsa que acompañaba al pescado—. Tampoco me hace falta. La mayoría de las veces pido a domicilio.

—Pensaba que tendrías un chef a tu disposición.

—No me gusta tener a nadie pululando por mi casa —explicó mientras pensaba, sin querer, en el motivo de aquella conversación. Tal vez el detective quisiera sonsacarle algún detalle de su vida; algo inofensivo, que pudiera utilizar en su contra—. Tú tampoco cocinas.

—No es verdad —aseguró frunciendo el ceño—. Me parece que no te moriste de hambre los días que estuviste en mi casa. —Aurora no respondió, pues el recuerdo de su estancia en el estudio del detective todavía persistía en su memoria—. Que sean platos sencillos no quiere decir que no sepa cocinar.

—En ese caso, ¿serías capaz de prepararme cualquier cosa que te pidiera?

Él no quiso pensárselo demasiado; reconocía el desafío que acababa de plantearle.

—Pídemelo —se limitó a decir imaginándose lo que ese reto podría desatar—. ¿Cuál es tu plato favorito? —volvió a preguntar, consciente de que no había obtenido respuesta días atrás.

—No serías capaz de hacerlo.

—Me estás subestimando.

—La comida italiana no es difícil de preparar, pero las salsas tienen sus trucos —dijo tras dejar el tenedor en el plato—. ¿Serías capaz de hacer una pasta a la carbonara siguiendo el método tradicional? Con la salsa en su punto, suave pero consistente, y con la cantidad justa de queso para no eclipsar el resto de los ingredientes. —Se relamió los labios al pensar en el sabor explosivo que ofrecía ese plato y que solo la cocinera de Giovanni lograba—. Ese es mi plato favorito, y de postre...

—¿Postre también?

—Has dicho que no te subestimara, ¿no? —le recordó con una sonrisa en los labios—. Si vas a cocinar para mí, ¿qué menos que ofrecerme un menú en condiciones? Y no te olvides del vino; un reserva, blanco a poder ser, suave al paladar y que acompañe a la pasta.

La sonrisa de la italiana no desaparecía mientras contemplaba la mirada de su compañero.

—En mi casa. —Fue lo único que dijo, y Aurora inclinó la cabeza de manera sutil sin dejar de mirarlo—. ¿Querrás verme cocinar o prefieres venir con la mesa ya puesta? Podría comprar velas —sugirió, y captó de inmediato el ligero cambio en su mirada.

—No es una cena romántica.

—Lo sé —respondió Vincent con rapidez. Claro que lo

sabía; lo que no comprendía era por qué había tenido que mencionar las velas. Soltó un suspiro disimulado esperando que la conversación no acabara—. ¿Cuál es ese postre? Aunque, si me dejas adivinarlo...

La muchacha, que había empezado a jugar con la comida sin darse cuenta, levantó de nuevo la mirada para encontrarse con la de él. Se quedó callada pensando que lo acertaría, pues se trataba de ese postre típico y tradicional por el que cualquier italiano que se preciase juraría.

—No te voy a dar nada —aclaró ella interrumpiéndolo.

—¿Qué?

—Si lo adivinas, que no pienso darte nada.

—A lo mejor no ahora, pero nunca se sabe, quizá más adelante... —dejó caer, y saboreó la confusión en sus ojos. No tardó en añadir mientras sonreía—: El tiramisú. —Soltó el primero que se le había pasado por la cabeza, al que nadie solía resistírsele. Quiso mencionar otro que conocía y que había probado alguna vez, pero cuando contempló la diminuta sonrisa en su rostro supo que había acertado—. ¿Me lo dices en serio? —La ladrona no contestó y simplemente dejó los cubiertos sobre el plato—. Ahora pensaré en ti cada vez que pruebe uno.

De nuevo otro silencio, aunque el más breve de todos lo que habían vivido, pues Vincent se aclaró rápidamente la garganta para decir:

—Bueno, ¿has acabado? Mañana será un día largo. —Se puso de pie—. No sabemos con seguridad en qué cueva submarina podría estar la Lágrima; empezaremos a descartar a partir de Yasica Arriba, así que deberíamos irnos ya a dormir. —Aurora asintió sin decir nada mientras observaba cómo apilaba los platos sobre la bandeja—. Puedes ir a ducharte si quieres.

La italiana siguió sin pronunciar palabra mientras se levantaba también y no tardó en esconderse en el cuarto de baño para permitir que el agua silenciara todos los pensamientos que la confesión del detective le provocaba. Tragó saliva dejando que las manos se agarraran con fuerza al mueble, pero cuando vio aquel gesto reflejado en el espejo, el recuerdo de por la mañana la golpeó de nuevo.

Exhaló mientras cerraba los ojos durante unos segundos. Necesitaba concentrarse, pues no podía reaccionar de esa manera cada vez que él le soltara esa clase de confesiones. Parecía como si... como si le afectara. ¿Qué clase de poder tenía Vincent sobre ella? No habían sido más que unas palabras sin importancia, una expresión banal. Eso era: insignificante. Necesitaba convencerse de ello. El detective no podía significar nada para ella.

«Lo que ocurre es que me quemas».

Basta.

Se deshizo de la ropa tirándola hacia el rincón y no tardó en meterse bajo el agua templada de la ducha. Cerró los ojos mientras dejaba que las gotas le recorrieran el rostro. Se notaba las mejillas sonrosadas, cálidas; los labios entreabiertos; los pezones ligeramente erguidos y sensibles al tacto...

Redujo la temperatura del agua un poco más.

Pero la mente de Aurora había empezado a jugar con ella provocando que se imaginara su mano recorriéndola despacio y que se permitiera disfrutarlo como era debido; las yemas de los dedos apenas rozándola, como si su intención fuera llevarla al límite antes de tiempo. Aún con los ojos cerrados y mordiéndose el labio inferior, separó levemente las piernas para sentir el roce de la mano acercándose con peligro hacia el centro palpitante, que no había dejado de exigir la atención debida.

Había sido un error. No tendría que haberse dejado llevar ni haber accedido a que la acompañara en ese viaje. Debería haber dicho que no, haber rechazado aquella noche que habían compartido, o la segunda... Pero había aceptado, incluso le había dado vía libre al detective para que hiciera lo que deseara con ella. ¿Cómo podría haberse negado cuando sentía el cosquilleo en las manos que la empujaba a agarrarle el rostro para que las lenguas se unieran en un nuevo baile?

Lo deseaba. Deseaba a Vincent Russell y, por más que lo intentara, no podía sacárselo de la mente. Por más que se resistiera, ahí estaba él, acariciando la pared que la propia Aurora se encargaba de levantar entre ellos una y otra vez.

Podría dejarse llevar una vez más y permitir que el deseo que sentían campara a sus anchas, sin restricciones ni arrepentimientos. No obstante, mientras la mano llena de gel trazaba círculos perezosos sobre la piel, la princesa de la muerte frunció el ceño cuando el pensamiento de alerta la invadió: ¿qué pasaría si no fuera capaz de frenarse? Ni la imagen de Vincent ni su recuerdo le eran indiferentes; todas las conversaciones, miradas o roces se volvían más difíciles de borrar.

Salió de la ducha minutos más tarde; ni siquiera se había molestado en lavarse el pelo, por lo que se enfundó el pijama habitual: una camiseta ancha y unos pantalones cortos que acababan escondidos bajo la prenda y dejaban al descubierto sus piernas desnudas.

Una imagen que al detective, en la cama y con el móvil en la mano, no le pasó por alto. La miró con disimulo y sin hacer ruido; el pelo negro que le caía suelto por la espalda, la camiseta que le escondía la cintura, aunque no las piernas, kilométricas y fuertes, y entre las que él se colaba a veces. Negó con disimulo y no pudo evitar que un pequeño suspiro se le escapara mientras se levantaba de la cama y se metía en la ducha.

Esperaba encontrársela durmiendo para cuando saliera;

sin embargo, no fue así y la curiosidad, al verla acostada en su lado de la cama y con la concentración puesta en esa pantalla, no dudó en actuar en su nombre:

—¿Qué haces? —preguntó. Seguía de pie, frotándose el pelo corto con una toalla.

—Leer —contestó sin apartar la mirada, dejando que la respuesta quedara suspendida en el aire, entre ambos.

Esa simple respuesta provocó que se transportara semanas atrás: Aurora sentada en el sofá con la cálida luz ondeando alrededor, las piernas cruzadas y desnudas, los mechones negros cayendo de manera despreocupada, los labios ligeramente entreabiertos en un susurro silencioso. Se vio a sí mismo yendo hacia ella mientras le pedía que lo leyera en voz alta, pues sabía de qué libro se trataba. Recordaba la caricia que le había brindado en las rodillas, acercándose despacio a la parte interna de los muslos. Pero lo que le había sorprendido, alterado también, fue que Aurora separara las piernas para concederle más acceso.

Lo había disfrutado, igual que ella, aunque el orgullo de ambos se empeñara en que siguieran manteniéndolo en secreto.

—¿Siempre lees antes de irte a dormir? —preguntó tratando de que ese recuerdo no siguiera provocándolo.

No tardó en acostarse junto a ella con el brazo debajo de la cabeza y la otra mano apoyada sobre el torso desnudo. Ni siquiera la miraba, aunque sí esperaba recibir una respuesta.

—No siempre —murmuró, y no pudo frenar que la mirada se le desviara al pecho de él. El detective se mantenía callado y ella, sin saber la razón, continuó hablando—: Trato de no forzarlo; leo cuando me apetece hacerlo. A veces simplemente no puedo parar.

Vincent esbozó una sonrisa.

—Cuando la historia te atrapa tanto que no puedes soltar el libro —respondió echando de menos el sentimiento. También le había pasado, infinitas veces, igual que comprendía esos momentos en que se requería silencio para continuar con la lectura—. Sigue leyendo, Aurora. No quería interrumpirte.

La ladrona de joyas no respondió, pero tampoco apartó los ojos de su semblante serio, reacio a devolverle la mirada. Se mantuvo unos segundos en esa posición: la mano sujetando el pequeño dispositivo, pero sin ser capaz de retomar la lectura. Contemplaba los ojos abiertos del detective, que esperaba... ¿A qué esperaba? Se mordió el interior de la mejilla y comenzó a leer desde el principio de la página.

No pasó mucho tiempo hasta que el detective se giró y le dio la espalda. Media hora más tarde, a la ladrona se le escapó el primer bostezo. Diez minutos después, se frotaba los ojos conteniendo otro más. El sueño estaba venciéndola y, por más interesante que le pareciera la historia, sabía que al día siguiente debían levantarse temprano para investigar la primera cueva de la lista.

Intentando no hacer demasiado ruido, apagó la luz y se acurrucó dejando que la sábana la abrazara, consciente de la presencia del detective a su lado. De hecho, empezaba a acostumbrarse a él, a su olor. Eso hizo que de nuevo frunciera el ceño, así que se giró y le dio la espalda mientras cerraba los ojos un instante más tarde, rezando por una noche tranquila.

Pero los deseos de Aurora pocas veces solían ser escuchados.

Vincent no solía despertarse en la madrugada; si llegaba a abrir a los ojos por cualquier motivo, volvía a dormirse con rapidez, como si no hubiera pasado nada. Sin embargo, esa noche, a diferencia de las anteriores, cuando los débiles aunque constantes quejidos de la mujer que dormía junto a él lo alertaron, supo que algo no iba bien.

Encendió la pequeña lámpara de la mesita de noche y se encontró con Aurora respirando agitada y con el rostro angustiado. Se aferraba a la sábana con fuerza y sus labios entreabiertos no dejaban de pronunciar una y otra vez la palabra «no», negando lo que estuviera viviendo en esa pesadilla.

La preocupación lo invadió y no tardó en acercar la mano para colocarla sobre su mejilla. La llamó varias veces, incluso la zarandeó por los hombros para que abriera los ojos, pero nada parecía funcionar hasta que, de repente, con la espalda empapada en sudor, la muchacha despertó como si le hubieran dejado caer un cubo de agua fría.

—Joder —exclamó el detective apreciando los ojos perdidos y asustados de Aurora—. ¿Estás bien? ¿Quieres salir a la terraza? ¿Agua? —murmuró con la botella en la mano. Sin embargo, se calló en el instante en el que se dio cuenta de la cantidad de preguntas.

La ladrona no abrió la boca y se levantó de la cama sin atreverse a mirarlo todavía. Se encerró en el cuarto de baño para echarse un poco de agua en el rostro.

No quería hablar, ni siquiera había pretendido despertarlo, pero sabía que Vincent insistiría en cuanto saliera. Y así fue: lo descubrió delante de la puerta. De brazos cruzados, el detective aún conservaba la preocupación de hacía unos minutos.

Decidió dejárselo claro.

—Estoy bien, así que no me preguntes nada —murmuró mientras pasaba por delante de él.

—No iba a hacerlo. —Aquella respuesta la sorprendió. Sin embargo, no dijo nada y, ante el silencio al que había decidido acudir, Vincent añadió—: ¿Quieres volver a la cama?

Aurora le echó un rápido vistazo; dudaba que pudiera conciliar el sueño de nuevo, y no se dio cuenta de que había empezado a pellizcarse la piel de las manos. Pero el detective sí lo había notado y se acercó hasta ella para detener el movimiento compulsivo. Las dos miradas, denotando sentimientos diferentes, se encontraron cuando la mano de Vincent se colocó sobre la suya. Ese contacto no hizo más que adentrarlos en una frágil burbuja, tan delicada que bastó que la muchacha retrocediera un solo paso para romperla.

Se aclaró la garganta antes de decir:

—Son las cuatro y media de la mañana. —Volvió a acostarse—. Supongo que podemos dormir un par de horas más.

Vincent seguía de pie y, sin decir nada más, se tumbó a su lado adoptando la misma postura que cuando había salido de la ducha: el brazo bajo la cabeza y los ojos fijos en el techo. Apagó la luz un instante más tarde y en la habitación reinó de nuevo la calma, aunque con el leve ruido de la noche acompañándolos. Sabía que no debía preguntar por más que la curiosidad estuviera insistiéndole, sobre todo cuando Aurora se lo había advertido, pero la preocupación seguía ahí, latente, deseando saber qué había ocurrido en ese sueño.

Soltó un suspiro profundo mientras intentaba volver a dormirse, al mismo tiempo que Aurora se movía en la cama. Aquel gesto lo inmovilizó y pudo apreciar por el rabillo del ojo que acababa de colocarse de lado, con el rostro hacia él.

El detective continuó en silencio mientras rogaba que la primera luz del día no se retrasara demasiado.

—¿Estás dormido?

Había cerrado los ojos a la cuarta respiración, pero cuando oyó su pregunta envuelta en un frágil susurro volvió a abrirlos al instante haciendo que su mirada de color miel se encontrara con la de ella. No era la primera vez que oía ese tono concreto; suave, delicado, tan diferente al que Aurora empleaba cuando quería imponer su carácter. Ya había percibido esa voz con anterioridad, cuando apareció para rescatarlo después de que Charles y sus hombres se hubieran divertido con él.

Trató de alejar ese pensamiento.

—Depende —respondió en un tono igual de bajo. Ambos se encontraban de lado; los rostros enfrentados mientras intentaban no incitar a la cercanía que existía entre ellos—. ¿Me necesitas?

Aurora se quedó en silencio ante la inofensiva pregunta. Quería creer que no ocultaba ninguna intención, pero el detective era meticuloso y pocas veces abría la boca sin antes habérselo pensado un par de veces.

—Una vez me dijiste que expresara en voz alta lo que me duele, que intentara no guardármelo —recordó, e hizo una breve pausa para admirar cómo las sombras jugaban a su alrededor persiguiéndose entre ellas—. No me gusta hablar de lo que me pasa; la mayoría de las veces trato de ignorarlo, pero... —Se mordió el labio inferior pensando si debía contárselo o no—. Tengo pesadillas casi cada noche... Creo que siempre las he tenido; no recuerdo ninguna época en mi vida en la que haya sido capaz de dormir tranquila. Acabo despertándome, casi siempre de madrugada, y me encuentro en un silencio en el que siento que me ahogo. Por eso me encontraste durmiendo encima de la mesa, porque me había despertado y no había podido volver a la cama. Así que me senté y empecé a ojear los papeles... Incluso me quedé un rato viendo cómo dormías, pensando lo fácil que te resultaba. No sé cómo arreglarlo, cómo... arreglarme.

Aquella palabra estuvo a punto de romper al detective; sin embargo, lo que hizo que el corazón se le encogiera despacio fue apreciar el brillo de una lágrima solitaria deslizándose por su mejilla. Una lágrima sigilosa, que advertía de la tristeza que su voz trataba de esconder.

—¿Qué te persigue? —preguntó en otro susurro tras el silencio momentáneo. Aún dudaba de si alargar la mano para atrapar esa lágrima; no quería que Aurora se apartara o creyera que intentaba aprovecharse de su vulnerabilidad—. Siempre viene bien hablar, soltarlo todo, pero nadie que no seas tú puede arreglarte. ¿Nunca has pensado en pedir ayuda? —Había intentado planteárselo de la mejor manera, pues no creía que la ladrona, quien todavía se mantenía callada, hubiera acudido al psicólogo alguna vez—. No creas que te hará menos fuerte, y tendrías la posibilidad de unir los pedazos rotos, superar ese miedo que te consume.

Otra lágrima acababa de escapársele y Vincent, sin soportarlo más, la limpió con el pulgar. Aurora cerró los ojos ante el roce delicado, agradable, como si estuviera acariciando el pétalo de una flor, pero una marchita y llena de espinas, a la que nadie se acercaba por temor a salir lastimado.

Volvió a abrirlos en el instante en que apartó la mano. De repente, había empezado a sentir frío.

—Es tu decisión —continuó diciendo—. Nadie puede obligarte a hacer algo que no quieras, pero tenlo presente: está bien pedir ayuda para encontrar la raíz del problema. Puede llevar tiempo, pero...

—No voy a contarle mi vida a un desconocido.

—¿Y cómo piensas sanar entonces? —No había pretendido sonar brusco, como regañándola tras haberle asegurado que la decisión era suya, pero supo por su mirada que Aurora lo había percibido de esa manera—. Lo siento —masculló para después soltar un suspiro—. No me gusta verte llorar y...

—Tampoco debería importarte.

—¿Vas a impedírmelo? —De nuevo, el mismo tono que se había prometido no utilizar. Soltó otra vez el aire para añadir—: Me importas y espero que en un futuro logres estar bien. Todo el mundo merece estarlo. Incluida tú.

—Lo dices como si fuera la peor de los criminales.

—¿No lo eres? —Esbozó una pequeña sonrisa—. Has sido un grano en el culo para todos los cuerpos de la policía.

—Pueden esperar sentados a que me importe.

—Qué desconsiderada —contestó en tono de burla y, aunque quiso decir algo más, se quedó callado cuando se dio cuenta de la realidad que los esperaba en Nueva York. La tregua que los unía no era eterna y algún día tendrían que despertar del sueño en el que parecía que se habían sumido—. Y pensar que ahora estás aquí, conmigo, hablando en susurros y temiendo hacer algo de lo que después nos arrepintamos...

—Vincent...

Se quedó quieto cuando sus labios murmuraron su nombre, como si se hubiera tratado de una súplica para evitar esa conversación que ambos ya sabían cómo acabaría. El detective no respondió, aunque la unión de las dos miradas se mantenía intacta, inquebrantable.

—Tendríamos que dormir —habló ella, sin moverse tampoco, y no tardó en añadir—: Gracias por haberme escuchado.

—Para la próxima te pasaré la factura.

El detective sonrió, igual que ella, mientras trataba de contener el impulso de volver a colocarle la mano en la mejilla; quería sentir el suave tacto de su piel y verla cerrar los ojos cuando la rozaba con el pulgar.

—Buenas noches, Aurora.

—*Buona notte* —respondió, en un italiano dulce.

Unos instantes después la ladrona ya había cerrado los ojos. Creyó que no conciliaría el sueño, no valía la pena para la hora y media que restaba, pero acabó durmiéndose de todas maneras.

15

Aurora abrió los ojos aún somnolienta y lo primero que notó, además de la cercanía de los rostros, fue el peso de su brazo sobre la cintura. Vincent la rodeaba con no demasiada fuerza, la suficiente para impedir que se escapara sin antes despertarlo.

Contempló la tranquilidad con la que dormía; el rostro levemente hinchado y los labios relajados que se encontraban a escasos centímetros de los de ella. Entonces se preguntó qué hora era. Difícil saberlo si no podía moverse, pero el sol que se colaba bajo las cortinas le indicaba que habían dormido de más. Con cuidado, intentó levantar el brazo que la apresaba. Vincent soltó un quejido imperceptible en protesta y, aparentando no saber lo que hacía, afianzó un poco más el agarre.

La ladrona entrecerró la mirada, sospechando.

—Estás despierto. —No se trataba de ninguna pregunta y, al ver que seguía sin mostrar señales de vida, no dudó en añadir—: ¿Quieres hacer el favor de quitarme el brazo de encima? Me estás aplastando. —Vincent seguía sin abrir los ojos—. Sé que me estás escuchando y...

Pero se quedó callada cuando Vincent se acurrucó, soltando un ronroneo, para esconder la cabeza en el hueco que se formaba entre el hombro y el cuello. Su brazo, que no se había movido de donde estaba, la rodeó todavía más atrapándola bajo su peso, y Aurora, sin pretenderlo siquiera, se vio impulsada a apoyar la espalda en la cama por completo.

Sentía la nariz del detective rozarle la piel, respiraciones lentas que le producían una sensación peculiar: cosquillas disfrazadas de caricias débiles, como cuando se pasea una pluma por la espalda desnuda.

Dejó de respirar durante unos segundos y no fue consciente de que aquel pensamiento la había arrojado a reproducir esa misma caricia por su espalda. Con las yemas de los dedos, trazó movimientos circulares y perezosos que provocaron que el detective reaccionara en unas zonas concretas. Aurora sonrió ante el descubrimiento y se concentró donde se situaban las lumbares.

—Me haces cosquillas —susurró él, al fin, todavía con los ojos cerrados. Se acurrucó un poco más cuando volvió a sentir su dedo paseándose sin piedad—. ¿Quieres acabar conmigo?

—¿Y a ti no te importa estar aplastándome?

—Estoy bastante cómodo aquí —respondió, y se permitió adentrarse en su perfume, sobre todo el que desprendía su melena de color azabache—. Además, quería comprobar si tenías corazón.

—¿Y bien?

—Está latiendo.

Fue lo único que dijo antes de quedarse callado para concentrarse en el ritmo pausado, que no tardó en imitar con el dedo índice repiqueteando sobre su brazo; dos pulsaciones con medio segundo de diferencia que indicaban que la ladrona de guante negro sí tenía corazón, aunque este fuera inalcanzable.

—Deberíamos levantarnos —murmuró ella tras unos minutos en los que se mantuvieron en completo silencio, interrumpido solo por las respiraciones acompasadas. Sin embargo, ninguno de los dos hizo el amago de reventar esa nueva burbuja en la que se habían adentrado—. Vincent —pronunció su nombre haciendo que el detective ronroneara una vez más en respuesta.

No era la primera vez que la mente le hablaba, como si se tratara de un amigo mofándose, de la sensación que le generaba la ladrona cada vez que, sin querer, le acariciaba el nombre con los labios. A pesar de su inglés perfecto, notaba que, a la hora de nombrarlo, su acento melódico salía a relucir.

Vincent no respondió a su petición; quería volver a escucharlo, comprobar su teoría, pero la ladrona empezó a hacer lo que él tanto había temido desde que había abierto los ojos: apartarse de su lado para ponerse de pie.

—Vamos —ordenó—. ¿O prefieres que me vaya yo sola?

Aquello lo alertó e hizo que se irguiera al instante.

—Por cierto, ¿no crees que deberíamos pasar de nuevo por la tienda del pescador?

Mientras Aurora seleccionaba su ropa y se acercaba al baño, lo instó a continuar con una mirada:

—Ya sabes, para hacerle más preguntas. Si nos hemos topado con un señor que le cuenta la leyenda a todo aquel que se le acerca, no es tan descabellado pensar que, a lo mejor, puede haber más personas que conozcan detalles que él no nos ha contado. Dudo que se extrañen de que unos turistas pregunten por ella, de que nos interesemos si les vamos con la excusa de que somos periodistas.

—¿Crees que conseguiremos algo?

—No perdemos nada por internarlo. Serían unos minutos; luego seguimos con la excursión a Yasica, pero, si podemos ahorrarnos la búsqueda de investigar cueva por cueva... ¿Sabes cuántas tiene República Dominicana? Rondando las cincuenta mil. Y dudo que te haga mucha ilusión que alquilemos un pisito de casados. —La ladrona arqueó una ceja mientras contemplaba su reacción incrédula y aburrida—. Qué poco sentido del humor tienes.

—Es que no ha tenido gracia.

Vincent chasqueó la lengua, pero la sonrisa no desapareció mientras se vestían.

Unos minutos después salieron a la calle y se encontraron con su nuevo medio de transporte: un modelo de moto antigua, negra, que conseguía pasar totalmente desapercibida. Había sido un regalo del *capo* que Aurora había aceptado sin preguntas ni explicaciones de por medio, algo que al detective todavía lo desconcertaba. ¿Cuántos contactos tendría esa persona para que sus órdenes se cumplieran con independencia de dónde se encontraran?

Por más que se lo preguntara e intentara, sin éxito alguno, sonsacarle la información, sabía que no obtendría nada, pues una de las cualidades de Aurora era la perspicacia que descansaba en su mirada. Cada vez que la veía hablando con alguien se percataba de sus movimientos involuntarios: la leve elevación de la barbilla, los labios juntos para mantener el rostro inexpresivo; los hombros rígidos, la inquietud que viajaba por sus manos y que hacía que se acariciara los dedos, la pose que adoptaba para evidenciar su menosprecio... Señales pequeñas e insignificantes que el detective había aprendido a identificar en su trato con delincuentes.

Intentó apartar ese pensamiento; a pesar de que Aurora lo fuera, prefería no recordarlo y centrarse en el objetivo. Al fin y al cabo, no podía permitirse desaparecer durante el tiempo que quisiera. Si bien Howard no había hecho preguntas ante la elaborada excusa que se había inventado, era consciente de que contaba con una fecha límite.

—Me pido conducir —pronunció Vincent, y no dudó en acercarse con rapidez. Esperaba una negativa, incluso iniciar una divertida discusión, que había empezado a añorar sin darse cuenta; sin embargo, no ocurrió nada de eso—. Oye... —Se giró sobre sí mismo para encararla, pero la preocupación que la ladrona mostraba lo desconcertó—. ¿Qué pasa?

Una pregunta que se mantuvo suspendida en el aire durante unos segundos en los que ella observaba la calle con detenimiento, en alerta, como si un mal presentimiento la hubiera invadido y quisiera apaciguarlo. Siguió su mirada, que se dirigía a la otra acera, pero allí no había nadie, nada fuera de lugar.

—Nada —murmuró colocándose el casco.

—No, tú no sueles preocuparte por nada. ¿Qué has visto?

—Ha sido una sensación extraña, como si alguien estuviera vigilándonos. Pero olvídalo, habrán sido imaginaciones mías. Vámonos.

—¿Estás segura?

—Hemos cuidado todos los detalles, cada uno de nuestros pasos desde que nos vimos la última vez... Ya me ha encontrado antes para quitarme a Sira y no quiero volver a darle el gusto. —Con el casco bien colocado, esperó a que Vincent se subiera al vehículo—. ¿No querías conducir? Súbete.

Ya en marcha, con la ladrona sujeta a él con un agarre débil, casi imperceptible, Vincent utilizó el truco más antiguo, aunque ciertamente infalible, para que su pecho impactara con suavidad contra la espalda de él. Aceleró sin que ella se lo hubiera esperado y frenó medio segundo después. El mismo truco que había utilizado con él hacía unas semanas. Parecía que acababa de convertirse en una costumbre.

—Ni se te ocurra soltarte —ordenó mirándola por encima del hombro mientras sentía sus brazos.

—¿Me castigarías? —murmuró ella con la barbilla rozándole.

El detective se dio cuenta de ese detalle y sonrió ante la idea tentadora. No dijo nada; quería que su imaginación se encargara de facilitarle la respuesta.

Entonces, aceleró un instante después para mezclarse entre el tráfico diurno.

Cuando la ladrona abrió la puerta de la tienda, el sonido de la campana inundó el espacio arrebatándole el silencio sepulcral. Avanzaron con lentitud; el detective se encontraba tras ella mientras ambos observaban el negocio vacío.

—¿Hola? —preguntó Vincent esperando encontrarse con el anciano. Volvió a intentarlo un instante más tarde sin dejar de mirar la puerta que conducía a la trastienda—. ¿Señor...? —Se quedó callado al darse cuenta de que ni siquiera le había preguntado por su nombre—. Soy Jared. Hablamos ayer con usted sobre la leyenda del ángel.

—A lo mejor está pescando —sugirió Aurora.

—¿Y deja la puerta abierta? No creo que...

Pero justo en aquel instante apareció una mujer que parecía rondar los sesenta años, vestida con un conjunto colorido y un delantal encima; se acercaba con el ceño fruncido y cara de pocos amigos. Aurora no dejó de observarla y se percató de la similitud entre su rostro y el del pescador. Hermanos, lo más probable, o alguna otra relación familiar cercana.

—Disculpe, eh... —se apresuró a decir el detective mientras trataba de acordarse de la palabra que necesitaba—. ¿Sabe dónde podemos encontrar al propietario de la tienda?

—Con ella hablas —respondió algo seca, colocándose detrás del mostrador.

—¿No trabaja nadie más con usted? Ayer hablamos con su... ¿marido? Nos ha contado la leyenda del *Ángel de una sola ala* y queríamos saber si podríamos hacerle unas pocas preguntas más, si no hay problema.

—Es mi hermano. ¿Qué quieren?

Vincent se mostró sorprendido; no se había esperado que accediera con tanta facilidad. Se aclaró la garganta mientras se aproximaba a ella y observaba sus manos apoyadas en la superficie, demostrando su irascible impaciencia.

—Verá, estamos haciendo un reportaje sobre la misteriosa historia y la cueva donde la Lágrima de Ángel se halla escondida... —La mujer elevó la barbilla de manera sutil. El detective continuó hablando—: Su hermano nos explicó la historia de Gadreel e Idylla, y la importancia que tuvo el brazalete... ¿Sabe dónde podría estar escondido?

—Esa vaina no existe —contestó ella después de haberse tomado el debido tiempo para contestar—. Eso es vaina rara que les cuentan a los turistas; al hermano mío le encanta hablar mucho disparate y no desaprovecha ni una para andar sacándole dinero a la gente. Si vinieron a reclamar pa que yo se los regrese, ya se pueden largar.

—No, en absoluto —contestó Vincent, y, tras haberle dedicado una corta mirada a Aurora, que se encontraba a sus espaldas, se volvió de nuevo hacia la hermana del pescador—. Nos interesa saber más sobre el brazalete, eso es todo. Dígame cuánto quiere —insinuó—. Cualquier información tiene su precio y usted no es tan necia como para regalarla sin pedir nada a cambio.

La señora se cruzó de brazos mientras lo pensaba. El detective había utilizado un tono de voz difícil de ignorar, pues le encantaba negociar y adentrarse en los juegos más peligrosos, y, si requería de otra pequeña suma para que una nueva pieza encajara en el rompecabezas, no dudaría en ofrecer cuanto fuera necesario. Aprovechando su silencio, se giró de nuevo hacia Aurora, quien los observaba con una leve confusión; no había conseguido descifrar la conversación que acababan de mantener. Sin embargo, tampoco hizo falta explicar nada cuando se encontró con la cálida mirada del policía.

—Diez mil pesos —murmuró la señora de repente. Ciento ochenta dólares, aproximadamente; el doble de lo que su hermano les había pedido el día anterior—. No voy a aceptar menos.

—Todo dependerá de la información. ¿Tiene algo que valga esa cantidad?

—Dicen que el brazalete podría estar en la cueva submarina del Renacimiento de Némesis, la diosa de la venganza —aclaró—. A unos cuarenta minutos caminando por la selva desde Yasica Arriba. —La mujer guardó silencio mientras observaba su reacción—. Tú me dices a ver si tenemos un trato, muchacho.

16

Tan solo unas pocas casas y un par de edificios conformaban el pequeño pueblo de Yasica Arriba, rodeado de vegetación; el sonido del río corría por los alrededores. La pareja, que continuaba con la fachada del matrimonio y, a veces, del par de periodistas con un importante reportaje entre manos, acababa de bajarse del vehículo para tropezarse con el aire puro que ofrecía el entorno.

La princesa de la muerte se permitió cerrar los ojos un instante mientras inspiraba hondo. Notaba la calidez del sol y la tranquilidad del ambiente, además del característico ruido que albergaba el bosque tropical y notoriamente húmedo. Mientras se colocaba las gafas de sol, después de haberse arreglado la trenza, que había acabado algo despeinada, se dio cuenta de que Vincent no había dejado de mirarla.

—Este es un buen momento para decirme que tengo un bicho en el hombro, porque estoy notando algo —murmuró con una calma que al detective le había resultado divertida.

—¿Qué harías si te dijera que sí?

—Gritaría.

—¿De verdad? —preguntó él arqueando una ceja; no se lo acababa de creer—. ¿Cuándo te cansarás de mentirme?

—Cuando tú te canses de mirarme.

Aquella confesión había provocado que Vincent aguantara el aire un escaso segundo para después soltarlo despacio. Sonrió y no perdió la oportunidad de acercarse a ella. Con la cabeza levemente inclinada hacia abajo, la contempló esbozando la misma mueca que él; una sonrisa que no llegaba a serlo del todo, aunque la suya delataba la desesperación por saber qué contestar para quedar por encima.

—Dijo la que también lo hace a escondidas.

Esa vez fue la ladrona quien se quedó en silencio unos instantes.

—¿Qué te ha dicho la señora? —Cambió el tema de la conversación sin ningún tipo de sutileza. Vincent no contestó, no de inmediato, por lo menos, y se mantuvo con los ojos fijos en ella mientras batallaba con el impulso de insistir una vez más para que reconociese que la fijación que tenía no era unilateral—. No tenemos todo el día —le recordó de repente, y Vincent volvió a soltar otro suspiro; se estaba volviendo costumbre.

—Que demos marcha atrás y nos olvidemos de la aventura —respondió ganándose una mirada incrédula—. No me mires así; es lo que me ha dicho.

—¿Algo sobre la Lágrima?

—Todos los rumores apuntan a que se encuentra en el interior de esa cueva, pero siguen siendo eso: rumores que tienen la misma posibilidad de conducirnos al error que a la victoria —explicó mientras dejaba que esa palabra danzara alrededor. «Victoria», una expresión bañada en oro que aún se encontraba fuera de su alcance, lejana en todos los sentidos—. Y también ha dejado caer la existencia de un tesoro mucho más grande. —Hizo una breve pausa mientras observaba el asombro que se había instalado en sus ojos—. No ha mencionado nada sobre las tres gemas ni la Corona que las une. Sigue creyendo que se trata de un cuento y que nada es real, pues todo lo que sabe es de oído. Su familia solo se encargó de esculpir la estatua hace más de doscientos años, nada más. En cuanto a la cueva, teniendo en cuenta que ninguno de los dos tenemos experiencia, es demasiado peligroso hacer una inmersión y marchar a ciegas. No sabemos dónde se encuentra el brazalete ni tenemos la certeza de que esté ahí; además...

El detective se quedó callado sin saber cómo formular la pregunta. No quería provocar una nueva discusión entre ellos, de aquellas que mataban la diversión y los sumían en una tensión difícil de aplacar. Sin embargo, no podía ignorar lo que Aurora sentía cada vez que se adentraba en un espacio en el que no se apreciaba la salida. Un espacio oscuro, imprevisible, con pasillos estrechos, como si se tratara de un laberinto en el fondo del mar cuyo peligro nunca dejaba de acechar.

—¿Además? —inquirió ella al ver que no respondía. El detective volvió a la realidad y dejó escapar un suspiro.

—Sé que quieres encontrar la Lágrima de Ángel, pero ¿estás segura de hacer la inmersión? Esa cueva puede tener mil peligros escondidos, ¿no sería mejor que tú te quedaras en la entrada, vigilando, mientras yo busco el brazalete? —La ladrona empezó a negar con la intención de replicar, por lo que se apresuró a decir—: Está bien que no seas capaz de enfrentarte al mundo; no eres invencible, Aurora. ¿Por qué no dejas que lo haga yo? Has dicho que confías en mí, ¿qué piensas que va a pasar? Aunque quisiera, no podría irme de aquí sin ti. Seguimos siendo un equipo.

—No lo entiendes...

—Quieres meterte ahí para demostrar que puedes, pelear contra tu mayor miedo y salir vencedora. No funciona así —aclaró, y la expresión del rostro se le suavizó al verla con el ceño fruncido, apartando la mirada—. Quieres detener las pesadillas, estar bien contigo misma, no seguir atormentándote... Pero la solución no es saltar a la oscuridad y arriesgarte a no volver.

Como era de esperar, la joven ladrona se mantuvo de brazos cruzados y sin intención de contestar. ¿Qué se suponía que sabía él de lo que había vivido? ¿Había bastado una conversación sobre sus pesadillas para que se creyera con el derecho a prohibirle dar un paso hacia el interior de esa cueva? «Está preocupado por ti», susurró la vocecilla en su mente.

Frunció el ceño concentrándose en el sonido de los árboles, cuyas ramas se agitaban con fuerza, mientras una nueva sensación impactaba en ella de lleno: no estaba acostumbrada a recibir un trato genuino y desinteresado por parte de una persona que apenas la conocía. Estaba segura de que, si el detective supiera todos los crímenes y delitos que había cometido a lo largo de la vida, se alejaría sin dudarlo, aunque no sin antes asegurarse de esposarla y encerrarla en el pozo más oscuro para que se pudriera durante el resto de su existencia.

«Nuestro fin es inevitable». Cerró los ojos con fuerza ante ese pensamiento que no dejaba de aparecer; siempre las mismas palabras, su voz repitiéndoselo en más de una ocasión. Ni siquiera se dio cuenta de que Vincent había avanzado hasta ella dejando apenas unos centímetros de separación, y lo que hizo que los volviera a abrir fue notar el suave toque de su dedo, que le alzaba la barbilla. Levantó la mirada un suspiro más tarde para encontrarse con la suya; todavía sentía el delicado roce sobre la piel, aunque su mano no tardó en rodearle la mejilla.

—¿Quieres entrar en esa cueva? —Aurora continuó sin decir nada, pero asintió con la cabeza—. No seré yo quien te lo impida, pero iré contigo.

La ladrona arqueó las dejas y dio un paso atrás para romper el contacto. Sin darle opción a continuar, se giró y empezó a caminar hacia el pueblo, poniendo de esa manera punto final a la conversación.

Y el detective no tuvo más remedio que seguirla con las manos escondidas en los bolsillos.

El *capo* de la Stella Nera, que sujetaba un puro entre los dedos llenos de anillos, soltó el aire envenenado con una lentitud inusual mientras observaba el móvil encima de la mesa, conectado al ordenador; la voz de Aurora inundó el espacio a través del manos libres. Stefan, Romeo, incluso Grace se encontraban en el despacho, escuchando con atención.

—Se trata de un brazalete de topacios; la segunda gema que nos interesa protagoniza esta composición y la llaman la Lágrima de Ángel. —Aurora, acostada en la cama de la habitación, a solas, miraba el techo con desinterés. Habían regresado a Puerto Plata hacía menos de una hora—. Toda la información que hemos conseguido hasta ahora ha sido a base de leyendas y rumores, no hay mucho más ni en los archivos de la ciudad ni en la biblioteca local. Es posible que la joya se encuentre en el interior de una cueva submarina, la cueva del Renacimiento de Némesis. Tiene una extensión desconocida, ya que los pocos buceadores que se han atrevido a hacer la expedición han llegado hasta los cincuenta metros y afirman que hay más por recorrer; el brazalete podría estar encajado en cualquier pared. Nos llevaría semanas aun disponiendo de refuerzos —murmuró, y esperó algún comentario de Giovanni, pero este no dijo nada—. Hemos ido al pueblo más cercano a la cueva, que se encuentra a unos cuarenta minutos caminando por la selva, y hemos preguntado a un lugareño; nos ha desaconsejado que nos acerquemos porque se trata de un lugar salvaje y arriesgado. Incluso para acceder a la entrada habría que cruzar un pasadizo medio inundado de otra cueva. No me preocupa el camino hasta allí, pero sí el descenso —confesó—. Y ninguno de los dos tenemos experiencia buceando. Incluso hemos hablado sobre la posibilidad de encontrarnos con pasillos más estrechos y que el tanque de oxígeno nos dificulte seguir: tocaría bucear en apnea y eso requiere mucha práctica. Ya no se trata de entrar a un museo y burlarse de la policía, esto...

—¿Sugieres que abandonemos la búsqueda? —la interrumpió el *capo*. Se podía apreciar la decepción en la voz—. ¿O qué es lo que propones? Tampoco es seguro que la gema esté en esa cueva, ¿verdad? Si continuáis, estaréis improvisando sobre la marcha.

La ladrona frunció el ceño y, antes de que hubiera podido responder, la voz de Stefan se oyó clara:

—¿Qué más habéis descubierto?

—Nada relevante. La estatua no nos dio ninguna pista que seguir, salvo una inscripción en latín, aunque tampoco nos sirvió demasiado. La versión que se ha extendido es la que Puerto Plata conoce y cuenta a los turistas. La leyenda «real», por decirlo de alguna manera, la que menciona el brazalete y su posible ubicación, es la que nos ha contado un señor que pescaba por la zona. También hablamos con su hermana, quien nos dio más detalles.

—¿Suponen un peligro para la misión? —preguntó una voz femenina que desconcertó a la ladrona por un instante. No la había reconocido hasta que recordó que Grace también formaba parte del equipo.

—No —contestó Aurora, y recordó, sin poder evitarlo, el mal presentimiento que la había recorrido esa mañana al salir del hotel—. Son dos hermanos propietarios de una tienda marítima, tienen entre sesenta y setenta años, y han asegurado que no creen en la existencia de la joya, que solo son rumores, leyendas que le cuentan a todo el que esté dispuesto a pagar. Se benefician de ello. De todas maneras, deberíamos tenerlos vigilados. La mujer se ha mostrado más suspicaz que el pescador; podría hablar una vez más con él para ver si alguien más ha preguntado.

—No lo hagas —intervino Romeo acercándose al dispositivo. Stefan giró la cabeza con rapidez hacia su compañero, sin perder detalle—. Tanto interés podría parecerle sospechoso. ¿Había alguna cámara? Podríamos acceder a ella y comprobar si ha entrado alguien más.

El italiano levantó la mirada para encontrarse con la aprobación de su jefe mientras esperaban la respuesta de Aurora.

—No había nada dentro del local.

—¿Y en la calle?

—Me fijé antes de entrar y tampoco vi ninguna. De todas maneras, os envío la dirección para que comprobéis si hay alguna en la zona.

Aurora escondió la punzada de nostalgia, pues era Nina quien solía encargarse de esas cuestiones. Intentó no pensar en ella.

—Te mantendré informada —finalizó Romeo, apartándose, aunque no sin antes haberle dedicado una última mirada a Stefan.

La conversación acabó después de que el *capo* le hubiera prometido que buscaría una solución. Su punto final había sido claro: hacerse con la Corona de las Tres Gemas, y, si para ello era necesario explorar cada una de las cuevas submarinas que existían en República Dominicana, empezando por la del Renacimiento de Némesis, lo harían sin rechistar.

Aunque le había asegurado al detective que se sumergiría en ese mar profundo, no podía negar que el nerviosismo había empezado a acorralarla. Jugaba con ella haciendo que se imaginara mil escenarios en los que sus temores empezaban a alzarse uno por uno.

Dejó escapar un suspiro entrecortado mientras se masajeaba el puente de la nariz. «Has dicho que confías en mí». Lo hacía, confiaba en él, toda la confianza que una ladrona podía depositar en el policía que había asegurado que la atraparía. Sin embargo, no permitiría que se aventurara hacia el interior de la cueva sin ella. Y lo peor de todo era que ni siquiera comprendía la razón.

Aprovechando el momento de silencio, y antes de que Vincent apareciera en la habitación, marcó un número diferente y se llevó el móvil de nuevo a la oreja. La espera no duró demasiado, pues al tercer tono Stefan había respondido.

—¿Qué tal la luna de miel? —preguntó con la única intención de molestarla. La echaba de menos, pero aquello era impensable decirlo en voz alta; el italiano no solía mostrarse cariñoso, aunque sí existía alguna excepción—. ¿Ya te has hartado de beber leche de coco?

—¿Estás suponiendo que en el Caribe solo beben eso?

—Lo sabría si nos hubieras llevado contigo.

—¿Está Romeo ahí?

—No, estoy solo —respondió, pero rectificó en el instante en el que vio a la gatita entrar con gracia a la habitación, cual modelo que domina la pasarela—: Con Sira, en realidad. Te echa de menos; tiene una mirada triste y se ha vuelto aún más gruñona. Se pasa el tiempo cerca de la puerta de entrada esperándote.

Esa confesión hizo que a la ladrona se le partiera el corazón en dos.

—Espero que me la estéis cuidando. ¿Está comiendo bien?

—Hay días en los que no; apenas prueba bocado y maúlla más de lo normal.

Si hubiera podido llevársela consigo, lo habría hecho sin dudar. Trataba de no pensar en su gata, pero las palabras de Stefan habían provocado que algunos recuerdos salieran a la luz. Suspiró profundamente después de cerrar los ojos.

—¿Habéis averiguado algo del cuaderno? —respondió cambiando de tema.

—Estamos en ello. Hemos descartado que lo tenga junto al cofre, que, por cierto, adivina dónde lo tiene escondido —insinuó queriendo que lo adivinara, pero la muchacha no tenía humor para ello—. Eres malísima en esto, te lo digo de verdad.

—Stefan —advirtió.

—John y Dereck no se le despegan y he ordenado que me informen de cada movimiento que haga, y últimamente ha estado visitando más de lo habitual el banco donde tiene asociada su cuenta corriente. Al principio no le di importancia, pero durante la última semana han sido tres veces, visitas cortas y siempre a la misma hora. Así que he movido algunos hilos y pedido un favor al segundo mejor *hacker* que tiene esta organización, y adivina.

—El cofre está ahí.

—Premio para la *principessa* —respondió Stefan—. No hay cámaras en el interior de la sala donde están las cajas de seguridad, pero sí está confirmado que papá Russell ha entrado ahí las tres veces durante la última semana. El escondite es bueno, todo hay que decirlo; lo ha pensado bien, pero le hace demasiadas visitas. ¿Quieres que haga algo?

—No.

—¿No?

—El cofre está protegido y lejos de las garras de Nina. Déjalo ahí. Además, sería extremadamente difícil hacerse con él, ¿y cuánto tardaría Thomas en descubrirlo? No nos conviene montar un espectáculo ahora. ¿Qué hay del cuaderno?

La ladrona pudo apreciar el suspiro que Stefan había dejado escapar, el mismo que ella acababa de disimular. No obstante, no podía negar que se trataba de una información valiosa.

—Te llamaré en cuanto sepamos algo, ¿vale? No te preocupes, concéntrate en la segunda gema y espera a que Giovanni se comunique contigo.

—Está decepcionado. —No le había hecho falta preguntárselo, ni siquiera mirarlo a los ojos; Aurora conocía al *capo* y notaba cuándo su voz sonaba diferente—. ¿Ha dicho algo más?

—No es eso —respondió el italiano con rapidez, tranquilizándola—. Se ha levantado regular; no me preguntes por qué. —En aquel instante, el ruido de la puerta lo alertó—. Tengo que colgar. Y no te preocupes por Sira, la estamos cuidando bien.

Pero antes de que la hubiera dejado despedirse, Stefan cortó la llamada para encarar a la persona que acababa de entrar a la habitación.

—¿Se lo has dicho? —preguntó Romeo.

El italiano negó.

—No creo que sea una conversación para mantenerla por teléfono. Y ahora con lo del brazalete y esa cueva... Prefiero que siga centrada en la misión.

—¿Y luego?

Stefan se tomó varios segundos para responder:

—No lo sé.

17

Había transcurrido un día desde la conversación entre la ladrona de joyas y la organización, y llevaba cinco haciéndose pasar por una recién casada que seguía disfrutando de una luna de miel ficticia cuya fecha de retorno parecía encontrarse cada vez más lejana.

Contempló al detective, que, sentado junto a ella en la barra, se llevaba una bebida cualquiera a los labios, y no pudo frenar la mirada aprovechando su distracción: la camisa de lino medio desabrochada dejaba ver el tatuaje que se originaba en su cuello para desaparecer un poco antes de la muñeca. Sentía curiosidad, desde la primera vez que se lo había visto hacía tiempo, por saber por qué había decidido hacérselo, sobre todo porque no pasaba inadvertido: figuras geométricas que no parecían tener relación, pero que se unían unas con otras para no dejar ningún hueco libre.

La mandíbula perfilada; la piel que se había tostado ligeramente por el sol y que hacía contraste con el color de la ropa; las manos fuertes adornadas por una pulsera de cuero y un par de anillos sencillos bañados en plata; los hombros relajados; el pelo castaño, algo revuelto y un poco más claro que de costumbre, pero que iba a juego con el color que prevalecía en sus ojos.

Esos ojos que de un momento a otro empezaron a mirarla, curiosos, sin que se diera cuenta. Aurora parpadeó un par de veces y lo primero que hizo, casi sin pensar, fue beberse de un trago el cóctel que había pedido minutos antes. Frunció el ceño preguntándose por qué de repente había empezado a sentirse nerviosa, pues no era típico de ella. Recordó, sin poder evitarlo, la primera vez en que las miradas se cruzaron en el club; fruto o no del destino, aquel había sido su primer encuentro y el inicio de una atracción que habían disfrazado de enemistad.

Se había mostrado segura en la primera conversación tras dejarse caer a su lado; sin embargo, en aquel instante, esa seguridad parecía haberse esfumado. Trató de no delatarse, aunque en el fondo supiera, por su sonrisa, que Vincent la había pillado mirándolo.

—¿Qué? —preguntó Aurora encarándolo. La sonrisa en el rostro del detective no desaparecía y no supo si aquello la irritaba todavía más—. Ahórrate el comentario.

—No he dicho nada.

—Ni falta que hace. —La respuesta de la princesa había sonado brusca aunque ella no lo hubiera pretendido. Se sentía avergonzada y era algo que no le gustaba—. Deja de sonreír —lo reprendió, pero al instante se dio cuenta del error, ya que Vincent, ignorando a la multitud que los acompañaba, arrastró hacia él el taburete en el que estaba sentada Aurora—. ¿Se puede saber qué haces?

—Estabas muy lejos y no te oía bien —contestó haciendo que la ladrona arqueara las cejas. Aunque jamás lo admitiría, la actitud que el detective solía adoptar conseguía divertirla—. ¿Qué me decías?

—Deja de mirarme —respondió, aun sabiendo que la había entendido a la perfección.

—Lo siento; petición denegada. ¿Otra cosa que quieras y con la que pueda complacerte?

Vincent volvió a tomarse un trago largo, aunque sin apartar la mirada del rostro que veía por las noches antes y después de cerrar los ojos. Aurora no mostraría la reacción que esperaba, pero se habría apostado cien dólares a que había comprendido la intención tras la inofensiva pregunta.

—¿Qué excusa le has dado a Beckett para venir aquí?

La sonrisa del detective desapareció con la simple mención de su superior; no quería hablar de trabajo. Estaba cansado, habían hablado durante horas sobre la inmersión mientras buscaban cualquier dato que arrojara un poco de luz sobre la misteriosa cueva. Incluso habían encontrado, aprovechando la «estancia vacacional», un curso de submarinismo. Aún recordaba la cara de pocos amigos que Aurora había mostrado, pero ¿de qué otra manera pretendía adentrarse en una cueva a la que muchos temían acercarse? Necesitaban caminar antes de empezar a correr.

Sin dejar de mirarla, y mientras soltaba un suspiro profundo, respondió:

—¿Para qué quieres saberlo?

—Curiosidad. —El joven policía se humedeció los labios evocando el escenario en el que él le había dedicado la misma respuesta en el baile de máscaras—. Dame ese placer.

—Si querías cambiar el rumbo de la conversación, haberme pedido que te contara una anécdota. Tengo en mente una muy divertida que implica medusas y unas vacaciones que salieron mal; ¿te interesa? —Aurora se lo pensó, pero negó con la cabeza—. Tú te lo pierdes —murmuró para después acabarse el contenido de la copa. Observó la hora en la pantalla—. Es tarde y mañana tenemos que madrugar.

—Adelántate.

Vincent frunció el ceño ante la escueta respuesta; sin embargo, no dijo nada y contempló la delicada caricia de su dedo, que bordeaba el vaso todavía lleno. Asintió con la cabeza en un gesto de despedida y se encaminó a la habitación que compartían.

Aunque se jactara de haber desenmascarado a la ladrona de guante negro, Aurora seguía siendo un misterio para él y no dudaba en apartarlo a la mínima oportunidad. «Es mejor así», pensó él mientras se tumbaba en la cama sin haberse molestado en encender ninguna luz. Contempló la oscuridad que lo rodeaba y cerró los ojos pensando en las palabras que acababan de intercambiar.

Quería creer que la pregunta relacionada con el inspector y el permiso de un mes que había solicitado había sido fruto de su tierno nerviosismo. De lo contrario, ¿cuál había sido el motivo? A él no le suponía problema adentrarse en una conversación banal por el simple placer de saciar la curiosidad de la ladrona, le daba igual lo irrelevante que fuera el tema, pero no podía olvidar que, tratándose de ella, tenía que haber un por qué. Siempre lo había.

Se frotó el rostro con las dos manos intentando salir del mar de pensamientos en el que se había zambullido y encendió la pequeña lámpara mientras se le escapaba un bostezo corto. Tardó pocos minutos en prepararse para regresar y meterse esa vez bajo las sábanas. Por primera vez en seis noches, le costó conciliar el sueño, pero acabó durmiéndose cuando el silencio se acercó para acunarlo e impedir que una Aurora ligeramente embriagada lo despertara cuando se acostó a su lado una hora más tarde.

La ladrona de joyas se había tomado la libertad de pedir dos cócteles más y unos cuantos chupitos mientras le hacía compañía al simpático camarero que la atendía. La zona del bar había quedado desierta y ella era la única que faltaba por marcharse.

—Señorita, es tarde, ¿no quiere volver a la habitación

con su novio? —murmuró el muchacho en inglés sin desatender la labor.

—Él no es mi... —Entonces recordó la tapadera que los encubría, con la que se habían presentado en la recepción el primer día. A pesar de que el camarero se había mostrado inofensivo, no podía permitirse el lujo de cometer un error por insignificante que fuera—. Es mi marido y estamos en nuestra luna de miel.

—Oh, felicidades —dijo esbozando una sonrisa—. Si yo fuera su marido, no me despegaría de usted... Discúlpeme —añadió al darse cuenta de lo atrevido que había sonado y de la mirada que la ladrona le había dedicado.

—Mejor sírveme otra copa.

No obstante, el joven camarero negó con la cabeza; ya había tomado suficiente.

Y Aurora, con el ceño fruncido, se encaminó a la habitación para encontrarse con un Vincent profundamente dormido. Se acostó a su lado, encima de la sábana, con la ropa puesta. Ni siquiera se percató de ello cuando, con la fría y temida madrugada acechando, empezó a buscar con qué cubrirse y se topó con los fuertes brazos del detective; demasiado adormilada para distinguir qué estaba tocando, se acercó un poco más a esa calidez que no dejaba de llamarla. Se pasó su brazo por encima, que la rodeó por la cintura, para después encajarse en aquel hueco caluroso y de aroma agradable.

Entonces, dejó de tener frío.

A la mañana siguiente, en el muelle situado en una playa alejada de la ciudad, la ladrona de joyas observaba el nombre del bote en el que se embarcarían en unos minutos.

—Hemos encontrado al fan número uno del capitán Jack Sparrow —comentó Vincent colocándose a su lado. El nombre de Perla Negra brillaba en letras doradas sobre la pintura blanca—. ¿Estás bien? —preguntó ante la carente expresión de su rostro.

—Sí —se apresuró a decir justo cuando el instructor se acercaba a paso acelerado.

Pero el detective no dejaba de pensar que había sido una mentira piadosa para alejarse de esa realidad que la asustaba; el mar era imprevisible y el miedo a que la engullera, a que algo la atrapara, no hacía más que crecer.

Con la llegada del hombre que les daría su primera clase, Vincent se tragó las palabras y repitió la misma sensación de silencio de unas horas atrás: cuando había despertado con Aurora abrazada a él. No se había movido de aquella postura y volvió a cerrar los ojos al notar que el sueño empezaba a abandonarla. Ella se había escabullido de su lado como si no hubiera pasado nada y Vincent no había dicho ni una palabra al respecto. La situación no dejaba de parecerle divertida, sobre todo cuando su compañera seguía pensando que él se mantenía indiferente.

—Buenos días, pareja, ¿cómo están? Mia y Jared, ¿cierto? —saludó en el idioma que ambos entendían. Vincent asintió y no dudó en alargar la mano para estrecharla con la suya—. Yo me llamo Alfredo y seré su instructor para estas diez clases. Bien, como veo que ya están vestidos, pongámonos en marcha. —El hombre de piel oscura, aunque de ojos claros, extendió la mano hacia la ladrona—. ¿Puede sola?

Aurora aceptó el gesto, consciente de la mirada del detective a sus espaldas.

Minutos más tarde, el motor del barco cobró vida para llevárselos océano adentro, cerca de la línea que lo separa del cielo. La larga trenza de Aurora se agitaba con fuerza cada vez que la Perla Negra impactaba contra las olas. De pronto, tras lo que a ella le había parecido una eternidad, la velocidad empezó a disminuir hasta que el bote se detuvo por completo; el sonido del motor había quedado camuflado por la tranquilidad que se respiraba alrededor. El paisaje era, sin lugar a duda, una delicia.

—Bien —pronunció un poco más alto mientras soltaba el ancla—. Conceptos básicos para empezar a practicar buceo. Número uno: Tener una buena condición física. Dos: Da igual el tipo de inmersión que sea, siempre hay que planificarla bien. Tres: Nunca se bucea solo; cuatro ojos ven más que dos y siempre viene bien tener un regulador de emergencia a mano. —El detective no pudo evitar dedicarle una mirada fugaz a su compañera—. Cuatro: No se contiene la respiración, pues el aire en los pulmones se ve afectado por la presión durante el ascenso y el descenso. Cinco: Compensar los oídos antes de notar cualquier indicio de dolor; me explico: si durante el descenso la presión en el oído no es igual a la que hay en el exterior, van a sentir un fuerte dolor y para ponerle remedio solo es cuestión de abrir bien la boca, como bostezando. Seis: Comprueben siempre los medidores, pues no queremos quedarnos sin aire, y, por último, es recomendable esperar al menos doce horas antes de subirse a un avión o escalar una montaña, por el tema de las burbujas de nitrógeno que nuestro organismo tiene que eliminar. ¿Alguna pregunta?

Alfredo ni siquiera se había molestado en respirar y había soltado la explicación como quien lanza una moneda a un pozo y aguarda hasta oír la colisión. A pesar de eso, Aurora y Vincent negaron dándole a entender que todo había quedado claro, y no tardaron en levantarse para que pudiera colocarles los utensilios alrededor del traje de neopreno. Continuó con la introducción y les aclaró hasta dónde podían llegar mientras los enganchaba a una cuerda.

—Yo estaré a su lado en todo momento, no se preocupen. Es una zona tranquila y van a ver el Jardín de Corales, una fantasía para perderse durante horas. Aunque procuren no hacerlo, ¿entendido? —A pesar del tono serio que había empleado, esbozó una gran sonrisa—. Bien; colóquense en el borde del barco, de espaldas, e impúlsense ligeramente.

Al detective no le habían hecho falta más indicaciones cuando ya se encontraba en el agua. Esperó a que la ladrona lo siguiera, pero no hubo rastro de ella; seguía con las manos aferradas al bote sin ser capaz de frenar el cúmulo de pensamientos: los miles de escenarios que ella misma se imaginaba sin descanso. Intentaba dejar la mente en blanco y lo consiguió cuando, un segundo más tarde, se lanzó a la inmensidad del océano.

La clase había durado una hora y Aurora había disfrutado como una niña. Mientras contemplaba los secretos que el océano ofrecía, se había olvidado de todas las preocupaciones que acarreaba sobre los hombros, incluso había dejado de pensar en Nina y en ese miedo que la hacía sentir pequeña.

Sentados en una enorme roca, a los pies de las olas que rompían con exquisita calma, los ojos verdes de la ladrona observaban el horizonte manchado por un suave degradado. El silencio oscilaba con suavidad entre ella y el detective, y marcaba, además, una distancia prudencial. Los trajes de neopreno habían desaparecido, igual que los instrumentos que habían utilizado para la inmersión: Alfredo los había llevado al mismo punto del cual habían partido y, tras la despedida, Aurora había empezado a caminar a pasos lentos sintiendo la presencia del detective tras ella; siempre a su lado, custodiándola, como si temiera que le pasara algo y él no pudiera impedirlo.

Allí, alejados del ruido de la muchedumbre, la ladrona se mordió el interior de la mejilla pensando que ella también hacía lo mismo con él. «Tocadlo y estáis muertos», había asegurado en un tono frío, delicado, evidenciando la calma antes de la tormenta. Levantó la mirada al cielo; las nubes se arremolinaban de manera caótica creando interesantes formas. Entonces no pudo evitar observarlo; una mirada por encima del hombro que no ignoró las pequeñas cicatrices alargadas de su torso.

Vincent se percató de su gesto.

—¿En qué piensas? —Una pregunta inofensiva que pretendía romper el silencio en el que se habían sumido.

—En la clase de mañana —mintió, aunque él no había dudado en creerla—. Pensaba que sería más difícil.

—No cantes victoria —respondió, e hizo que Aurora lo encarara; no por la seriedad de su voz, que tampoco la había sorprendido, sino porque de un momento a otro el detective se había encargado de que plantara los pies en la tierra—. Hemos buceado en una zona abierta; dudo que la cueva reúna las mismas condiciones. Hablaré con Alfredo para preguntarle si hay algún escenario parecido para practicar. Necesitas familiarizarte con unos espacios más estrechos si queremos ir a por la Lágrima.

La ladrona volvió a concentrarse en el horizonte que las luces del atardecer empezaban a teñir de naranja, aunque acabó fijándose en el agua cristalina y se preguntó durante cuántos segundos sería capaz de aguantar la respiración. ¿Llegaría al minuto?

—Es una cueva desconocida —continuó diciendo Vincent— en la que muchos no se atreven a entrar y, según los pocos documentos y blogs que hay, cuenta con pasillos interminables que se estrechan cada vez más. ¿Cuál es la probabilidad de que nos veamos obligados a aguantar la respiración para poder avanzar? Hay tanques de oxígeno de menor capacidad, pero... ¿y si nos quedamos atrapados?

Aunque jamás lo admitiría, no podía frenar ese miedo

que se le empezaba a alojar en la mirada; se sentía pequeña al pensar que ese espacio frío e inundado podría encerrarla. Los recuerdos y las viejas sensaciones aparecieron en aquel instante y amenazaron con asfixiarla. Frunció el ceño y no se dio cuenta de que había empezado a pellizcarse la piel de las manos. El detective, sin embargo, sí lo hizo, y la detuvo como siempre solía: colocando la palma de la mano encima de la suya. El simple roce la alertó.

—Todo irá bien.

—No lo sabes.

—Claro que sí —respondió, y la ladrona lo miró expectante. El contacto de sus manos se rompió—. No nos pasará nada porque estaré detrás de ti en todo momento.

—¿Es una promesa?

Vincent apreció cierto grado de incertidumbre en su voz; no se lo acababa de creer o, lo que era peor, no quería hacerlo. Él se quedó callado, reservándose la respuesta mientras contemplaba la incredulidad saltando de una esmeralda a otra. De hecho, deseaba contestar empleando la misma ironía, pero se abstuvo y, tras pasarse la lengua por el colmillo, dijo:

—Deja de ser tan pesimista. ¿Crees que permitiría que…? —Guardó silencio, pues no estaba seguro de cómo se sentiría si algo malo llegara a sucederle—. Se supone que todavía tengo que atraparte, aunque antes tendría que buscarte… Ya sabes, cuando la tregua se acabe y pongas continente y medio entre nosotros —pronunció recordando sus palabras—. Te buscaría, Aurora, considéralo también una promesa.

Una declaración que escondía un sentimiento mucho más profundo, aunque ninguno de los dos quería verlo.

Vincent no apartó la mirada, ella tampoco le dio ese placer, mientras admiraban el juego de sombras en el que se habían adentrado.

—Aunque me gustaría saber lo que piensas, he aprendido

a leer tus silencios —siguió diciendo mientras se resistía a bajar la mirada hasta sus labios; de hecho, estaba conteniéndose desde que la había visto enfundada en ese traje de baño. Volvió al presente cuando se percató de que la ladrona había inclinado la cabeza y se mantenía en espera—. Y este silencio es porque no sabes qué decirme; no estás acostumbrada a escuchar este tipo de cosas y piensas que mi preocupación se debe a que estoy sintiendo algo por ti. Quédate tranquila, mi corazón sigue conmigo.

Sin pretenderlo, hizo que ambos se transportaran a aquella noche en la que le había asegurado lo mismo. «No estoy enamorado de ti», aunque segundos más tarde hubiera murmurado que le entregaría su corazón aun arriesgándose a que lo rechazara. Todavía no había olvidado esa respuesta; sin embargo, no tenía intención alguna de volver a manifestarla en alto.

—A salvo —respondió Aurora dándose cuenta del deje de confusión en el rostro de Vincent. No quería seguir adentrándose en terreno peligroso, por lo que se levantó para dedicarle una última mirada al sol, que empezaba a refugiarse detrás del horizonte—. Estoy cansada. Volvamos al hotel.

Al hombre no le hizo falta mucho más para ponerse de pie e iniciar con ella el camino de regreso. No se encontraban lejos y, aun así, se le hizo extrañamente largo. Quizá porque habían vuelto a quedarse en silencio; uno más rígido, incómodo, insoportable... Vincent había empezado a odiarlos, y lo peor de todo era que no sabía cómo deshacerse de ellos.

Más tarde, abrió la puerta de la habitación para que la ladrona entrara primero; su mirada le regaló un leve gesto de gratitud. Entonces se preguntó, mientras ella encendía la lámpara para que la estancia se inundara con la cálida luz, por qué la mayoría de sus conversaciones acababan de la misma manera: rodeados por esa tensión que siempre conseguía que las pequeñas muestras de afecto quedaran eclipsadas por el orgullo y su aparente rivalidad.

Antes de que hubiera podido decir nada, Aurora se le adelantó:

—Voy a ducharme —murmuró intentando no tocarse demasiado el pelo; odiaba la sensación de los mechones acartonados por la sal.

Se dedicaron una mirada fugaz antes de que la ladrona cerrara la puerta. Volvieron a mirarse cuando, ya limpia y con una toalla rodeándola, el detective alzó la cabeza de manera sutil al apreciar la única prenda que la cubría. Y luego de esa, cuando le llegó el turno de encerrarse en el cuarto de baño. La última mirada que intercambiaron se dio ya en la cama.

Estaban acostados en sus respectivos lados, aunque la suave luz todavía seguía encendida. Vincent no soportaba el silencio que los consumía, así que, soltando despacio el aire, se puso un brazo por detrás de la cabeza mientras encendía la televisión por primera vez en siete días; el sonido de una película cualquiera llenó todo el espacio, pero, lejos de relajar la extraña sensación que se había posado sobre ellos, la incrementó.

El sonido de unos gemidos, procedente de la escena erótica que había aparecido, provocó que, sin querer, el detective la observara de reojo. Aurora se mantenía concentrada en la pantalla, como si estuviera escondiéndose de él, del deseo que, seguramente, había aparecido en la mirada de Vincent. Apagó la televisión con rapidez y se levantó de la cama como un resorte; necesitaba aire.

Salió a la terraza buscando calmarse. Su intención había sido otra: encontrar lo que fuera que combatiera ese silencio que había empezado a irritarlo, pero desde luego nunca pensó que fuera a aparecer esa escena. Con toda seguridad el destino debía de estar riéndose a carcajadas. El movimiento de la ladrona al apartar la cortina para colocarse a su lado lo sacó de su ensimismamiento; apretó con fuerza la barandilla que sostenía entre las manos.

—Si no vas a decir nada, te pediría que entraras —soltó con una brusquedad que no había pretendido, pues el problema lo tenía él. Trató de calmarse mientras continuaba observando la tranquila noche—. Solo necesito unos minutos.

—¿Por qué?

Entonces, las dos miradas volvieron a encontrarse.

—¿Por qué? —repitió incrédulo. ¿Se estaba riendo de él?—. ¿Qué esperas que te diga? ¿Que casi pierdo el control en cuestión de segundos? ¿Que no paro de ansiar otra noche contigo? ¿Que te deseo como un imbécil? —El agarre de las manos empezó a soltarse y ambos quedaron cara a cara, enfrentados; la diferencia de altura se hacía evidente, pues Aurora tuvo que alzar la barbilla para no romper el contacto—. ¿Que me queman las manos por tocarte? ¿Que anhelo el momento de volver a meterme entre tus piernas y arrancarte unos cuantos gemidos? —En aquel instante, los ojos de Vicent brillaban, igual que los de ella—. Necesito unos minutos para asimilar que nada de eso sucederá y que…

El detective se calló al instante cuando Aurora rompió la distancia que separaba sus labios.

18

Vincent tardó medio segundo en comprender lo que estaba pasando y otro más para responder con la misma urgencia que Aurora mostraba en ese instante, un beso impaciente, ansioso, cargado de ese deseo que habían estado encerrando durante semanas.

El detective le puso una mano en la parte baja de la espalda para acercarla un poco más. Antes de que ella se arrepintiera, quería deshacerse de cualquier obstáculo, embriagarse de su aroma tanto como fuera capaz. Se escondió en el hueco de su cuello para aspirar hondo mientras posaba los labios en su piel delicada. Sonrió cuando ella le concedió más acceso inclinando la cabeza para que la besara como solía.

De un momento a otro, el control que pensaba que tenía había salido por la puerta grande, dejando que el instinto primitivo reinara sobre él. No quería parar y temía que su compañera acabara apartándose con brusquedad cuando se diera cuenta de que, si continuaban, no habría vuelta atrás. Pero Aurora no se alejó y tampoco se sorprendió cuando Vincent le alzó una pierna para que le rodeara la cintura con ella, incitando ese roce con el que había estado fantaseando.

Los labios hambrientos del detective volvieron a buscarla y no pudo evitar que se le escapara un gemido cuando sintió sus dedos agarrarle varios mechones cortos y tirar de ellos con suavidad.

—Necesito… —Quería preguntárselo, pero la caricia de su mano recorriéndole el abdomen se lo impidió. Notaba sus yemas frías, apenas lo rozaba mientras su lengua volvía a luchar con la de él, como si intentara reclamarlo—. Escúchame —insistió en otro susurro, pero, al ver que la mujer no tenía intención alguna de colaborar, no se le ocurrió mejor idea que alzarla en brazos, sujetándola por las nalgas, para adentrarse en la habitación.

Le puso la espalda contra la pared y, midiendo la fuerza, la aprisionó pegándose a ella. Cerca, demasiado cerca. Quería que no los separara un centímetro de distancia. Las respiraciones brotaban con rapidez, igual que las caderas de Aurora, que se movían contra las de él buscando la mínima fricción. Pero Vincent debía preguntárselo… Antes de continuar quería estar seguro de que Aurora también lo deseaba y de que quería lo mismo que él: otra noche en la que olvidarse de quiénes eran para sucumbir a esa necesidad, a ese deseo que escondía algo más que una simple atracción.

Vincent interrumpió el beso y dirigió la mano hasta su cuello para rodearlo con infinita delicadeza; con el pulgar le acariciaba el labio inferior mientras seguía aprisionándola con el cuerpo. Ambos corazones latían con rapidez, pero el de ella se detuvo cuando su voz ronca le acarició el lóbulo de la oreja.

—Necesito que me digas que estás segura. —La ladrona intentó mover las caderas con picardía, tratando de comprender por qué le estaba preguntando algo tan absurdo; un suave jadeo le brotó de la garganta al notar que la inmovilizaba apretándola un poco más contra él—. Dilo —insistió mientras acercaba los labios a la mandíbula, cerca de la boca, aunque sin intención de besarla. Notaba la caricia de su respiración sobre la piel.

Aurora frunció el ceño, pero lo suavizó cuando capturó su mirada.

—No me habría acercado de no estarlo —respondió mientras se aferraba a su nuca e iniciaba un recorrido que siguió por sus hombros, acercándose al pecho—. Pensaba que no hacía falta suplicarte, pero podría... —La caricia continuó bajando por el costado de su abdomen, tratando de introducirse entre los dos cuerpos para llegar hasta la dureza que estaba empezando a notar—. Podría arrodillarme y...

—Lo único que quiero es que no te arrepientas más tarde —la interrumpió dándose cuenta de su propósito.

—¿Por qué le das tanta importancia? Solo es sexo, una distracción... —murmuró intercalando la mirada de sus labios a sus ojos; quería besarlo, abandonarse a la sensación que le brindaba y que ambos perdieran la noción del tiempo—. ¿Quieres que te distraiga, Vincent?

Aurora intuía la reacción que le ocasionaba cada vez que acariciaba su nombre con los labios y lo comprobó cuando el detective la besó sin medir la fuerza. Sus provocaciones constantes lo excitaban y de solo imaginarse su lengua cerca de su erección algo dentro de él ardía por completo. Ni siquiera había sido consciente de que esa imagen había conseguido que se moviera por la habitación hasta sentarse en el borde de la cama con ella a horcajadas. El beso no había cesado y el deseo que ambos sentían no había hecho más que intensificarse.

—Hazlo —susurró él después de haberse deshecho de su camiseta lanzándola al suelo, contemplando cómo su mirada esmeralda se oscurecía a cada segundo que pasaba—. Distráeme.

La ladrona elevó la comisura mientras sentía el cosquilleo de su nariz paseándose por el pecho, inspirando; dejó escapar otro jadeo, un poco más intenso que el anterior, cuando notó sus dientes alrededor de un pezón y sus dedos masajeándole el otro. Arqueó la espalda mientras acariciaba la suya bañada en la tenue luz que provenía de la pequeña lámpara. Sin detener la fricción que le dedicaba a su entrepierna, todavía cubierta por el pijama, cerró los ojos para olvidarse de lo que en ese instante sucedía en el resto del mundo.

Con las cortinas echadas, escondiéndolos de los ojos curiosos, Aurora empezó a deslizarse por sus piernas para acabar entre ellas, agachada ante él. El detective se apoyó en la cama con las palmas de las manos, expectante, sabiendo lo que ocurriría a continuación. No quería mostrarse impaciente, pues no se trataba de la primera vez, pero el brillo que escapaba de su mirada lo delataba.

El mismo brillo que la ladrona no había dejado de contemplar mientras le introducía la mano en los pantalones y lo liberaba. Ninguno de los dos rompió el contacto visual cuando empezó a acariciarlo; despacio, de arriba abajo, capturando en su memoria cualquier reacción que el detective mostraba. A ella le gustaba esa sensación: la de tener el control, la de que se rindiera al toque que le estaba ofreciendo para llevarlo al límite. Cuando pasó la lengua por el largo de la creciente erección, Vincent echó la cabeza hacia atrás y esa imagen la excitó aún más.

No sabía lo mucho que había estado conteniéndose desde la última vez que permitieron que el deseo fluyera entre ellos, cuando el detective le había pedido, en un tono demandante, que continuara leyendo para que él pudiera recrear la escena. «Una distracción», volvió a repetirse Aurora mientras incrementaba el ritmo. Una distracción en ese entonces y una distracción ahora. Nada había cambiado. Si bien el corazón le latía, como Vincent le había asegurado días atrás, este se encontraba vacío, inservible, sin nada que ofrecerle, o eso era lo que la ladrona creía; un pensamiento que había fortalecido con los años.

Y ese mismo pensamiento seguía convenciéndola de que lo que crepitaba entre ellos no era más que una distracción placentera como la que le estaba regalando. De no haber sido por la aparición de esa escena erótica, quizá en ese instante estarían tratando de conciliar el sueño, disimulando y reprimiendo las ganas que no habían cesado desde el primer encuentro en el club.

Pero la ladrona de joyas no quería pensar si había sido obra del destino; de hecho, no quería pensar en nada que no fuera en el placer que estaba por llegar. Por esa noche quería olvidarse de quién era y distraerse, como debería haber hecho desde el principio. Al fin y al cabo, aquel era el pacto que habían acordado: sexo sin amor, sin sentimientos, comportándose como dos seres que lo único que anhelaban era llegar al orgasmo y despertarse a la mañana siguiente como si no hubiera pasado nada, por lo menos hasta que la realidad llegara para interponerse, para recordarles quiénes eran.

«Nuestro fin es inevitable, Aurora».

Frunció el ceño cuando esas palabras volvieron a invadirla provocando que se alzara sobre el cuerpo del detective para ir en busca de sus labios. Ni siquiera se dio cuenta de que lo había privado del orgasmo, y tampoco le permitió quejarse, pues la boca de la mujer se había vuelto tan posesiva, exigente, que lo único que quería era enfriar esa urgencia que la quemaba. Vincent se limitó a responder a su hambre voraz; acostado en la cama y con las manos acariciándole las piernas desnudas, permitió que la ladrona se entregara a su deleite mientras él se dejaba llevar, seducido por sus movimientos bruscos, sobre todo el que imponían sus caderas, cuya fricción no había cesado.

—Una distracción. —La oyó susurrar de pronto, cerca del oído, mientras sentía que sus besos, algunos más intensos que otros, le marcaban la piel. Lo sabía, no hacía falta que se lo recordara; sin embargo, quizá necesitaba convencerse de ello, igual que él.

Cerró los ojos ante el cúmulo de sensaciones y no pudo evitar levantar la pelvis para llegar a su encuentro; pero Aurora lo inmovilizó, imponiendo un poco más de fuerza, mientras negaba con la cabeza. Sus caricias no se detenían y el roce de su centro palpitante variaba a su voluntad.

Podría girarla y que su espalda acabara en la cama para colocarse entre sus piernas, que lo rodearían por la cintura. Entonces, sin dejar de contemplarla, dejaría que ella lo guiara hacia su humedad y, disponiendo de cuantos segundos quisiera, con una lentitud exquisita, empujaría despacio para retroceder y repetir la jugada; cada vez más profundo, más... El detective se tomó un momento para respirar y recuperar los sentidos. Parpadeó un par de veces y se dio cuenta de que la mujer de ojos verdes se había deshecho de la ropa y empezaba a recorrerlo con esa misma humedad con la que había fantaseado escasos segundos atrás.

La tentación en su máximo esplendor provocaba que ansiara la unión cada vez más.

Cuando quiso recrear la secuencia que se había imaginado, Aurora volvió a detenerlo; su mano apoyándose a lo largo del torso le impedía cualquier maniobra, así que dejó escapar un jadeo profundo y entrecortado.

—Quieto —ordenó la muchacha, los rostros demasiado cerca para que Vincent se opusiera.

Pero él no dejaba de notar la caricia de su sexo recorriéndolo, provocándolo, con la única intención de seguir llevándolo al límite. Sentía que ya no podía más.

—¿Por qué no me dejas...? —murmuró sobre la base de su cuello. Intentó levantar una vez más las caderas. Quería un roce mayor, más fuerte... Quería más de ella, pero parecía que la ladrona no tenía ninguna intención de satisfacerlo por el momento. Aquel pensamiento originó que abriera los ojos y se acordara de algo importante—. Están en mi maleta. —La apartó hacia un lado con infinita delicadeza, tomándola por sorpresa, y fue en busca del preservativo.

Los ojos de Aurora, todavía desconcertados por la rápida maniobra, brillaron segundos más tarde cuando lo contempló yendo de nuevo a ella mientras se deslizaba la goma con manos impacientes. La cama volvió a hundirse con su peso y el detective no tardó demasiado en agarrarla por la cintura para arrastrarla a su encuentro. Aurora abrió las piernas para él y dejó escapar un suave gemido al sentir los pequeños roces mientras se acomodaba. Le arañó la espalda en respuesta y esperó a que Vincent se adentrara como solía, pero no lo hizo; era como si el tiempo se hubiera congelado. Entonces lo entendió cuando se encontró con su mirada inquieta.

Deslizó las manos por su abdomen trabajado, notando las pequeñas y alargadas cicatrices, y lo envolvió con una sola para conducirlo hacia la humedad que había empezado a gotear. Vincent se dejó hacer con exquisita calma, apoyándose con los codos, y contuvo la respiración cuando se deslizó despacio en su interior, repitiendo el escenario que se había imaginado.

La habitación se llenó de suaves gemidos mientras él empujaba rítmicamente variando la velocidad. Buscó sus labios para besarla y acallar los pensamientos que empezaban a aparecer uno detrás de otro: necesidad, posesión, placer... Lo que Aurora le ofrecía en aquel instante era jugar con la intensidad y la tensión sexual que los rodeaba; eso lo invitaba a unirse a ella y, cada vez que bajaba la mirada para contemplar el choque de ambas pieles, lo encendía hasta el punto de hacerlo arder.

«Lo que ocurre es que me quemas», le había confesado tras la visita a la biblioteca. Lo quemaba de la misma manera que el fuego cuando lo destruye todo a su paso. De pronto, empezó a sentirse desconcertado; no podía permitirse llegar hasta ese punto y mucho menos que la ladrona empezara a convertirse en una necesidad.

«Una distracción», aunque la palabra le hubiera molestado; así era como debían actuar, dos personas que se habían conocido en un club cualquiera y que no se habían resistido a acabar en la cama del otro.

No obstante, la pregunta que el destino se planteaba era hasta cuándo el fuego continuaría crepitando.

Acurrucada en la oscuridad de la habitación, Aurora no dejaba de pensar en la idea de darse un baño de agua caliente, pero estaba exhausta. El apetito del detective era insaciable. La había agotado, aunque ella tampoco se había quedado atrás, pues Vincent, ajeno al mundo real, bocabajo y con medio cuerpo lejos de las sábanas, dormía de manera plácida a su lado. Mantenía la cabeza muy cerca de la suya, escondido en el hueco de su cuello. Su brazo, por otra parte, había intentado varias veces rodearla por la cintura, pero Aurora no había dudado en impedírselo.

Consiguió ponerse en pie con cierta dificultad, pues no quería despertarlo. Le daba igual cubrirse o no; llegó al cuarto de baño y cerró la puerta para abrir el grifo a continuación. El agua empezaba a inundar la bañera mientras Aurora se permitía un fugaz vistazo al espejo: las mejillas todavía sonrosadas, los labios levemente hinchados y algunas marcas pequeñas manchándole la piel, sobre todo por la zona del cuello y bajando por la clavícula. La melena bañada en azabache le caía por el pecho en mechones enredados.

Varias imágenes de él entrando despacio plagaron su mente e hicieron que volviera a notar la conocida calidez. Soltó un suspiro, tratando de apaciguar la sensación, y verificó el nivel del agua. No tardó demasiado en sumergirse dejando que un suave jadeo se le escapara ante la placentera sensación. Sin embargo, el silencio se esfumó cuando se percató de que la puerta se abría.

Vincent.

Ninguno de los dos dijo nada; él porque acababa de abrir los ojos y ella porque no dejaba de contemplar su cuerpo desnudo. Se mordió el interior de la mejilla sin querer, aunque reaccionó con rapidez al verlo avanzar hacia la bañera.

—¿Qué haces?

—La cama es muy grande sin ti —contestó dejando escapar un bostezo, aún se le veía adormilado.

Pero el detective no esperó a que reaccionara y ya estaba metiendo un pie en el agua; le siguió el otro al instante y Aurora no tuvo más remedio que apartarse para que entrara. Contuvo la respiración cuando notó su mano deslizándose por el abdomen para acercarla a él; la espalda impactó con suavidad contra su pecho y su mano continuó ahí, sin que mostrara ninguna intención de quitarla.

—Relájate —le pidió muy cerca del oído provocándole cosquillas—. Acabamos de follar —siguió diciendo mientras le pasaba el dedo por el brazo—, esto no es nada.

Aurora vaciló durante un segundo, pero acabó accediendo y no pudo evitar cerrar los ojos mientras acomodaba la cabeza a la altura de su hombro.

—Así mejor —murmuró él sin detener la caricia por su brazo.

—¿Te he despertado? —preguntó al cabo de unos segundos, después de que el agua se hubiera sosegado.

—Ya te lo he dicho; la cama es muy grande sin ti.

—¿Y eso significa que puedes venir e invadir mi espacio?

—¿Vas a negarle un baño a tu marido? —Vincent no perdía la oportunidad de bromear, aunque no se daba cuenta de que con esas bromas estaba jugando con fuego—. Podría hacerte un masaje en compensación. —Aurora cerró los ojos al primer toque de sus dedos apretándole con suavidad el músculo—. No me importará si admites que soy el mejor.

—No lo eres.

—Eso me ha dolido —respondió esbozando una pequeña sonrisa.

—Bien.

—Qué cruel.

La ladrona no se molestó en replicárselo; era verdad, y dejó que el silencio, que no era incómodo ni rígido, los envolviera. El detective continuaba masajeándole los hombros y soltó sin querer un largo suspiro.

—¿Qué te pasa? —quiso saber ella en un tímido susurro.

—¿Debería pasarme algo?

Aurora entrecerró la mirada, consciente de que el detective no podía verla.

—La gente no suele suspirar porque sí —insistió una vez más.

—Eso no lo sabes.

—Hay diferentes tipos de suspiros.

—Ilumíname.

—El tuyo ha sonado triste.

El detective, sin detener el masaje, juntó los labios sin saber qué decir. No podía negárselo, aunque tampoco deseaba admitirlo. Porque cuanto más tiempo pasaba a su lado, más fuerza ganaba la pregunta que le invadía la cabeza: cuando su fin llegara, ¿sería capaz de colocarle las esposas sin desviar la mirada?

19

«Inspirar y exhalar; esperar un segundo y repetir el ejercicio. Inspirar, aguantar el aire y espirar. Cerrar los ojos para mayor concentración; inspirar, sentir cada latido del corazón, dejar la mente en blanco, no pensar y volver a expulsar. Repetir».

La ladrona de guante negro hacía decidido, un instante después de que el sol le hubiera dado los buenos días, pasear por la playa para oír el romper de las olas. Le gustaba concentrarse en el movimiento del agua, en el enfrentamiento que a veces se producía de manera inesperada mientras su vocecilla recitaba las instrucciones del arte de saber respirar.

Necesitaba perfeccionar la técnica cuanto antes si pretendía hacer la inmersión. Habían transcurrido unos pocos días desde la primera clase que Alfredo les había impartido, en los que había practicado sin descanso, levantándose con la primera luz para entrenar y prepararse. Nadaba sin medir el tiempo hasta que sentía los músculos arder. Vincent la había acompañado en un par de ocasiones; incluso habían apostado quién de los dos conseguiría llegar a la boya amarilla. Aurora había ganado las dos veces marcándose una sonrisa triunfal que al detective, como era evidente, no le había gustado en absoluto.

«No siempre se puede ganar», había murmurado con la respiración algo agitada mientras movía los brazos para evitar sumergirse.

El detective era igual de competitivo que la ladrona de joyas; daba igual lo inofensiva que fuese la actividad; Vincent lo daría todo de él para hacerse con la victoria. Le disgustaba el sabor amargo de la derrota; sin embargo, sabía que la mujer de ojos verdes no siempre sacaba a relucir su versión más divertida, por lo que no había dudado en suavizar ese sentimiento. Además, sus reacciones lo divertían.

Desde su encuentro en la cama, al que ninguno de los dos se había vuelto a referir, reconocía un ambiente más calmado, no tan tenso. La distancia que los separaba ya no vibraba con tanta intensidad y aquellos silencios rígidos, que podían cortarse, se habían mitigado, aunque aún no hubieran desaparecido por completo.

Sin embargo, y a pesar de la calma pasajera, el contacto físico también se había reducido. Tras el momento que habían compartido en la bañera, no había vuelto a surgir ningún roce intencionado, ni hablar de unir los labios para que empezara otro vals.

Cinco días sintiendo una sequía que había conseguido irritar al detective, aunque hubiera tratado de disimularlo. Lo único que no deseaba, y que era lo opuesto a las entretenidas conversaciones, era dar pie a una discusión real.

Si bien la muchacha poseía un carácter extremo y que saltaba ante la menor provocación, él no sabía callar cuando se trataba de ella y lo había comprobado durante las semanas que habían convivido en la casa de su padre, quien, hasta el momento, seguía sin saber qué pasaba entre ellos. Vincent prefería que la puerta siguiera cerrada; de hecho, dudaba si contárselo algún día. Al fin y al cabo, la estancia de Aurora tenía billete de retorno y la tregua que compartían estaba lejos de ser eterna.

Sin pretenderlo, ambos habían entrado en una rutina donde el entrenamiento y la segunda gema de la Corona se habían convertido en el tema principal de conversación. Con el objetivo fijo, ninguna distracción tenía cabida.

Lo mismo ocurría en la ciudad de Nueva York; las risas y los momentos joviales se habían reducido al mínimo y el motivo principal era el *capo* de la organización. Sin saber en qué lugar se encontraba su sobrina, lo último que quería Giovanni era restarle la importancia que albergaba. Nina se había perdido en un mundo del que no formaba parte y el italiano no veía la hora para que volviera a su hogar, a casa.

Había perdido la cuenta de la cantidad de alcohol que había estado ingiriendo durante los últimos días. Se sentía abatido, disgustado por una situación que se le había escapado de las manos. ¿Qué habría hecho su hermana, la madre de Nina, en esa situación? ¿Cómo lo habría sobrellevado? Mejor que él, seguramente. Estaba convencido de que ella habría sabido qué hacer para impedir el enfrentamiento entre las dos muchachas. De hecho, habría percibido los celos de Nina desde el primer instante, igual que los aires de grandeza de Aurora. Fiorella las habría calmado con una sola conversación; sin embargo, ese diálogo jamás se daría porque la vida había decidido, años atrás, abandonarla a su suerte en aquel accidente.

Aquel día, Giovanni había perdido a una hermana, y Nina, a sus padres.

El italiano había sido el único responsable de la enemistad que se había forjado entre las dos niñas. Tal vez, si hubiera percibido la envidia insana de Nina, el rumbo de los acontecimientos habría sido diferente. No habría existido ninguna traición ni las venganzas bañadas en rojo que Aurora se ocupaba de cocinar a fuego lento.

La familia habría permanecido intacta y nadie habría interferido en la búsqueda de la Corona de las Tres Gemas. El *capo*, la segunda al mando y la princesa de la muerte; los tres contra el mundo.

No obstante, la relación se había roto y cualquier esperanza de reconstrucción que el italiano pudiera haber albergado acababa de derrumbarse a sus pies. No sabía cómo solucionarlo y esa vacilación se le reflejaba en los hombros tensos, la respiración tan calmada que resultaba alarmante, la mandíbula apretada y las manos siempre ocupadas o bien con una copa de Averna o sujetando un puro entre los dedos.

Giovanni Caruso había caído en un pozo tan profundo que, aunque no se mostrara a la luz, algunos miembros de la organización se habían percatado de ello hacía días.

Se respiraba la tensión por los pasillos y pobre de aquel que se acercara al despacho del *capo* sin que este lo hubiera convocado. Ni siquiera Grace se salvaba, pues le había adjudicado la carga de la Stella Nera sobre los hombros. No obstante, la colombiana de ojos café era resolutiva y bien apañada, y ya se había acostumbrado a lanzar órdenes sin que los rizos se le despeinaran. El tono de voz agradable escondía una amenaza que se había encargado de que los demás notaran y, sobre todo, respetaran. Imponía cada vez que se abría paso por los diferentes espacios de ese edificio subterráneo, oculto de miradas curiosas. Una presencia parecida a la de Aurora, o esa era la sensación que Stefan y Romeo notaban cada vez que la nueva líder se dejaba ver.

—¿Damos una vuelta? —preguntó Stefan dedicándole una corta mirada a su compañero—. Necesito fumar.

—Algún día vas a acabar con los pulmones reventados.

—Si antes no acabo con un disparo en el pecho —soltó,

divertido, mientras observaba la cara de pocos amigos de Romeo—. ¿Qué?

—No ha tenido gracia. Y si lo dices por Aurora...

A Stefan se le apagó la sonrisa. Cada vez faltaba menos para su vuelta y aún no habían pensado de qué manera iniciarían la conversación sobre lo que habían averiguado respecto al cuaderno. La misión de hacerse con una copia había sido todo un éxito; gracias a Stefan y su gran creatividad, Thomas había acabado profundamente dormido en la cama después de la trivial conversación que había mantenido con los italianos. Al principio el hombre había dudado en abrirles la puerta, pero ¿cómo negarse cuando habían aparecido con Sira en los brazos para recuperar uno de sus juguetes? No le había quedado más remedio que hacerse a un lado y sonreír; incluso ofrecerles algo para tomar.

Gran error, pues, al mínimo despiste, la ágil mano de Romeo no vaciló en espolvorear en la bebida de Thomas Russell una sustancia que lo había dejado fuera de juego; la única opción que habían encontrado para cumplir con el favor que su amiga y compañera les había pedido.

Sin embargo, el contenido de ese cuaderno había provocado que el rostro de Stefan se tensara; un apartado en concreto que aún los mantenía sudando frío y con la mandíbula apretada.

—¿Se lo contamos al jefe? —preguntó Romeo sentándose en la barra del local, sin apartar la mirada de su amigo, que se encendía un cigarro—. Él sabe cómo hablar con ella.

Stefan, soltando una bocanada de humo, negó con la cabeza.

—¿Tú lo has visto? Lleva semanas evitando a todo el mundo y no sale de esa habitación. Me apuesto lo que quieras a que no se ha cambiado de traje hace tiempo, lo que significa que está hundido en la mierda. Y ya sabes cómo es el jefe con la ropa y con mantenerse siempre impecable.

Su compañero tenía razón. No recordaba ninguna ocasión en la que hubiera contemplado una sola arruga en las camisas del *capo*. Giovanni era la elegancia personificada, vestía de colores oscuros para darle el debido protagonismo a la corbata.

—No estaría mal preguntarle qué le ocurre.

—Si quieres acabar en el pozo, adelante —contestó, y de nuevo dio una calada—. Estamos en las mismas: Aurora podría intentarlo sin temer por su vida; Nina, en su defecto, ya que es su sobrina. Pero ¿nosotros dos? Ni de coña.

—¿Entonces?

—No nos queda otra que esperar —dijo mientras contemplaba los ojos de Romeo, que lo distrajeron un segundo. Frunció el ceño de manera leve y añadió—: Y a Aurora no podemos decirle nada; tiene que concentrarse en la misión mientras lidia con ese detective. Te juro que como se la juegue... está muerto.

La sentencia de Stefan había sido firme, clara, sin ningún tipo de titubeo en la voz. Desconfiaba del neoyorquino y de la relación tan peculiar que mantenía con su compañera. Todavía recordaba el momento en que Aurora había entrado en esa habitación para ir directa a él y arrancarle las cuerdas que lo habían maltratado. Su mirada no había abandonado la de ella; una luz en medio de la oscuridad que había significado su salvación. Pero Aurora no era ningún ángel y quería creer que Vincent Russell ya se había percatado de ese detalle.

Sin embargo, ese hecho seguía sin explicar la decisión que habían tomado de aventurarse en las profundidades de República Dominicana solos, sin nadie que los vigilara y durante varios días que pronto se habían convertido en semanas. La paciencia de su compañera no era infinita, y que conociera en qué bando jugaba Russell debía mantenerla en alerta.

El italiano dejó escapar un profundo suspiro combinado con el humo tóxico del cigarro. A pesar de que la conocía desde hacía años, Aurora seguía siendo una criatura desconfiada de palabras escasas y decisiones incomprensibles; cerraba la puerta a todo aquel que tuviera la intención de acercarse. ¿Cómo había conseguido el detective traspasar la primera barrera? La atracción era palpable, aunque insuficiente para justificar la preocupación que la ladrona mostraba hacia él.

Muchas preguntas y pocas respuestas. Aunque Stefan no fuera el único en la misma situación.

Vincent, de brazos cruzados, admiraba los ojos inquietos de la mujer de larga melena, que se encontraba a una distancia prudencial. Habían vuelto a la habitación tras su última clase con Alfredo. De nuevo, el detective contemplaba la pared de silencio que había levantado entre ellos.

—Vamos, Aurora. Habla conmigo —expresó con suavidad. Él sabía lo que había pasado, lo había visto con sus propios ojos, pero de nada servía si Aurora no intentaba decirlo en voz alta—. Podríamos retras...

Aquello fue el detonante.

—No hay nada de qué hablar. —Las gotas saladas del océano todavía se deslizaban por los mechones negros, provocando en el detective la necesidad de apartar uno que parecía molestarla. Sin embargo, no se movió—. Se supone que mañana vamos a por la segunda gema, que hemos estado casi dos semanas preparándonos para la inmersión; no podemos perder más tiempo, no...

Aurora se quedó callada de repente, pues no había conseguido frenar el suspiro entrecortado. Todavía notaba las pesadas cadenas que la envolvían cada vez que aparecía la sensación de no poder escapar. Había buceado un poco más y se había encontrado con un escenario de ensueño propio de las historias de fantasía: un naufragio que construía una imagen de lo que una vez había sido un antiguo navío de vela.

Se había quedado maravillada ante el descubrimiento y, adentrándose en la embarcación invadida de corales y de vida marina, había sentido que algo tiraba de ella y se había asustado. Las burbujas de aire le habían dificultado ver más allá, ni qué decir de la escasa luz. La impresión de quedarse atrapada había podido con ella, y, de pronto, llegar a la superficie se había convertido en algo imposible, sobre todo porque la falta de aire había empezado a consumirla.

Aurora cerró los ojos durante un instante solo para encontrarse con el rostro preocupado de Vincent.

—¿Y si vuelve a pasar? —La voz que antes había sonado férrea ahora se hallaba inmersa en un suave susurro. Notaba que el miedo conocido regresaba a ella y se abrazó a sí misma mientras se sentaba en el borde la cama.

—Escúchame —pronunció Vincent poniéndose a su lado, aunque sin atreverse a tocarla—. Yo estaré contigo y no te pasará nada. No lo permitiré.

La mirada de la ladrona impactó con la suya ante esa promesa que escondía un sentimiento que ella no veía, un susurro en la mente del detective que se imponía y completaba el juramento: «Porque no lo soportaría».

20

Yasica Arriba

La madrugada salpicaba la vegetación de rocío, cerniéndose sobre los árboles de la selva impasible. Se respiraba una tranquilidad como ninguna otra, acompañada por los sonidos propios del entorno: el agua que se paseaba con distinción, los insectos que se abrían camino por la tierra húmeda, las aves despertándose para alzar en vuelo. Pero lo que más atraía a Aurora era el movimiento de las ramas cuando crujían; la envolvía en un estado de paz mientras avanzaban por el camino sinuoso.

Vincent le cubría las espaldas mientras se concentraba en cualquier sonido inusual, pues la mirada que la ladrona había dedicado a su alrededor al bajarse del coche no le había pasado inadvertida. Una mirada de alerta, la misma que había contemplado un par de semanas atrás cuando habían decidido visitar a la hermana del pescador.

Quería creer que la mente le había jugado una mala pasada, ya que Vincent también contaba con ese sexto sentido que lo alertaba y él no había percibido ninguna sombra al acecho.

El trayecto hacia el Renacimiento de Némesis suponía unos cuarenta minutos a paso ligero siguiendo la ruta más favorable, y ya habían recorrido la mitad con las mochilas cargadas a la espalda, además de los tanques de oxígeno y todo lo que necesitarían para efectuar la inmersión.

Habían preparado la expedición con detenimiento con el único objetivo de hallar la Lágrima de Ángel. Eso si la mujer de la tienda no les había tomado el pelo y de verdad la gema se encontraba en esa cueva. De lo contrario, estarían como al principio, adentrándose en un laberinto sin salida.

De haber dispuesto de un equipo más avanzado, con dispositivos capaces de hacer una exploración en el interior de la galería submarina, no habría hecho falta una inmersión hacia lo desconocido. Pero el uso de una maquinaria de ese calibre habría llamado la atención.

Y ellos no podían abandonar su papel. Se suponía que Aurora era un fantasma para el resto del mundo, una sombra ágil que pasaba inadvertida, escondida a la vista de cualquiera. Si a alguien le naciera el mínimo deseo de escarbar en el porqué de su visita a República Dominicana, tarde o temprano se daría cuenta de su tapadera y las fichas de dominó empezarían a caer de manera irremediable.

Vincent no podía olvidarse de las consecuencias a las que se enfrentaría si su superior llegara a enterarse de lo que había estado haciendo a sus espaldas. Su vida se derrumbaría en cuestión de segundos, ya que Howard Beckett lo echaría del cuerpo sin dudarlo, y cualquier relación se rompería en mil pedazos, pues el hombre odiaba que le mintieran a la cara, por no hablar de que muy probablemente él acabaría entre rejas.

La pregunta apareció delante del detective mientras seguían avanzando por la selva: ¿valía la pena, teniendo en cuenta el riesgo al que se enfrentaba?

Observó el motivo por el que ahora se encontraba allí, vagando por ese lugar de peligros infinitos, siguiendo a la ladrona de guante negro; la trenza de raíz se columpiaba de un lado a otro con suavidad y su figura devoraba toda su atención.

Aún no había olvidado la respuesta que su mente había conjurado el día anterior.

«Porque no lo soportaría».

Habían transcurrido menos de veinticuatro horas y el detective sentía el arrepentimiento viajando por cada partícula de su ser, pues, aunque no lo había confesado en voz alta, Aurora había detectado su preocupación, su afecto, y se había quedado callada para, acto seguido, poner punto final a la conversación. Le resultaba inevitable no notar la extraña sensación que de nuevo se había instalado entre ellos: la incomodidad que las dos miradas reflejaban.

Quizá no pudiera volver atrás y cambiar lo sucedido, pero sí alterar su significado en un intento desesperado por retroceder a lo de antes.

—Estás muy callada —pronunció con la esperanza de que la ladrona quisiera seguirle el juego—. Nunca hemos hablado de si te gustan las películas, ¿o prefieres las series?

La princesa de la muerte, sabiendo que su compañero no podía verla, esbozó una diminuta sonrisa.

—No creo que el hecho de que comparta contigo esa información vaya a cambiarte la vida.

—Te sorprenderías. ¿A quién no le gustaría saber qué hace la ladrona de joyas más buscada cuando no prepara sus golpes maestros? —soltó mientras continuaban por el estrecho sendero—. Te escondes de la policía, pero no de la vida cotidiana. Y todo el mundo tiene un pasatiempo, por pequeño que sea.

—¿Cuál es el tuyo? ¿Qué hace el detective en sus noches libres después de haber fracasado en el intento por atraparla?

Esa vez, la sonrisa apareció en el rostro de Vincent.

—De haber triunfado, dirás. Estoy detrás de ti.

—Lo sé —respondió ella, y se mordió la lengua con rapidez. No quería confesarle que era capaz de reconocer su presencia aun sin verlo—. Pero sigo sin esposas, libre. ¿Ya has pensado en un plan para cuando nuestra tregua llegue a su fin?

En las ocasiones en que la mente traicionera de la ladrona recordaba esas palabras, se remontaba a la primera vez que Vincent se lo había asegurado. La conversación había sido parecida a la que estaban manteniendo en ese instante. «Un pensamiento por otro», había murmurado él, pero, después de que Aurora le hubiera confesado el suyo, el propósito de no tentar a la atracción había puesto el punto final al diálogo.

Con frecuencia, la ladrona de guante negro se imaginaba qué habría pasado si no se hubieran conocido antes del robo del Zafiro de Plata. ¿Qué rumbo habrían tomado las dos vidas tras el primer cruce de sus miradas?

De un momento a otro, ensimismada en ese mundo paralelo al suyo, sintió la caricia de sus grandes manos en los hombros. El detective acababa de impedir que se tropezara y la distancia entre ellos dejó de existir, igual que el tiempo, que se detuvo por un instante.

—Ten cuidado —murmuró haciendo que, sin querer, Aurora inclinara la cabeza de manera leve. El agarre aún no había desaparecido, así que no dudó en dar un paso hacia delante, rompiéndolo, mientras se aclaraba la garganta. Esa cercanía acababa de ponerla nerviosa—. Eres una ladrona bastante patosa, al parecer —dijo él en tono divertido y recuperando la marcha. Se había vuelto a colocar detrás de ella—. No es la primera vez que te salvo.

—¿Quieres que te haga una reverencia mientras te doy las gracias?

El detective se lo pensó durante unos segundos y frenó la respuesta irónica que había estado a punto de soltarle.

—Me conformaría con lo segundo. No recuerdo ni una sola vez que hayas reconocido mi buena voluntad.

La muchacha, alejando la idea de voltearse para enfrentarlo, siguió avanzando mientras contemplaba de tanto en tanto la brújula que sujetaba en la mano; lo último que necesitaban era perderse en una selva inmensa y salvaje porque no habían sabido enfocarse en lo que de verdad importaba. La cueva del Renacimiento de Némesis se encontraba diecinueve grados al norte, pero antes tendrían que cruzar un pasadizo medio inundado de otra cueva que conectaba con la entrada principal; era el único camino accesible, cuya entrada hacía también de salida.

—Te equivocas —respondió ella un instante más tarde—. Sí te he dado las gracias.

—¿Cuándo?

—¿Quieres que te diga el día y la hora exacta o prefieres que te lo explique con dibujitos?

—Si insistes...

—¿Me estás poniendo a prueba, detective Russell? Estaba convencida de que tenías buena memoria —respondió en un tono ligeramente decepcionado, aunque no podía negar que ella también disfrutaba de esas conversaciones—. ¿Qué pasará cuando te confiese algo importante? ¿También lo olvidarás?

—Eres la mujer más reservada que he tenido el placer de conocer; da igual lo que te pregunte, dudo que vayas a responderme con sinceridad, así que no me preocupa.

Aurora aminoró la marcha hasta detenerse y se volteó para encararlo. Ahí, rodeados por el intrigante silencio de la todavía madrugada, observaba la ligera confusión en sus ojos. No se le apreciaba el cansancio, ni siquiera su respiración se había descompasado, aunque le cubría la frente una fina capa de sudor que hacía que se le pegara algún que otro mechón castaño.

—¿Qué quieres saber? —demandó ella.

—¿No me pedirás nada a cambio?

—¿Quieres que lo haga?

Vincent sonrió. Aunque no iba a confesárselo, había echado de menos la peculiar manía que tenía de rebatirle siempre con otra pregunta.

—¿Lo que sea? ¿No hay límites? —quiso saber.

—No voy a contarte nada respecto a mi vida, tampoco datos personales ni nada que puedas utilizar en mi contra. Y olvídate de...

—¿Por qué no me contestaste ayer? —la interrumpió, y supo, por la diminuta reacción, que la ladrona sabía a lo que se estaba refiriendo.

—No lo vi necesario.

—No lo viste necesario —repitió sus mismas palabras, aunque en un tono algo más bajo y lento. Elevó una de las comisuras de la boca mientras se cruzaba de brazos y contempló la fugaz mirada que Aurora acababa de dedicarle al tatuaje que se le dibujaba en el brazo izquierdo—. Además de torpe, también eres mentirosa.

—Es problema tuyo si no quieres creerme. ¿Qué querías que te dijera? ¿Que yo también me moriría si llegara a pasarte algo? No, *amore*. —Las dos últimas palabras, envueltas en un italiano marcado y melodioso, tensaron la mandíbula del detective—. ¿Esa era tu pregunta?

No podía negar que le había salido mal la jugada; sin embargo, lo único que dijo, haciendo énfasis, fue:

—Gracias por aclarármelo.

La entrada al Renacimiento de Némesis no había sido para nada sorprendente: era otra cueva más, como muchas otras.

El encanto, no obstante, se escondía en el interior, como si se tratara de un laberinto en ruinas que conformaba un insólito paraje.

Aurora, unida al detective por una cuerda que los mantenía cerca, no perdía detalle de las rocas desgastadas, algunas de ellas terminadas en pico, mientras marcaba con otra cuerda el recorrido que estaban haciendo; el extremo lo habían atado al tronco de un árbol de la entrada y habían tapado el sobrante entre la maleza y las piedras del riachuelo que salía de la gruta.

Las burbujas de aire manchaban el escenario que iba apareciendo gracias a la potente luz de las linternas. Se movían a una velocidad moderada; los dos pares de ojos atentos a cualquier cavidad inusual o cualquier brillo atípico que pudiera pertenecer a la gema. Lo único que la ladrona deseaba era confiar en que su instinto la advertiría si se topaban por casualidad con la Lágrima de Ángel. Bucear en círculos no era una opción; aunque se mantuvieran a una profundidad constante, el tiempo seguía siendo limitado.

Según los buceadores que se habían atrevido a explorar esa cueva, existían burbujas de aire, un espacio que se encontraba por encima del nivel del agua cada veintidós metros que recorrieran aproximadamente, lo que les había permitido calcular las paradas que deberían realizar para poder conectar otra botella de aire, descansar y reanudar la expedición. La recomendación era no hacer más de tres inmersiones en un día; si no obtenían lo que buscaban, la espera mínima para poder sumergirse de nuevo sería de dieciocho horas en la superficie, o, según Aurora, «un día perdido».

Durante los diez días previos se habían preparado física y mentalmente para la misión y lo último que la ladrona necesitaba era fracasar de manera estrepitosa. Al fin y al cabo, intentaba hacerse con la joya número treinta y nueve, y no quería que su impecable historial tuviera ninguna mancha. Perdería la reputación que le había costado años conseguir.

Continuaron explorando los diferentes pasillos del Renacimiento de Némesis asegurándose de no perder el camino de regreso. El tiempo transcurría sin detenerse y la presión no dejaba de aumentar. Aurora cerró los ojos durante un instante para volver a abrirlos y tratar de enfocar. Si no estaba equivocada, pronto se encontrarían con la primera burbuja... Notó que una ráfaga de oscuridad la envolvía haciendo que una pesadez inusual se le asentase sobre los párpados, aunque solo había durado un segundo, ya que el detective se había encargado de tirar de ella mediante la cuerda que los unía.

La ladrona parpadeó un par de veces volviendo en sí y reanudó el fluido movimiento que había estado ejecutando con las aletas. Había cerrado los ojos sin querer y se odió profundamente por ello. Se suponía que debía estar alerta, pues un solo despiste podría encadenarlos a esa cueva durante días.

Volvió a concentrarse y observó a Vincent un par de metros más allá, toqueteando las paredes rugosas de aquel lugar. No sabían en qué condiciones encontrarían el brazalete, pero deseaba creer que la persona que lo hubiera escondido entendía de joyas. Sin la debida protección, cualquier metal precioso puede debilitarse con el tiempo, llegando a pulirse más de lo debido; la sal causa erosión en los elementos bañados en oro, plata y platino, y las joyas llegan a ser muy frágiles.

Mantenía la esperanza de que la Lágrima de Ángel estuviera en perfectas condiciones; de lo contrario, jamás conocerían la tercera ubicación, y ese pensamiento provocó que un escalofrío le recorriera la espalda. Un gesto que, además, Vincent notó; se detuvo sin vacilar para ver qué sucedía. Se volvió hacia ella y observó la mirada que le devolvía la ladrona. Ella negó con la cabeza, tranquilizándolo, al tiempo que le hacía el gesto que Alfredo les había enseñado para aclarar que todo estaba bien.

Reemprendieron el rumbo por el corredor serpentino, esquivando las crestas de las rocas.

Un par de minutos más tarde iban acercándose a una mancha cristalina mientras dejaban atrás la densa oscuridad que rodeaba la cueva. Él volvió a dedicarle otra mirada a su compañera mientras continuaban avanzando hacia la luz: la cálida invitación a que se adentraran en la burbuja de aire.

Vincent fue el primero en alzarse y no dudó en tenderle una mano para ayudarla a subir por la superficie empinada, aunque no dejaba de pasear la mirada por las paredes donde el agua corría sin detenerse, como si se tratara de una cascada afilada que rodeara todo el perímetro circular. Levantó la cabeza para encontrarse con la sorpresa de que la luz del día bañaba puntos específicos. Los delicados destellos junto a la fauna creaban un espacio singular, único.

—Es… —Aurora trataba de encontrar las palabras mientras admiraba el mismo recorrido que el detective había trazado con los ojos. Se trataba de un paisaje parecido a un bosque encantado, aunque mucho más húmedo. El sonido de las gotas que caían creaba un eco difícil de disimular; lágrimas condenadas a la eterna soledad. De pronto, una idea la salpicó—. ¿Y si está aquí? —sopesó mientras se quitaba las aletas, ignorando el leve mareo que había notado al sentarse tan rápido—. Vincent —lo llamó para sacarlo del trance en el que se había sumido.

Esperó unos segundos para acercarse a ella con cuidado de no resbalarse. Se habían quitado los tanques de la espalda junto con las máscaras de buceo; la luz de las linternas seguía encendida, pues la que se proyectaba desde arriba no era suficiente.

—No lo creo; se supone que es una piedra que nadie ha visto, escondida en una cueva que nadie se atreve a explorar. ¿Qué probabilidades hay de que nosotros la encontremos tras una primera hora de buceo?

Aurora se quedó callada sopesándolo. El primer tanque se encontraba ya en las últimas y solo disponían de otros dos, y aún debían volver.

—Además —continuó Vincent rompiendo el silencio momentáneo—, es el primer pasillo y hay al menos otro cinco, según sabemos. Podríamos echarle un ojo, no te digo que no, pero... —Se quedó callado, pues no era su intención desanimarla—. Sé que quieres acabar esto cuanto antes.

La ladrona no dejaba de mirarlo y observó las gotas que le resbalaban por el rostro. Se había quitado la capucha del traje y en ese instante la sostenía en una mano; se había pasado la otra por el cabello.

—Lo que quiero es encontrar la Lágrima.

Se notaba inquieta; el corazón le latía un poco más rápido de lo habitual, la sensación de haberse imaginado atrapada aún no había desaparecido y la tensión le viajaba desde las facciones de la cara hasta las manos en un cosquilleo molesto. Necesitaba respirar y calmarse; concentrarse en la misión que tenían entre manos.

—¿Estás bien? —preguntó el detective

Pero ella no iba a responder a esa pregunta, así que se limitó a asentir mientras empezaba a tantear las paredes rocosas. Vincent le dedicó una última mirada y no pudo evitar pasarse la lengua por los dientes mientras se daba la vuelta. Aunque le habría gustado que hubiera vuelto a abrirse a él, conocer otro pedacito de su alma, no dijo nada más y se dirigió al lado contrario de donde se encontraba.

En silencio, pero con el eterno ruido de las gotas descendiendo en picado, la ladrona y el detective empezaron a buscar la segunda gema de la Corona. Contaban con el optimismo de encontrarla en algún hueco no muy profundo y apartada del agua salada, como si alguien en su infancia hubiera escondido una caja de los recuerdos en el interior de un tronco vacío para abrirla años más tarde.

Los minutos iban transcurriendo y los resoplidos que acompañaban a su desesperación no dejaban de aumentar, hasta que la voz de Vincent irrumpió por el espacio alertándola.

—Creo que... hay más —dijo mientras observaba con detenimiento un punto fijo en la pared—. Aurora. —Giró la cabeza para verla acercándose a él; la impaciencia brincando en sus ojos verdes—. Si resulta que es una cueva repleta de burbujas de aire... —empezó a decir mientras se apartaba hacia un lado para dejar que contemplara lo que había descubierto: el agujero, del tamaño de una pelota de béisbol, mostraba la existencia de otro espacio similar—. Estamos jodidos —concluyó—. Porque si tu teoría es cierta y...

—¿Cómo pasamos al otro lado? —preguntó interrumpiéndolo. Se enderezó un instante después para encontrárselo con los brazos cruzados y las cejas arqueadas—. Tiene que haber una entrada que dé acceso por otro lado, ¿no? Porque es evidente que por ahí no cabemos.

—Pensaba que el sentido del humor te había abandonado.

—Ya ves que no.

El detective esbozó una sonrisa fugaz y, con las manos en las caderas, visualizó el pasillo de agua y sus gafas de buceo a unos metros.

—Puedo ir a mirar.

—Espera. —Lo detuvo avanzando hacia él, aunque manteniendo la debida distancia—. ¿No quieres que vaya contigo?

—Sigue buscando por aquí. Te vendrá bien descansar un poco, respirar —añadió recordando la conversación que habían mantenido horas antes en medio de la selva mientras empezaba a prepararse—. Mientras buceábamos sentí que perdías fuerza, pero la recuperaste enseguida. ¿Era por el cansancio o por...? —No sabía qué palabras utilizar y tampoco pretendía regañarla—. No te preocupes por mí, ¿vale? No tardaré.

Y sin permitirle decir nada más, entró en el agua. La ladrona de joyas tardó un instante en reaccionar mientras comprendía lo que había querido decir.

«Me importas y espero que en un futuro logres estar bien».

«No lo permitiré».

Cerró los ojos durante un segundo e inspiró hondo para luego soltar el aire despacio, sin apresurarse. Se suponía que se habían limitado a mantener una relación sexual; nada de confesiones ni de palabras que luego no pudiera arrancarse de la mente. Se suponía que Vincent no debía significar nada para ella, pues habían acordado unir fuerzas para un beneficio común, igual que no tendría que importarle lo que le dijera; debía olvidarlo y pasar a la siguiente página. Pero parecía que, desde hacía semanas, Aurora no había dejado de vivir en el mismo capítulo de párrafos eternos y diálogos que le impedían controlar el latir de su propio corazón.

Soltó otro suspiro, igual de profundo que el anterior, y retomó la búsqueda. Los segundos pronto se convirtieron en minutos y no pudo evitar que la mirada se le desviara por donde Vincent se había zambullido.

Él había dicho que no tardaría demasiado.

Sentía que un cosquilleo le recorría la espalda, tensándola, y no dudó en agacharse para comprobar que se hubiera atado a la cuerda. La sostuvo con una mano y dejó escapar el aire al sentirla firme; ni siquiera se dio cuenta de que había estado aguantando la respiración.

Siguió tanteando las paredes mientras recordaba la inscripción en la espalda del ángel: «La destrucción de su mundo llegó con la caída de la segunda lágrima al contemplar los ojos sin vida de la mujer a la que amó».

Deseaba captar alguna pista, algo que no hubiera visto con anterioridad, pero, por más vueltas que le daba, esas palabras habían dejado de serle útiles.

Contempló una vez más la cuerda y fue consciente de la ansiedad que había empezado a sentir desde que el detective había saltado; el sonido de las gotas, que parecía extenderse por el espacio a medida que los minutos seguían pasando con rapidez. Vincent continuaba sin aparecer y Aurora notaba que la soledad empezaría a engullirla, así que no se lo pensó demasiado y empezó a prepararse para sumergirse e ir en su busca. No obstante, frenó en seco al percibir el cuerpo del detective saliendo del agua.

—¿Tanto me has echado de menos? —preguntó él con un aire divertido al verla con las aletas en las manos.

—¿Qué has encontrado? ¿Se puede acceder? —contestó ignorándolo.

—Más o menos. Hay un pasillo a diez metros que conecta con esa bolsa de aire, pero el problema es que es demasiado estrecho para pasar con el tanque, se quedaría encajado, y me parece que ni siquiera podríamos mover los brazos. La parte positiva es que se ve algo de luz en el otro extremo y solo son unos cinco o seis metros por recorrer, a no ser que prefieras continuar y dejar esta burbuja atrás, porque supongo que no has encontrado la Lágrima aquí.

La ladrona contempló que la decepción volvía a aparecer y se quedaba mirándola fijamente. Nada era suficiente, y daba igual cuánto hubieran entrenado, leído o investigado. Veía que, a cada paso que avanzaban, retrocedían cinco más. El tiempo había empezado a escapársele de las manos y desde que habían iniciado la búsqueda había perdido el control que a ella le gustaba tener.

Negó con la cabeza mordiéndose el labio inferior y se abrazó a sí misma cuando sintió otro escalofrío.

—No es una opción.

—No te estoy diciendo que vengas conmigo. Puedo entrar solo.

—¿Para que me preocupe otra vez por ti? —soltó, y se aclaró la garganta con rapidez al darse cuenta de que había hablado de más. Vincent no dejaba de mirarla—. Eres mi compañero, ¿no?

Había intentado disfrazar las palabras con un tono de indiferencia, el mismo que empleaba con su equipo cuando preparaban los golpes. Sin embargo, ni Vincent era ese equipo ni estaban en medio de un atraco.

La mujer volvió a aclararse la garganta.

—¿Cómo es de estrecho? —preguntó ella al ver que el detective seguía con las manos juntas detrás de la espalda—. ¿Podría pasar sujetando el tanque contra el pecho?

—No es un pasadizo recto, Aurora.

La ladrona se mordió el interior de la mejilla y le dio la sensación de que el ruido de las gotas infinitas se había tomado una pausa para que pudiera apreciar su nombre en los labios de él.

Necesitaba concentrarse.

—Habrá que maniobrar —murmuró ella.

—Y ser bastante ágiles.

—¿Cuál es el plan?

—En cuanto acabemos de inspeccionar aquí, pasamos a la otra. Iré yo primero y estaremos atados, como hasta ahora. Tendremos que aguantar la respiración —dijo, e hizo una breve pausa ante la mirada huidiza de ella—. Oye, sé que eres una mujer fuerte y que sigues prefiriendo enfrentarte al mundo tú sola, pero... Necesito asegurarme de que no te pasará nada cuando avancemos por ese pasillo. —Se percató de su intención de hablar, pero no se lo permitió—.

Tira de la cuerda, ¿vale? Has dicho que confiabas en mí, ¿no? Pues confía en que voy a ayudarte si llega a ocurrir algo.

«Porque no lo soportaría».

La ladrona de guante negro no dejaba de mirar al detective; seguía manteniendo una posición rígida y el ceño ligeramente fruncido, serio, como si con aquel gesto pretendiera corroborar que no se trataba de ninguna promesa vacía. «Yo estaré contigo y no te pasará nada». Quería ignorar la presión que había empezado a sentir; cadenas que la rodeaban para que no pudiera escapar, la puerta cerrada con llave, las paredes que empezaban a juntarse despacio eliminando el aire que le restaba...

Cerró los ojos durante un segundo y, cuando volvió a enfocar, dijo:

—Gracias.

El detective, que no había dudado en capturar aquel momento, volvió a asegurarle con la mirada que él estaría ahí, junto a ella.

21

El pasillo que conectaba con la segunda bolsa de aire era más estrecho de lo que Aurora había imaginado. No se trataba de un recorrido recto, sino que serpenteaba moldeándose de la manera más peculiar.

Movía los brazos para no hundirse mientras el detective se aseguraba de que el nudo de la cuerda que los unía no se desharía, y no pudo evitar que la desconfianza volviera a invadirla: a golpes, viajando en círculos dentro de ella. Sostuvo la mirada de Vincent durante varios segundos dejando que un nuevo silencio los rodeara; se sentía incapaz de admitir que, en realidad, deseaba desaparecer de esa cueva en ruinas y regresar a casa, a Milán, para sumergirse en un baño de burbujas y juguetear con la espuma mientras una Sira recelosa se acercaba a la bañera.

Añoraba la tranquilidad, la sensación que le otorgaba tenerlo todo bajo control o cuando se permitía disfrutar de un día cotidiano... Pero el orgullo y la ambición de la ladrona de joyas eran grandes, dos voces que se habían sentado una en cada hombro y que le susurraban al oído, con tono afilado, que ella no era cualquiera y que no debía olvidar el título con el que el mundo entero la conocía.

—¿Estás preparada? —preguntó Vincent, que no había perdido detalle de las facciones de su rostro.

—Sí.

Sin que fuera necesario añadir nada más, y antes de respirar hondo para sumergirse, el detective se tomó el atrevimiento de buscarle la mano para ofrecerle una caricia suave. Todavía recordaba la noche en la que la había encontrado acurrucada en el suelo, con la mirada tan perdida y apagada como en ese instante. No pudo evitar sentirse mal y se lo transmitió con ese simple gesto escondido bajo el agua. A diferencia de lo que él había creído, Aurora no se apartó y mantuvo la unión durante unos segundos más antes de romperla.

Vincent se aclaró la garganta y dijo:

—Te veo en el otro lado.

—Ha sonado como si fuéramos a morir.

Lo que para la ladrona había sido una broma inofensiva, para el detective había supuesto lo contrario, y eso se reflejó en la mirada que le había dedicado.

—Me refería a... Ninguno de los dos vamos a morir, no digas estupideces.

—¿Es una orden?

—Una que no permitiré que discutas, así que en marcha.

Sin embargo, ninguno de los dos se movió.

«Porque no lo soportaría».

No dejaban de mirarse y transcurrieron unos segundos hasta que el detective, tras haberse colocado las gafas, se adueñó de todo el aire que era capaz de retener. Igual que ella, que empezó a notar el suave movimiento de la cuerda al tirar de sí.

Con la luz de las linternas iluminando el angosto camino, la ladrona de joyas trató de reunir toda la fuerza de la que disponía para olvidarse de aquella sensación claustrofóbica. Necesitaba estar tranquila y no malgastar oxígeno, pues en aquel momento era lo único de lo que dependía.

Había practicado durante días; en el agua y rodeada por la inmensidad del océano no dejaba de batir sus propias marcas. Una vez había llegado a aguantar tres minutos y medio, más de lo que nunca se habría imaginado, así que en esa ocasión no tenía por qué ser diferente, salvo... Intentó concentrarse de nuevo y recurrir a la imaginación, obligándose a pensar que las curvas por las que avanzaba pertenecían al mismo recorrido de la visita que habían hecho al barco naufragado. Tenía que escapar de ese pensamiento que la empujaba a creer que de un momento a otro se quedaría atascada, pero esas paredes... Aunque estuvieran cubiertas de rocas desgastadas, no dejaban de ser paredes.

El corazón empezó a bombearle con más fuerza; de pronto, solo era capaz de ver los recuerdos que iban apareciendo con rapidez, en los que se veía a sí misma mientras la lanzaban a los brazos de ese encierro repleto de oscuridad. Dejó escapar sin querer otras pocas burbujas de aire. Podía hacerlo, solo... Necesitaba concentrarse e ignorar la sensación que ese diminuto espacio le generaba, como si estuviera estrujándole el pecho. El sonido de los latidos retumbaba en su interior y la rodeaba. Notaba las vibraciones; más y más latidos, más burbujas que le impedían continuar.

La cuerda.

¿Dónde estaba la cuerda que los unía?

Más burbujas. Más latidos. Más recuerdos. Las mismas paredes que la habían encerrado y que ahora volvían a hacerlo.

¿Cuántos segundos habían transcurrido? Notaba la eternidad acechándola como si se tratara de un depredador que fuera a por su presa. Tenía que escapar de ahí, pero se estaba quedando sin aire; el corazón había empezado a latirle más despacio, ya no tronaba sobre la rugosa superficie, sino que lo percibía como una caricia delicada sobre los párpados. El sueño había empezado a llamarla en forma de eco y no se percató de que ya había cerrado los ojos para darle la bienvenida.

El ruido había empezado a silenciarse y ya no había rastro de las burbujas de aire. De pronto, sentía la calidez del sol rozándole las mejillas mientras la suave brisa jugueteaba con sus mechones negros y los alborotaba. Estaba en la playa y, de fondo, escondida en medio del verde paisaje, había una casa blanca de ventanales amplios.

Alguien le decía que se tumbara en la arena, a su lado. Esbozó una sonrisa, pero cuando dio un paso hacia delante, se detuvo al notar una fuerza extraña presionándole el pecho una y otra vez, sin detenerse, como si estuviera acariciándole el corazón para despertarlo y que ella al fin abriera los ojos.

Esa caricia no tardó en subir hacia los labios, aunque no se los rodeaba con suavidad, sino que...

—Vamos, Aurora, joder. —Vincent, con las dos manos sobre su pecho, intentaba reanimarla y darle el aire que ella había perdido en el interior del estrecho túnel—. Por favor, no te vayas. —Percibía su propio miedo reflejado en esa súplica desgarradora—. Por favor...

Cuando volvió a sumergirse ni siquiera le importó la falta de aliento al darse cuenta de que ella aún seguía bajo el agua; tampoco lo hacía en ese instante. Le daba igual la extraña vibración que le recorría los músculos, además de los latidos apresurados que le hacían creer que se quedaría sin corazón. No quería aceptar que el pulso de Aurora se hubiera ido y continuó con la precisa aunque desesperada maniobra por devolverla a la vida. No le importaba la fatiga, tampoco el leve mareo que lo envolvía; lo único que necesitaba era que esa mujer exasperante, terca y de mirada esmeralda abriera los ojos.

«¿Por qué?».

Una pregunta que apareció de la nada, como un destello, y que le hizo fruncir el ceño mientras volvía a inclinarse hasta sus labios para repetir el boca a boca. Se lo había dicho, le había asegurado que ninguno de los dos moriría...

No podía ni quería rendirse. Se negaba a aceptar que el fin de Aurora hubiera llegado.

«¿Por qué?».

Ignoró de nuevo esa pregunta mientras seguía con las compresiones. Tenía que abrir los ojos, regresar a él; su corazón debía volver a funcionar y latir junto al suyo. ¿Por qué seguía sin mostrar señales de vida? ¿Por qué no reaccionaba? Había perdido la cuenta de cuántos segundos habían transcurrido y si esos segundos se habían vuelto minutos.

De repente, al ver que la ladrona empezaba a toser con fuerza, una oleada de alivio reemplazó cualquier rastro de miedo. Viva. Estaba viva. Había regresado. El detective no podía pensar en nada más y la estrechó contra su pecho mientras le permitía expulsar el agua de su interior. Ni siquiera se había percatado de que él también había estado aguantando la respiración, tenso, al creer que la perdía.

—Vuelve a asustarme así y...

Se quedó callado cuando vio que se le acurrucaba de manera sutil en el hueco del cuello, al apreciar la pequeña caricia de su nariz, que aspiraba profundamente para tranquilizarse. Afianzó el agarre alrededor de su cuerpo mientras dejaban que la sensación de alivio los meciera.

Se mantuvieron en esa posición durante varios minutos.

—¿Regreso de la muerte y lo primero que haces es regañarme? —susurró ella, los labios acariciándole la piel del cuello. Antes de que el detective refutara el comentario, añadió—: Gracias por... salvarme.

Los brazos de Vincent se tensaron por un instante.

—¿Qué ha pasado?

—Había empezado bien, traté de no pensar, pero... Cerré

los ojos y entonces las burbujas... El aire se me escapaba, no lograba enfocar bien y esas imágenes no dejaban de aparecer.

—Tendría que haberte obligado a quedarte fuera.

—No te habría servido de nada.

—Mierda, Aurora; sé razonable, joder. —Había sonado más brusco de lo que pretendía; la sensación no desaparecía, el recuerdo de ella encajada en el túnel todavía seguía ahí, perforándole el pecho. Después de haber soltado un suspiro, añadió—: No respirabas —declaró con la voz rota—. Has estado... Ni siquiera sé cuántos minutos has estado con los ojos cerrados; pálida, sin mostrar señales de vida. ¿Y todo por una joya? Vives en un mundo que no entiende de ética y en el que cualquiera podría rebelarse y pegarte un tiro en la frente. ¿De verdad vale la pena? Porque un día acabará contigo, y lo sabes.

La ladrona de joyas, que había apoyado la mano sobre su pecho, se quedó callada. Aún respiraba con calma, inhalaciones profundas que dejaba escapar con suavidad mientras oía que el latido del detective volvía a su ritmo normal, además del incansable goteo que llenaba el vacío. Arrastrando los ojos de manera leve, contempló el espacio que los rodeaba; era bastante similar al anterior.

«¿De verdad vale la pena?».

—Es lo que soy. —Otro susurro, aunque reflejaba un matiz mucho más triste, más perdido; la voz de una niña que no lograba encontrar a su madre—. Y no sé cómo cambiar eso ni si me gustaría hacerlo... Llevo metida en este mundo desde que tengo uso de razón, no conozco otro estilo de vida porque las joyas nunca dejan de llamarme. Me gusta la adrenalina y tentar al peligro, me gusta sujetar un arma y desafiar a la policía, me gustan las persecuciones y reírme de las teorías que el mundo se inventa. Giovanni me recogió de ese orfanato a los diez años y llevo catorce a su lado. Me ha enseñado todo lo que sé y su educación no ha sido precisamente ejemplar. Él no me regalaba juguetes, sino armas; las muñecas que me compraba servían para enseñarme en qué puntos podía desestabilizar al oponente. Me ha modelado a su gusto, me ha entrenado para ser... —Se detuvo y soltó un suspiro—. Me aprecia y me trata como si aún fuera su pequeña princesa, pero ambos sabemos que él no es mi padre, sino el jefe de la organización a la que pertenezco, la que me ha acogido y protegido. Soy su ladrona y a Giovanni le encanta sentirse superior al resto. Aunque quisiera irme, no me dejaría hacerlo, porque nunca dejaré de serle valiosa.

El detective la había escuchado con atención, todavía sorprendido, pues era la primera vez que Aurora decidía compartir con él una pequeña parte de su vida.

—Tú no eres de nadie —respondió, aunque supiera cómo funcionaban las organizaciones criminales; una vez que alguien entraba, era prácticamente imposible salir de ahí con vida—. Y a ese hombre no le debes nada. Casi mueres. El corazón no te latía, no respirabas... ¿Qué compensa un riesgo así? —soltó, aunque la realidad fuera que esa pregunta escondía lo que habría deseado decirle: que no se le ocurriera irse de nuevo, que no dejara este mundo antes de tiempo.

—Ya te lo he dicho: las joyas me llaman. —Poco a poco, el contacto fue desapareciendo, sobre todo cuando comprendió que había hablado demasiado. La ladrona alzó la cabeza para encontrarse con una imagen que la paralizó—. ¿Has visto eso?

—¿Quieres ir más despacio? Te recuerdo que has estado en parada —la regañó al ver que se levantaba dando la conversación por terminada.

Cuando el detective la sacó del agua para dejarla en una superficie lo bastante llana y practicarle la RCP, ni siquiera se molestó en reparar en la figura que se encontraba a sus espaldas. Parcialmente encastrado entre las rocas se encontraba un esqueleto que había empezado a formar parte de la cueva. La flora submarina se lo comía y lo convertía en el hogar de múltiples especies. Pero lo que más les había impactado era la pequeña caja que sujetaba entre las manos huecas.

—¿Estás seguro de que el agujero conducía hacia aquí? —preguntó Aurora mientras se acercaban.

Vincent empezó a dudar. Al fin y al cabo, se trataba de una cueva salvaje que no se había explorado del todo. Aunque contara con una buena orientación, en aquel momento no estaba seguro de nada.

—Haz los honores —murmuró una vez que se detuvieron delante. Aurora se agachó despacio y, con las manos desnudas, empezó a separar la caja recubierta por los pequeños corales que se habían incrustado con el paso del tiempo—. ¿Y si es el joyero? El que escondió las piedras. Pero, si esta es la segunda, entonces la tercera...

La mirada del detective empezó vagar por la bolsa de aire, que era un poco más pequeña que la otra. Entonces, trató de buscar el agujero por el que había mirado antes, pero las paredes estaban selladas y no existía ninguna luz natural. Debían de haberse desviado al intentar sacar a Aurora del pasadizo inundado, porque ese espacio era diferente; se respiraba un misterio inusual, un peligro latente que les advertía de que tuvieran cuidado si no querían acabar como su invitado de honor.

Ignorando el pensamiento, observó de nuevo a la ladrona, que trataba de abrir la caja mientras pensaba que solo había dos posibilidades: que el brazalete estuviera en el interior o no. Se agachó junto a ella solo para contemplar cómo, segundos más tarde, la abría para que un brillo como ningún otro quedara expuesto delante de ellos.

Acababan de encontrar el segundo elemento de la Corona de las Tres Gemas; el topacio protagonista rodeado por un sinfín de piedras más pequeñas. La estructura de oro no hacía más que incrementar los miles de destellos que habían quedado atrapados durante décadas, condenados a una vida de completa oscuridad, pero que Aurora se había encargado de traer a la luz de nuevo.

La ladrona de guante negro acercó el brazalete para contemplar el tamaño de la gema y compararlo con la imagen que se había hecho en la cabeza. Prácticamente iguales, aunque con una notable diferencia que las hacía únicas; el color que la Lágrima de Ángel desprendía era sutilmente más cálido que el del Zafiro de Plata.

—Es como permitirle a un niño la entrada a una tienda de caramelos —murmuró él a su lado.

Pero la muchacha no tenía ojos para nada más, pues ni siquiera lo había escuchado, y no se lo pensó dos veces cuando se deslizó el brazalete por la muñeca.

—Es… —empezó a decir, pero no era capaz de encontrar ningún adjetivo digno de la joya que había estado escondida durante tanto tiempo. Era una completa maravilla, sobre todo por la decoración, que parecía propia de una delicada pieza de encaje, aunque con diminutos topacios blancos incrustados—. La hemos encontrado —dijo sin acabar de creérselo—. Después de estar semanas buscándola… —La sonrisa no había desaparecido desde el instante en el que había posado la mirada sobre la joya—. Mira.

Vincent imitó su gesto sin poder evitarlo al contemplar la ternura que desprendía; una niña feliz que le enseñaba el chocolate que acababa de conseguir de la estantería más alta. La emoción que estaba sintiendo era innegable y esas dos esmeraldas que tenía por ojos lo confirmaban: habían vuelto a brillar después de que su corazón hubiera empezado a latir otra vez.

—Tenemos que volver —cortó él, y Aurora soltó un suspiro; sabía lo que significaba aquello—. Descansaremos un rato más y luego nos pondremos en marcha. Nos espera un camino largo. —La ladrona no dejaba de contemplar el brazalete en su muñeca, aunque no tardó en colocarlo en un recipiente hermético que había llevado consigo—. Tendría que verte un doctor, además.

—Estoy bien.

—Aurora.

—Estoy bien —repitió, más seria, y sus miradas volvieron a chocar—. No es necesario que me vea nadie.

—Si hemos salido de un país y entrado con documentación falsa en otro, no veo el problema en acudir a un médico —aseguró mientras observaba que dejaba salir otro suspiro cansado, dispuesta a rebatirlo de nuevo—. Dios, eres imposible.

—Habló. —A Vincent se le escapó una diminuta sonrisa mientras apreciaba el movimiento de sus labios.

—Pobre del doctor que tenga que verte.

—Y después la terca soy yo.

—Es que lo eres. Pero vas a ir al médico y vas a dejar que te examinen.

La ladrona se mordió el interior de la mejilla mientras se cruzaba de brazos. A pesar de la evidente discusión, podía notar el tinte divertido que los acompañaba. De hecho, estaba segura de que el detective también lo estaba percibiendo.

—Muy bien —aceptó—. Iré.

—Bien. Y para la próxima haz lo que te digo y tira de la cuerda, no quiero volver a pasar por lo mismo.

«Porque no lo soportaría».

Ella no contestó, pero tampoco apartó la mirada hasta segundos más tarde para contemplar el brazalete guardado en la caja. Lo que importaba en aquel momento era que habían conseguido la Lágrima de Ángel.

22

Pasaron varias horas hasta que la ladrona y el detective se reencontraron con la cálida noche; el cielo estaba repleto de estrellas, unas más brillantes que otras, y la banda sonora de la selva les daba la bienvenida.

Estaban agotados, consumidos por el cansancio y la falta de aire. Aun así, sabían que debían hacer un último esfuerzo para encender un fuego y montar la pequeña tienda de campaña que ya habían contemplado llevar con ellos. Conocían los peligros propios del entorno, sobre todo cuando la noche acechaba, por lo que habían escondido varios suministros antes de la inmersión, además de las armas.

Partirían antes de que el sol despertara, recorrerían el mismo camino que los había llevado hasta el Renacimiento de Némesis y llegarían al hotel para iniciar el viaje de vuelta. Tras casi un mes desde su llegada, habían completado la misión; el siguiente paso consistiría en encontrar la tercera gema de la Corona, cuyo nombre y forma todavía desconocían.

—¿Me crees si te digo que caeré redondo nada más cerrar los ojos? —soltó Vincent casi suspirando; se notaba sin fuerzas, incluso hablar le suponía un esfuerzo colosal.

No se habían movido demasiado; de hecho, continuaban en el interior de la cueva, aunque en la zona seca, lugar que habían escogido para montar la tienda en la que ambos dormirían. Se suponía que habían comprado una con capacidad para dos personas, pero cuando terminaron de ajustarla se dieron cuenta de que era un poco más pequeña de lo que el dependiente les había asegurado.

Se alejaron un par de metros para contemplarla mientras el fuego crepitaba con suavidad.

—No es la primera vez que dormimos pegados. —El detective se encargó de romper el silencio—. Y solo serán unas horas —continuó diciendo sin entender por qué trataba de justificarlo.

Daba igual que hubieran compartido cama o que se hubieran entregado no una, sino tres veces a la atracción que se respiraba entre ellos; no importaba el centenar de miradas que se habían dedicado durante las últimas semanas, que alimentaba la tensión existente, ni que en ocasiones hubieran roto la rígida distancia.

Nada de eso importaba cuando la incomodidad seguía haciendo acto de presencia cada vez que se enfrentaban a un escenario similar.

Pero antes de que la ladrona pudiera responder, captó un sonido que hizo que dirigiera la mirada hacia el posible origen. Quería pensar que se trataba de algún animal, aunque esperaba que fuera uno inofensivo. Sin embargo, cuando el ruido volvió, alertando también al detective, no tardaron en llevarse la mano a sus respectivas armas.

Sin pronunciar una palabra, e indecisa por si apagar el fuego o no, Aurora trató de aguzar el oído mientras observaba la zona tranquila y despejada; la luna dominante en el cielo desprendía suaves rayos de luz, pero no los suficientes para distinguir el origen de ese ruido, que ya había desaparecido. Intentaba convencerse de que la propia naturaleza les estaba jugando una mala pasada, pero el mal presentimiento volvió. Era improbable que Smirnov hubiera dado con ellos; habían cuidado sus pasos y hecho todo lo posible por mantenerse invisibles.

Tras largos segundos de completa incertidumbre, decidió avanzar hacia ese punto. Error. El cielo se estremeció de un segundo a otro y las hojas de los árboles se agitaron con violencia. Aurora permaneció inmóvil, asustada, y notó que el corazón se le aceleraba mientras el eco del disparo seguía latente. Primer aviso. Alguien había apretado el gatillo; una pequeña advertencia para que permaneciera en su sitio, aunque eso a la ladrona no le impidió desenfundar la pistola y apuntar hacia la oscuridad.

Vincent, en posición de ataque, se acercó despacio a ella mientras docenas de preguntas lo asaltaban sin descanso: ¿cómo los habían encontrado?, ¿habrían descubierto el engaño de la falsificación? Su padre..., ¿lo habrían herido para hacerse con el cofre? No tenía respuesta para aquellas dudas. Quiso romper el silencio y exigir al intruso que se dejara ver, pero la voz desconocida no tardó en hacer los honores dejando escapar un sonido burlesco, una risa suave que evidenciaba que habían acorralado a la ladrona y al detective.

—*Добрый вечер*. —El desprecio brillaba en el «buenas noches» que Sasha pronunció en su idioma natal. Sonreía con prepotencia mientras se acercaba con el arma en alto y se detenía a unos metros. Los tres hombres que aparecieron detrás de él asían las suyas con firmeza—. He de reconocer que me ha costado media vida encontraros, pero quien la sigue la consigue, ¿no? Ha sido bastante divertido jugar al escondite, aunque me temo que la partida acaba de llegar a su fin.

—Sasha. —La ladrona se adelantó a su compañero, pues Vincent no escondía su deseo de enfrentarse a él—.

¿Dmitrii te ha aflojado la correa? Qué extraño, no es propio de él. Pensaba que me daría la sorpresa en persona. Dime, ¿a qué le debo el gusto de tu visita?

Esa pregunta no escondía nada más que un primer intento por averiguar qué sabían los rusos; no podía ser casualidad que los hubieran interceptado después de salir de la cueva y tampoco que lo hubiera hecho Sasha, el hombre más fiel que tenían los Smirnov. A Aurora poco le importaba estar agotada y hambrienta; no dejaría que le quitaran la segunda gema, por la que incluso había arriesgado la vida.

—Lamento decirte que será una visita breve, *принцесса*.

La ladrona sabía que la mención de ese apodo, el que Giovanni siempre usaba, no había tenido otro propósito que burlarse de ella, como había hecho Dmitrii la noche en la que habían rescatado a Sira. Sin embargo, no bajaría la barbilla ante ese intento patético; tampoco la pistola, que seguía sujetando en dirección a su frente. Vincent tampoco se había quedado atrás: empuñaba una en cada mano, apuntando a dos objetivos diferentes. Quedaba una diana libre y Aurora no dudaría en clavarle un cuchillo a la mínima sospecha.

—Es una pena que no te haya dado unas vacaciones más largas; podríamos haber mantenido esta conversación en algún lugar más agradable. —La voz de Aurora era una clara combinación de seducción, burla y desinterés.

—¿Ibas a invitarme a un trago? —preguntó riéndose, y de pronto le pareció buena idea jugar con el peligro—. Tu amiga, la rubita, te manda recuerdos; ha sido ella quien te ha encontrado, y déjame decirte que no ha descansado hasta dar contigo.

La ladrona dejó escapar el aire por la nariz, despacio; veía rojo cada vez que la imagen de Nina aparecía o cuando oía su nombre, pues el recuerdo de su traición se presentaba como una tormenta de verano: intensa, rápida, una batalla entre el frío y el calor. A pesar del sentimiento que le generaba, mantuvo el control, sobre todo por la rápida mirada que el detective le había dirigido.

—No esperaba menos —respondió la ladrona con sorna—. Pero no estábamos hablando de ella, sino del motivo de tu inesperada visita.

—Seguro que te haces una idea.

—Ilumíname.

El silencio reverberó en el bosque, marcado por la tensión, aunque Sasha no tardó en cortarlo:

—Dame el cofre...

La ladrona curvó los labios en una media sonrisa. Había dicho «cofre»; ni «gema» ni «segunda piedra»; tampoco había mencionado el Zafiro de Plata, sino «cofre».

—¿O qué? —lo desafió, interrumpiéndolo, y pudo apreciar la mueca que evidenciaba su descontento—. Llevo años tratando con escoria como tú; o me disparas o la opción que te queda es llevarnos ante Smirnov —continuó diciendo, y apareció una sonrisa nueva—. Aunque... Ese es el plan, ¿no? Porque no sois tan estúpidos como para creer que voy a tener el cofre conmigo, y me imagino que estarás deseando divertirte con él —aseguró mientras señalaba con la cabeza a Vincent, quien frunció el ceño pero optó por no decir nada—. Es un poli, al fin y al cabo. ¿A quién no le gustaría desquitarse con la ley? O tal vez conmigo. *Скажи мне, дорогая* —acarició el idioma con la habilidad suficiente como para haberlo trastocado aunque hubiera sido de manera sutil. Estaba segura de que el «dime, querido» no le había pasado inadvertido—, ¿no te gustaría divertirte conmigo?

El detective apretó la mandíbula ante su sarcasmo y no pudo evitar afianzar el agarre en ambas pistolas al oír la carcajada del ruso.

—¿Me estás pidiendo una noche? Quién me lo iba a decir.

—No te está pidiendo una mierda —soltó Vincent sin pensar.

Sasha dirigió el arma hacia él.

—Estoy empezando a cansarme, princesa —dijo, aunque tuviera la mirada puesta en la de Vincent—, y no puedo irme con las manos vacías. Bajad las putas armas o tu novio acabará con una bala en la frente; por lo visto, se ha puesto celoso, ¿o me equivoco, gran detective?

Vincent quiso responder; sin embargo, Aurora lo interrumpió de nuevo y descendió para dejar el arma en el suelo y alzar las dos manos en señal de rendición. Observó la confusión en el rostro del ruso, la misma que reflejaba el detective.

—¿De verdad piensas que su vida me importa? —preguntó ella—. Como si quieres acabar con él aquí y ahora, aunque no sería un movimiento muy inteligente...

—¿Ah, no? ¿Y eso por qué?

Aurora no perdía la oportunidad de seguir avanzando; con las manos desnudas, en alto, le demostraba a Sasha que había asumido una posición de inferioridad. Y solo cuando estuvo lo bastante cerca dijo:

—Porque su padre es quien custodia el cofre —aseguró, y, aunque se encontrara de espaldas al detective, había sentido su mirada; pequeñas agujas cargadas de rabia y de miedo porque acababa de poner en peligro a Thomas—. ¿Vas a arriesgarte a hacerle daño? Mátalo y os quedaréis sin tesoro.

Vincent tragó saliva, nervioso, sin saber cómo debía proceder. No se lo esperaba, aunque deseaba creer que formaba parte de alguna improvisación. Quería confiar en ella, lo hacía, pero no podía esconder la corriente de histeria a la que lo había arrojado, sobre todo porque estaban en desventaja: cuatro contra dos, con la diferencia, además, de que ellos acababan de hacer una inmersión que los había dejado sin fuerzas.

Decidió mantener la calma mientras volvía a prestar atención. De repente, Aurora se encontraba demasiado cerca del rostro de ese tipo y volvió a sentir esa extraña calidez recorriéndole el pecho; una sensación que lo quemaba, que le dolía, parecida a cuando la había visto bailar con alguien distinto de él, la misma sensación de unos segundos atrás. «Un poco celoso», había dicho el ruso, pero los celos implicaban un sentimiento que él no quería experimentar, o admitir, quizá.

—Me decepcionas —pronunció Sasha enseguida, provocando que el detective volviera a pisar tierra firme—. Tú, siendo una ladrona inteligente, ¿has permitido que te lo quiten? Pensaba que eras más lista.

—Nunca me ha pertenecido —confesó mientras continuaba con la mirada en Sasha; el aliento de su boca rozando el suyo—. ¿Quieres saber por qué? —Ninguno de los dos, ni siquiera Vincent, se había dado cuenta de que Aurora había bajado las manos. Elevó la comisura de los labios, una diminuta sonrisa cuya intención siempre había sido la de jugar con él mientras eliminaba la distancia—. Thomas Russell es quien va detrás de las gemas, quien ha ideado el plan para recuperar la primera...

—¿Qué cojones estás diciendo? —protestó Sasha.

—¿No lo sabías? —siseó deleitándose con la confusión de su voz—. Lo que trato de decir es... —Hizo una pausa larga sin dejar de contemplar sus ojos, igualmente desconcertados—. *Benvenuto all'inferno.*

El hombre de confianza de Dmitrii Smirnov ni siquiera fue capaz de reaccionar cuando sintió la rápida caricia de la hoja afilada en el cuello; sin ningún atisbo de duda, sin vacilar lo más mínimo, la ladrona había ido directa a la yugular para a continuación escudarse con el cuerpo de Sasha de la bala que el hombre que se encontraba a su derecha había disparado.

El detective tampoco dudó y, antes de que el cuerpo se hubiera desplomado contra el suelo lleno de tierra, disparó en la pierna del hombre que había apretado el gatillo. La ladrona se ocupaba del siguiente y no le resultó muy difícil desarmarlo para arrancarle la vida un segundo más tarde. Faltaba uno, que se encontraba cerca de Vincent; este había querido pillarlo desprevenido, pero la rápida reacción del detective siempre había sido de envidiar y lo esquivó justo a tiempo para golpearlo en la nuca.

Los cuatro hombres, que habían aparecido por sorpresa y habían asegurado que no regresarían con las manos vacías, yacían inconscientes en el suelo; todos en circunstancias críticas, a las puertas de la muerte y con las manos manchadas con su propia sangre. La ladrona de guante negro caminaba despacio entre ellos. Sasha había dejado de presionarse el cuello y no mostraba señales de vida; el hombre al que ella había desarmado acababa de soltar su último aliento; el del golpe en la nuca empezaba a recobrar la consciencia, pero la ladrona apretó el gatillo que le apuntaba a la cabeza sin titubear. El último, a quien Vincent había disparado en la pierna, se lamentaba a unos metros. Aurora repitió la maniobra una vez más para asegurarse de haber acabado con todos.

Entonces, los árboles dejaron de temblar y el silencio, un poco más denso que de costumbre, reinó de nuevo, como si nada hubiera pasado.

La princesa de la muerte comprobó, por segunda vez consecutiva, que las cortinas estuvieran bien cerradas. No quería arriesgarse a que los descubrieran, pues, si bien se había encargado de enfriar la amenaza, dudaba de haberla eliminado por completo.

Había cometido el error de no preguntarle a Sasha cuántos eran en realidad; sin embargo, la tranquilizaba saber que se habían librado de la emboscada, aunque el plan de escape traería unas consecuencias adversas que les impedirían, por el momento, continuar con la búsqueda de la tercera gema, pues estaba convencida de que Dmitrii Smirnov respondería con la artillería pesada en cuanto descubriera lo ocurrido.

Después de haberse encargado de esconder los cuerpos sin vida, no habían dudado en recoger sus pertenencias para abandonar Yasica Arriba cuanto antes. Les había dado igual deambular por la selva oscura; también el cansancio y el hambre que sentían. A Aurora no le importaban en absoluto las gotas de sangre que le habían manchado el rostro. Se las había limpiado de cualquier manera tras percatarse de que el detective no había dejado de observarla en silencio.

Era el mismo silencio que los había acompañado durante el trayecto de Puerto Plata hacia el sur del país, pues en el instante en el que se habían adentrado en la habitación del hotel, Aurora había hecho la llamada para que el *capo* de la Stella Nera diera la orden de organizar el viaje de vuelta. Una hora después ya tenían los billetes, junto con la documentación necesaria, y solo hizo falta otra hora más para que ambos se encontraran alojados en un hostal que habían encontrado por el camino y que pasaba lo bastante inadvertido para que pudieran esconderse esa noche; en realidad, para las pocas horas que faltaban para el amanecer.

Con la luz apagada, y después de haber protagonizado una cena incómoda, Aurora dejó escapar un largo suspiro mientras se giraba para darle la espalda al detective. Cerró los ojos un instante, dejando que la pesadez de su propio cuerpo la hundiera un poco más en la cama; ni siquiera sentía las extremidades más allá del leve cosquilleo que la recorría.

Nunca había experimentado tal nivel de cansancio; lo único que deseaba era dormir cuanto pudiera hasta que los primeros rayos del sol se encargaran de despertarla para recordarle que el viaje aún no había acabado. «El viaje a casa», susurró la vocecilla en su mente en un patético intento de brindarle calidez, aunque la ladrona se limitó a ignorarla mientras notaba que el sueño iba apoderándose de ella a cada segundo que pasaba.

Hasta que percibió la frágil caricia de sus dedos sobre el brazo desnudo. Aurora no hizo un solo movimiento y esperó a que Vincent le dijera lo que sabía que llevaba horas guardando.

—¿Estás despierta? —preguntó en un susurro. La caricia había desaparecido y Aurora respondió con un sonido perezoso para indicarle que sí, pero las palabras no llegaron hasta segundos más tarde—: La próxima vez que quieras utilizar a mi padre como cebo me gustaría saberlo antes.

—Improvisé con lo que tenía. Y Sasha y sus hombres iban a morir igual.

—Es mi padre.

Aquella alegación bastó para que la ladrona decidiera encararlo.

—Lo sé —contestó ella. Era capaz de apreciar en la inexistente iluminación de la habitación el rostro serio del detective—. ¿Qué pensabas que iba a pasar? Nos habían descubierto y no podía dejar que nos atraparan.

—Me has sorprendido, eso es todo.

—¿Por la sangre que me ha salpicado? —Vincent no contestó, por lo que la muchacha supo que el problema, más allá de la confesión sobre su padre, radicaba en ese aspecto—. Pensaba que lo sabías; no soy una blanca paloma y siempre haré lo que sea necesario para protegerme, así tenga que llevarme por delante a todo aquel que se cruce en mi camino.

A él no extrañó la respuesta; ya lo suponía, tampoco había que ser muy inteligente para darse cuenta de las capacidades de la ladrona, entre ellas la habilidad de acabar con su enemigo sin pestañear, ya que ni siquiera le había temblado el pulso a la hora de rajarle el cuello a un tipo que le sacaba cerca de dos cabezas.

«Me gusta la adrenalina y tentar al peligro».

Sin poder evitarlo, se preguntó cuántas vidas habría arrebatado a lo largo de su existencia. Aunque tratara de ignorarlo, no podía frenar ese pensamiento: Aurora con las manos manchadas de rojo y una vil sonrisa dibujada en su hermoso rostro salpicado por esas mismas gotas de sangre.

—¿Lo disfrutas? —se atrevió a preguntar mientras recordaba el episodio en la selva: había sido ella quien había acabado de rematarlos.

—¿Matar? —Aunque Aurora supiera que se había referido a eso, esperó hasta apreciar el movimiento afirmativo de su cabeza—. ¿Por qué piensas que lo disfruto?

—Porque así me lo ha parecido.

—¿Y qué pasaría si te dijera que sí?

Silencio.

Vincent no era capaz de contestar, por lo que ella no dudó en añadir:

—¿Te alejarías de mí?

—¿Qué más da eso? —contestó él tenso—. Tendré que hacerlo de todos modos cuando llegue el momento.

—Parece como si te doliera pensar en ello.

—No me duele.

Esa vez fue la ladrona la que se quedó callada mientras Vincent trataba de esconder, en el hueco más profundo que había podido encontrar, las palabras que se le agolpaban en la garganta, pugnando por salir y admitirlo en voz alta: no le dolía pensar en el momento en que sus caminos tuvieran que separarse cuando la tregua llegara a su fin; en realidad ese pensamiento lo quemaba. Y lo peor de todo era que empezaba a entender el porqué.

—Buenas noches, detective Russell —susurró ella más tarde.

Y solo había bastado la mención a su cargo para que la incertidumbre que le generaba pensar en el futuro volviera a eliminar cualquier esperanza.

23

Daba igual el número de veces que Vincent se plantara en medio de un aeropuerto; la idea de subirse a un avión todavía lo aterraba y no encontró mejor solución que la de ir a por un café cargado y espolvoreado generosamente con canela para que le despejara el malestar. O que, por lo menos, lo intentara.

La ladrona de joyas, que esperaba a que se reuniera con ella en la fila para embarcar, apreciaba ese nerviosismo desde la distancia: se reflejaba en la suela de su zapato, que repiqueteaba sin descanso, y en la rigidez de los músculos, debido a que se mantenía cruzado de brazos. De pronto, se remontó al momento anterior al despegue durante el vuelo de ida.

«Dame la mano», le había pedido en un susurro cargado de súplica dejando caer la palma descubierta sobre su regazo. La tímida caricia de sus nudillos había conseguido que a Aurora se le paralizara la respiración durante un momento fugaz.

A pesar de su miedo, no había dudado en acompañarla pausando su vida en Nueva York durante tres semanas, y lo había hecho solo por ella. Aunque la ladrona no pensaba admitírselo en un futuro cercano, lo agradecía porque...

En aquel instante un ligero escalofrío la recorrió al recordar su encuentro con la muerte. Vincent la había salvado, había conseguido que su corazón volviera a latir... La había estrechado con fuerza entre sus brazos, dejando que se escondiera en el hueco de su cuello.

La había salvado cuando podría haberla dejado ahí para que el mundo se olvidara de ella, lo que habría supuesto un triunfo para el cuerpo policial. Pero Vincent nunca dejaría de ser un agente de la ley y protegería, ante todo, la vida humana. Él mismo se lo había asegurado en el primer enfrentamiento que ambos habían protagonizado bajo la escasa luz de la luna menguante:

«¿Quieres matarme, Vincent?».

«Sí».

«¿Y por qué no lo haces?».

«Porque la muerte siempre es el camino fácil. Prefiero ver cómo te pudres entre rejas».

Pero ¿y si existiera otra razón? Algún otro motivo que no estuviera relacionado con ser el héroe de la historia.

Aurora sabía que el detective era capaz de apretar el gatillo, aunque sin dirigir la pistola hacia ninguna zona mortal; era lo que había hecho con los hombres de Smirnov: abatirlos.

«¿Lo disfrutas?».

No podía dejar de pensar en la pregunta que le había hecho la noche anterior. Había decidido desviar la respuesta, finalizando la conversación, para acabar dándole las buenas noches.

Horas después, las palabras que habían intercambiado desde que abrieron los ojos habían sido banales, escasas..., pronunciadas con indiferencia; incluso cuando le preguntó si quería un café. Y estaba segura de que, en cuanto él regresara a su lado, la tensión seguiría ahí: escondida pero a la vista de cualquiera.

La espera hasta entrar en el avión se convirtió en una eternidad; las dos miradas evitaban los encuentros fortuitos, ni que decir de los roces que sin querer se producían entre los hombros.

La princesa de la muerte, que se había sentado junto a la ventana, mantenía el rostro impasible mientras observaba lo que se cocía en el exterior: el sol, que desde hacía unos días le había dado la bienvenida al caluroso agosto, mostrándose radiante; los demás aviones que esperaban su turno para alzarse en vuelo; el trabajador que transportaba un sinfín de maletas de arriba abajo; los pasajeros que continuaban subiendo por las escaleras... Había perdido la cuenta de los minutos que habían necesitado para entrar de uno en uno. Había dejado de prestar atención hasta el punto de no percatarse de que las ruedas ya marchaban por la pista para dirigirse a la zona de despegue.

Notó el movimiento un instante más tarde, cuando contempló por el rabillo del ojo sus manos inquietas. No sabía cómo colocarse, si cruzarse de brazos o no, o si debía cerrar los ojos para que el sueño lo venciera y no seguir reflejando el desasosiego que bullía en su interior, desde los constantes suspiros hasta el temblor que se había adueñado de su pierna. Aurora sintió el impulso de apoyar la mano sobre su muslo, pero se mantuvo quieta en un intento por ignorarlo.

El destino, sin embargo, compadeciéndose del pobre detective, acarició el brazo de la ladrona en un suave cosquilleo, como si de un pequeño empujón se tratara. Giró levemente el cuerpo hacia él, pues antes se encontraba casi dándole la espalda, y no se lo pensó dos veces cuando le tocó la rodilla para detener el movimiento compulsivo.

La mirada de Vincent chocó con la de ella al instante y se percató de que su expresión no había cambiado en absoluto; estaba igual de seria que desde hacía horas. Pero lo que hizo que aguantara durante un segundo la respiración fue el roce de su pulgar junto al suave agarre que le estaba ofreciendo, como si con él le garantizara que no se movería de su lado y que lo protegería de cualquier peligro.

A pesar de ese gesto, el silencio prevaleció incluso cuando el avión ya había despegado. Aurora no detuvo la delicada y lenta caricia sobre su rodilla, y sus miradas tampoco rompieron el contacto. Parecía como si la incómoda tensión se hubiera tomado un respiro; otra tregua dentro de la que aún seguía entre ellos.

Minutos más tarde, ya por encima de las nubes, la joven dudó si apartar la mano o no y solo bastó que bajara la cabeza de forma sutil para que Vincent comprendiera la sigilosa cuestión.

—Estoy bien —pronunció él en un hilo de voz, aunque se arrepintió al momento, cuando notó la falta de calidez. Se aclaró la garganta un segundo después para disimularlo.

—¿La sientes? —Vincent frunció el ceño sin entender la pregunta que la ladrona le acababa de soltar—. La rigidez, la tensión, los silencios incómodos... Parece que todo va bien, pero de un momento a otro algo se rompe y volvemos al principio. Y no es la primera vez que pasa, aunque nunca hemos hablado sobre ello.

—¿Y quieres hacerlo ahora?

La mujer se encogió de hombros sin saber qué decir, recurrió al silencio mientras pensaba si había hecho bien en formularle esa pregunta. Sentía la urgencia de terminar la conversación en ese mismo instante. A la Aurora del pasado no le habría importado en absoluto ese asunto; de hecho, se habría esmerado por mantener una distancia prudencial con el detective Russell, que no dejaba de ser su supuesto rival. Si alguien le hubiera dicho que acabaría firmando una tregua con un policía, estaba segura de que se habría reído en su cara. Una risa escandalosa que habría demostrado lo absurdo de la situación.

Sin embargo, ahí se encontraba, a su lado, tras haber compartido una misión que había durado semanas. «No solo la misión», se recordó, y podía jurar que acababa de ver el reflejo de una sonrisa traviesa esbozándose dentro de sus recuerdos: Vincent encajándose un poco más entre sus piernas, pidiéndole con la mirada que ella se encargara de guiarlo hacia su entrada... Se mordió la punta de la lengua y volvió a la realidad.

A veces creía que ella misma era su mayor enemiga.

—No lo sé —respondió al fin—. Tampoco sé si deberíamos.

—¿Por qué?

—¿De verdad quieres que te conteste a eso?

—Probablemente no lo harás aunque te lo pida —respondió él con suavidad, sin dejar de mirarla—. Parece que estamos hechos de silencios.

—¿Qué esperabas? ¿Que de pronto se esfumaran?

—No es algo que no podamos resolver —sugirió, y dejó escapar el inicio de una sonrisa—. Ya te he dicho que me gustaría saber más de ti, y no tienes por qué pensar que lo utilizaría en tu contra. Y aun así...

Aurora se mordió el interior de la mejilla mientras volvía a suspirar; le resultaba difícil hablar, compartir más trocitos de su vida.

—Pregúntame.

A Vincent se le iluminó la mirada, sorprendido, aunque trató de que no se le notara.

—Dejas que los demás crean que no te importa nada, que te da igual lo que suceda a tu alrededor... —decidió añadir esperando que Aurora no lo cortara—. Incluso con tus amigos. ¿Por qué no te abres con ellos?

La ladrona tardó en contestar. No sabía si Stefan y Romeo la consideraban como tal, aunque deseaba creer que sí, y con Nina... Ella había sido la única amiga que había tenido, o eso era lo que había creído siempre; a quien habría defendido a capa y espada. La conocía desde los diez años, desde el instante en el que la pequeña Aurora había pisado la base principal en Milán por primera vez. Nina la había recibido con una sonrisa sincera e inocente con la que pretendía transmitirle que ya no tendría nada que temer.

Pero esa sonrisa, esa inocencia, había dejado de ser real.

—Nunca he dicho que no me preocupe por ellos.

—Entonces... ¿Qué pasaría si alguien se atreviera a tocar lo que te importa? —soltó él, aunque podía imaginarse la respuesta, teniendo en cuenta lo que había hecho para recuperar a su gata.

—¿Quieres saber si tengo un límite? —contestó mientras empezaba a toquetearse la muñeca sin darse cuenta, allí donde descansaba el brazalete escondido bajo la manga. Vincent asintió y Aurora desvió la mirada hacia él—. Soy egoísta y siempre voy a priorizar mi interés sin mirar si he cruzado líneas rojas o no, incluso aunque eso implique llevarme a alguien por delante.

Al detective le dio la sensación de que no había acabado de hablar, pero sus labios se juntaron de nuevo dándole a entender que aquella sería toda la respuesta que obtendría. «Un egoísta sin escrúpulos». Desde siempre había creído que su color era el negro; ese color que simboliza la falta de luz, con el que la había conocido antes de que sus miradas se hubieran encontrado por primera vez en aquel club; una persona de manos incontrolables y actitud peligrosa. Pero la ladrona de guante negro caminaba, en realidad, sobre una escala de grises.

Quizá su intención siempre hubiera sido esa: esconderse tras una máscara negra a la que el mundo temiera para poder campar con libertad. Entonces recordó las pocas veces en las que sin querer se la había quitado delante de él mostrándose genuina, aunque conservando esa personalidad atrayente.

Con el paso de las semanas el detective había empezado a conocerla y, lejos de salir corriendo, como había pensado que pasaría, deseaba mantenerse donde estaba: a su lado, cerca, tal vez para acabar de asimilar lo que en realidad estaba sintiendo.

Habían tenido que hacer un trasbordo de varias horas para, al final, subirse al último avión y aterrizar en Nueva York.

Con las últimas luces bañando los rascacielos de la ciudad en un naranja cálido, la ladrona y el detective avanzaban por la Quinta Avenida sin decir una palabra; hartos, quizá, por el tráfico interminable.

Aurora, en el asiento del copiloto, mantenía el codo apoyado sobre el reposabrazos y la cabeza levemente inclinada contra la palma de la mano. Había perdido la cuenta de los suspiros que había dejado escapar durante la última media hora. Lo único que quería en aquel momento era llegar a la organización, la segunda base más grande detrás de la Milán, y reencontrarse con su gata para estrecharla entre sus brazos. Luego se metería bajo la ducha de agua fría y, ya limpia, se dejaría envolver por las sábanas de la cama. Sira no dudaría en acercarse sigilosa para exigir el hueco que le correspondía, entre los brazos de su dueña, y ambas cerrarían los ojos para entregarse a un sueño plácido.

Presentía que esa noche no tardaría en hacerlo y que sus pesadillas ni siquiera se atreverían a molestarla por lo cansada que se encontraba. Durante los últimos días no había dormido bien y quería descansar al menos el fin de semana, para reponer las fuerzas que había perdido en la República Dominicana antes de enfrascarse en la búsqueda de la tercera gema.

No obstante, y muy a su pesar, lo único que se interponía entre ella y su deseo era la cantidad exagerada de coches que trataban de avanzar sin importar el qué; los taxis tocaban el claxon exigiendo pasar, otros les seguían el juego apretándolo con más ganas. Había uno que no había dudado en bajar la ventanilla para empezar a maldecir a pleno pulmón. El del coche familiar tampoco iba a quedarse callado y no se le ocurrió mejor idea que abrir la puerta para sacar medio cuerpo y responder con todas las letras, incluso le dedicó un bonito insulto a ese motociclista que avanzaba con rapidez entre los estrechos pasillos para librarse de la agitada congestión.

Una de las calles principales de Nueva York se había convertido en un espectáculo de sonidos estridentes, insultos por doquier y la necesidad de avanzar por encima de los demás. El detective, que controlaba el volante con una sola mano, dejó escapar otro suspiro mientras ansiaba el momento de dejar atrás la caótica aglomeración y llegar cuanto antes a su estudio. Se dejaría caer en la cama sin preocuparse de deshacer el equipaje; más tarde, abriría una lata de cerveza y se la bebería a pequeños sorbos, compartiendo el silencio que se había vuelto habitual entre ellos. Imaginaba que Aurora escogería un título cualquiera de la estantería para ponerse cómoda en el sofá y empezar a leer. Él la contemplaría desde lejos, robando cuanto pudiera por el rabillo del ojo, aunque quizás se decantaría por observarla de frente; sin apartar la mirada y que ella se percatara.

Sin embargo, cualquier pensamiento desapareció de un plumazo cuando su compañera dijo:

—Gira a la derecha después del semáforo; yo me bajaré ahí.

Y con esa simple petición comprendió que el viaje había llegado a su fin. Se pasó la lengua por los dientes, aunque frenó el impulso de chasquearla. Tras unos instantes se trasladó al carril de la derecha para girar hacia la calle que le había indicado.

—No hay sitio para aparcar —murmuró—. ¿Adónde necesitas ir? Puedo llevarte.

—No hace falta que te bajes. —Vincent se tragó cualquier comentario disimulando la frustración, tal vez porque se había acostumbrado a su presencia o porque aún quería seguir disfrutando de ella—. Aquí está bien.

Se detuvo en doble fila y la ladrona no tardó ni un segundo en abrir la puerta para salir, pero, antes de que lo hiciese, Vincent la frenó agarrándola de la muñeca. Su mirada de color verde se volvió hacia él, desconcertada, pues no había sido un agarre suave.

—¿Qué? —preguntó ella al cabo de unos segundos.

El detective no dejó de mirarla hasta que por fin reaccionó.

—¿Nunca te han dicho que es de mala educación no despedirse? —Intentó que sonara desenfadado, incluso esbozó una pequeña sonrisa mientras apartaba la mano. No sabía qué más decirle o de qué manera despedirse de ella, y, sin querer, desvió la mirada hacia sus labios, una mirada fugaz que provocó que sintiera cosquillas en las manos. Sentía la necesidad de besarla.

—Iba a hacerlo. —La respuesta hizo que los ojos del detective volvieran a encontrarse con los de ella—. Te llamaré el lunes, aunque... ¿tú no deberías volver al trabajo? A la rutina y esas cosas.

—Esas cosas —repitió dejando una media sonrisa—. Sí, tengo que llamar al inspector y ponerme al día con él. —La mención a Howard había hecho que pensara en Jeremy—. De todas maneras...

—Te llamaré, ¿vale? —insistió la ladrona con un pie ya tocando la acera—. Yo también tengo que arreglar varios asuntos con Giovanni.

—Cuídate —murmuró resignado ante su impaciencia. Ciertamente, dudaba que fuera a recibir esa llamada.

La muchacha asintió devolviéndole el gesto y se bajó del vehículo tras haberle dedicado una última mirada. No tardó demasiado en recoger su equipaje; le daba igual la desesperación que reflejaban aquellos coches que aceleraban después de esquivarlos.

Había insistido en bajarse en aquella calle, pero podría haber sido cualquier otra. Lo único que necesitaba era asegurarse de que el detective arrancara y desapareciera antes de poner rumbo a la organización.

Al fin y al cabo, Vincent seguía siendo un policía a quien nunca le estaría permitido conocer su escondite.

24

Lo primero que la ladrona de guante negro hizo cuando cruzó las puertas de la subdivisión neoyorquina de la Stella Nera fue buscar a la única gata en el mundo que podría llevar un collar de diamantes auténticos. Diamantes que había robado, pero aquello poco importaba cuando la veía deambular con su peculiar elegancia y admiraba su mirada afilada, que observaba el día pasar.

La había echado de menos y ansiaba volver a verla, así que no se demoró demasiado en ir a su encuentro. Se hacía una idea de dónde podía esconderse, sobre todo durante aquellos días, o semanas, que se mantenía alejada de ella.

Aurora se encaminó al despacho del *capo*, donde Sira la estaría esperando acostada en su escritorio como si de su trono se tratara. Pero nada más cruzar el pasillo que la separaba de la habitación aparecieron el par de italianos que, en cuanto la vieron, tuvieron una reacción de lo más exagerada. Incluso Stefan, con su actitud distante habitual, pareció alegrarse de tenerla de vuelta. Debía de estar teniendo un buen día, algo que no era frecuente.

—¿Qué tal la luna de miel? —soltó acercándose a ella para darle un corto abrazo. Romeo hizo lo mismo mientras trataba de ocultar la risa—. Casi un mes disfrutando del sol, de la playa..., tumbados en la arena y con un servicio inagotable de cócteles a la carta. Menudas vacaciones. Espero que al menos nos hayas traído algún regalito.

Sin embargo, la explicación al inusual comportamiento de Stefan, que seguía aparentando una tranquilidad que no sentía, era desviar la conversación del tema que sabía que la ladrona sacaría a colación en cuanto los viese. La realidad era que aquella era una de esas charlas que, sin importar de qué manera empiezan, están destinadas al fracaso.

—He traído algo mejor, algo mucho más valioso que cualquier baratija de mercadillo —respondió la ladrona creando expectación, pero no sería en ese pasillo donde les enseñaría el brazalete; antes debía hablar con el *capo*—. Aunque primero quiero saber dónde está Giovanni. Supongo que Sira le estará haciendo compañía.

—Encerrado en su despacho —contestó Romeo—. Pero antes de que vayas con él... —El italiano intercambió una mirada con su compañero, que asintió con la cabeza—. No lo vemos desde hace una semana y media, cuando hablamos contigo por teléfono. Está extraño; más distante, esquivo... Grace se está ocupando de todo, tanto de Nueva York como de Milán. Queríamos decírtelo, pero al final decidimos que lo mejor sería que hablaras con él cuando volvieras. No sabemos qué le pasa, a lo mejor ha recibido alguna noticia que lo ha puesto así; no lo sé, pero a ti te abrirá la puerta.

La ladrona no respondió y frunció ligeramente el ceño. No entendía qué podía haber sucedido para que hubiera prohibido que se le acercaran. Se trataba de algo bastante atípico en él. Esperaba que Stefan y Romeo tuvieran razón, pero el *capo* de la Stella Nera era un hueso duro de roer e, igual que ella, había levantado una inquebrantable fortaleza a su alrededor que en ocasiones ni siquiera Aurora podía traspasar.

Empezó a caminar sin importarle nada más, dispuesta a atravesar la burbuja en la que se había encerrado, tanto que ni siquiera se percató del «buena suerte» de Stefan. Continuó avanzando por el pasillo hasta que se plantó delante de su puerta; el despacho que una vez había sido de Charles, que ahora pertenecía a Grace y del que el jerarca se había apropiado sin opción a protesta. Dio un par de golpecitos y esperó, pero la áspera voz de Giovanni no se oyó en absoluto. Lo intentó de nuevo y obtuvo el mismo resultado, y no pudo evitar poner los ojos en blanco. Parecía un niño pequeño en medio de una rabieta porque se le había negado ir a jugar al parque.

—Giovanni; soy yo. —Guardó silencio durante un instante esperando oír un movimiento en el interior, pero todo continuaba en silencio, como si de verdad se encontrara vacío—. Ábreme, por favor —añadió manteniendo la esperanza de que eliminara la única barrera.

Tal vez lo que él necesitaba era espacio y que nadie lo atosigara; tal vez Stefan y Romeo se habían equivocado creyendo que ella podría arreglar la situación y habían ignorado que, por mucho que se intentaran pegar los pedazos rotos, siempre continuarían agrietados.

Cuando quiso intentarlo una vez más, la puerta se abrió despacio dejando ver tan solo una sombra del hombre imponente que había conocido en ese callejón oscuro y húmedo cerca del orfanato. En más de una ocasión se había preguntado el motivo que lo había llevado allí, pero nunca se lo había planteado; creía que se había tratado de la jugada de una vida que no había encontrado mayor satisfacción que la de juntar a dos personas que, al parecer, siempre habían pertenecido al mismo mundo.

El *capo* la había rescatado de la calle y le había enseñado todo cuanto sabía, era justo devolverle el favor e intentar averiguar cuál había sido el punto de inflexión para que

Giovanni Caruso, que cuidaba su imagen hasta el punto de que le molestaba cualquier pelusa sobre sus trajes de Armani, apareciera vestido con un chándal y una camiseta cualquiera.

Aurora trató de no arrugar la nariz ante el hedor que se había acumulado en el interior de la habitación y también contuvo el asombro al verlo sin afeitar y con el pelo revuelto. Se había deshecho de los anillos y su mirada había perdido vida, se había vuelto opaca y había abandonado su poder.

—Has vuelto —murmuró él después de unos segundos en los que se limitaron a mirarse el uno al otro—. ¿Tienes la gema?

La ladrona, antes de responder, se percató de que Sira no se encontraba tendida sobre el escritorio.

—No estaría aquí si no. ¿Me dejas pasar? —Giovanni tardó un instante más de lo habitual en apartarse mientras dejaba escapar un suspiro disimulado. En el fondo, aunque en ese momento notara un nudo en la garganta que le impedía decir más, se alegraba de que su *principessa* estuviera allí con él; sana y salva, y con la segunda piedra de la Corona—. ¿Cuándo fue la última vez que te duchaste?

El italiano arqueó las cejas.

—No me mires así —continuó diciendo ella—. Apestas, Giovanni, y te lo digo con todo el cariño del mundo. ¿Qué ha pasado?

—Nada de lo que debas preocuparte, *principessa* —contestó—. Déjame ver el brazalete.

—Has dejado la organización en manos de una persona sin experiencia. Te has despreocupado de Milán y de las otras bases. Tú más que nadie sabes lo que supone cometer el mínimo error. Y, aunque Grace sea una líder prometedora, no creo que haya sido buena idea dejarla al mando de absolutamente todo. ¿Tanto confías en ella?

—Todo el mundo tiene derecho a unas vacaciones.

—Te equivocas —refutó la ladrona—. Tú no tienes ese privilegio porque eres el pilar que sostiene las cinco bases repartidas por el mundo. Un solo error y todo se desmorona. —No había pretendido regañarlo; seguía siendo su jefe, su mentor, pero no podía soportar verlo en aquel estado: indiferente a lo que le sucediera al corazón de la Stella Nera—. No hace falta que me digas qué ha pasado, pero, si esta organización cae por una mala gestión, tú serás el único responsable. Y a mí no me apetece ir a la cárcel.

Giovanni no había mostrado ni una sola reacción con la que la ladrona pudiera identificar qué pensaba en aquel momento; nada que la ayudara a descifrar su rostro impasible. Así que se mantuvo en silencio mientras esperaba respuesta.

—Subestimas a Grace —pronunció tras lo que pareció una eternidad—. Y me parece que yo nunca te he dicho cómo entrar y robar las joyas, ¿o sí? —Esa simple pregunta la obligó a mover la cabeza en señal de negación—. Te tengo en alta estima, Aurora, pero no me digas cómo tengo que dirigir este negocio. Si Grace llega a cometer cualquier error que nos hunda, lo solucionaré, y, una vez que todo esté controlado, no tendrá más remedio que atenerse a las consecuencias.

—No tendría que atenerse a nada si estuvieras supervisando.

—¿Y cómo quieres que aprenda? La vida se basa en prueba y error; si no se equivoca ahora, aprovechando que me tiene aquí, luego no será capaz de enfrentarse al verdadero estrés que supone dirigir una organización, o una parte de ella, ya que no me he desatendido de Milán, como ese par de cotillas que tienes por amigos te han sugerido.

Aurora no mostró ninguna reacción. Para nadie era un secreto que había cámaras distribuidas por la base y captaban todo las veinticuatro horas del día, sonido incluido.

—¿También se han inventado que has estado encerrado durante semanas? —De brazos cruzados, Aurora frunció el ceño al darse cuenta de que la expresión de Giovanni no cambiaba, tampoco su postura a la defensiva, preparado para atacar con independencia de lo que le dijera. Decidió suavizar el tono de voz—. Se preocupan por ti, igual que tú haces con ellos aunque no lo admitas, igual que haces conmigo..., como si realmente te importara, como si perteneciera a tu familia. Eres el pilar de todos y se nota cuando faltas. —Aurora no estaba acostumbrada a demostrar esa clase de afecto; buscaba las palabras adecuadas para que abriera los ojos—. Por muy buena que sea Grace, sigue siendo primeriza y todavía no está capacitada para cargar con todo el peso.

El eterno silencio del italiano fue un suplicio. Aurora trató de aguantarse el suspiro; no sabía qué más decirle, así que esperó dejando que la preocupación de su mirada hablara por ella. Esperaría el tiempo que hiciera falta, le daría el espacio que sabía que necesitaba para que comprendiera que debía volver al mando: ser la figura que la Stella Nera requería para evitar cualquier error. *Stella Nera...* Tantos años a su lado y era la primera vez que se paraba a pensar en el significado que ese nombre tenía en su vida. Una estrella sin luz, negra, que descansaba imponente sobre la cabeza del jerarca.

Decidió que se lo preguntaría más tarde, otro día quizá, ya que en aquel instante lo que más deseaba era que hablara con ella, y parecía que Giovanni también lo necesitaba.

—Ese es el problema —contestó, e hizo una breve pausa que aprovechó para aclararse la garganta. La ladrona esperó—. Llegará el día en que dejaré de ser el pilar que tú crees que esta organización necesita. La vida no es eterna y la siguiente generación debe continuar el camino marcado: ocupar el mando para garantizar que estas paredes sigan intactas. Es un negocio familiar, *principessa*, pero yo me he quedado sin familia; sin nadie a quien... —Se quedó callado y tensó la mandíbula, poco acostumbrado como estaba a abrirse.

Aurora tampoco contestó. ¿Qué podía decirle cuando ella ya lo sabía? Nina era quien llevaba el apellido; la segunda al mando, que heredaría el cargo para dirigir el legado de Giovanni Caruso.

—¿Y sabes qué es lo peor? —continuó frunciendo el ceño—. Que ella en el fondo lo sabe; siempre lo ha sabido, pero la envidia que te tiene, la que ha estado acumulando durante los últimos años creyendo que te prefiero a ti, la ha nublado hasta el punto de traicionar todos los valores que le había inculcado. Ha actuado como una niña inmadura incapaz de razonar, provocando esta guerra absurda entre vosotras —murmuró, y ni siquiera se dio cuenta de que había dejado de enfocar al permitir que su mirada se perdiera en algún punto lejano de la habitación—. Pero sigue siendo mi sobrina... Durante el tiempo que has estado fuera he pensado en mi hermana, en el accidente que me la arrebató, también en mi esposa... La muerte siempre me rodea y no quiero que también lo haga con Nina. Sé que tú no piensas lo mismo y que te gustaría enfrentarte a ella por lo que ha hecho, pero... No quiero tener que darte una orden directa para que lo olvides. Deseo que todo vuelva a ser como antes, que seáis un equipo de nuevo, hermanas...

—¿Hermanas? —interrumpió ella alzando las cejas mientras se cruzaba de brazos—. Si no hubiera sido por su ataque de celos, me habría ahorrado el disparo en la pierna, el dolor de cabeza que me ha supuesto Smirnov y ahora la emboscada de ese imbécil que...

—¿Cómo has dicho?

—¿Por qué te crees que he pedido que prepararan el viaje de vuelta cuanto antes? Ha enviado a Sasha y a sus demás perros fieles para que nos esperaran a la salida de la cueva.

Era cuestión de tiempo que me encontrara, ya sabes cómo es tu sobrina cuando se le mete un objetivo en la cabeza.

—¿Qué has hecho con ellos? ¿Nina estaba ahí?

—Lo que tú me has enseñado: me he deshecho del problema —se limitó a decir ignorando la evidente preocupación.

—Los has matado.

No se trataba de ninguna pregunta; la princesa de la muerte había actuado según el título que sus habilidades acreditaban.

—Dmitrii se enfadará cuando descubra que se ha quedado sin su mejor hombre. Supongo que a estas alturas ya debe de saberlo.

—*Merda* —mascullló Giovanni.

—No haces negocios con él, ni siquiera lo conocíamos antes de saber de la existencia del Zafiro de Plata. Era la única manera que teníamos de escapar porque nos habría encontrado antes de subirnos al avión y eso habría sido peor. Jugué con las cartas que tenía.

—Atacará, y podría hacerlo en cualquier momento.

—Que lo haga; lo estaré esperando con los brazos abiertos, y a Nina también.

—Aurora.

Había espolvoreado su nombre con una amarga advertencia. «Aurora», ni rastro del *principessa*. El *capo* no era de los que avisaban, sino que amenazaban con el dedo acariciando el gatillo; sin embargo, la ladrona siempre era la excepción.

—Ella no es la única familia que te queda —aseveró la joven—. Me tienes a mí, y yo nunca te traicionaría.

—¿Y la alianza que has hecho con ese detective?

Touché.

—Ya lo hemos hablado; yo me ocupo de él —contestó con rapidez, aunque no pudo evitar morderse el interior del labio mientras se negaba a romper el contacto con la mirada inquisidora de Giovanni.

—Supongo que habrá presenciado cómo te deshacías del problema. —El silencio de la ladrona bastó para que el italiano confirmara lo que ya suponía—. Sabe demasiado; de mí, de ti, de cómo te mueves, de tus estrategias... Pero sigues empeñándote en mantener esa tregua que no te sirve de nada. Russell es solo una piedra en tu camino, *principessa*; entiéndelo de una vez.

—¿Y qué propones? ¿Que se la juegue? En ese caso, olvídate de que Thomas siga cooperando.

—Él es otra piedrecita que estoy deseando quitarme de en medio; es un ingenuo si se cree que vamos a compartir el tesoro, y estoy seguro de que piensa igual que nosotros. La única diferencia es que yo cuento con hombres dispuestos a hacerme el trabajo sucio, y el mismo destino le espera a su hijo. Son dos cabos sueltos que no pienso pasar por alto conociendo la estrecha relación que tienen con el inspector. ¿Estás segura de que el pequeño policía no se ha ido de la lengua? Porque no tengo problema en ir y cortársela.

En aquel instante la princesa de la muerte notó que esa misma piedrecita se le atascaba en la garganta, pues sabía que, cuando completaran la Corona de las Tres Gemas, el detective y su padre pasarían a ser un estorbo del que el *capo* querría ocuparse. «... cuento con hombres dispuestos a hacerme el trabajo sucio». ¿Sería capaz de encargarle a ella esa misión? Giovanni era de armas tomar y tenía un temperamento parecido a la fase de erupción de un volcán: indetectable al principio y difícil de rehuir tras la explosión.

«El castigo perfecto», pensó la ladrona, por haberse aliado con alguien del bando contrario.

Empezó a pellizcarse la piel de las manos sin darse cuenta; pequeñas distracciones para que su mente traicionera despertara de la ensoñación en la que se imaginaba rodeada por un final no necesariamente feliz, pero sí por un equilibrio entre el negro y el blanco. «Nuestro fin es inevitable, Aurora». Cerró los ojos un instante mientras trataba de borrar el pensamiento. ¿En qué se suponía que estaba pensando? ¿En compartir una vida con él? ¿En despertarse cada mañana a su lado como habían estado haciendo las últimas semanas? ¿De qué servía que intentara ignorarlo, recurrir a los silencios incómodos, si la absurda idea de vivir ese sentimiento que no le correspondía aparecía sin que lo pretendiera? La ladrona de joyas no sabía querer bien y prefería apartarse antes de que su corazón de color negro decidiera tomar el control, pues esas últimas semanas conviviendo junto al detective habían abierto una puerta que ahora no sabía cómo cerrar.

Bajó la mirada solo para descubrir lo que esa dañina manía acababa de ocasionar. Entonces recordó las veces que él la había frenado poniendo la mano encima de la suya.

—Vincent Russell es mío —declaró para después levantar la cabeza y encontrarse con la inescrutable mirada del *capo*, aunque esas simples palabras lo hubieran descolocado levemente—. Y se acabó la discusión.

—No olvides con quién estás hablando.

—Lo haré cuando te duches, te afeites y te vistas acorde a tu rango. Se acabaron las vacaciones.

Aquel había sido el punto final de Aurora y, cuando se dirigió al pasillo, consciente de la mirada de Giovanni todavía sobre ella, cualquier rastro de tensión se esfumó al divisar la pequeña mancha negra en medio del pasillo.

Al final, había sido Sira la que había encontrado a su dueña, y no dudó en enroscarse entre sus piernas para reclamar toda su atención.

Las gotas de agua recorrían despacio la espalda desnuda de Aurora, que hacía unos minutos que había salido de la ducha.

Se sujetaba la toalla alrededor del cuerpo mientras el pelo húmedo se le adhería a los hombros descubiertos, aunque no tardó en dejarla caer al suelo para empezar a vestirse. Permanecía en silencio y la cálida luz, que provenía desde el rincón de la habitación, la abrazaba de manera tímida creando un contraste lleno de sombras. Llevaba más de un día instalada en el piso franco, el mismo en el que se había despertado después de la reyerta en la mansión de Smirnov y donde se había llevado a cabo la reunión para descubrir la ubicación de la segunda gema.

Desvió la mirada hacia el brazalete, que descansaba sobre el terciopelo negro. Antes de abandonar la organización, mientras cargaba a Sira en los brazos, había intercambiado unas últimas palabras con el *capo* para asegurarle que la joya permanecería con ella y que nadie conocería su ubicación hasta el encuentro con Thomas Russell. El italiano no había dudado en mostrar su negativa al respecto, pero la ladrona había escapado de su alcance, ya que sabía que, por muy poderoso y temible que fuera, no se arriesgaría a que sus hombres pudieran verlo con ese atuendo tan descuidado.

Aurora había avanzado por los pasillos sin dejar de acariciar a la gata y, justo cuando había querido abrir una de las puertas que daban al callejón, la pequeña figura de la colombiana se lo había impedido mostrando una sonrisa.

—*Parce*, pero ¿por qué nadie me avisó de tu llegada? —había saludado con su voz envuelta en el característico acento, provocando que Aurora frunciera el ceño al no haber entendido la primera palabra. Grace se había percatado del gesto y había añadido—: No te preocupes, que no te he insultado, es como decir «amiga» o «compañera». ¿Ya te ibas?

Y esa simple pregunta había desencadenado una conversación agradable aunque superficial. La princesa de la muerte aún no la conocía y la desconfianza había permanecido latente en la mirada esmeralda. Sin embargo, cuando la nueva líder le recordó que aún tenían algo pendiente entre ellas, Aurora aceptó por el simple deseo de saber un poco más de la mujer en quien Giovanni había depositado su entera confianza. Envueltas en un ambiente repleto de música y alcohol, conseguiría dirigir la conversación para descubrir quién era en realidad.

Se acercó a la mesa donde había colocado la joya y observó su brillo único. No podía arriesgarse a dejarla en ese lugar, pues cualquiera podría entrar... Cualquiera que supiera de su paradero, claro estaba.

Podía apostar lo que quisiera a que Dmitrii Smirnov ya había descubierto lo que le había hecho a su mano derecha; lo más probable era que Nina ya estuviera buscándola de nuevo. Lo único que por el momento la mantenía en calma, aunque sin bajar la guardia, era saber que Smirnov estaba convencido de que su Zafiro de Plata era el auténtico.

Esperaba tener la Corona de las Tres Gemas en las manos para cuando él averiguara el engaño.

Se abrochó el brazalete en la muñeca izquierda y no dejó de contemplar la cantidad infinita de piedras diminutas que lo adornaban. El topacio lucía inalcanzable en el centro de la composición y no quería esperar hasta localizar la piedra que faltaba para completar el tesoro.

De pronto, una notificación silenciosa desvió la atención de Aurora hacia la pantalla iluminada del móvil. Los mensajes, que procedían de un número desconocido, acapararon la superficie.

> Se me ha hecho extraño despertarme esta mañana y no verte a mi lado, aunque no sé por qué te lo digo si vas a ignorarme.

Lo único que sé es que, si te lo dijera teniéndote delante, te quedarías mirándome mientras yo intento adivinar qué piensas cada vez que te suelto algo así.

La pantalla volvió a iluminarse un minuto más tarde; el último mensaje, al parecer.

Espero que hayas dormido bien.

Se quedó quieta, de pie y parada en medio de la estancia mientras lo leía una vez más. Desde la incómoda despedida no había vuelto a contactar con él y no pudo evitar que una extraña sensación le recorriera el pecho como una pequeña vibración.

Escondió el aparato dentro del bolsillo trasero del pantalón y dejó escapar un profundo suspiro para mitigar el sentimiento que siempre la invadía. El detective tenía razón en algo: ¿por qué le había escrito si sabía que lo ignoraría?

Dándole una última mirada a Sira, que yacía recostada en el incómodo sofá, se despidió de ella para cerrar la puerta un segundo más tarde.

25

Grace le regaló una sonrisa a la camarera después de que esta hubiera colocado las dos copas sobre la pequeña mesa circular.

La mirada persistió incluso después de que la chica se hubiera alejado y la colombiana se llevara el cóctel a los labios. Sonrió de nuevo con disimulo al observar que la joven se volvió hacia ella cuando ocupó su puesto tras la barra para atender al cliente que acababa de sentarse.

Aurora, que no quería interrumpir el momento entre las dos, degustó lo que había pedido; en realidad, lo que Grace le había sugerido que probara: un cóctel de origen cubano cuya excéntrica combinación le había acariciado el paladar dejándola maravillada.

—¿Qué fue lo que te dije? —preguntó la líder mirándola—. Esa bebida es capaz de provocar orgasmos. Si en algo soy buena, además de en mandar, es en elegir un buen trago. Después probarás el *shot* de Monica Lewinsky; no nos iremos de aquí hasta que lo hagas.

La ladrona cruzó las piernas y se acomodó en la butaca de cuero. Se encontraban en una zona apartada del local que contaba con una mayor intimidad; las luces anaranjadas que colgaban del alto techo contribuían a ello y la suave música de jazz, que se expandía por todo el espacio, creaba el escenario propicio para mantener una conversación interesante.

—No es la primera vez que vienes —respondió la italiana para deleitarse una vez más con el potente sabor.

—¿Lo dices por Samantha? —Se refería a la camarera pelirroja que las había atendido y con la que había compartido algo más que unas palabras—. Es una amiga.

Aurora sonrió y pensó sin querer en la relación que mantenían Stefan y Romeo, en el secreto que guardaba el primero y el corazón envuelto en amargura que latía en su interior. Recordó, además, el encargo que les había pedido que llevaran a cabo y por el que todavía no les había preguntado. Decidió que lo haría al día siguiente, pues dudaba que la colombiana fuera a dejarla ir pronto.

—Entonces, ¿no te enfadarías si decido acercarme?

Grace sonrió mientras le dedicaba una mirada que escondía una silenciosa amenaza.

—Adelante, ¿crees que me importa? Pero dudo que te pare bola. Samantha es peculiar, ¿sabes? Y no creo que te guste lo que le atrae a ella, o lo que a mí también.

La afilada expresión de su rostro no cambiaba y Aurora pudo darse cuenta de la insinuación de una práctica que, aunque conociera, no le resultaba familiar.

—¿Cómo sabes lo que me gusta o no? No nos conocemos —respondió con suavidad.

—Se te nota en los ojos.

—No suelo ser muy expresiva.

—Confía en mí; se te nota. Y está claro con qué es con lo que más disfrutas... No pienso meterme en tu vida sexual; soy chismosa, pero intento controlarme. Pero no te acerques a Samantha si no es para pedirle que te sirva otra copa. Aprovecha, que invito yo.

—¿Cómo conociste a Giovanni?

—Dije que te invitaba a beber, no que pudieras hacerme las preguntas que te vinieran en gana. Además, lo último que quiero es hablar de vainas laborales y de quién conoció primero a quién. Cuéntame de ti, ¿qué música disfrutas para bailar?

Desde aquel instante Aurora supo que sonsacarle cualquier información iba a ser más complicado de lo que había creído, pues con una sola mirada se había dado cuenta de que compartían un carácter bastante similar. ¿De qué le serviría preparar el terreno cuando la astucia de la víctima era superior a la media? Grace no iba a revelarle nada, pues lo único que quería era olvidarse del trabajo durante, al menos, un par de horas.

Un par de horas a las que pronto se sumaron más; las copas empezaron a volar una detrás de otra y las risas absurdas se volvieron más frecuentes. La princesa de la muerte empezaba a soltarse conforme el alcohol viajaba con más rapidez por su sistema. No le importaba, nada era tan importante como para echar el freno de mano. A ella le gustaba la sensación de regodearse mientras el sonido de la música la acompañaba; dejar la mente en blanco y no pensar en la discusión que había tenido con Giovanni, en su petición de que olvidara la traición de Nina y que volvieran a ser la familia feliz, en la gema valorada en millones que le rodeaba la muñeca...

Tampoco quería pensar en la incómoda despedida que el detective y ella habían protagonizado días antes con el atardecer como testigo, en la última mirada que habían intercambiado antes de que la ladrona se hubiera bajado del vehículo; en el mensaje que le había enviado horas atrás...

«Se me ha hecho extraño despertarme esta mañana y no verte a mi lado».

Aurora se llevó otro chupito a la boca para sentir la

conocida quemazón que le recorría la garganta. «Este deseo que me quema». Cerró los ojos durante un instante deseando que el recuerdo de ellos en la República Dominicana desapareciera. «Lo que ocurre es que me quemas...». ¿Cómo podía generar aquello en Vincent? Dos personas que se habían conocido fruto de un destino que deseaba que los dos mundos se juntaran de una vez.

Acarició de nuevo el alcohol con los labios. Y fue en aquel instante, cuando la imagen del detective volvió a aparecer, cuando pidió que le sirvieran otra botella.

La colombiana trazaba suaves caricias sobre su espalda mientras abarcaba la melena suelta con la otra mano. No se lo pensó dos veces cuando, después de oír la última arcada, abrió una botella de agua para echársela por encima y que volviera a la vida.

Eran las cuatro de la mañana y las dos mujeres de la Stella Nera se encontraban fuera del establecimiento, en un callejón desierto, mientras la ladrona de joyas trataba de recomponerse. Acababa de vomitarlo todo y sentía que el mundo no dejaba de dar vueltas. Incluso tuvo que apoyarse sobre el brazo de Grace para no perder el equilibrio.

—Esto me pasa por mezclar —se quejó en un débil susurro. Ni siquiera tenía fuerzas para hablar más alto. No obstante, a la líder no le había costado entenderla mientras tecleaba algo en el móvil—. ¿Qué haces? Préstame atención —exigió, y soltó una pequeña risita. Todavía notaba cierto cosquilleo en el estómago, estragos de los múltiples chupitos que habían avivado su sentido del humor. Incluso le apetecía seguir hablando, a pesar de la poca energía—. No hacía falta que me echaras toda la botella encima, además... —Pero se quedó callada al notar el amargor que se le había quedado en la boca—. ¿Sabes lo asqueroso que es notar tu propio vómito? —Se estremeció sin poder evitarlo mientras se percataba de la mirada llena de repulsión que su compañera acababa de dedicarle. Tomó un trago del agua que quedaba para enjuagarse la boca—. No me mires así. ¿Por qué has dejado que bebiera tanto? Es culpa de tu amiga Samantha, que no ha dejado de traerme más y más copas... Joder... No pienso volver a beber. —Se frotó la sien y entrecerró los ojos, consciente del dolor de cabeza que acechaba en un futuro inminente—. ¿No tendrás un chicle de menta? Oye... ¿qué miras tanto en el móvil?

—Cállate la jeta, que solo estoy pidiendo un Uber. —La líder de la subdivisión de Nueva York no solía ser grosera, de hecho, se contenía la mayoría de las veces, pero a ella también le dolía la cabeza y además estaba cansada. Los labios de la italiana se curvaron en una sonrisa divertida y tierna que le suavizó las facciones del rostro. Aurora había dejado caer su fría máscara para dar paso a las risitas y a las conversaciones peculiares—. Ay, *mor*, no estás acostumbrada a beber, ¿cierto? —preguntó mientras le extendía un caramelo.

—Sí bebo; mucho.

—Igual tampoco es para que te sientas orgullosa.

—No me regañes.

—Te jodes. ¿Crees que me agrada convertirme en la mamá de la chica borracha? Pero aquí ando, cuidando de ti.

La ladrona soltó otra pequeña risa, apenas una caricia que hizo que le vibrara la voz.

—Te juzgué mal al principio, ¿sabes? Desconfiaba y acepté quedar hoy para averiguar por qué Giovanni te ha puesto al mando con tanta facilidad...

—*Mor*, pero el jefe a mí no me ha regalado nada. ¿De dónde sacas eso?

—Eres nueva dirigiendo... ¿Cuánto llevas? ¿Un mes? Tendría que estar supervisándote, asegurándose de que puedes apañártelas, pero sigue encerrado en su despacho.

Por eso te he preguntado de qué lo conocías, porque no suele confiar en nadie en tan poco tiempo. Nunca me ha hablado de ti...

Un largo bostezo interrumpió lo que iba a decirle, así que Grace lo aprovechó para aclararse la garganta y decir:

—Que no te haya hablado nunca de mí no significa que no esté cualificada para el puesto. A mí tampoco me había contado nada sobre la famosa ladrona. —Aurora arqueó las cejas solo para bajar la mirada hacia el brazalete que se ocultaba bajo la manga de la cazadora; todavía lo notaba alrededor de la muñeca, a salvo—. El jefe tenía planes de ascenderme, ¿sabías? Hablábamos una vez cada dos semanas, pero pasó lo de Charles y tuvo que agilizar el proceso. Está pendiente de mí, aunque se comporta como un orangután conmigo siempre que alguien está mirando. No es nada personal, yo lo respeto igual. Y respecto a cuándo nos conocimos... —Se llevó sin querer la uña a la boca para mordisquear la piel que sobresalía—. Me pagó hace años la carrera de Medicina y también la especialización.

—¿De verdad? —La confesión había sorprendido a la italiana—. ¿En qué?

—Medicina forense.

—¿Y cómo una forense ha acabado metida en este mundo? —La ladrona volvió a sonreír buscando la parte divertida de aquella situación. Conociendo a Giovanni, nunca se habría imaginado que hubiera pagado la universidad a una chica cualquiera. La única explicación que se le ocurría era que, en realidad, Grace tuviese algo especial que ella desconocía—. ¿También te ha dicho que eres parte de su familia?

—No te calientes la cabeza con vainas que no vienen al caso. —Aurora notó que el agarre se aflojaba; había tocado un punto débil, al parecer. De un segundo a otro, la curiosidad la había espabilado—. Mira, por allá viene el carro. *Marica*, vamos, que no siento los pies.

A pesar de que a Aurora le habría gustado saber un poco más y adentrarse en su historia, la mujer no daría el brazo a torcer.

Frunció el ceño al meterse en el coche mientras Grace saludaba al conductor, y dejó escapar un profundo suspiro en el instante en el que apoyó la cabeza y cerró los ojos. No recordaba la última vez que había sido tan irresponsable. ¿Cuánto tiempo había pasado desde que se atrevió a descontrolarse de esa manera?

Empezó a sentir que la vergüenza se apoderaba de ella. No dejaba de apretarse la muñeca en un agarre suave, acariciando el topacio que ocuparía el segundo espacio en el cofre que otros estaban buscando con desesperación, pero que no iban a encontrar.

No tendría que haberse movido del apartamento y menos aún haberse dejado llevar hasta el punto de olvidar por momentos lo que había vivido durante las últimas semanas. Inclinó levemente la cabeza para mirar a Grace de reojo, que no había dejado de atender el móvil. Entonces la desconfianza volvió a invadirla haciendo que se imaginara escenarios que pintaban a la colombiana como ese personaje traidor que juega con las palabras y que en realidad se esconde en el bando enemigo.

La insistencia que había mostrado con que saliera a tomar una copa con ella; Samantha acudiendo dispuesta a proporcionarle cualquier capricho que viera en la carta. Apretó la mandíbula sin querer. Nadie la había obligado a aceptar cada copa que aparecía, cada chupito que refulgía de un color diferente... Y la joven líder solo se había mostrado amable con ella: le había sujetado el pelo y acariciado la espalda en movimientos circulares; no la había dejado a su suerte, de la que la ladrona se mofaba a veces, pues no quería darse cuenta de que no era tan mala como parecía. ¿Qué otra explicación podía haber que no fuera la de concederle una ayuda sincera y sin ninguna pizca de maldad?

«La clase de ayuda con la que uno se gana la confianza de alguien y lo apuñala fríamente después».

Trató de respirar hondo; la cabeza aún seguía dándole vueltas, aunque la desagradable sensación que notaba en la boca iba desapareciendo.

No era capaz de razonar con claridad; ese instinto que la acompañaba y que rara vez solía equivocarse había perdido cualquier credibilidad. Y lo peor de todo era que aún sentía la necesidad de reírse, soltar una carcajada que empezara lento y que se amplificara a cada segundo que transcurriese. Quería reírse de la chica de veinticuatro años que se había emborrachado hasta no poder sostenerse en pie; de la que entraba en pánico cada vez que alguien la encerraba, cuando sentía que su libertad peligraba; de la que era incapaz de abrir su corazón, confiar, dejarse querer... Quería reírse de todas sus versiones, de los matices que provocaban que viviera en un desequilibrio total.

Quería reírse, pero no lo hizo; en cambio, dejó escapar un mísero sonido que nada le habría envidiado.

La colombiana se volvió al oír el sonido suave y se quedó mirándola un instante.

—Espero que no vayas a vomitarme encima; me puse *jeans* nuevos. —El conductor les echó un vistazo rápido a través del espejo interior—. Usted no se me distraiga y siga conduciendo —ordenó, y se fijó de nuevo en la ladrona—. Queda nada, unos minutos. ¿Resistes?

—¿Alguna vez has sentido algo por alguien con quien sabías que la relación estaba condenada al fracaso?

—Uy, ¿y qué con eso? Hoy estás medio preguntona, ¿eh? ¿Sabías que la curiosidad mató al gato?

Esas palabras transportaron a la ladrona al momento exacto en el que le había soltado esa misma expresión a Vincent mientras este la sujetaba por la cintura para acercarla a él y sus miradas se encontraban a través de las máscaras. En aquel momento, además de la atracción evidente, lo único que sentía por él era fastidio y la necesidad de quitárselo de en medio que más tarde la había llevado a apretar el gatillo.

Había querido matar al detective no una, sino dos veces, y en ambas ocasiones había fallado. ¿Qué clase de entrenamiento había recibido que no había sido capaz de acabar con el objetivo?

La princesa de la muerte esbozó una mueca con la que pretendía esconder de nuevo la risa y se dio cuenta de que Grace aún seguía esperando a que respondiera.

Pero Aurora no iba a continuar con aquella conversación, pues sabía que, si lo hacía, no tendría más remedio que escarbar en lo más profundo de su corazón. Y poco le apetecía molestarlo en aquel instante. En realidad, no le apetecía pensar, tampoco reprimirse contra ese deseo que la envolvía, ya que, cuando la imagen de Vincent volvió a impactar en ella de lleno, se descubrió a sí misma indicándole al conductor que detuviera el vehículo.

Un segundo más tarde abría la puerta.

—¿Qué *verga* estás haciendo? —preguntó al verla bajarse del vehículo y cerrar la puerta—. *Marica*, pero ¡¿para dónde vas?! ¿Sigues borracha? Súbete ahora mismo, no te lo digo más.

Sin embargo, la ladrona ni siquiera se molestó en acatar la orden cuando el vehículo ya avanzaba alejándose. Volvió a ignorarla cuando la vio sacar la cabeza por la ventana y gritar de nuevo, y lo mismo haría con las llamadas que seguramente recibiría en los próximos minutos.

De haber estado sobria habría desechado esa idea al instante, pero en aquel momento no lo estaba y había dejado que, por primera vez, su corazón se encargara de su próximo movimiento: hacer una visita a Vincent Russell.

26

Un sonido fuerte y estridente irrumpía por todo el espacio; pequeños golpes que hacían que las paredes vibraran y la tranquilidad se desvaneciera asustada.

El detective abrió los ojos desorientado para darse cuenta de que, lo que había creído que estaba siendo producto de su imaginación, era el timbre que alguien no dejaba de tocar como si su vida dependiera de ello. Se levantó de la cama soltando una ristra de palabras malsonantes solo para ver la hora que marcaba el reloj: poco menos de veinte minutos para que dieran las cinco de la mañana. Se suponía que era domingo, día de descanso, pero el timbre seguía sonando y no parecía que tuviera intención de parar.

Avanzó hacia la puerta sin molestarse en encender ninguna luz. Le daba igual llevar solo un bóxer como sustitución del molesto pijama; que Jeremy, el único capaz de presentarse en su casa dando porrazos, lo viera en paños menores era el menor de sus problemas. Tendría que habérselo pensando antes de interrumpir su sueño.

—Ya puede ser importante, grandísimo hijo de... —murmuró con la voz áspera, pero la sorpresa ondeó en la mirada del detective cuando sintió el impacto de un cuerpo con el que había compartido noches enteras y que ya reconocía con el simple tacto. Sus brazos fuertes se le juntaron por detrás de la cabeza y sus labios..., esos labios que no dejaban de viajar a través de sus recuerdos, buscaron los suyos con deseo, una violenta desesperación que lo enloqueció—. Aurora —consiguió decir entre suspiros.

Pero la lengua de la muchacha no le estaba dando tregua y el beso subió un nivel más. Le acariciaba la espalda desnuda clavándole las uñas para instantes después hundirle los dedos en el pelo, tirando de los mechones cortos mientras avanzaban hacia la cama. Vincent se tropezó con ella y Aurora no le dio más opción que acostarse para que pudiera colocarse a horcajadas sobre él. Los roces se volvían más ávidos y hacían que el apetito se multiplicara a cada fricción que ella le regalaba. El deseo había despertado y no pudo evitar que se le escaparan varios gemidos; la respiración cada vez más irregular y la idea de desnudarla para sentir su piel cálida le hicieron alzar la pelvis de manera instintiva, solo para encontrarse con su centro palpitante.

Sin embargo, algo no iba bien y Vincent se convencía de ello a cada segundo que transcurría. Sus movimientos eran desesperados y el afán con el que actuaba...

—Aurora, para —pidió entre jadeos. Necesitaba recuperar el control y saber el motivo que la había llevado hasta él. Pero a la ladrona le dio igual su petición y se abalanzó de nuevo a sus labios. Le agarraba la mejilla con una mano mientras la otra viajaba por el torso desnudo, que reaccionaba a cada una de sus caricias contrayéndose. De pronto, se percató de la realidad—. ¿Has bebido?

—¿No me quieres? —soltó ella en un susurro. El deseo brillaba en sus ojos volviéndolos más oscuros. Se inclinó un poco más y empezó a darle besos cortos por el pecho, ahí donde se encontraba el corazón—. ¿Y qué si he bebido?

Pensaba que me echabas de menos. —Sus miradas se encontraron de nuevo y las caderas de Aurora se movieron una vez más provocándole una sensación inusual—. ¿Quieres que me arrodille y...?

Esa insinuación hizo que el detective la sujetara por las muñecas en un movimiento ágil para callarla, además de frenar cualquier caricia que habría acabado por enloquecerlo. No podía continuar sabiendo que Aurora no tenía los cinco sentidos despiertos.

—Has bebido y me apuesto lo que quieras a que has pedido la botella. El maquillaje corrido, el pelo revuelto... Te has limpiado la cara porque has vomitado. ¿Te has ido sola a beber? ¿O has quedado con alguien? —preguntó mientras trataba de ignorar ese pensamiento que quería jugarle una mala pasada.

—Me estás rechazando. —Una afirmación que sonó triste, incrédula. Aurora relajó los hombros mientras esbozaba una sonrisa que reflejaba la decepción que sentía; el suave sonido que brotó de su garganta no hizo más que evidenciarlo. Una risa apagada, confundida—. ¿Por qué me rechazas? ¿Ya no me deseas?

—No es eso, es que... —Dejó escapar un suspiro y en aquel instante una luz inusual lo alertó: la puerta de entrada seguía abierta—. No digas estupideces. ¿Se puede saber qué has tomado?

—Muchas cosas —respondió a la vez que soltaba una risita. El detective se levantó de la cama solo para percatarse de que Aurora lo seguía—. ¿Adónde vas? No me has contestado.

—Tengo que llevarte a... donde sea que estés viviendo. Me visto y nos vamos.

—Pero yo quiero quedarme aquí, contigo. Te quiero para mí, y que me toques... Tú sabes cómo tocarme y dónde acariciar... —La ladrona se le acercaba de manera peligrosa y escuchar esas palabras hacía que una extraña vibración lo recorriera por dentro—. Bésame.

—Quieta —pronunció alejándose, aunque esbozó una sonrisa divertida ante el espectáculo que le estaba ofreciendo la ladrona de guante negro al soltar tales cursiladas. Estaba seguro de que a la mañana siguiente se arrepentiría, aunque dudaba de que se acordara de algo—. ¿Cuánto has bebido? —repitió mientras aprovechaba para cerrar la puerta. La poca iluminación se desvaneció de repente y un nuevo silencio los envolvió. Encendió una luz que inundó el espacio de un suave amarillo que le permitió contemplar las manchas negras que rodeaban los ojos de Aurora—. Tienes que lavarte la cara.

—No soy una niña pequeña.

—Un poco sí.

—Pues me voy —aseguró, cruzándose de brazos, y comenzó a avanzar hacia la puerta que él acababa de cerrar. Vincent se colocó delante de ella para impedirle el paso—. Quítate de en medio.

—No quieres irte.

—Sí que quiero.

—Acabas de decir que quieres quedarte. —Aurora frunció el ceño mientras dejaba escapar un gran bostezo. El momentáneo silencio bastó para que al detective se le escapara una nueva sonrisa—. Estás cansada y necesitas dormir.

—¿Contigo?

—¿No quieres? —preguntó divertido—. Podría dormir en el sofá.

—¿Por qué ibas a dormir en el sofá? —inquirió ella inclinando la cabeza de manera sutil. Vincent se acercó, aunque solo para asegurarse de que estaría ahí a tiempo en caso de que llegara a perder el equilibrio; el sueño la consumía—. No sería la primera vez que compartimos cama.

—Te gusta dormir conmigo —aseguró.

—Yo no he dicho eso.

—Yo diría que sí, pero no importa; dentro de unas horas, cuando despiertes, no te acordarás de nada y me ignorarás como has hecho con los mensajes que te he enviado. Incluso había esperado que me contestaras con un triste «OK», pero ni eso. ¿Los has leído por lo menos?

Aurora dejó escapar un largo suspiro. Empezaba a marearse de nuevo.

—¿Por qué siempre me dices esas cosas? Y no te atrevas a asegurar que me conoces —advirtió—. No me conoces, Vincent Russell.

La sonrisa en el rostro del detective no desaparecía, sobre todo por la entonación que había empleado al pronunciar su nombre, una extraña mezcla entre el acento inglés y el italiano. Aurora le estaba enseñando una faceta nueva: más suelta, despreocupada, graciosa. Respondía sin recurrir a las evasivas de siempre.

Entonces, se preguntó si continuaría contestando a todas sus dudas: el apellido que aún seguía siendo un misterio para él, la infancia a la que había tenido que sobrevivir, el peso que le caía sobre los hombros, el pánico que inundaba su mirada... La relación que mantenía con ese hombre que aseguraba que ella le pertenecía. «Su pequeña princesa, su ladrona», le había dicho; la ladrona de la organización fantasma a la que la policía no podía llegar por más que lo intentara.

Era la oportunidad perfecta y Aurora no recordaría nada al día siguiente. Tenía la opción de jugar con ella, con su mente, sin que ella se diera cuenta.

Vincent se cruzó de brazos sin dejar de contemplarla; un par de mechones negros le cubrían los ojos, que parpadeaban a un ritmo mucho más lento. Su cuerpo empezaba a balancearse y de repente perdía el equilibrio, como ya había previsto. Pero no iba a dejarla caer, así que la rodeó por la cintura para alzarla en brazos.

La pequeña princesa se acurrucó entre los brazos de Vincent y una tímida caricia de su nariz hizo que el detective sintiera esa calidez que empezaba a resultarle familiar, parecida a un latido; no era la primera vez que Aurora se mostraba cariñosa, aunque ocurriera en ocasiones contadas.

—Empiezo a conocerte —se limitó a decir mientras la llevaba al cuarto de baño y encadenaba cualquier pregunta de las que había deseado hacerle; no se aprovecharía de ella de esa manera. De hecho, había empezado a dudar de que pudiera llegar a hacerlo—. Necesitas beber...

—No, más chupitos no —susurró haciéndole cosquillas en la piel.

—Agua —aclaró—. Y tomarte una aspirina, quizá. ¿Te has mareado porque te duele la cabeza?

—Todo me da vueltas y la ropa me aprieta.

Vincent la sentó sobre la taza del inodoro y allí, con una luz más blanca, recorrió su cuerpo con la mirada observando los estragos de la noche. Entonces se percató del intenso brillo que atravesaba la manga de la cazadora.

Se agachó un poco, apoyando las manos en las rodillas, hasta quedar a su altura; sus ojos se cerraban y se abrían ligeramente, ajena a la realidad que la rodeaba. Entonces hincó una rodilla ante ella y le agarró la mano con suavidad solo para subir el material por el brazo y descubrir la Lágrima de Ángel sobre su piel. Se había atrevido a llevarla con ella en un lugar inadecuado poniendo la gema en riesgo.

—Eres una ladrona internacional que roba las joyas más valiosas del mundo y ¿me estás diciendo que no has sabido dónde esconder una gema que vale por lo menos tres estadios juntos?

—Yo no me quedo con las joyas.

—¿Qué?

—Las robo, pero no me las quedo.

—¿Por qué? —preguntó, y observó que se encogía de hombros mientras dejaba que su cabeza se apoyara en la pared de azulejos. Vincent, que seguía arrodillado, le desabrochó las sandalias para continuar con el resto de sus prendas—. Siempre me he preguntado dónde guardabas tu colección. ¿Cuántas joyas han sido? —Las palabras le salieron de la boca casi sin pensar; se regañó por ello, pero permaneció en silencio esperando una respuesta.

—Treinta y nueve.

Eran más de las que el Departamento de la Policía tenía fichadas.

—¿Por qué...?

Había despertado su curiosidad; sin embargo, se mordió la lengua mientras recordaba la promesa que se había hecho. Se concentró de nuevo en la tarea que se había asignado, escondiendo la reacción que le generaba el contemplar su cuerpo desnudo y la ropa interior negra que se adhería a su piel. «Encaje», pensó. Dos prendas a juego que desprendían sensualidad.

—¿Por qué me he convertido en una ladrona? —balbuceó ella. Vincent permaneció callado y levantó la mirada sin querer para encontrarse con su media sonrisa—. Tenía dieciocho años y unas ganas enormes de vivir y tener el mundo en la palma de mi mano. Giovanni no me permitía hacer nada, me tenía con las manos atadas; no literalmente, pero... Ya me entiendes. —Se aclaró la garganta para continuar sin ser consciente de que el hombre, que la escuchaba con atención, se encargaba de desabrocharle el brazalete—. Estaba con Nina en el metro, regresando a casa, y me vino la idea de robar una cartera. Fue un impulso, pero esa sensación... Giovanni se enfadó bastante y...

Aurora se quedó callada cuando se percató de que el detective se ponía de pie.

—Voy a traerte una camiseta —aclaró, y apreció que el rostro se le suavizaba—. No hace falta que me cuentes más si no quieres.

—¿Por qué piensas eso? —preguntó mientras lo veía abandonar el cuarto de baño. El ambiente se sumió en un silencio tranquilo, excepto por el sonido que hacía Vincent al rebuscar en el armario—. Puede que haya bebido, pero soy consciente de..., de... Se me ha olvidado cómo se decía en inglés. —Otra pequeña risa inundó el espacio; una simple caricia atravesando el eco que había en esa habitación—. ¿Vas a entenderlo si te lo digo en italiano?

—Podemos probar —contestó acercándose hacia ella. Tenía en la mano una camiseta ya preparada para pasársela por la cabeza—. Me gusta cuando me hablas en italiano.

Aurora entreabrió los labios; no dejaba de mirarlo mientras él la vestía con su ropa.

—*Non mi dimenticherò di questa conversazione né domani né mai. So bene ciò che vi sto dicendo* —respondió tomándose el tiempo necesario para pronunciar cada letra; algunas arrastrándolas entre los dientes, con la voz medio adormilada, ronroneando y sin apartar la mirada de la de Vincent.

—Esta conversación... nunca más... Sé muy bien lo que estás diciendo —dijo tratando de descifrarlo mientras le tendía una mano para ayudarla a ponerse en pie; ella lo miró extrañada—. Tienes que limpiarte la cara. Sé que utilizas ese líquido y más cosas, pero yo solo tengo jabón de manos, y debe de haber crema por algún sitio.

La ladrona esbozó una sonrisa diminuta.

—He dicho que no olvidaré esta conversación ni mañana ni nunca, y que sé muy bien lo que digo.

—No iba tan mal —contestó dejando que la conversación se tomara una breve pausa.

—Gracias por cuidarme.

—Alguien tiene que hacerlo.

—Lo dices como si no tuviera a nadie que se preocupara por mí.

—¿Tienes a esa persona? —se atrevió a preguntar un segundo después, con los rostros cerca, pero no tanto como a él le habría gustado—. Alguien que se preocupe y te cubra las espaldas, que frene esa manía que tienes de pellizcarte las manos, que te despierte de las pesadillas... ¿La tienes?

—Sí.

Silencio.

—Qué bien. —Aunque hubiera tratado de esconderlo, la molestia en su tono de voz fue evidente, una molestia espolvoreada con un toque de orgullo y confusión. ¿Qué hacía ahí si tenía quien cuidara de ella? ¿Por qué volvía a él?—. Aquí tienes una toalla limpia por si quieres darte una ducha, y, si tienes sed, ya sabes dónde está la cocina. Ven a la cama cuando acabes.

—¿Vas a dejarme sola? —La seriedad que estaba mostrando era muy diferente a la mirada que ella le dedicaba. Sus ojos reflejaban dulzura, tranquilidad, un cariño que nunca le había visto. Quiso soltar otro suspiro, largarse de ahí de una vez y poner distancia, pero frenó cualquier movimiento cuando la ladrona avanzó hacia él—. ¿Por qué no te quedas conmigo? Podemos ducharnos juntos... A lo mejor podrías lavarme el pelo, y... ¿Te he dicho alguna vez que tus manos me relajan mucho? Y luego yo podría devolverte el favor —insinuó mientras alzaba la barbilla para no romper el contacto. Vincent endureció la mandíbula mientras trataba de recordar cómo se respiraba—. Dime algo... —susurró muy cerca de sus labios; su nariz le rozaba la quijada tan despacio que lo obligó a cerrar los ojos durante un breve instante—. ¿Por qué crees que he venido hasta aquí?

—No lo habrías hecho de haber estado sobria.

—No —contestó soltando otra risita mientras pasaba

los brazos por detrás de la cabeza de Vincent, que seguía sin moverse—. Abrázame.

—Eso tampoco me lo pedirías.

—Aprovecha ahora que lo estoy haciendo.

—Pero no estás siendo tú —murmuró, y dejó caer la frente sobre la de ella despacio, cerrando los ojos—. ¿En qué mundo la Aurora que conozco me pediría lo que tú me has pedido? —preguntó mientras rompía el contacto y volvía a encontrarse con su mirada. La rodeó por la cintura a la vez que se perdía en ese color que lo hipnotizaba—. Ella tomaría sin pedir permiso, pillándome desprevenido, exigiendo... Tan solo para calmar este deseo que nos quema y que ignoraríamos al día siguiente. Es un círculo vicioso si lo piensas, porque ninguno de los dos podemos avanzar como nos gustaría.

Cerró los ojos un instante, frustrado en lo más profundo de su ser, antes de decir:

—Vamos a la cama. Necesitas dormir.

No era la primera vez que la ladrona de joyas bebía hasta que descuidaba su razón; conocía la huella que dejaba y al día siguiente, cuando abría los ojos, siempre se hacía la misma promesa: que no volvería a beber en lo que le quedara de vida.

Mentira tras mentira. Daba igual cuántas veces se comprometiera, nunca se acordaba de esa promesa cuando entraba en calor y se dejaba llevar por el ritmo de la música. Trataba de frenarse la mayoría de las veces, pues odiaba perder el control y hablar más de la cuenta, pero había ocasiones en las que su propio cuerpo le rogaba otra copa. El alcohol la ayudaba a olvidar.

Lo peor venía cuando el sol hacía su aparición para despertarla: recordaba suaves pinceladas de la noche anterior, y esa mañana, mientras abría los ojos e intentaba enfocar, no parecía que fuera a ser la excepción.

Frunció el ceño tratando de averiguar dónde estaba. Si bien el entorno le resultaba familiar, no acababa de ubicarse, pero en el instante en el que notó que un peso inusual la abrazaba por la cintura mientras una tranquila respiración le hacía cosquillas detrás de la oreja se dio cuenta de que era el apartamento del detective.

«Levántate», se dijo, y una punzada de dolor le recorrió la sien. Sabía cómo había llegado hasta allí, pero lo que la desconcertaba era el motivo. ¿Qué hacía ella durmiendo en la cama de Vincent y él abrazándola como si temiera que se escapara de su lado? Se percató del cambio de ropa: una simple camiseta que se le había subido hasta la cintura dejando sus piernas desnudas, que se enredaban con las de él. Por lo menos, aún llevaba puesta la ropa interior.

Tenía que escapar de la jaula que sus brazos habían creado. Con cuidado, empezó a desplazarse hacia el borde de la cama. Se detuvo al sentir que Vincent afianzaba el agarre y soltaba un quejido en protesta; sin embargo, continuó cuando se hubo calmado.

Ni siquiera se dio cuenta de que había estado aguantando la respiración hasta que soltó el aire de golpe al quedar libre al fin. Sabía que, si llegaba a despertarlo, Vincent no la dejaría ir hasta que no hablaran, y poco le apetecía en ese momento aguantar sus preguntas insistentes.

Buscó su ropa con la mirada y se encontró con la sorpresa de que estaba doblada encima del sofá. De haberse acostado, las prendas estarían esparcidas por el suelo y en rincones insólitos. Empezó a vestirse y no se atrevió a girarse para comprobar que él siguiera durmiendo; se sentía avergonzada y la confusión no dejaba de saltar de un hombro al otro, reclamando que le hiciera caso. Poco a poco las imágenes empezaban a hilarse una detrás de otra haciendo que recordara lo que había pasado solo unas pocas horas antes.

Dejó escapar el aire despacio mientras cerraba y volvía a abrir los ojos. Necesitaba salir de ahí y regresar a casa con Sira; pero el pánico se apoderó de ella cuando se dio cuenta de que no tenía el brazalete. Rodeó la muñeca desnuda con la otra mano mientras el corazón se le agitaba con fuerza.

—*Cazzo...* —dejó escapar en un suave susurro; los ojos recorrían cualquier superficie esperando encontrar la Lágrima de Ángel, pero no había ni rastro de la joya.

Entonces, de manera casi inconsciente y bañada por la desesperación, se volvió hacia Vincent, que se suponía que debía seguir durmiendo.

Error.

El detective tenía los ojos abiertos y una de sus manos jugaba con el brazalete, contemplando el brillo gracias a los rayos del sol que rebotaban sobre los topacios.

—Buenos días —saludó con la voz ronca, y una pequeña sonrisa empezó a aparecer en su rostro. Mantenía la cabeza apoyada contra el cabecero de la cama y el brazo libre, el que estaba tatuado, curvado por debajo—. Entiendo poco de joyas, pero no me parecía apropiado que durmieras con la Lágrima.

—Dámela.

Vincent sonrió.

—Ahí está mi Aurora. —Esa respuesta provocó que la muchacha frunciera el ceño—. Ya estás de vuelta; te he echado de menos, para que lo sepas.

—*Che cazzo stai dicendo?* —soltó sin querer en su idioma natal, y se acercó de manera peligrosa hacia él—. Devuélvemela —exigió; las rodillas tocaban el borde de la cama y la sonrisa del detective no desaparecía—. ¿A qué esperas?

—Cógela tú.

—No estoy de humor.

—No me digas —soltó tratando de esconder la risa que amenazaba con surgir—. Has sido muy irresponsable. ¿A quién se le ocurre llevarse la gema a un bar? ¿Qué habría pasado si la hubieras perdido de verdad? Se supone que Smirnov te está buscando y...

—¿Te crees que no lo sé? —lo cortó. Se notaba mareada y los pinchazos en la cabeza se estaban volviendo más frecuentes—. Dame la joya y me voy.

—Ven a por ella.

El detective seguía en la misma posición: el brazo por detrás de la cabeza y la otra mano sujetando el brazalete con desinterés. El problema radicaba en que, si Aurora quería arrebatársela, tendría que subirse a la cama, a él...

—Vincent, de verdad, vete a la mierda. No tengo tiempo para tus juegos.

—Pero sí para venir a despertarme a las cinco de la mañana.

—No haberme abierto la puerta.

Aquello provocó que el detective soltara una risa incrédula que confirmaba sus sospechas: la ladrona no recordaba con exactitud la interesante conversación que habían mantenido.

—Ahora tendré yo la culpa. ¿O quieres que te cuente cómo te abalanzaste sobre mí pidiéndome que te tocara como solo yo sé hacerlo?

—¿Qué?

Otro divertido sonido emergió de él.

—Eres muy graciosa cuando estás borracha.

—Y tú eres un imbécil.

—¿Se puede saber por qué? —Enarcó una ceja con ese aire despreocupado que no hacía más que enfurecerla. Se sentía como una niña pequeña a su lado, una a la que los adultos menosprecian echándola de la habitación para que no escuche «cosas de mayores».

—Dame el brazalete.

—Ya te lo he dicho; ven a por él.

Se había hartado de que siguiera jugando con ella, así que no se lo pensó dos veces cuando se abalanzó sobre la cama para recuperar lo que le pertenecía. El detective estiró el brazo todo lo que pudo, pero ¿quién podría ganar contra la agilidad de la ladrona de joyas más buscada? Por suerte, su objetivo era otro y ya lo había conseguido: tener encima de él a Aurora, que alargaba también el brazo para obtener la recompensa. De un movimiento rápido hizo que perdiera el equilibrio y su pecho impactó con el de él acortando la distancia. Demasiado cerca, tan cerca que solo sería cuestión de que alzara la barbilla para que pudiera perderse en su sabor una vez más.

—¿Esto era lo que querías? —soltó ella sin moverse cuando su mano libre le rodeó la cintura—. No tengo ganas de pelear.

—Ni yo. —El tono de voz había bajado, como si lo hubiera envuelto en un susurro débil—. ¿Recuerdas algo?

—No nos hemos acostado—aseguró, y el detective dejó escapar un denso suspiro.

—No estabas en tus cabales. Solo te he dado una camiseta; nada más.

—¿Nada más?

—Aparte del beso después de que me aporrearas el timbre.

—Y supongo que no te has apartado, y lo de abrazarme mientras dormíamos...

—Se me hizo un poco difícil, si te soy sincero —confesó mientras contemplaba el ceño fruncido que le adornaba el rostro. Se preguntó cuántos minutos llevaría así—. Tus besos siempre son bastante pasionales, difíciles de ignorar. Pero frené cuando me di cuenta de que estabas pasada de copas. ¿Algo más que quieras saber?

—Espero no haber dicho nada...

—Ya te lo he dicho —la interrumpió—. He conocido a tu versión borracha y graciosa. Pero prefiero a la que tengo delante de mí; o encima, si nos ponemos exquisitos.

La ladrona puso los ojos en blanco y Vincent esbozó otra sonrisa ante la «encantadora» expresión, que no tardó en volver a la normalidad. Los segundos empezaron a avanzar lentos, tranquilos, en armonía; ya no había intención de seguir batallando y la fuerza en las extremidades se había debilitado. Sin pretenderlo, se habían adentrado en una burbuja que los separaba del mundo real. Una burbuja cuyo peligro residía en que alguno de los dos la explotara.

Fue Aurora quien, finalmente, se levantó para ponerse en cuclillas después de haberle quitado el brazalete de las manos.

—Tengo que irme —se limitó a decir alejándose.

La rapidez con la que actuaba lo descolocó, pues ya se encontraba cerca de la puerta, a punto de abrirla.

—Aurora. —La llamó con la intención de detenerla, pero la muchacha lo ignoró por completo. Vincent frunció el ceño y no se lo pensó dos veces cuando ya la agarraba del brazo para que sus rostros volvieran a encontrarse, tan cerca que sentía el deseo quemarle las manos; quería tocarla, sentir su cuerpo pegado al suyo, besarla. Quería perderse de nuevo en su aroma—. Pensaba que habíamos superado lo de huir.

—No estoy huyendo.

—Ya —soltó—. ¿Quieres que te recuerde la primera vez? Oh, espera, la segunda se lleva el premio, en la fiesta de Smirnov. —La ladrona tensó la mandíbula y de pronto se sintió irritada, sobre todo debido a su tono burlesco, martirizado. Bajó la mirada hacia el agarre suave de su mano alrededor del brazo y, cuando volvió a subirla, se dio cuenta de que la distancia entre ellos desaparecía—. A la mierda —masculló él, y sus labios impactaron con los de ella con fuerza.

El detective la rodeaba por ambas mejillas mientras sucumbían a un feroz y necesitado beso, sus lenguas entregadas a una lucha que había hecho que Aurora perdiese de vista lo que estaba sucediendo: Vincent había avanzado con ella hasta que notó la espalda tocando la pared, sus grandes manos la apresaban y su cuerpo la cubría por completo.

Se apreciaba la angustia y la molestia que había sentido escasos segundos atrás. Entonces Aurora se rindió a su deseo y empezó a acariciar el ancho de su espalda sintiendo que su dureza empezaba a apretarla cada vez más.

Abrió los ojos cuando sus labios se escondieron en el hueco del cuello, aunque los volvió a cerrar para dejar escapar el gemido que sus dientes le provocaron justo en la parte de atrás de la oreja.

Ese beso estaba haciendo que su interior vibrara.

«Vincent Russell es mío».

Aquel pensamiento, el recuerdo que lo envolvía, hizo que los hombros de la ladrona se tensaran. Él se percató al instante y frenó el beso, aunque no se apartó de su cuerpo. Tenía la respiración levemente agitada, igual que ella, y el deseo todavía le brillaba en los ojos.

Sabía que Aurora no le diría nada, así que, todavía cerca de su rostro, murmuró:

—No vuelvas a marcharte sin despedirte.

27

Aurora todavía recordaba los labios del detective moviéndose en sintonía con los suyos; la imagen de él aprisionándola contra la pared todavía no había desaparecido y esas últimas palabras antes de que abandonara el edificio continuaban como el eco en su mente.

No sabía qué pensar ni si era buena idea ignorar lo fuerte que le había latido el corazón cuando su mano traviesa se había colado por debajo de la camiseta buscando jugar con sus pechos. Su tacto la enloquecía hasta el punto de ansiar que sus labios volvieran a perderse recorriéndole la piel...

Cerró los ojos mientras se llevaba el antebrazo por encima del rostro y deslizó la espalda por el respaldo del sofá. Sira se mantenía a su lado, ronroneando ante la caricia que su dueña le estaba ofreciendo, a gusto de saberse entre sus manos cálidas. La ladrona había llegado escasos minutos antes. Todavía estaba somnolienta y el dolor de cabeza no había hecho más que incrementarse, como si se tratara de pequeñas agujas acariciándole la sien o de ese detective que no dejaba de colarse en sus pensamientos.

No podía negar que Vincent la confundía, y más en aquel

instante; había fallado estrepitosamente en el intento por ignorarlo, ya que dormir en su cama se alejaba por completo del concepto de «mantener las distancias». Soltó un suspiro profundo, lento, mientras trataba de ordenar los acontecimientos de la noche anterior. Estaba segura de que el *capo* no tardaría en ponerse en contacto con ella si no lo había hecho ya.

Desbloqueó el móvil solo para encontrarse con un total de siete llamadas perdidas, todas de Giovanni durante la última media hora. Pero la ladrona tendía a activar el modo «no molestar» y recordaba que lo había hecho después de que el detective le hubiera mandado ese par de mensajes.

«Espero que hayas dormido bien». Las pesadillas que solía tener ya no se presentaban con tanta frecuencia y no quería pensar que el principal motivo fuera la compañía del detective por las noches, sobre todo cuando apoyaba la cabeza sobre su pecho para escuchar el latir tranquilo de su corazón.

Dejó escapar otro suspiro mientras dejaba el móvil a un lado. No le apetecía nada hablar con Giovanni; cuando la pantalla volvió a cobrar vida con su llamada entrante, incluso se planteó rechazarla. Sabía lo que le diría, la reprimenda que no dudaría en dedicarle, pero no estaba de humor.

Pulsó «rechazar» y volvió a cerrar los ojos mientras pensaba en lo tentador que era cambiarse a uno de sus pijamas y dejar que las sábanas de la cama la acunaran. Quería dormir por lo que restara de día y, con suerte, el dolor de cabeza desaparecería. No obstante, cuando el sonido del timbre se dejó oír por el pequeño espacio, la ladrona frunció el ceño al recordar la lista de personas que conocían la ubicación de ese piso, y de entre ellas las que se atreverían a irrumpir en su privacidad.

Abrió la puerta para encontrarse nada más y nada menos que con el *capo* de la Stella Nera, impecable, vestido con uno de sus trajes habituales: el negro, que prevalecía por encima de todo y la corbata, que cambiaba de color según le apetecía. Intentó no arrugar la nariz ante el potente olor de su perfume mientras apreciaba su rostro desprovisto de la barba que le había visto hacía un par de días. Incluso el pelo estaba diferente, como si se lo hubiera cortado.

—Qué sorpresa —soltó ella rompiendo el silencio.

—Vuelve a ignorar otra de mis llamadas y no te llegará la vida para cumplir con el castigo que te imponga, *principessa*. —Su voz había sonado firme, amenazadora, aunque suave cuando siseó el apodo que solamente él tenía derecho a utilizar—. Tienes cinco minutos para lavarte la cara y cambiarte de ropa.

—No, gracias; creo que me tomaré el día libre. Yo también me merezco unas vacaciones, ¿no te parece? —Una provocación que había bañado en sarcasmo.

—Tienes veinticuatro años.

—¿Y qué...?

Pero el *capo* la cortó alzando el dedo índice a la altura del pecho.

—Ni se te ocurra replicarme —advirtió sabiendo que la muchacha no solía quedarse callada—. Y ya hablaremos sobre vuestra escapada de ayer.

—Tú lo has dicho: tengo veinticuatro años. Deja de controlarme.

—¿Que deje de controlarte? —repitió incrédulo, divertido también—. ¿Cuando te has llevado la segunda gema de la Corona a un bar cualquiera para acabar como una cuba? ¿Has perdido la cabeza?

—No dramatices, que a la Lágrima no le ha pasado nada.

—¡Basta! ¿No eres consciente de la estupidez que has cometido? Si te la hubieran quitado...

—¿Qué? —lo desafió ella atreviéndose a alzar la barbilla mientras se cruzaba de brazos—. ¿Qué me habrías hecho? El brazalete está a salvo, ¿vale? Deja de controlarme y portarte como si aún tuviera diez años; ya no los tengo —repitió, y se remontó sin poder evitarlo a las palabras que Giovanni le había soltado semanas atrás: «Sigues siendo mi pequeña»—. ¿Por qué has venido?

El italiano mantenía el rostro impasible; las manos, llenas de anillos, cruzadas por delante, y los hombros rígidos, mostrando la elegancia que lo caracterizaba.

—Thomas Russell nos espera —se limitó a decir, y ni siquiera le permitió contestar cuando ya estaba dirigiéndose a la puerta.

La mirada que Thomas le dedicó a la ladrona al subirse a la parte trasera del vehículo fue de absoluta indiferencia; no había ni rastro de la preocupación que había sentido por ella un par de meses atrás. Sin embargo, la fría sensación no impidió que Aurora le dedicara una pequeña sonrisa mientras Stefan iniciaba la marcha para adentrarse entre las calles de la ciudad.

—Aquí nos tienes; a tus órdenes, mi querido amigo. —La voz del *capo*, sentado a su lado y en una postura mucho más cómoda, desprendía una ironía evidente que mostraba que su tiempo valía oro—. ¿Qué puedo hacer por ti?

—Hace dos días que Aurora y mi hijo han vuelto de la República Dominicana y todavía no he visto la gema. Vincent tampoco sabe nada. Espero que no me hayáis dejado al margen, porque sigo teniendo el cofre y, de lo contrario, la búsqueda acaba aquí.

—¿Es una amenaza? —preguntó Giovanni ligeramente sorprendido, aunque no era más que parte del espectáculo que disfrutaba de dar—. Stefan, ¿a ti qué te parece? ¿Ha sido una amenaza?

El italiano se pasó la lengua por el colmillo y observó a su jefe por el espejo retrovisor. Si este le hacía una pregunta, daba igual lo absurda que fuera, él tenía que contestar.

—Sí, jefe. —Iba serpenteando por calles aleatorias sin un rumbo fijo hasta que el *capo* no le dijera que volvieran al punto en el que Thomas se había subido, a un par de calles del museo.

—Como comprenderás, soy un hombre con valores y, si he aceptado este encuentro, ha sido por educación, pero vuelve a amenazarme y bastará una palabra para que mis hombres hagan de tu muerte un trágico accidente. ¿Me he explicado con la suficiente claridad?

—Giovanni —intervino la ladrona mirándolo por encima del hombro. No tenía sentido iniciar una disputa que no los llevaría a nada.

—*Silenzio* —contestó el *capo* sin importarle que una tensión espesa hubiera inundado el ambiente—. Nuestro amigo solo necesitaba recordar que es mejor mantener los pies sobre la tierra; nada de exigencias o amenazas absurdas. Nuestro objetivo sigue siendo el mismo. ¿No es así, Thomas? Ahora repite lo que has dicho, pero más agradable, que todavía no me he tomado el café.

—Quiero ver la Lágrima de Ángel —pidió el hombre ya algo más sereno—. Por favor —decidió añadir al ver que el italiano alzaba las cejas. Thomas odiaba esa sensación, pero la desesperación por ver la joya podía más que el orgullo—. Vincent me ha explicado cómo ha ido el viaje y dónde estaba escondida, y esperaba averiguar la ubicación de la tercera lo antes posible, pero aquí nadie dice nada, y...

—Han pasado dos días, Thomas, cálmate —lo interrumpió el jerarca—. No nos íbamos a reunir sin ti, no tenías de qué preocuparte. Sigues siendo una pieza importante en este juego, igual que tu hijo.

Giovanni esbozó una sonrisa ladeada, como siempre hacía cuando dejaba entrever un significado mucho más sombrío en sus palabras. Si bien los Russell representaban una ayuda que el *capo* había aceptado a regañadientes, cuando la Corona de las Tres Gemas estuviera completa se encargaría de los cabos sueltos.

—Quiero a Vincent fuera de esto.

Aurora, en el asiento del copiloto, no perdía detalle de la conversación.

—¿Has oído hablar de la expresión que dice que «una vez que entras es muy difícil salir»? Porque he de decirte que tu hijo se ha lanzado casi de cabeza y es complicado para mí dejarlo fuera cuando él solito se ha sumado a esta aventura. ¿O no es así, *principessa*?

El italiano había sido un iluso al creer que permanecería callada. Aurora chasqueó la lengua, saboreó el tono burlesco que había utilizado y, sin apartar los ojos de la carretera, dijo:

—Yo me ocuparé, como siempre —apuntó sin intención de dejar que respondieran—. Y, Thomas... Cuando quieras conocer mi próximo movimiento, pide un encuentro conmigo y no con el *capo*, pues es un hombre muy ocupado. ¿Verdad, Giovanni?

Ninguno de los presentes contestó y la princesa de la muerte tampoco mostró deseo alguno de seguir con la conversación. Pero cuando quiso decirle a Stefan que diera media vuelta, la voz del *capo* vibró una vez más:

—Le encanta pisar arenas movedizas —le dijo a Thomas, que contemplaba incómodo la situación—. Sobre todo cuando se le olvida quién le ofrece los recursos para que pueda ir y robar las joyas. Estos niños..., ¿verdad? Se piensan que tienen al mundo rendido a sus pies.

—Stefan, da media vuelta —declaró ella ignorando las palabras de su mentor.

—Sigue conduciendo —ordenó Giovanni en un tono mucho más oscuro, haciéndole saber al joven lo que pasaría si se atrevía a desobedecerlo.

Stefan se aclaró la garganta y afianzó el agarre al volante sin aminorar la velocidad. A pesar de que él apreciaba a su compañera, la palabra del *capo* siempre estaría por encima de la suya.

—¿A ti no te ha pasado, Thomas? —siguió diciendo el jerarca tras el momentáneo silencio mientras contemplaba que la mirada de la ladrona seguía en la carretera—. Estos niños que se creen adultos y no miden las consecuencias de sus actos. Tu hijo también tiene ese toque rebelde, ¿no? La mirada desafiante no pasa inadvertida y estoy seguro de que en alguna ocasión te habrá retado.

—Vincent es... —Pero se quedó callado percatándose de lo que iba a decir. No entraría en su juego—. No he venido a hablar sobre él, sino de la tercera gema.

—Le dije a Vincent que lo llamaría para concretar la reunión, ¿no te ha dicho nada? —intervino Aurora.

—Sí. —Una respuesta escueta, breve, sin intención de elaborar.

Un nuevo silencio se apropió del ambiente.

Parecía como si el tiempo se hubiera detenido, hasta que el neoyorquino volvió a hablar:

—Yo me bajo aquí —soltó, agradecido con ese destino que había puesto el semáforo en rojo. Desde que se había subido a ese vehículo no había dejado de notar los hombros rígidos y el pecho contraído. Admitía que había sido una mala idea reunirse con Giovanni; el ansia había jugado en su contra y no veía el momento de desaparecer del escenario—. Esperaré la llamada.

—¿Adónde coño crees que vas? Detente —ordenó el *capo*, pero era demasiado tarde. Thomas Russell se entremezclaba entre los transeúntes dejando que una expresión de sorpresa se grabara en los tres rostros.

—¿Qué hago, lo persigo? —sugirió Stefan mientras acariciaba el acelerador con suavidad. Echaba de menos la adrenalina.

—Este hombre va a conseguir que me explote una vena

—murmuró el *capo* mientras marcaba un número y se llevaba el móvil a la oreja—. No, volvemos a la base —le ordenó a Stefan, aunque de inmediato su atención se dirigió a la llamada entrante—: Russell padre se ha marchado de paseo. Id a por él y no lo perdáis de vista. Mantened las distancias e informadme de cualquier movimiento. No, que nadie le toque un solo pelo, y tampoco lo secuestréis, joder. ¿Me escucháis cuando hablo? Vigiladlo. Nada de acabar con él aún. Esperad instrucciones.

La ladrona se mordió el interior de la mejilla ante las últimas palabras, imaginándose, por un momento, qué pasaría si Thomas resultara herido o si Giovanni diera la orden de deshacerse de él. Estaba segura de que el detective no se tragaría el supuesto accidente y no dudaría en culpar a la organización, en culparla a ella... Frunció el ceño sin darse cuenta de que el semáforo ya había cambiado de color. ¿Desde cuándo le importaba? ¿Por qué no podía quitarse de la cabeza la imagen de Vincent? Las lágrimas que derramaría si viera a su padre herido en el suelo.

«Vincent Russell es mío», recordó el instinto que había surgido en su interior.

Pero esas palabras no habían significado nada.

O al menos eso era lo que quería creer.

—Aurora —la llamó Stefan, y fue cuando se percató de que ya habían llegado; no obstante, el vehículo todavía se encontraba en marcha, aunque no había rastro de Giovanni—. Se ha ido.

Si había dicho algo, la ladrona no se había enterado.

—Pues me voy a dormir.

—Espera —la frenó; era en ese momento o nunca. Si lo alargaba más y Aurora llegaba a descubrirlo por su cuenta, las consecuencias serían peores—. Tenemos que hablar.

28

Stefan había temido aquella conversación durante semanas, desde que él y Romeo habían descubierto lo que contenía ese cuaderno, y no había dejado de alargar lo inevitable. Incluso en ese momento, mientras se servía un vaso de agua y contemplaba cómo la ladrona y su gatita jugaban en el sofá, seguía preguntándose si valía la pena destrozar la calma que la rodeaba.

Él no quería desatar la tormenta, pero tampoco podía negarle una información que le pertenecía. Por ese motivo había decidido ir al piso franco para contárselo; así se aseguraba de que no saliera disparada del coche. Quería creer que él sería capaz de ayudarla y de contener cualquier reacción. Era consciente de que marchaba a ciegas y de que la ladrona era impredecible; aun así, él tenía que seguir tranquilo.

—No me gustan las sorpresas ni jugar a las adivinanzas —dijo Aurora con la atención puesta en Sira, que perseguía la mano de su dueña sobre el respaldo del sofá—. He cumplido con lo de no insistirte por el camino, pero ya estamos aquí. ¿Qué pasa?

—No me has contado qué tal por la República Dominicana.

La ladrona lo miró sorprendida mientras el italiano se acomodaba en una de las sillas de la mesa circular del comedor, a unos metros de ella.

—¿En serio? —Alzó las cejas confusa—. Puedes ahorrarte la introducción, lo sabes, ¿no? Dime qué ocurre.

—Lo que ocurre es que no he sabido nada de ti en casi un mes. Que los rusos os han atacado y, más allá de pedir que os sacásemos de allí, no has soltado prenda. Podrías hacerme un resumen, por lo menos, o explicarme cómo has conseguido que el jefe salga de su cueva. ¿Has notado que se ha echado un perfume nuevo?

—Se me había olvidado que te fascinan.

—Pensaba que regalarte uno cada Navidad mantendría tu memoria intacta.

—En cuanto al viaje... No hay mucho que contar —empezó a decir sabiendo que Stefan era de naturaleza insistente; prefería responder y que le explicara de una vez el porqué de tanto misterio—. Ha ido bien; mucha playa, mucha crema solar y hemos encontrado la segunda gema. Eso es lo importante.

Pero detrás de aquella explicación tan simple los recuerdos de Aurora escondían un sinfín de conversaciones y momentos que había compartido con el detective, sobre todo esa noche en la que ambos se habían dejado llevar, cuando ella se había abalanzado sobre sus labios. Daba igual cuánto intentara frenarse, su boca siempre acababa sobre la de él.

—Pero deja de dar vueltas y dime de una vez qué está pasando —añadió al límite de su paciencia—. ¿Es el cuaderno de Thomas? ¿Lo habéis conseguido?

Stefan no respondió; mantenía los ojos fijos en los de la ladrona, que seguía esperando una respuesta. «Ahora o nunca», se repitió una vez más. Nunca le había resultado tan difícil hablar y la duda no dejaba de saltar alrededor. Todavía estaba a tiempo de retractarse; la vida de su compañera no sufriría ningún daño, pero sabía que, tarde o temprano, su cobardía acabaría con él y el resultado sería mucho peor.

Se llevó el vaso de agua a los labios en espera de que el líquido refrescante le diera la palmadita que necesitaba.

—Thomas no es quien lo ha escrito —confesó—. El cuaderno no es suyo.

La curiosidad de la ladrona despertó.

—¿Y de quién es?

—Tenía un nombre grabado en la primera página, además de las fechas de cada entrada desde 1988 hasta el 2003. ¿Has visto esos diarios forrados en cuero? Pues el cuaderno que tiene Thomas, en realidad, es el diario de esa persona que ha garabateado toda la búsqueda de la Corona de las Tres Gemas: datos de cada una de las piedras, la corona que las une, la supuesta historia que hay detrás... Incluso el funcionamiento del cofre, pero también hay alguna que otra información que es pura especulación, sobre todo cuando habla de la ubicación de la segunda y tercera gemas. Consiguieron dar con el Zafiro de Plata, que después se perdió hasta que volvió a aparecer este año.

Aurora se quedó un momento en silencio para asimilar la información.

—Eso explicaría por qué Thomas no ha dejado de ojearlo —convino la ladrona—. ¿Te acuerdas de cuando el cofre parecía no funcionar? Y ese acertijo... ¿También lo ha escrito esa persona? ¿Habéis averiguado quién es? ¿Habéis hecho una copia, como os pedí? —preguntó levantándose del sofá para sentarse a la mesa. Sira maulló en protesta, pero el interés de la ladrona por el misterioso diario había alcanzado niveles inimaginables—. Sería interesante averiguar cómo ha acabado en sus manos.

La muchacha estaba ansiosa, hambrienta por conocer esa verdad que se escondía entre los años, como si estuviera ojeando un libro antiguo. Se había cruzado de brazos esperando a que él le enseñara el documento escaneado, pero Stefan no dejaba de mirarla sabiendo que, en los próximos minutos, su mirada cambiaría.

—También había algunas fotos metidas entre las páginas —dijo mientras desbloqueaba el móvil para encontrar el archivo—. Está todo aquí, pero... Creo que hay algo que deberías saber.

—¿Sobre Thomas?

—Lo he investigado —confesó, y contempló su desinteresada reacción. Si bien a la ladrona no le importaba su pasado, deseaba saber el motivo que había llevado a su amigo a hacerlo—. Porque yo también me hice esa misma pregunta: ¿por qué un tipo con familia, trabajo y una vida aparentemente normal custodia desde hace años un diario que no es suyo? La última entrada es de diciembre de 2003 y en ella se menciona la posible ubicación de la Corona. Se dice que será un enigma difícil de resolver, casi imposible; duda incluso de que realmente exista, que no sea más que un mito. —Hizo una breve pausa antes de continuar—: Me pregunté qué relación tendría Thomas con esa persona, pero no hay ninguna. Ni antiguos compañeros ni amigos ni tampoco comparten lazo familiar; nada. —Volvió a quedarse en silencio durante un breve instante—. El propietario de ese diario era italiano; Enzo Sartori.

La expresión en el rostro de la ladrona no cambió, ni con la mención de la nacionalidad ni con la identidad del hombre. Lo único que la había hecho parpadear había sido que se refiriera a él en pasado.

—¿Está muerto? —preguntó ella segundos más tarde—. ¿Quién era?

—Un ladrón —se limitó a decir contemplando la sorpresa que se había instalado en su mirada de color verde—. Una pareja de ladrones, en realidad. Enzo y Rosella Sartori, que ejecutaron no se sabe cuántos atracos de guante blanco. Se ocultaban del mundo llevando una doble vida. Según las fechas que aparecen en el diario, robaron la primera joya en las Navidades del noventa y uno, en la ciudad de Milán. Una pieza de coleccionista valorada...

—¿Milán? —repitió la joven ladrona mientras observaba que más y más piezas del rompecabezas se repartían sin descanso por la mesa—. Quizá tienen alguna vinculación con la Stella Nera... —sugirió, y la imagen del *capo* apareció de repente—. ¿Ella también está muerta?

—Sí.

Pero esa respuesta parecía esconder algo más.

—Hay algo que no me estás contando. —La voz de la ladrona sonaba decidida, insistente, más seria que nunca—. Stefan.

—Eran una familia —respondió él al tiempo que se daba cuenta de que la pierna le había empezado a temblar, un cosquilleo que le recorría el cuerpo—. Una pareja de treinta y pocos que habían tenido una preciosa niña de un «cabello tan negro como la obsidiana» —citó lo poco que el padre de la criatura había escrito en el diario, detrás de la fotografía de la recién nacida—. Y que los tres, según la prensa nacional, murieron de manera trágica. La niña solo tenía cinco añitos... —Se aclaró la garganta. Llevaba minutos preparándose para enfrentarse a cualquier movimiento que hiciera—. Se abrió una investigación para averiguar qué había pasado con esa familia, pero...

—¿Cómo se llamaba la niña?

El italiano se quedó en silencio y habría jurado que estaba escuchando los pensamientos que se arremolinaban de manera caótica en la mente de Aurora.

—¿Cómo se llamaba? —repitió, pero a Stefan le estaba costando una vida entera revelárselo—. Quiero su nombre.

No era una petición amable, mucho menos una pregunta, sino una exigencia que la ladrona había ocultado en un susurro tranquilo, como si le hubiera fallado la voz.

«Ahora o nunca».

—Dianora Sartori.

29

A la joven ladrona le gustaba muy poco pensar en lo que había vivido en el orfanato: fragmentos fugaces que se le presentaban como pesadillas; las voces de las hermanas adueñándose del frío lugar; las paredes bañadas en esos colores pastel espantosos solo para esconder el sufrimiento de los niños que vivían allí.

Recordaba las noches de insomnio en las que se había preguntado sin parar qué había sido de sus padres. Había ansiado durante mucho tiempo que volvieran a por ella y la rescataran de las garras de aquellas señoras que decían transmitir la palabra de Dios. Pero, a medida que los años fueron avanzando, ese deseo se convirtió en polvo y encerró lo que la pequeña Aurora sabía de sus padres.

Dos personas que se habían atrevido a abandonarla a su suerte; esa era la versión que ella conocía, con la que había crecido: dos seres que se habían deshecho de su propia hija para que no volviera a estorbarles.

«Dianora Sartori».

«Me llaman Aurora».

Lo único que esos nombres tenían en común eran las últimas tres letras, y había muchas niñas en el mundo con el cabello de color negro. Ella era Aurora, siempre lo había sido; una niña sin suerte que había sido abandonada por la crueldad de la vida, pero de la que Giovanni la había salvado.

«Sigues siendo mi pequeña».

«Yo he pulido el diamante en bruto».

¿Qué probabilidad había de que el hombre con quien había hecho un trato para recuperar el Zafiro de Plata hubiese tenido algo que ver con esa pareja de ladrones?

—Di algo —pidió Stefan dejando que en su voz se apreciara cierta súplica.

—No sé qué quieres que te diga —respondió. Su mirada se había perdido por encima del hombro del italiano. «Perdida». Una niña perdida de la que el destino se había reído durante todo ese tiempo—. Lo que sea que estés tratando de insinuar, olvídalo. ¿Te das cuenta de lo absurdo que suena?

—Aurora...

—No —contestó levantándose de la silla; de pronto, empezaba a sentir que ese apartamento era demasiado pequeño, incluso le costaba respirar—. Que una pareja de ladrones haya tenido una hija y que yo también sea una ladrona... Y que tengamos el pelo negro... —Se calló de un segundo a otro. Un jadeo entrecortado se había apropiado de ella. Necesitaba aire y la desagradable sensación que le viajaba por el pecho le impedía pensar con claridad—. Mis padres me abandonaron en un orfanato de mala muerte; fin de la historia. Es una herida que ya está cerrada.

—He hablado con mi contacto de la policía para pedirle el informe del caso...

—Stefan, basta —lo interrumpió—. No quiero saberlo; me da igual lo que les haya pasado. ¿Te crees que no me han sobrado oportunidades para averiguar algo de mis padres? ¿Por qué decidieron dejarme allí...? No me interesa. ¿Es que no lo entiendes? No me... —La voz se le rompía; no podía esconder el dolor al imaginarse cómo habría sido su vida si hubiera estado rodeada por un ambiente cálido, lleno de amor—. ¿De qué me serviría saber lo que pasó si no puedo hacer nada para cambiarlo? Todo va a seguir igual y yo seguiré siendo otra huérfana más...

—Te equivocas —dijo con rapidez, tomándola desprevenida, aunque no tardó en suavizar el tono—: porque, si no te importara, no habrías reaccionado de esta manera. ¿Una herida que ya está cerrada? Tienes ganas de llorar, pero no lo harás delante de mí porque eres demasiado orgullosa. No dejas que nadie entre porque temes que te hagan daño, como hicieron tus padres al abandonarte; se supone que tendrían que haberte cuidado, protegido con uñas y dientes, pero no fue así, o eso es lo que tú has creído siempre. Si Enzo y Rosella Sartori fueron tus padres, aunque hayan fallecido, ¿no te gustaría saber cómo fue? ¿Saber si de verdad pelearon por ti para salvarte de su mismo destino? ¿Si te quisieron? Tu historia cambiaría; ya no serías una niña abandonada, sino la niña a la que quisieron de manera incondicional y que sabrá salir adelante para conservar el legado de su familia.

«Familia». Esa palabra siempre le había parecido lejana, desconocida, inalcanzable... Una etiqueta de usar y tirar que, durante años, había empleado con Giovanni y su sobrina. Había sido una intrusa que se había colado a la fuerza en un ambiente que nunca le había pertenecido.

De pronto, Aurora notaba que la mirada se le empezaba a inundar; el picor en los ojos amenazaba con soltar esas lágrimas que siempre contenía dentro de ella. Respirar costaba cada vez más y el nudo en la garganta crecía a cada segundo. «Una niña que había sido querida, que tenía un apellido, a la que no habían abandonado», pensó. El escozor de los ojos pasó a las manos tan solo para reflejar el deseo que tenía de romper lo que fuera, de arrojarlo al suelo para que se hiciera añicos.

Una familia que de verdad había existido, pero que ella jamás recordaría.

Las lágrimas se entremezclaron con una risa suave; por más que lo intentaba, no recordaba sus rostros, y todos los escenarios que acababa de imaginarse, en los que sus padres jugaban con la pequeña de ojos verdes, pronto se convirtieron en dos manchas negras.

—Aurora —pronunció Stefan con suavidad—. Habla conmigo, estoy aquí.

Sira se acercaba a su dueña con sigilo bajo la atenta mirada del italiano, que además estaba pendiente de cualquier movimiento. Pero Aurora, que se había colocado de espaldas a él, seguía sin moverse, tan quieta que parecía que ni siquiera respiraba. Trató de acercarse. Necesitaba saber qué le pasaba por la mente y si ese descubrimiento y su relación potencial con Thomas Russell habían abierto una puerta que ya no podría cerrar.

Sin embargo, la voz de la ladrona frenó cualquier intención cuando oyó el sonido de la primera pisada.

—No te acerques —pidió dejando que, sin querer, Stefan apreciara la debilidad que se había adueñado de su voz—. Necesito que te vayas.

—No creo que...

—Es una orden, Stefan. Déjame sola.

El muchacho tragó saliva sin saber qué hacer. No quería marcharse, pues presentía que, en el momento en que pusiera un pie en el exterior y se alejara del edificio, la tormenta se desataría sin contemplaciones. Y no podía permitir que su amiga se desmoronara sin estar allí para sujetarla.

—No estamos en ninguna misión para que me ordenes nada. Quiero ayudarte, ofrecerte mi hombro; no tienes por qué enfrentarte a esto tú sola... Joder, Aurora, mírame —exigió, aunque supiera que no se daría la vuelta por más que le insistiera. Terminó por acortar la distancia, colocándose delante de ella, y le alzó la barbilla con extrema delicadeza—. Te quiero y te respeto, y me sumaría a cualquier plan que tuvieras; por eso te pido que no nos apartes, que pienses...

—Por favor —respondió, seca, mientras apreciaba la mirada cálida de Stefan; la frente ligeramente arrugada que denotaba una preocupación inmensa—. Quiero que me dejes sola para leer ese diario.

—¿Estás segura? Porque puedo...

—Por favor —repitió haciendo que él se callara. Aurora no solía rogar; esas dos palabras no acostumbraban a estar en su vocabulario y ya era la segunda vez que se lo repetía.

La idea seguía sin gustarle demasiado, pero sabía que no podría convencerla de lo contrario. Dejó escapar un largo suspiro.

—Vendré más tarde para ver cómo estás.

Aurora no contestó y su silencio bastó para que Stefan se acercara y le diera un beso en la frente; una despedida que le había sabido amarga, indiferente, pues la ladrona acababa de levantar una nueva fortaleza alrededor.

En el instante en el que oyó que la puerta se cerraba, las rodillas tocaron el suelo y la princesa de la muerte se llevó la mano a la boca para tratar de frenar el sollozo. Le dolía la garganta, notaba el escozor envolviéndola. Y no pudo evitar que surgiera un grito ahogado.

Rompió a llorar, el mismo llanto de cuando pisó el orfanato por primera vez.

La ladrona de guante negro escuchaba a Stefan al otro lado de la puerta; golpes tímidos que le pedían que lo dejara entrar.

Había cumplido su promesa de ir a verla, pero ella no le abriría, y dejó que su silencio le hiciera saber que solo estaba perdiendo el tiempo. El italiano recibió la petición como una confirmación de sus sospechas: Aurora se había encerrado en sus recuerdos, aunque trató de hacerla entrar en razón, la barrera permaneció intacta.

Acurrucada en el sofá junto a Sira, miraba de reojo la pantalla bloqueada del móvil. No se atrevía a adentrarse en el archivo que Stefan le había enviado hacía unas horas, pues aquello significaría indagar en el pasado de su supuesta familia, y el deseo de seguir imaginándose cómo habría sido su vida no dejaba de crecer a cada minuto que pasaba. Los minutos pronto se volvieron horas.

Había perdido la noción del tiempo y se dio cuenta de ello cuando la noche irrumpió en el pequeño apartamento.

A pesar de la escasa iluminación, contemplaba a su gatita jugar cerca de ella para reclamar la atención que le correspondía, pero a la ladrona poco le apetecía cambiar de posición: las rodillas continuaban cerca del pecho y la cabeza estaba apoyada en la almohada. Se sentía perdida y la conversación con Stefan se repetía en su cabeza sin descanso, como si la palabra «familia» se hubiera sentado encima para acabar de privarle del poco aire que le quedaba.

Intentó inspirar de nuevo para soltar el aire con lentitud, pero se vio interrumpida cuando una notificación inundó la pantalla del móvil iluminando la estancia. Era un mensaje de Vincent, pero ni siquiera se molestó en abrirlo y lo dejó olvidado entre los demás.

«Nuestro fin es inevitable, Aurora».

¿Por eso había aceptado la tregua? ¿Para tenerla controlada y averiguar qué sabía?

«Solo quiero conocer a la persona que se esconde detrás del mito. A la verdadera Aurora...».

¿Por qué había mostrado tanto interés en conocerla aun cuando decía que la detestaba?

El propio detective se lo había recalcado en más de una

ocasión: daba igual lo que sucediera entre ambos, ella acabaría entre rejas. Entonces, ¿por qué había insistido en acompañarla a la República Dominicana? ¿Por qué se había arriesgado de esa manera si no era para mantenerla vigilada? Pero él no había dudado en traerla a la vida; la preocupación que había mostrado al preguntarle sobre sus pesadillas, su intento por que estuviera bien...

Cuando quiso cerrar los ojos para alejar el recuerdo de Vincent estrechándola contra su pecho, aliviado por no haberla perdido, el sonido de una llamada inundó el espacio y el mismo número de antes volvió a aparecer.

Se quedó mirándolo durante varios segundos, dudando si responder o no. No sabía qué decirle ni cómo actuar, teniendo en cuenta que podría estar involucrado en el juego en el que participaba su padre: el diario que no le pertenecía, pero que, aun así, conservaba en su poder.

«No lo sabes», se dijo convenciéndose.

Aceptó la llamada en un arrebato, aunque se mantuvo callada y se apoyó el móvil sobre la oreja y parte de la mejilla.

El silencio perduró durante unos segundos hasta que Vincent se encargó de romperlo.

—Pensaba que no me contestarías —murmuró escondiendo la sorpresa—. ¿Cómo estás?

—Como siempre.

Bastó esa simple respuesta para que las alarmas de Vincent se encendieran. No había percibido ni un gramo de diversión en su voz, y mucho menos el deseo de volver a protagonizar alguna de sus clásicas discusiones, esas que, sin darse cuenta, había empezado a echar de menos.

—¿Pasa algo? —preguntó mientras se incorporaba de la cama para esperar una respuesta que sabía que no llegaría—. Sabes que puedes hablar conmigo, que...

—¿De verdad?

Vincent no respondió; había detectado la vacilación que acompañaba la pregunta.

—Te noto rara. Sabes que puedes confiar en mí. Cuéntame qué...

—Ese es el problema.

El detective apretó el móvil contra la oreja sin atreverse a preguntarle a qué se refería. Había pasado poco más de un día desde que se habían visto por última vez y aún no se había sacado de la cabeza el momento en que había hecho que su espalda se apoyara en la pared para que él pudiera impregnarse de sus labios; la manera en la que Aurora le había acariciado los hombros mientras sus caderas se movían juguetonas para sentir el roce... Dejó escapar un suspiro para volver a la realidad.

—¿Es por lo de anoche? Si te hice sentir incómoda... —preguntó mientras miraba a la oscuridad de su estudio, la misma que parecía intentar instalarse en su pecho—. ¿Por qué no dices nada?

—Voy a colgar.

—Espera —pidió con rapidez—. No lo entiendo; todo parecía ir bien... ¿Por qué me apartas? Si te he dicho algo, si... Quiero entenderlo —añadió tras chasquear la lengua. Necesitaba ser paciente y no presionarla más de la cuenta, pues no quería que se cerrara por completo—. Aurora —pronunció en un último intento, desconociendo lo que ese nombre le generaba en aquel instante—. Háblame, por favor.

Transcurrieron varios segundos en los que la ladrona se mostró reacia a contestar y le permitió escuchar el ritmo de su acompasada respiración, demasiado tranquila de las veces que solían hablar. Entonces comprendió que daba igual lo que hiciera, que ella no le diría nada.

Pero, lejos de lo que había creído, se sorprendió cuando empezó a hablar:

—Cuando era pequeña me costaba pronunciar algunas

palabras. No sabía vocalizar bien, además de que siempre hablaba entre dientes. Y las monjas se enfadaban cuando no lograban entenderme, así que me castigaban, y cada castigo era... peor que el anterior; tenían mano dura y daban miedo. Supongo que aprendí a hablar por las malas, porque no quería que siguieran haciéndolo. Durante los cinco años que estuve allí me pregunté por qué los niños no queridos acaban en un lugar como ese: húmedo, recubierto de piedras, pero con algunas paredes pintadas de colores para disfrazar lo que realmente ocurre.

—Dime dónde estás —rogó el detective—. Puedo ir y estar contigo, acabar de hablarlo...

—Siempre se ha tratado de eso —lo interrumpió.

—Aurora, lo estoy intentando, te prometo que sí, pero no logro entender a qué te refieres. ¿Por qué no me dices qué está pasando? ¿Por qué actúas de esta manera? Te noto extraña, distante y siento que en cualquier momento vas a colgarme y no te volveré a ver. —No había sido su intención soltárselo de aquella manera, pero era tarde para arrepentirse—. ¿Dónde estás?

La muchacha no iba a revelarle el lugar en el que se escondía, pues sabía que, de hacerlo, él acudiría y no se iría hasta que le abriera la puerta. «Está asustado», susurró la vocecilla en su cabeza provocando que se mordiera el interior de la mejilla. ¿Quién no estaría asustado cuando las verdaderas intenciones habían salido a la luz?

Ya no sabía qué pensar o qué creer, aunque muy en el fondo deseaba que los Russell no estuvieran involucrados en el pasado de sus padres; que *él* no lo estuviera. La peor parte llegaría si las sospechas de Stefan se confirmaban. ¿Cómo actuaría cuando descubriera que las dos personas que la habían salvado dos veces de la muerte eran las responsables de que su vida hubiera tomado un camino diferente?

Necesitaba pensar y que las emociones no la vencieran, y el primer paso sería alejarse de él, lo que debería haber hecho desde el principio.

—No quiero que me encuentres —sentenció.

Colgó la llamada y, aun a oscuras, se incorporó para abrir el documento y empezar a leer ese diario que, sin esperarlo, había trastocado todo lo que conocía.

30

El *capo* de la Stella Nera, de pie y con las manos apoyadas en la mesa del despacho, no daba crédito a lo que le estaba contando Stefan, quien no había tenido más remedio que hacerlo después de volver del piso franco donde Aurora seguía encerrada.

Romeo también estaba allí, de brazos cruzados y con la mirada puesta en Giovanni, a quien la máscara de indiferencia que siempre portaba se le había caído para mostrar lo alterado que estaba.

—¿Estás seguro? —preguntó Giovanni, y dejó escapar una bocanada de humo del puro que se había encendido minutos atrás.

—No al cien por cien. Lo poco que sé es que Thomas estuvo en Milán el mismo día que fallecieron los padres de Aurora. Se abrió una investigación, pero no he podido averiguar mucho más porque no hay nada.

—¿Nada? ¿Cómo que nada? —intervino Romeo.

—Se cerró por falta de pruebas y ahora es información clasificada. Podría conseguir ese informe, el que nos interesa, pero llevaría tiempo. No nos olvidemos de que el inspector Beckett es amigo de Thomas. Tendrá contactos y quizá lo ha ayudado a encubrirlo, porque el informe oficial dice que los tres murieron en un accidente aéreo que iba rumbo a España; el avión cayó en algún punto del Mediterráneo entre Cerdeña y las islas Baleares. No hubo ningún superviviente.

—¿Cómo has dicho que se llaman?

—Enzo y Rosella Sartori; murieron el cinco de abril de 2004, cuando él tenía treinta y dos, y ella treinta. La niña cumplía cinco años ese día.

—El cumpleaños de Aurora —murmuró el *capo*, pero lo que más le había sorprendido era ese apellido del que ya había oído hablar en alguna ocasión. Soltó otra bocanada que se esparció por toda la habitación—. ¿Por qué cojones me estoy enterando ahora? Tendríais que haber acudido a mí antes de contárselo.

Volvió a aspirar el aire contaminado para soltarlo despacio mientras pensaba en la manera de llegar hasta su pequeña. Sabía que no sería fácil, teniendo en cuenta la discusión del otro día que todavía cargaban sobre los hombros.

—Con todo el respeto, jefe... —intervino Romeo ganándose su inmediata mirada—. Ya sabes cómo es; te habría cerrado la puerta igual, y lo habría hecho con cualquiera porque es un tema delicado. Aurora siempre ha sido muy reservada con su vida, y ahora se la estamos destripando nada menos que con la muerte de sus padres, sin olvidarnos de la posible implicación de los Russell en toda esta mierda. Creo que la mejor opción sería dejarla tranquila unos días mientras nos centramos en el policía y su padre. Los interrogamos y que nos digan qué ha pasado.

—¿Así de fácil? —preguntó Giovanni, que mostró una incredulidad burlesca.

—Todo el mundo acaba haciéndolo si se le aprieta en el punto adecuado.

—Si te refieres a ponernos intensos con las preguntas,

por mí está genial —declaró Stefan—, pero, si hablamos de técnicas de tortura, no creo que a Aurora le haga mucha gracia, sobre todo si resulta que el detective al final no ha tenido nada que ver. ¿O no la habéis visto defenderlo? Se vuelve una fiera. Y no nos conviene ahora alterarla más.

Los tres hombres, de pie y encerrados en el despacho de la líder, se quedaron en silencio ante lo delicado de la situación.

—No tendríamos que habérselo dicho —murmuró Romeo mientras se llevaba la uña del pulgar a la boca, aunque su compañero no tardó en frenar la horrible manía de morderse la piel siempre que se ponía nervioso—. ¿Cuántos años han pasado? ¿Veinte?

—Dieciocho —aclaró Stefan.

—Pues eso. Nunca la he visto interesarse en buscar a sus padres; sí, es reservada, pero estas cosas se ven, y la conocemos. ¿Qué hemos ganado aparte de alterarla?

—¿Tú no querrías saber la verdad?

El *capo* se mantenía callado dejando que sus dos muchachos siguieran hablando. No estaba prestándoles atención, ya que ese apellido continuaba haciendo eco en su mente. Había oído hablar de los Sartori: una pareja de ladrones que había debutado con su primer robo a principios de los noventa, si mal no recordaba. Era Nochebuena y los copos de nieve caían con sutileza manchando las calles de blanco de la impaciente ciudad. Las familias estaban tan ansiosas por regresar a sus hogares que nadie estaba prestando atención a esa joven pareja de enamorados que paseaban de la mano.

Al día siguiente, el alcalde, que había aprovechado las fiestas para pasarlas con su familia fuera de Milán, se despertó con la noticia de que habían robado el cuadro favorito de su esposa, valorado en más de doscientos mil euros, además de las joyas que se habían encontrado chafardeando por los cajones tras haber saqueado la caja fuerte. La noticia había causado furor entre los medios nacionales, pues la misteriosa pareja había burlado el sistema de seguridad con una facilidad extrema. Había sido un robo limpio, estudiado, aunque no hubiesen reparado en la testigo de la casa vecina que había contemplado su huida por el jardín; una señora de la clase alta que se había colocado junto a la ventana por casualidad y había alertado a la policía al darse cuenta de las dos sombras que se escapaban con las manos llenas.

Dos sombras que no habían desaprovechado el momento de darse un corto beso ante el éxito de su primer robo de guante blanco, que había alterado ligeramente a los ciudadanos, sobre todo a la élite del país, preocupados por ser las siguientes víctimas.

A partir de ese día, la pareja fue copando las portadas de los periódicos y encabezando los canales televisivos, debido a la firma que Enzo y Rosella habían dejado en el espacio donde antes había estado colgado el cuadro. Su primera firma, la que, sin darse cuenta, había supuesto el origen de su legado.

Giovanni los había conocido, sí, pero a través de las noticias, nunca personalmente, pues al joven veinteañero poco le había interesado entablar una conversación cualquiera con dos personas que se dedicaban a otra rama de la delincuencia. Su prioridad por aquel entonces era otra: su incorporación al mando de la Stella Nera.

Se llevó el puro a los labios, le dio otra calada y la imagen de Aurora, enfundada en su clásico traje negro y con las manos bañadas en el mismo color, apareció de repente. Le sorprendía lo caprichosa que la vida llegaba a ser y lo pequeño que resultaba el mundo.

—Iré a hablar con ella —sentenció el *capo*; le daba igual haber interrumpido la conversación entre los dos hombres—. A mí me escuchará.

No obstante, ni Stefan ni Romeo estaban seguros de que fuera a ser así. A pesar de su presencia imponente, el italiano había perdido el control que una vez había ejercido sobre la ladrona de guante negro. Daba lo mismo que lo intentara, Aurora era obstinada y se cerraba a todo el que intentara acercarse sin que ella lo deseara. Más en aquel momento, en que una parte de su vida pendía de un hilo.

El propio *capo* fue testigo de ello cuando, una hora más tarde, cerca de la medianoche, golpeó la puerta con los nudillos un par de veces.

Nada. Como si no hubiera nadie en el otro lado.

Volvió a intentarlo, aunque, esa vez, advirtiéndola de que se encontraba allí.

—*Principessa* —pronunció con suavidad, aunque lo bastante alto para que lo oyera—. Abre la puerta, tenemos que hablar. —Más silencio, pero no iba a rendirse—. Sé que es difícil, pero no conseguirás nada encerrándote. Déjame entrar, Aurora, por favor.

Los segundos avanzaban con lentitud, volviéndose eternos, y la paciencia del hombre parecía llegar al límite, aunque no fuera a demostrarlo. Lo único que quería era ayudarla, conseguir que hablara sobre esa parte de su vida que siempre había evitado, y que resolviera todo aquello que le dolía. Chasqueó la lengua. Si hubiera sido otro, habría echado la puerta abajo, pero decidió respetarla y probar de nuevo por las buenas.

La llamó una vez más, pero el resultado fue el mismo: un muro de madera se interponía entre ella y el resto del mundo.

31

El detective había perdido la cuenta de cuántos suspiros había soltado durante los últimos cinco minutos; sin embargo, a su hermana pequeña no se le había escapado ni uno y no perdía detalle de la tristeza, o decepción quizá, que sus ojos de color miel trataban de esconder.

Hacía días que Layla no veía a su hermano; los turnos que ella tenía en el hospital y la apretada agenda del policía los obligaban a no saber nada del otro durante algunas semanas. Por ese motivo lo había llamado esa mañana y, cuando se percató de su voz apagada, no dudó en proponerle que desayunara con ella.

Al principio Vincent se había negado, varias veces, pues no le apetecía toparse con la ruidosa ciudad y meterse en el tráfico infernal, pero su hermana era bastante persuasiva y él había acabado aceptando después de que le asegurara que le prepararía un rico desayuno. La joven cirujana, además de tener mano en la sala de operaciones, también la tenía en la cocina.

—¿Quieres que te cuente cómo el otro día Bailey me dejó a mí solita separar los tejidos de una hernia que estaba muy cerca del ombligo? Era asqueroso pero, a la vez, fascinante. Y luego tuve que darle varios puntos de sutura; se me dan bien el hilo y la aguja, para que lo sepas —dijo irradiando ternura—. Adelante, puedes presumir de mí con tus colegas, tu hermanita es la mejor residente del programa. —Layla no había perdido la sonrisa mientras observaba la repulsión en su rostro—. Oh, vamos, no me mires así. ¿Quieres que te lo cuente con más detalle?

—No quiero vomitar de buena mañana, gracias.

—Al menos he conseguido cambiar esa cara que traías.

—¿Qué cara?

—Nueve suspiros desde que has entrado por esa puerta, todo un récord viniendo de ti —expuso Layla—. Sabes que puedes hablar conmigo, ¿verdad? ¿Ha pasado algo con papá? —sugirió, aunque no tardó en negarlo—. No, no es eso; ya lo sabría. ¿Con Howard? Sus gritos también me agotarían, no te culpo. O tal vez tenga que ver con esas tres semanas que has estado fuera. Me debes muchas explicaciones, hermanito.

—Ya te lo dije. Quería desconectar y recuperarme del todo. No me controles, ¿me oyes? Sigo siendo el mayor.

—«Sigo siendo el mayor» —repitió ella, pero con una evidente burla; había puesto una voz más aguda mientras hacía muecas—. Prohíbeme que me preocupe por ti, anda. Solo quiero saber cómo está mi hermano favorito.

—El único que tienes.

—Pues con más razón —dijo esbozando una sonrisa de suficiencia—. O también podríamos seguir con la hernia; tú decides.

De la nada, al detective se le escapó una risa que inundó el comedor. Una risa que, desde hacía días, o semanas, no soltaba. Layla no tardó en unirse a él y los hermanos acabaron riéndose sin motivo aparente, consiguiendo que Vincent se olvidara por un momento de esa mujer peculiar que lo llevaba al borde del precipicio.

Quizá hablarlo con su hermana lo ayudaría a desahogarse.

—No me pasa nada, es que... —Intentaba encontrar las palabras adecuadas mientras Layla se acomodaba en el sofá tras haber dejado la taza vacía de café sobre la mesa auxiliar—. Es complicado, pero se podría decir que he conocido a... alguien, más o menos. Y me he sentido atraído desde el primer momento en que la vi. Hemos fo... —Se aclaró la garganta y no pudo evitar mirarla de reojo.

Layla se dio cuenta enseguida.

—Oh, por Dios, Vincent, que ya soy mayorcita. Y médico, además. Os habéis acostado, ¿y luego?

—Creo que hemos entrado en un círculo vicioso de discusiones y sexo, aunque tenemos alguna que otra conversación más íntima —dijo—. Con «íntima» me refiero a cuando me cuenta algo sobre su vida o yo a ella de la mía. No pienses cosas extrañas.

«Hombres», pensó ella mientras ponía los ojos en blanco y lo instaba a continuar:

—¿Y qué más?

—Ya está.

La muchacha inspiró y soltó el aire con rapidez. A veces era difícil hablar con Vincent, había que sacarle palabra por palabra y luego hacer el intento de entenderlo. Pero Layla no se rendía; así era él, y tampoco podía culparlo.

—¿Cuál es el problema? —soltó, aunque lo hizo con suavidad. Si lo presionaba, se cerraría y ya no habría manera de que la conversación avanzara—. Solo es atracción, ¿no? ¿Por qué es complicado?

—Porque me gustaría conocerla un poco más, pero ella no parece querer lo mismo. De repente me cuenta algo sobre su infancia; yo la escucho y le hago saber que estoy ahí, pero luego se cierra y me suelta que no espere nada más, que no tenemos futuro... —Otro suspiro, que el detective aprovechó para llevarse el brazo por detrás de la cabeza y mirar al techo—. Y tampoco puedo culparla, porque he sido yo quien se lo ha dicho en más de una ocasión. Es complicado porque somos iguales pero diferentes a la vez, ¿sabes?

—¿Te arrepientes?

—¿De decirle que tenemos fecha de caducidad? —preguntó con cierta ironía, la cual Layla ignoró—. No lo sé. Porque no es que no sea verdad, lo es... Esa atracción que hay entre nosotros algún día se acabará y volveremos a ser dos desconocidos que viven en mundos distintos. No va a cambiar nada y estoy confundido porque no sé qué esperar o cómo actuar cuando estoy cerca... —Se quedó callado de repente, como si la imagen de Aurora estuviera ahí, delante de él; sus ojos verdes mirándolo fijamente—. Es decidida e inteligente, y se preocupa por los demás, aunque no lo demuestre de forma abierta. Es de las que serían capaces de quemar el mundo si alguien llegara a hacer daño a aquellos que quiere. —Su hermana lo escuchaba con atención mientras se percataba de que su voz se había apaciguado. Su mirada se había adueñado de un único punto mientras sonreía de manera genuina—. Es pasional y a veces tierna. Me gusta cuando tiene que ponerse de puntillas para besarme o cuando me rodea con los brazos. Su caricia me enloquece al punto de... —El detective tragó saliva y, de nuevo, se aclaró la garganta para encontrarse con la mirada de su hermana—. Le gusta escuchar los latidos de mi corazón; piensa que no me he dado cuenta, pero... —Volvió a quedarse callado mientras dejaba escapar un nuevo suspiro—. Da igual lo que piense; nunca dejará de ser complicado.

—Sientes algo por Aurora. —La mención de su nombre provocó que el detective frunciera el ceño, ligeramente asustado de que Layla la conociera—. La chica a quien papá me pidió que curara, la que tiene una gatita, ¿no? Es de ella de quien estás hablando. ¿Por qué me miras así? Me doy cuenta de las cosas y hablo con papá.

—¿Qué más te ha dicho?

—No mucho —aseguró—. Y puedes quedarte tranquilo, que no creo que sospeche sobre tu lío con ella, porque asumo que no quieres que lo sepa, ¿no? —Vincent negó levantándose. Entonces Layla comprendió que ya no le diría nada más; aun así, quería intentarlo—: ¿Por qué?

—Porque no.

—Menuda respuesta. Todavía sigo sin saber quién es, pero le prometí a papá que dejaría el tema zanjado y no preguntaría. Pero tú sí la conoces y dices que es complicado porque no pertenecéis al mismo mundo. Un poco exagerado, ¿no? Nada es complicado si se le echan ganas. Y ni se te ocurra decirme que es algo que no entiendo; lo entiendo —añadió con rapidez, frenándolo, al ver que él abría la boca—. ¿Quieres un consejo?

—Me lo vas a dar de todas maneras...

—Creo que deberíais hablarlo. Invítala a salir y aprovechad para sinceraros. Porque esto que sientes, y no dudo que ella lo comparta también, va más allá de una simple atracción física. Eso existe durante los primeros días, pero, una vez que empiezas a conocer a la otra persona, cuando compartís silencios y os adentráis en la mirada del otro, te das cuenta de que puede haber algo más y de que esa atracción, que al principio parecía ser solo sexual, ahora ha cambiado y empiezas a imaginarte cómo sería compartir tu vida con ella. Dicen que más vale intentarlo que lamentarse después. Y no me seas pesimista pensando que todo tiene un final —agregó, y se permitió señalarlo con el dedo—. Claro que puede acabar, nada dura para siempre, pero ¿de qué sirve pensar ahora en eso? Disfruta de lo que tienes y no te adelantes a una catástrofe, que, a lo mejor, ni se produce.

Vincent no contestó; no era capaz de rebatir su respuesta perfecta. A pesar de que Layla tuviera razón, no conocía lo que, en realidad, sucedía entre ellos dos. Aurora no era un ser corriente que llevara una vida aburrida, sino que portaba unos guantes negros por los que, cada vez que anunciaba su próximo robo, el mundo se alarmaba. La ladrona de joyas era una delincuente, una criminal, y él no podía apartar la mirada de su máscara.

Eso era lo complicado, lo que lo mantenía apagado, distante, sobre todo después de la última conversación en la que ella le había pedido que no la buscara.

«Sientes algo por Aurora».

Esas palabras aparecían una y otra vez como si se hubieran adjudicado la tarea de atosigarlo hasta que aceptara lo que era evidente, un sentimiento que iba mucho más allá, que hacía que recordara la sensación de esos minutos durante los que la perdió dentro de la cueva; la angustia que había vivido al darse cuenta de que su corazón había dejado de latir. Incluso recordaba que respirar se le había dificultado y solo había vuelto a hacerlo con normalidad cuando ella también lo hizo.

Cerró los ojos durante un segundo y, para cuando los volvió a abrir, un nuevo día acababa de iniciarse. La conversación con su hermana había servido para que el «consejo» que le había dado no dejara de perseguirlo por todas partes: en la cama, dando incansables vueltas; en la ducha, donde la imagen de Aurora se le había presentado más real que nunca; durante el desayuno, ya que desvió los ojos hacia la pared en donde la espalda de la ladrona se había apoyado para que él pudiera besarla y regalarle aquellas caricias desesperadas.

Un nuevo suspiro se adueñó de él mientras cerraba la puerta del estudio.

Aún no comprendía qué había pasado y necesitaba hablar

con ella, aunque su voz, firme, se había encargado de dejarle claro que no quería que la buscara. «No quiero que me encuentres». Su silencio, la vacilación, la indiferencia... Se había apartado de él sin darle ningún tipo de explicación y eso era lo que más le había dolido.

Había llegado a pensar que eso era lo mejor, que no podía forzar una relación que estaba destinada al fracaso. «Sexo esporádico, sin sentimientos de por medio», recordó tensando la mandíbula.

¿Se había alejado por ese motivo? ¿Se habría percatado de que él había roto la regla de oro? «Sientes algo por Aurora». No lo había negado, ¿cómo hacerlo cuando Layla tenía razón? Miles de preguntas lo carcomían, pues aún no se sentía capaz de explicar con claridad lo que sentía por ella, que su corazón latía más fuerte cuando Aurora estaba cerca. «Te lo entregaría aun a riesgo de que no lo quisieras». Pero él le había confesado en una ocasión que el amor dolía. Y no quería que un sentimiento tan puro acabara con los dos.

Aquella revelación le hizo fruncir el ceño mientras se dejaba caer contra el respaldo de la silla. ¿De verdad lo hacía? Pensó en sus padres, en el amor que habían compartido durante tantos años. El amor dolía cuando se dejaba de sentir, no mientras permaneciera vivo, latiendo.

—¿Otra vez en las nubes? —preguntó su compañero, y, de repente, Vincent volvió a oír el ruido de la comisaría: los agentes contestando las diversas llamadas; el inspector lanzando órdenes, como de costumbre; había quienes conversaban de manera animada y otros en susurros—. Despierta, tenemos trabajo.

La relación con Jeremy se había enfriado un poco durante las últimas semanas, sobre todo desde que había vuelto de la República Dominicana. Las llamadas y los mensajes se habían reducido a cero y las constantes evasivas a cada una de sus preguntas habían hecho que su compañero captara la indirecta: ya no había vuelto a insistir y las conversaciones se limitaban a su labor como detectives.

—Lo siento, llevo unos días que...

—No eres el único —respondió en un tono bastante seco. Vincent no podía culparlo—. Vamos.

Pero en el instante en el que se levantaba de la silla, sintió que una vibración le hacía cosquillas en el bolsillo del pantalón; una llamada a su móvil personal: un número oculto.

—Tengo que contestar —advirtió ganándose la indiferente reacción de su compañero, que empezó a alejarse hacia el ascensor.

—Te espero abajo; date prisa.

Vincent le dedicó una mirada fugaz, asintiendo, para luego esconderse en la pequeña sala donde estaban la cafetera y el dispensador de agua. Aceptó la llamada y se llevó el móvil a la oreja sin dejar de observar a su alrededor. Tenía la leve sospecha de saber quién era; confiaba en que lo fuera, pero cuando esa voz se dejó escuchar al otro lado, la preocupación invadió el rostro del detective.

De todas las explicaciones que Vincent había estado imaginándose para justificar la insólita actitud de la ladrona, ninguna implicaba a su padre.

Se negaba a creerlo. No eran más que conclusiones precipitadas debido a que, según lo que le había dicho Romeo en la llamada, semanas antes le habían descubierto un cuaderno, el mismo que había enseñado durante la reunión, que habría pertenecido al supuesto padre de la ladrona.

Demasiado enrevesado para que pudiera valer como una teoría; Thomas, un joyero e historiador de arte que llevaba una vida tranquila, implicado en la muerte de los padres de la ladrona de joyas más buscada, quienes, a su vez, también lo habían sido en Italia. Una familia de ladrones.

Necesitaba hablar con ella, con su padre también; quería que ese asunto se aclarara antes de que la bola de nieve se hiciera más grande, pues no había que ser muy inteligente para darse cuenta de que Aurora había tenido una infancia difícil, de la cual no le gustaba hablar. La muchacha odiaba sentirse vulnerable, pero lo que más temía era volver a caer en un sufrimiento irremediable. A pesar de que poseía un carácter fuerte y de que trataba de pensar antes de actuar, en aquel instante pendía de un hilo fino y le asustaba que explotara contra su padre.

«No debería estar haciendo esto, pero te voy a mandar su ubicación. Habla con ella; a lo mejor consigues algo», le había dicho Romeo en la llamada, y Vincent no había dudado un segundo en salir de la comisaría para ir a su encuentro. Subía las escaleras de dos en dos sintiendo que el corazón se le aceleraba, no por el esfuerzo, sino por Aurora, porque en realidad dudaba de que pudiera conseguir que se abriera a él.

Se acercó a la puerta que lucía el número que el italiano le había indicado y esperó durante unos segundos, plantado delante de la mirilla y observando el timbre. Decidió golpear la madera con los nudillos mientras dejaba que su voz se oyera clara.

—Aurora —pronunció acariciando su nombre con los labios, como si le doliera—. Ábreme, por favor. Tenemos que hablar —dijo con suavidad, y aguardó un tiempo prudencial solo para contemplar el silencio que se asomaba desde el otro lado de la puerta—. Romeo me ha llamado y me lo ha explicado por encima. —Esperaba que le soltara algún comentario desagradable, pero no ocurría nada—. Solo quiero verte y charlar; nada de preguntas que no quieras contestar, o si no quieres hablar en absoluto lo entenderé, pero déjame entrar.

Al detective, sin percatarse de lo tenso que estaba, ya no se le ocurría qué más decirle para convencerla. Entonces, acercándose un poco más, levantó el brazo para apoyarse en el marco mientras agachaba un poco la cabeza.

—Sé que me has pedido que no te busque, pero no puedes impedirme que me preocupe por ti, y... —Se quedó callado al apreciar un ruido que provenía del interior, cerca de la puerta, como si estuviera arañándola—. Sira —susurró, y no tardó en comprender que el piso estaba vacío.

Frunció el ceño y se agachó. Sabía que esos animales podían pasarse la mayor parte del día solos, pero el ruido persistía exigiendo que alguien abriera la puerta. Incluso había pensado en la posibilidad de que se tratara de una llamada de auxilio y que a Aurora le hubiera pasado algo.

Quiso echar la puerta abajo de una patada, pero se arrepintió al pensar en la gata y que pudiera resultar herida. Contempló el pasillo vacío mientras recordaba que el edificio tenía unas escaleras de incendios, pero él estaba en la cuarta planta y no quería perder más tiempo, así que no dudó en llamar al timbre vecino. La puerta se abrió segundos más tarde y una señora en bata, con cara de pocos amigos, lo recibió, aunque ni siquiera le dio tiempo a decir nada cuando el detective irrumpió en el interior.

—¡Oiga! —se quejó alarmada.

—Policía de Nueva York. —Alzó la placa con rapidez para volver a colocársela en el cinturón—. ¿Dónde tiene la salida a la escalera de incendios? —La señora balbuceó durante un instante al ver que sujetaba el arma en la mano—. Es una emergencia —se impacientó, aunque no tardó en encontrarla al darse cuenta de que la distribución del piso era similar a donde se había celebrado la reunión cuando localizaron la segunda gema—. Que pase buena noche.

—Gracias —logró responder, tarde, pues Vincent avanzaba hacia la ventana contigua, que esperaba encontrar abierta.

Se agachó mientras apreciaba la densa oscuridad y subió la ventana sin mucha dificultad. Ya en el piso, sujetaba el arma con las dos manos mientras inspeccionaba, pero el único ruido que se oía eran los maullidos de Sira acercándose a él.

Encendió la pequeña lámpara colocada en la mesa y se tropezó con ese par de ojos amarillos que lo miraban expectantes y que realzaban los diamantes del collar. Esbozó una pequeña sonrisa y se arrodilló; la gata se dejó acariciar cuando le olfateó la mano.

—Te ha dejado aquí solita, al parecer —murmuró al verla cerrar los ojos cuando la acarició por detrás de las orejas.

Alzó la cabeza una vez más para observar su entorno, esperando dar con algo, lo que fuera. Pero no había ni rastro de ella, y cuando empezó a imaginarse dónde podría estar, sintió que un escalofrío le recorría la espalda.

32

Thomas Russell avanzaba con tranquilidad hacia el porche de su casa; la misma tranquilidad que se respiraba en aquella noche de agosto.

Iba dando pequeños pasos, algo agotado, hasta que se detuvo en la entrada para buscar las llaves. Estaba cansado y necesitaba con urgencia un vaso de agua fría para calmar la sequedad de la garganta. Ese día había hablado más de lo habitual, saltando de una reunión a otra por orden de Aaron Williams, que seguía sin recuperarse desde la visita que la ladrona de guante negro le había hecho a su museo.

Unos minutos después, tras haber dejado sus pertenencias en la cómoda, avanzaba hacia la nevera cuando oyó unos tímidos golpes en la puerta, que resonaron por el espacio. Cerró los ojos durante un instante preguntándose quién sería; no estaba de humor como para recibir visitas. De inmediato pensó en su hijo, que siempre aparecía sin avisar.

Retrocedió por el mismo camino que había recorrido segundos antes y volvió a abrir la puerta sin haberse molestado siquiera en descubrir de quién se trataba.

—Aurora —pronunció él sin poder esconder la sorpresa en su voz—. ¿Qué haces aquí?

—He venido porque necesitaba preguntarte algo.

—¿Tú sola? —reparó mientras echaba una mirada disimulada a su alrededor.

—¿Me dejas entrar? Será rápido, te lo prometo —aseguró, y levantó las comisuras para reflejar el intento de una sonrisa. Una sonrisa fingida.

Thomas se lo pensó durante un momento, pero acabó apartándose; al fin y al cabo, y a pesar de que se hacía una idea de lo que la ladrona era capaz, no tenía nada que temer de ella. La había salvado de acabar en la cárcel. La había curado y dado un techo donde resguardarse, además de que le había entregado la falsificación del Zafiro de Plata. Había aceptado todas sus exigencias, incluso aquellas que ponían en riesgo el cofre. Había tenido que cambiarlo de sitio, pero ahora confiaba en que nadie, ni siquiera ella, fuera capaz de dar con él.

—¿Quieres tomar algo? —La muchacha negó con la cabeza mientras se sentaba en uno de los taburetes de la isla de la cocina—. Pues... tú dirás. Supongo que es sobre la segunda gema. ¿Dónde está, por cierto?

—A salvo.

Esa respuesta no gustó a Thomas, sobre todo por el tono que Aurora había empleado. Decidió restarle importancia mientras se colocaba delante de ella apoyando los codos sobre la encimera. La miró durante unos segundos rodeados de silencio.

—¿Te encuentras bien? —se atrevió a preguntar tratando de averiguar la expresión que reflejaba su mirada. Si bien los ojos verdes eran los mismos, notaba un brillo peculiar, extraño, brotando de ellos.

—¿Por qué no debería estarlo?

—Te noto diferente.

—Thomas..., ¿has estado alguna vez en Italia? Es preciosa.

La ladrona contempló que la incomprensión teñía esos ojos apagados que en algún momento habrían brillado igual que los de su hijo, pero había algo más. Algo que se delataba en la manera en la que las manos del joyero se asían al borde de la mesa.

—Claro, estuve hace años —respondió tratando de mostrarse calmado.

—¿Cuál es tu parte favorita? —insistió ella—. Dicen que Milán es muy bonita. ¿Has estado alguna vez?

—No recuerdo...

—No lo hagas —advirtió interrumpiéndolo. Y fue en aquel instante cuando empezó a sentir un nudo formándosele en la garganta—. Ni se te ocurra mentirme. —El verde de sus ojos se oscureció y Aurora le dedicó una mirada que jamás había recibido, una que destilaba muerte y frialdad a partes iguales. Las peores pesadillas de Thomas se hacían realidad—. Dime, ¿dónde estabas el cinco de abril de hace dieciocho años?

El hombre retrocedió de manera inconsciente al recordar de repente la visita de Stefan y Romeo; la excusa que le habían dado para dejarlos pasar; la ligera confusión que había sentido horas después, aunque había tratado de convencerse de que no había sido nada.

—Al principio dudé, porque ¿cómo un hombre como tú, bueno, amable, honrado, podría tener algo que ver? Pero después recordé que para ti solo importan las joyas... Al final no somos tan diferentes, ¿no crees? —La sonrisa que la ladrona había esbozado al pronunciar esas palabras se tornó en una mueca antes de entrar a la yugular—. ¿Qué les hiciste? ¿Cómo murieron? ¿Por qué yo sobreviví? —Las preguntas salían disparadas, hambrientas por averiguar qué había sucedido aquella noche, pero Thomas seguía sin pronunciar palabra, provocando que la rabia que estaba sintiendo aumentara a cada segundo que pasaba—.

Lo has sabido desde el principio, ¿verdad? ¿Por eso me has ayudado?

—No, Aurora, espera...

—¡Cállate! —gritó, y la mano le fue directa a la pistola, que había escondido antes en la cinturilla del pantalón—. No quiero oír excusas vacías. No quiero más mentiras. —La amenaza bailaba entre los dos mientras contemplaba el temor que reflejaba la persona en la que ella una vez había confiado. La misma persona que se había reído de ella al creer que nunca descubriría lo que había hecho—. Te apreciaba, ¿lo sabías? Y te he defendido delante de él... Podría haberte arrancado ese estúpido cofre de las manos, incluso haber acabado contigo. He tenido oportunidades de hacerlo, pero mírame ahora; en menos de veinticuatro horas he descubierto que mis padres, quienes siempre he creído que me habían abandonado en ese orfanato de mala muerte, en realidad están muertos —expresó dejando que una irónica sonrisa le manchara los labios—. Siempre han estado muertos, y yo he tenido que enterarme después de dieciocho años. Y tú lo sabías, pero te has callado.

—No es así, yo...

—¡Claro que sí! —Afianzó el agarre del arma, que sujetaba con una mano—. ¡Me los has quitado! Me has arrancado mi vida, la que podría haber tenido de haber seguido a su lado. Me has quitado el amor de una madre, con el que debería haber crecido —volvió a exclamar, y esa vez no pudo evitar que una lágrima furiosa se le escapara de la mirada, aunque no tardó en secarse la mejilla con fuerza—. ¿Quieres que te explique lo que he tenido que vivir para que lo entiendas? Para que comprendas lo que has hecho...

—Yo no los maté —murmuró, y una suave risa brotó desde lo más profundo de la muchacha asustando a Thomas, a quien no se le ocurrió mejor idea que levantar las manos en señal de rendición—. Te estoy diciendo la verdad,

¿tengo pinta de ser un asesino? Yo no maté a tus padres; ni siquiera sabía que eras tú...

Y con esa confesión el corazón de la ladrona acabó por romperse en mil fragmentos distintos, como si alguien lo hubiera estrellado con fuerza contra el suelo.

—Lo confirmas...

—¿Qué?

Nuevas lágrimas le bañaban el rostro más furiosas que nunca.

—No lo has desmentido, creía que...

Volvió a quedarse callada sin apartar la mirada, imaginándose una y otra vez cómo habría sido su vida de haber crecido junto a sus padres; sin los maltratos ni todos esos castigos, sin la perfección impuesta por el *capo*. «Eres mía, *principessa*». No... Ella no era de nadie; le habían arrebatado la esperanza de serlo, de tener un apellido y un nombre con el que el mundo la reconociera. Dianora Sartori estaba muerta y ella solo era el reflejo de una imagen rota, de un espejo agrietado que nunca se repararía.

La princesa de la muerte estaba sola en el mundo. Daba igual que Romeo, Stefan o incluso Giovanni le aseguraran lo contrario; había crecido sin una familia que la guiara sin esperar nada a cambio, que la arropara cada noche al acostarse, que ahuyentara cualquier pesadilla. Había crecido sin unos padres que habrían quemado el mundo por ella. Y la ladrona estaba tan segura de ello porque ahora sabía de dónde venía ese espíritu fuerte, ese deseo de sacar las garras a todo aquel que intentara herir a sus seres queridos.

Sin embargo, Aurora lo había perdido todo y había acabado con una vida teñida de rojo.

Le costaba respirar y no era capaz de pensar con claridad, lo veía todo de ese color carmesí que no dejaba de avivar lo que había despertado en su interior: una rabia que la había cegado y que le impedía escuchar nada más, incapaz siquiera de percatarse de la presencia del detective, que saltó delante de su padre para defenderlo.

Pero ella no iba a soltar el arma; su inmediata reacción había sido apretar un poco más la empuñadura mientras volvía a arrancarse las lágrimas de los ojos.

—Aurora, escúchame; hablémoslo, ¿de acuerdo? Baja el arma. Esto es un error —pronunciaba Vincent con rapidez, pues temía que ella se atreviera a apretar el gatillo—. Lo que haya ocurrido... tiene solución, pero necesito que te calmes.

—¿Tú también lo sabías? —preguntó ella mientras los ojos se le volvían a inundar en el líquido salado. Odiaba esa sensación—. Eres policía, por supuesto que lo sabías. No sé de qué me sorprendo. Eres su hijo, porque tú sí has tenido la oportunidad de crecer con unos padres que te quieren y que te han criado... ¿Qué es lo que me queda a mí?

—Aurora, ¿de qué estás...?

—¡¿Qué me queda a mí?! —exclamó de nuevo, pero con una voz que ya estaba rota y apagada del todo—. ¿No lo ves? —susurró—. Podría haber tenido una vida diferente; más feliz, más... —Sorbió la nariz mientras seguía respirando con dificultad; el corazón latiendo descompasado, las manos que no dejaban de temblarle, aunque sin querer bajar el arma todavía—. Una vida que no habría estado bañada de negro..., en la que mis padres me habrían enseñado a querer..., a no encerrarme. Una vida en la que no me habría pasado cinco años en ese orfanato pidiendo cada noche que alguien me sacara de ahí, odiando a mis padres porque yo pensaba que me habían abandonado... Cinco años —repitió haciendo énfasis—. Me han humillado, encerrado y golpeado diciendo que tenía que aprender la lección... ¿Qué lección? Dime, ¡¿qué clase de persona es capaz de someter a esas atrocidades a una niña indefensa?!

Aurora estaba fuera de sí y el dolor de cabeza no dejaba

de punzarla, como si de agujas se tratara. Sin embargo, no dejaría que nadie se le acercara, y cuando se percató de la intención de Vincent, dio un paso hacia delante mientras quitaba el seguro de la pistola.

—Voy a asumir toda la responsabilidad de mi padre; sea lo que sea eso de lo que lo estás culpando, hazlo conmigo, olvídate de él —intervino el detective con rapidez, con las dos manos en alto y sin perder de vista las suyas—. Céntrate en mí, Aurora; apúntame a mí —pidió con suavidad, y, moviendo la mano muy despacio, desplazó el cañón hacia su pecho, justo donde se encontraba el corazón. Los ojos verdes de la ladrona, enrojecidos, se encontraron con los suyos. Ambos protagonizaban una escena muy parecida a la que habían vivido meses atrás, en el museo, cuando Vincent le quitó la máscara a la ladrona de guante negro—. Solo a mí; eso es... Papá, vete, por favor —murmuró un poco más alto, pero sin dejar de mirarla. Sin embargo, el hombre no se movió—. Papá —repitió más firme.

—Que no se le ocurra moverse, porque...

Pero antes de que Aurora hubiera podido decir más, las rápidas manos de Vincent estuvieron a punto de inmovilizarla para quitarle la pistola. Solo a punto, pues, al parecer, al detective se le había olvidado que su contrincante era igual o más rápida que él, y lo que había pretendido que fuera un jaque mate se convirtió en un forcejeo para ver quién de los dos recuperaba el arma.

Le rodeó la muñeca con los dedos, pero no se dio cuenta de que aquel gesto, que debería haber sido el movimiento final para desarmarla, le jugaría una mala pasada.

La ladrona, debido a la presión del agarre, apretó el gatillo y fue cuestión de milésimas que la bala saliera disparada, un error que provocó que el suelo se tiñera de sangre.

33

Parecía que el tiempo se había congelado, que los segundos no avanzaban mientras el eco del disparo resonaba todavía en el aire, un disparo provocado por esa mujer cuya mirada se había impregnado de venganza.

El detective cayó de rodillas mientras se acercaba a Thomas observando sus ojos asustados y consumidos por el espasmo. La sangre brotaba con rapidez de su pierna, así que no se lo pensó dos veces cuando le ordenó que apretara la herida con sus manos temblorosas mientras él buscaba con qué hacer presión. Tomó varios trapos limpios de la cocina y volvió a agacharse para frenar el sangrado, haciéndole un torniquete con el más largo. Entonces apretó y volvió a colocar otra capa cuando la de abajo se tintó de rojo.

La rapidez con la que actuaba le impedía pronunciar una palabra. Ni siquiera era capaz de procesar lo que había ocurrido en los últimos dos minutos: su padre herido, él con las manos manchadas por su sangre, haciendo presión y... Cuando desvió la mirada para encontrarse con el pálido rostro de su padre, que movía los labios intentando decirle algo, el ruido blanco que había estado oyendo desapareció de repente y las manecillas del reloj volvieron a avanzar.

—No es grave, te pondrás bien; tú solo aguanta, ¿vale? Aguanta —le pidió controlando el temblor que se había adueñado de su voz. Sacó el móvil del bolsillo trasero para marcar el número de emergencias y pedir ayuda—: Varón, cincuenta y seis años, herida en el muslo derecho por arma de fuego. Hay orificio de salida, pero no logro detener la hemorragia. Le he hecho un torniquete y no dejo de presionar. Necesito una ambulancia en el 298 de la calle Argyle. Dense prisa.

—Vincent —pronunció Thomas con cierta dificultad; sentía que la piel le ardía, además del insoportable dolor que lo consumía.

—Estoy aquí y te pondrás bien.

—Se ha ido —le advirtió aclarándose la garganta.

Vincent se giró de manera inconsciente hacia el lugar donde había forcejeado con la ladrona, solo para encontrarse con la puerta entreabierta. Había escapado aprovechando el aturdimiento, como una cobarde. Había hecho lo mismo que cuando le disparó a él en el abdomen: con las manos limpias y sin ningún tipo de remordimiento.

Se sentía atrapada, de nuevo encerrada por una oscuridad mucho más densa que la había rodeado. Notaba que el recuerdo de esas palabras la aplastaba sin miramiento; el deseo de una vida que nunca le pertenecería se desvanecía con rapidez, como si alguien estuviera destripándola delante de ella.

Aurora quería gritar y el sonido de ese disparo no dejaba de repetirse en su mente, un ruido que había provocado que los ojos del detective se asustaran y que sintiera un miedo como nunca antes había experimentado.

«Deja a mi padre fuera de esto».

Él lo sabía, lo había sabido durante todo ese tiempo.

Sabía lo que Thomas había hecho, lo que había estado escondiendo tantos años. Él lo sabía y no se había atrevido a contárselo. «Puedes confiar en mí», le había asegurado una y otra vez pensando que nunca lo descubriría, y ella había creído en cada una de sus palabras.

Pero lo había hecho, y ahí estaba, con la mirada perdida mientras recorría las calles de la ciudad. Se había subido al primer autobús que había pasado por su lado sin reparar en el rumbo, pues no podía quitarse de la cabeza todo lo sucedido durante las últimas semanas. Desde que había puesto un pie en Nueva York, su vida no había dejado de dar vueltas, un torbellino de recuerdos y conversaciones que provocaba que la mirada se le volvieran a inundar.

Se limpió los ojos con fuerza concentrándose en los viandantes; los rostros alargados, probablemente cansados tras la jornada laboral. Fijándose en las serias expresiones empezó a imaginarse con qué clase de problemas se encontrarían al abrir la puerta de su casa. Quería pensar que no era la única que se había tropezado con una piedra que le había hecho sangrar, así que se refugió en crear escenarios con los que fantasear una historia en la que ella fuera un personaje sin relevancia, uno que no contara con un pasado trágico y cuya única preocupación fuera la de llegar a fin de mes.

Por un momento, la ladrona de guante negro deseó esconderse de los ojos del mundo, hacerlo de verdad.

Y ese pensamiento la acompañó hasta el edificio donde había estado viviendo durante las últimas dos noches. Necesitaba pensar, dejar que la lluvia de la ducha la abrazara y enfriar la cabeza, el cuerpo entero; las manos, que las notaba al rojo vivo.

Abrió la puerta con cuidado esperando encontrarse con Sira, pero cuando introdujo la llave en la cerradura, deseando verla, se dio cuenta de que algo no iba bien. Ella siempre se acercaba a ese sonido, incluso había veces en las que se la encontraba a un par de metros esperándola. Pero Sira no estaba ahí y el silencio se hacía notar cada vez más. Extremando la precaución, acarició el arma para asegurarse de que todavía la llevaba con ella y se adentró sin mostrar ningún tipo de duda, experimentando el mismo sentimiento de angustia que cuando Nina se atrevió a llevarse a su gata. Esperaba que no hubiera cometido el mismo error dos veces, porque estaba deseando enfrentarse a ella.

Mantenía los labios juntos y los dientes apretados tratando de ver por encima de la escasa iluminación. Sujetaba el arma con una mano mientras inspeccionaba el pequeño apartamento, preparada para disparar si hiciera falta. Cuando quiso explorar el único dormitorio que había se dio cuenta, gracias al reflejo de la ventana cerrada, de que una sombra se movía, acercándose, con la evidente intención de abatirla.

Dando rienda suelta a la impulsividad que le latía bajo la piel, respondió antes de que su atacante pudiera tocarla: le retorció el brazo después de girarse a él con rapidez para derribarlo. El hombre soltó un quejido doloroso debido al fuerte impacto de su mejilla contra el suelo mientras ella le juntaba las manos en la espalda y las aprisionaba con la rodilla.

—¿Estás solo? —preguntó manteniendo firme el agarre. Al ver que no contestaba, lo afianzó un poco más dejando que la mano libre presionara la pistola en su nuca—. No me hagas repetirte la pregunta, no estoy de humor.

—Sí. —La respuesta bastó para que la ladrona se percatara de su acento eslavo—. Hay dos coches esperando abajo.

—¿Dónde está mi gata?

—No había ninguna gata cuando he llegado.

Su mejilla volvió a impactar contra el suelo.

—Odio que me mientan, ¿no te lo ha dicho tu jefe?

Quiero saber dónde está y espero que me lo digas si no quieres que te rompa el brazo.

—Ya te lo he dicho, no había ninguna...

La ladrona perdía la paciencia a cada segundo que transcurría.

—¿A qué has venido si no es para llevártela y obligarme a venir a por ella? Habla, joder —exigió una vez más, y una vibración en el bolsillo del ruso la alertó, un mensaje—. ¿Quién es? Quiero verlo.

Pero no era más que un número desconocido que pedía una actualización de la situación.

—Tú eras el objetivo —respondió el tipo sin dejar de notar el arma contra la nuca, pensando en las pocas opciones que tenía de girarse—. Teníamos que raptarte y llevarte delante de Dmitrii Smirnov.

—¿Cómo me ha encontrado?

—Esa chica italiana lo ha hecho.

Por supuesto, no podría haber sido de otra manera.

—¿Cuántos hombres?

—Demasiados, más de los que podrías enfrentar con éxito —confesó con cierta burla—. No tienes ninguna posibilidad. ¿Crees que no va a subir nadie al ver que todavía no he respondido?

Había querido decir más, pero sintió como si el cañón de la pistola estuviera atravesándole la piel.

—Escúchame bien: a no ser que quieras llevarte una bala de regalo, vas a llamar a ese número para confirmar que lo tienes todo bajo control, que me has dejado inconsciente y que bajarás en unos minutos. Les dirás que se adelanten, que no los necesitas, y me llevarás al punto de encuentro, que está en... —lo alentó a que respondiera, pero el hombre seguía resistiéndose—. Me estás subestimando, no crees que sea capaz de luchar contra ti o de apretar el gatillo, pero, si no empiezas a hablar de una puta vez, vas a acabar igual o peor que tu amiguito Sasha. ¿Dónde me espera Smirnov?

—En una fábrica abandonada que está cerca del muelle, a las afueras de Brooklyn.

—¿Nina está ahí con él?

—¿Quién?

—La italiana —aclaró exasperada.

—No se le despega.

—Cualquier movimiento extraño o palabra que no me guste y que les haga sospechar, te vaciaré el cargador y me quedaré mirando hasta que te desangres. Te lo advierto por última vez: no juegues conmigo. —La fría amenaza envolvía a la ladrona por completo dejando que se le reflejara en la voz, en cómo sujetaba el arma y susurraba cerca de su oído—. Voy a llamar y te acercaré el móvil. Me da igual que hables en inglés o en ruso, porque voy a entenderte de todas maneras. —Esas palabras lo tensaron—. ¿Sorprendido? —se burló mientras elevaba la comisura del labio—. Está marcando.

El hombre, que parecía que rozaba los treinta, asintió como pudo mientras tragaba saliva. El arma aún le presionaba el cuello e, inmovilizado como estaba, no dudaba de su amenaza.

Siguió cada indicación mientras notaba cómo le paseaba la pistola por detrás de la oreja, en la cabeza, acercándose de nuevo a la nuca, como si estuviera dándole pequeñas descargas que lo mantuviesen en tensión.

La llamada había durado cinco segundos, los suficientes para confirmarles que había capturado al objetivo y que ya estaba saliendo del edificio.

—Buen chico —murmuró ella cuando terminó, y se escondió su móvil en el bolsillo—. En pie.

Aurora buscó con la mirada algo con lo que pudiera atarle las manos y no tardó en recordar el cajón de las herramientas. Le apretó una brida alrededor de las muñecas haciéndole soltar un suave quejido.

—No aguantas nada —se burló ella una vez más—. Andando. —Se acercaron a la ventana solo para que pudiera comprobar que uno de los coches arrancaba, se entremezclaba con los demás y desaparecía—. Vamos a hacerle una visita a Dmitrii Smirnov —sentenció, consciente de que entraría en la boca del lobo sin refuerzos, pero era la única opción que tenía si quería recuperar a Sira.

34

El *capo* de la Stella Nera, que no paraba de retorcerse los anillos en los dedos, tenía la extraña sensación de que algo no marchaba bien; notaba el ruido de las fichas de dominó cayendo, como si alguien hubiera provocado la colisión.

La ladrona de guante negro había desaparecido y nadie le había seguido la pista, lo que había dejado a Giovanni entre preocupado y molesto. No dejaba de preguntarse si le habría pasado algo. Él sabía que Aurora solía desaparecer durante días sin dar explicaciones; daba igual cuántos años pasaran, que ella seguiría siendo un misterio y comportándose de manera impredecible. Pero él nunca se había alarmado como hasta ese momento. Había creído que permanecería en el apartamento de ese edificio mugroso, que no saldría de allí hasta que no se sintiera preparada, pero este se encontraba vacío. Ni rastro de ella ni de Sira.

Dejó escapar un suspiro, de pronto, y ansió encenderse un puro mientras reconocía el error que tendría que haber evitado. Si lo hubiera sabido, habría ordenado que echaran esa puerta abajo para llevársela con él y cuidarla como solo él sabía hacerlo. Sin embargo, se había enterado tarde de que Aurora se había presentado en casa de Thomas Russell, el último sitio donde había sido vista.

Quería pensar que estaba bien, pero el *capo* muy pocas veces era optimista, y el disparo que se había producido había alertado a todo el vecindario. La ambulancia había acudido en minutos para llevarse a Thomas al hospital mientras la ladrona se perdía entre la muchedumbre. Ni uno de sus hombres la había seguido. «Necios incompetentes», pensó.

—Pero, jefe, nosotros... —había intentado excusarse uno de ellos.

En aquel instante en la organización se respiraba caos, además de la cargante tensión gracias a Dmitrii Smirnov, que había dejado un rastro de miguitas que en ese momento la Stella Nera estaba siguiendo, pues tenía la sospecha de que, dondequiera que estuviera escondida aquella rata, también lo estaría Aurora. Juró que, si se había atrevido a ponerle una mano encima, lo degollaría allí mismo, delante de todos.

El italiano se levantó de la mesa para salir del despacho y encontrarse a docenas de personas que se paseaban por la base, afanadas en cumplir sus órdenes. Quería encontrar a Grace, a quien le había encomendado la misión de localizar a ese detective que estaba empezando a resultarle un molesto mosquito. Si la ladrona le había disparado a su padre, la tregua con el hijo se habría roto y este no dudaría en ir a por ella.

Giovanni tenía la excusa perfecta para encargarse de los Russell como había estado deseando desde hacía semanas.

—¡Grace! *Cazzo*, ¡¿dónde está Grace?! —exclamó alterándose.

Pero la colombiana seguía sin aparecer.

La única de la familia que era capaz de pasarse más de doce horas seguidas encerrada en un hospital era Layla. Ni Vincent ni Thomas soportaban las paredes blancas; tampoco el peculiar aire que se respiraba. Sin embargo, en aquel momento al detective no le importaba nada más que saber que él estaba bien.

Habían llegado a Urgencias junto con la ambulancia y observaba a los médicos moverse con una sincronización minuciosa. Layla, que estaba de guardia cuando llegaron, se adentró en el quirófano con su padre después de habérselo suplicado a esa cirujana que lo había operado, la doctora Bailey.

—Tiene que esperar aquí —le había dicho una de las enfermeras.

Y eso hacía. Pero Vincent ni siquiera se daba cuenta de que había empezado a caminar de un lado a otro con los brazos cruzados a la altura del pecho; le daba igual la camiseta ensangrentada.

Necesitaba confiar en que todo saldría bien, en que no perdería a la persona que lo había dado todo para que sus hijos salieran adelante. Si llegaba a pasar... Trató de calmarse. Se negaba a considerarlo, de la misma manera que se negaba a pensar en la ladrona de guante negro; ya tendría tiempo más delante para hacerlo. Necesitaría toda una vida para esconderse si a Thomas llegaba a pasarle cualquier cosa.

—Vincent. —El detective se sorprendió cuando Jeremy, a pesar de que él sabía que acudiría, le colocó una mano en el hombro—. ¿Cómo va?

—Mi hermana está con él. ¿Has traído lo que te he pedido?

—Una camiseta limpia, tu coche y ¿me puedes explicar por qué necesitas un cargador extra y el chaleco antibalas?

—Te he pedido que no hicieras preguntas.

—Suelo pasarme esas peticiones por el culo, ya sabes; se supone que seguimos siendo compañeros, ¿no? No soy imbécil, dime qué ocurre.

Pero el detective estaba demasiado ocupado haciendo surcos en el suelo mientras paseaba a la espera de que su padre saliera de quirófano.

—Estaré bien.

—Y una mierda —declaró—. Vas de cabeza a una misión suicida vete a saber dónde y por qué. ¿Quieres quedarte sin placa? Sea lo que sea lo que tengas en mente, voy contigo; alguien tiene que cubrirte las espaldas.

—Jer, no me toques los huevos ahora —pronunció Vincent volviéndose hacia él, pero la salida de la doctora Bailey lo alertó—. ¿Se pondrá bien? —le preguntó con rapidez a la cirujana, que volvía a colocarse el estetoscopio alrededor del cuello. Layla estaba a su lado—. Nada de rodeos. Había orificio de salida, ¿no? Eso siempre es buena señal.

—Las heridas por arma de fuego son impredecibles y la hemorragia ha sido abundante, pero está fuera de peligro. Queremos monitorizarlo unos días por si algo se complica, pero puedes estar tranquilo. Layla te irá informando.

La doctora Bailey le dedicó una pequeña sonrisa y se despidió para darles un momento de privacidad.

—Ahora me vas a explicar qué coño ha pasado —exigió la chica en un tono bajo, pero lo bastante claro como para inquietar al detective. Layla no solía enfadarse, tampoco soltaba groserías; era un ángel en comparación con su hermano, pero en aquel momento no dejaba de revivir la sensación de ver a su padre entrando en Urgencias con Vincent siguiéndolo por detrás, ambos manchados de sangre—. Primero tú y ahora papá… Dime qué está pasando.

—Muy buena pregunta —soltó Jeremy detrás de su amigo—. Porque yo también quiero entenderlo.

Vincent le dedicó una mirada de reojo.

—¿No vas a ir con él? —preguntó en un intento bastante pobre de esquivar la conversación. Layla frunció el ceño mientras se cruzaba de brazos—. Os lo contaré, pero más tarde. Solo ha sido un pequeño accidente, pero necesito que te quedes con él, y tú que estés aquí por si acaso; no le quites el ojo de encima —murmuró dirigiéndose a Jeremy, quien asintió levemente confundido. Vincent se acercó a la joven residente para darle un beso en la mejilla—. Ve con papá —pidió una vez más.

—Vincent... —dijo soltando un suspiro.

—Todo está bien —aseguró mientras se quitaba la camiseta manchada allí, en medio de Urgencias, para ponerse la nueva—. Ahora tengo que irme, pero volveré. Ni se te ocurra avisar a Howard, ¿queda claro? —Señaló a su compañero—. Mantenlo fuera de esto y no le digas nada. Dejad que yo me encargue.

Ni siquiera pudieron decir más y el detective ya estaba marchándose del hospital. No podía arriesgarse a que Jeremy también se metiera en medio del caos o que su hermana se involucrara. Ya había tenido suficiente con la bala que Thomas había recibido, como para que ella fuera la siguiente.

No dejaba de revivir esos segundos: la sensación de cuando el tiempo se había detenido mientras su padre trataba de hacer presión sobre la herida; Aurora marchándose sin mirar atrás, todavía sosteniendo el arma en la mano...

Necesitaba encontrarla, enfrentarse a ella.

El final que ambos habían estado temiendo había llegado y tenían razón: había sido inevitable.

35

Durante los años en los que Giovanni había supervisado su entrenamiento, la princesa de la muerte se había esmerado por conseguir que ni el latido de su corazón la delatara; controlaba la respiración y las emociones que se le arremolinaban dentro; vigilaba que sus pasos fueran firmes y que sus pensamientos no la alteraran de ninguna manera, y que esa vocecilla que solía rebatirla se mantuviera callada.

Sin embargo, presentía que esa noche sería diferente.

Con una mano conducía el vehículo y con la otra apuntaba al hombre a quien había atado y amordazado. Lo miraba de reojo de vez en cuando, aunque se mantenía pendiente de la solitaria carretera, pues no quería toparse con la sorpresa de una emboscada.

Aurora debía jugar bien las pocas cartas que tenía; necesitaba calmarse y recurrir a lo único que en ese momento podría salvarla: el bello arte de la manipulación que conseguiría enfrentar a los Smirnov contra su querida amiga. Si conseguía que los rusos se volvieran contra ella, haría que una pequeña parte de sus problemas desapareciera.

Condujo durante varios minutos más. La fábrica abandonada había dejado de esconderse y empezaba a apreciarse desde lejos; la luz de la luna rebotaba débil sobre la desgastada tubería industrial. Cruzó el ancho puente que separaba un territorio de otro y empezó a disminuir la velocidad, ya que no pensaba exponerse para que la atraparan en cuanto atravesara el umbral.

«Retrocede», susurró la vocecilla, una exigencia cargada de preocupación que ignoró de manera deliberada. Empezó a reírse sin querer, una risa sutil que hizo que su rehén le dirigiera una mirada rápida. Sentía que estaba empezando a delirar, que la falta de sueño había empezado a nublarle el juicio y que su imaginación no estaba cooperando en absoluto.

Se encontraban a unos cien metros de la fábrica y Aurora ya había apagado el motor del vehículo. La risa de escasos segundos atrás había desaparecido, dando paso al rostro serio que la caracterizaba: la mirada afilada, la barbilla levemente alzada y los labios tocándose de manera sutil, además de la larga trenza de raíz, aunque ya medio deshecha, que le caía sobre el pecho.

Rodeada del silencio de la noche, necesitaba ser consciente de que, una vez que abriera la puerta, ya no habría marcha atrás y todo lo que había conocido desaparecería. Inspiró hondo mientras todavía apuntaba al hombre de Smirnov y acarició la manilla del coche para abrirlo.

No había puesto todavía los dos pies sobre el suelo cuando sintió el clic de varias armas apuntándole. Los esbirros de Smirnov la observaban serios, sin perder de vista ni uno de sus movimientos.

—O eres muy valiente para presentarte aquí sola o muy estúpida... Diría que es más la segunda opción —se burló uno de ellos, el que parecía haber tomado el puesto que la muerte de Sasha había dejado vacante—. Suelta el arma.

Aurora lo observó durante unos segundos, manteniéndose en posición, aunque en el fondo supiera que ya no tenía nada que hacer: el efecto sorpresa con el que había pensado presentarse se había esfumado en un parpadeo. Dejó caer el arma y el tipo no tardó en ponerse a su lado, encañonándola por la nuca y asiéndola de un brazo para arrastrarla hasta la nave.

—Así me gusta: obediente —soltó sin intención alguna de esconder la mofa.

La ladrona torció los labios en una sonrisa irónica, obediente porque una docena de hombres la había acorralado y sabía que perdería solo con pensar enfrentarse a uno de ellos. Necesitaba mantener la calma, aunque sintiera que el mundo se había puesto en su contra.

Recorrieron la distancia que los separaba del hangar, la luz del lugar se acercaba con rapidez cegándola por momentos. De pronto, ni siquiera fue consciente de que el matón la había empujado hasta que sintió que su mejilla rozaba el pavimento rugoso. Eso iba a dejar marca; el primer impulso fue ponerse de pie para responder, pero cuando alzó los ojos Dmitrii Smirnov la miraba desde arriba dejando ver una mueca de repulsión. Sintió una especie de *déjà vu*.

—*Добро пожаловать, принцесса.* —Le dio la bienvenida con desdén y en completa ironía, utilizando el apodo que sabía que detestaba—. Muchas gracias por venir, no sabes las ganas que tenía de volver a verte. No ha sido fácil dar contigo, ¿sabes? Se me estaba acabando la paciencia. Tendrías que haber visto mi cabreo después de perder el contacto con Sasha. Pensaba que lo habrías amordazado y lo habrías dejado vete a saber dónde. —El ruso aprovechó la breve pausa para agacharse y quedar a su altura. No dejaba de mirar sus ojos inexpresivos, fríos, sin ningún tipo de miedo—. Pero dudo que a estas alturas esté vivo, ¿no es así? ¿Qué has hecho con él?

Dmitrii Smirnov, a diferencia de su hermano, era mucho más carismático y su tono de voz siempre sonaba empapado en una peculiar diversión; sin embargo, en aquel instante había desaparecido. El ruso irradiaba ira.

Pero ese pensamiento no la atemorizaba; al contrario, quería tentarlo.

—¿Con o sin detalles? —preguntó mientras se ponía de pie. Dmitrii imitó su gesto y los dos rostros quedaron cerca—. Deberías preguntarte quién es el verdadero culpable: si no me hubieras mandado a Sasha, no estaríamos aquí.

—Oh, descuida; te tengo justamente donde quería. Muy hábil por tu parte haber intentado entrar con uno de mis hombres a punta de pistola, pero sigues creyendo que eres la mejor. Y pensar que uno es invencible llega a nublarte el juicio. Así que no volveré a repetírtelo, ¿qué has hecho con mis hombres?

—Divertirme.

Pero a Dmitrii poco le apetecía adentrarse en una conversación sin rumbo en la que esa mujer lo mangoneara como le diera la gana. Un segundo más tarde, la ladrona giraba la cabeza con brusquedad debido a la bofetada que le había propinado, impidiendo que pudiera escapar de su mano furiosa cuando la rodeó por el cuello.

—Tendría que haberme deshecho de ti hace tiempo —siseó alzándola hasta que tan solo rozara el suelo de puntillas.

Aurora empezó a retorcerse.

—¿Y por qué n-no lo has... hecho? —dijo con dificultad, y permitió que su oponente apreciara el inicio de una sonrisa. No obstante, la borró de inmediato al darse cuenta de que estaba quedándose sin aire.

—*Отпусти её* —ordenó desde la distancia una voz cuyos pasos se acercaban. Serguei Smirnov hizo acto de presencia para exigir que su hermano la soltara—. Sigue siéndonos valiosa.

Dmitrii, sin embargo, afianzó el agarre causando que la pequeña ladrona empezara a jadear, aunque acabó aflojándolo un segundo después, pues el menor de los Smirnov no acostumbraba a desobedecer a su hermano, quien seguía avanzando despacio hacia ellos.

—Me he hartado de ti —continuó diciendo Serguei mirándola desde arriba—. ¿Y sabes lo que les sucede a los que consiguen irritarme? —La ladrona seguía tosiendo arrodillada en el suelo, tratando de recuperar el aire—. Acabo con ellos. Mi tiempo vale oro, querida, y detesto que alguien tenga la osadía de burlarse de mi apellido como tú has hecho. Dime dónde está el cofre y tendré la consideración de matarte rápido; de lo contrario, nos espera una larga noche.

—¿Y qué piensas hacer? ¿Torturarme? —Levantó la cabeza mientras trataba de ponerse de pie de nuevo; quería romper esa sensación de sumisión—. En ese caso te sugiero que seas creativo, porque lo que ha hecho tu hermanito ha sido de risa...

—¿Tan poco aprecio le tienes a la vida? —preguntó Serguei—. ¿A qué estás jugando?

—A mi juego favorito —se limitó a decir, y no pudo evitar desviar la mirada por encima de su hombro hacia la persona que se escondía en el interior de ese todoterreno negro—. También es el de Nina, por cierto. Siempre nos ha gustado jugar en equipo.

Aquellas palabras fueron un disparador para Dmitrii, que, llevado por la impaciencia y el enfado, se aventuró con pasos rápidos hacia el vehículo para abrirle la puerta a la muchacha italiana.

—Baja.

—¿Por qué? Yo me quedo aquí —soltó Nina.

—¡QUE TE BAJES! —gritó, y no dudó en arrastrarla del brazo hacia la zona iluminada por ese color amarillento que provenía de los coches aparcados alrededor—. Para lo único que has servido ha sido para encontrar a esa hija de puta de ahí, aunque has tardado vida y media en dar con ella. No hemos avanzado nada en la búsqueda de la puta Corona, y eso que te las das de gran *hacker*. ¡Mírame cuando te hable! —volvió a exclamar zarandeándola del brazo cuando se dio cuenta de que la italiana apartaba la mirada. Nadie se atrevía a intervenir, ni siquiera su hermano mayor, que parecía estar disfrutando de la situación—. Me has prometido el cielo y las estrellas con tus discursitos de mierda, ¿y qué es lo que hemos obtenido hasta ahora? ¡A mis hombres muertos!

—¡No es culpa mía, joder! —respondió ella zafándose del agarre mientras daba un paso hacia atrás, pero lo único que había conseguido era enfurecer al ruso a niveles desorbitantes—. Conseguí encontrarla, que tus hombres hayan sido unos ineptos no me convierte a mí en responsable.

—Repítelo —la amenazó, y no le tembló el pulso en acercarse otra vez a ella, esa vez apretándole el cañón en la frente—. ¿Que mis hombres han sido qué?

Dmitrii Smirnov estaba desatado y una rabia incontrolable hacía chispas en sus ojos.

—Pregúntaselo a ella —respondió Nina dedicándole una mirada fugaz mientras intentaba ignorar la fría sensación que le recorría la frente—. Aurora es la última que los ha visto con vida. ¿Por qué no la amenazas a ella? ¿Qué tengo que ver yo ahí? He cumplido con mi palabra; la he encontrado.

Dmitrii le dedicó una rápida mirada a su hermano, aunque sin apartar el arma de la chica, y cuando Serguei quiso pronunciarse, la voz de la ladrona se dejó oír como un eco que retumbó el aire.

—¿De verdad quieres saberlo? Porque puedo asegurarte que no fue bonito. —Dmitrii se volvió despacio hacia ella y se acercó como un depredador peligroso—. Fue rápido, eso sí. Al final no soy tan cruel. Fue un final épico para una vida mediocre, ¿no crees? —Chasqueó la lengua mientras negaba con la cabeza contemplando cómo sus ojos azules no dejaban de oscurecerse—. Si Nina no me hubiera encontrado, todavía tendrías a Sasha contigo, o, si hubiera sido un poco más lista, quizá ya tendrías la segunda gema, incluso puede que estuvieras yendo a por la tercera. Sin embargo...

—Sin embargo, ¡¿qué?! —Otro grito furioso que partió la noche por la mitad. La ladrona sonrió en respuesta—. ¡Mírate, joder! Estás en desventaja, podría matarte aquí mismo y nadie lloraría por ti.

—¿Te acuerdas de nuestra primera conversación? —contestó ella cambiando de tema, e hizo una breve pausa solo para echarle más leña al fuego—. Te advertí que no me tuvieras de enemiga. ¿Dices que estoy en desventaja? Demuéstramelo; vamos, dispárame —lo desafió dando un paso hacia delante—. Aprieta el puto gatillo.

Dmitrii detestaba que lo desafiaran y odiaba mucho más que estuviera haciéndolo una chiquilla a quien le sacaba diez años por lo menos. No era capaz de controlar la respiración agitada, de pensar con claridad, pues la única imagen que su mente repetía sin parar era la de su hombre cayendo de rodillas para decirle adiós a la vida. Ni siquiera se lo pensó dos veces cuando el dedo índice acarició el gatillo. Ya no le importaban la segunda gema ni la Corona; lo único que sentía era una rabia candente que brotaba de él y que le pedía acabar con la ladrona de guante negro.

Así que lo hizo; apretó el gatillo.

Y el sonido de la bala inquietó una vez más la tranquila noche.

La bala al aire que había lanzado el ruso en advertencia debería haber servido para paralizar a Aurora, pero esta, sirviéndose de la agilidad y rapidez que poseía, llegó hasta él para derribarlo y ejecutar la misma técnica que había empleado antes en el piso franco. El rostro del ruso tocaba el sucio pavimento debido a la rodilla que le aplastaba la mejilla mientras aprisionaba los dos brazos a su espalda y le ponía bajo el cuello un cuchillo que se había escondido bajo la ropa y que nadie había detectado.

Por primera vez en mucho tiempo, Serguei Smirnov se sintió descolocado y con un leve miedo recorriéndole las entrañas.

—Estás cometiendo un grave error —soltó Serguei. Nadie tocaba a su hermano y seguía con vida para contarlo.

—A lo mejor lo has cometido tú al subestimarme. —La ladrona de guante negro esbozó una diminuta sonrisa esperando que de un momento a otro la Stella Nera se presentara a su rescate, como una lluvia torrencial que no avisa, gracias a la ubicación que había activado en el móvil de ese tipo.

Y así fue.

Los hombres de Smirnov no dudaron en ponerse a cubierto mientras disparaban al grupo de vehículos que se aproximaba con rapidez. Aurora se agachó sobre el cuerpo de Dmitrii ante los primeros disparos, pero pronto reconoció al conductor que interponía el coche para protegerla. Stefan abrió la puerta y más disparos se sucedieron, pues Romeo, jactándose de su puntería, estaba haciendo que los rusos cayeran como moscas. La líder de la subdivisión, que se había bajado de otro coche, se acercaba a ella sin dejar de disparar, cubriéndole las espaldas. Las dos mujeres se dedicaron una mirada corta, un agradecimiento por parte de la ladrona por haber llegado a tiempo.

No obstante, los activos de los Smirnov habían empezado a responder con la artillería pesada; las balas de gran calibre se convirtieron en las protagonistas del baile olvidándose, por un momento, de que su jefe se encontraba en el bando contrario.

Los gritos de Serguei, los insultos y las órdenes lanzados en ruso inundaban el aire y se oían incluso por encima del potente sonido de las detonaciones. La ventaja con la que la organización italiana había empezado se iba desvaneciendo lentamente.

Aurora levantó a Dmitrii del suelo asegurándose de mantener firme el agarre alrededor de sus muñecas mientras acariciaba el filo de su navaja a la altura de la yugular. Empezaba a caminar despacio, consciente de las balas que aún volaban a su alrededor, mientras buscaba la mirada de Serguei, una distracción que la Stella Nera no dudaría en aprovechar.

Sin embargo, antes de que este hubiera podido abrir la boca y reclamar a su hermano, todos los presentes se congelaron ante el sonido de las sirenas de la policía que se acercaban con rapidez.

Otro *déjà vu*. Pero el de esa vez era real y el desconcierto provocó que aflojara el agarre alrededor de Dmitrii, que lo aprovechó para intercambiar las posiciones.

36

A pesar de que Jeremy le había prometido a Vincent que no avisaría al inspector, lo había hecho explicándole por encima el extraño comportamiento de su compañero durante las últimas semanas. Y Howard Beckett, que no escondía el cariño que tenía hacia el hijo de su amigo, no había tardado en reaccionar.

La sorpresa llegó cuando el inspector observó la ubicación en la pantalla, el punto que parpadeaba indicando la zona por la que el coche del detective se movía: en dirección a una vieja fábrica de azúcar que había cerrado hacía veinte años. Howard, más confuso que nunca, le había pedido explicaciones a Jeremy y este se había limitado a contarle sus sospechas: «Este idiota va de cabeza a una misión suicida sin refuerzos».

De haber sido otro agente, el inspector habría mandado a una patrulla a investigar, pero se trataba de su muchacho, a quien había visto crecer y consideraba parte de su familia.

No había dudado en reunir a un ejército policial, con él a la cabeza, y había sido cuestión de poco tiempo dar con Vincent, que, cuando observó las características luces por los espejos retrovisores, agarró con fuerza el volante mientras soltaba un par de maldiciones. Estaba a menos de medio kilómetro de la ubicación del móvil de Romeo y el sonido de las sirenas rebotaba con fuerza; no dudaba de que las dos organizaciones enfrentadas ya estuvieran subiéndose a los coches para escapar.

Chasqueó la lengua aumentando la velocidad mientras cruzaba el puente. Tenía que verla antes de que huyera, entender por qué había reaccionado así antes, dejarle claro que la policía no estaba ahí por él; porque aquello era personal y no permitiría que nadie se interpusiera entre ellos.

A lo lejos, se percató de la luz amarillenta; los faros de varios vehículos que pretendían desaparecer de la mirada de Howard Beckett, quien le pisaba los talones un kilómetro más atrás. Pero en aquel momento no tenía tiempo para lidiar con su superior; lo haría más tarde esperando que no lo suspendiera, o, peor aún, lo echara del cuerpo. Esa idea provocó que arrugara la frente y aceleró un poco más cuando empezó a percatarse de la situación.

Las ruedas chirriaron contra el asfalto haciendo que surgiera un humo blanco debido al frenazo; en menos de medio segundo abrió la puerta apuntando al hijo de puta que mantenía agarrada a Aurora por el cuello a punta de cuchillo. La sangre de Vincent hirvió y no dudó en reflejarlo en el grito que dejó escapar:

—¡Suéltala! —exclamó acercándose despacio mientras se encontraba con la rígida mirada de Aurora. Estaba asustada y ese temor se reflejó también en él.

Pero lo que Dmitrii Smirnov tenía en mente era lo opuesto a las exigencias del detective.

—¡¿O qué?! —lo retó, y no dudó en apretar la hoja de la navaja un poco más provocando que la ladrona soltara varios quejidos—. ¡¿Sabes lo que esta zorra me ha hecho?! ¡No des ni un puto paso más o me cargo a tu noviecita! Ah, no, espera. Voy a hacerlo de todas maneras...

La llegada de los demás coches policiales hizo que Dmitrii se callara. En aquel instante el rostro de Aurora se desconfiguró, pues los ojos de Howard Beckett hicieron contacto con los suyos.

—Vaya, vaya, Smirnov —vociferó el inspector con el arma en alto y colocándose a unos metros del detective—. ¿Qué tenemos aquí?

El ruso no desaprovecharía la gran oportunidad que se le había presentado.

—Beckett. Tiempo sin verte. Permíteme que te presente a Aurora, la ladrona de guante negro —confesó mostrando una pequeña sonrisa cargada de suficiencia.

El tiempo se detuvo; parecía como si respirar hubiera dejado de tener sentido, pues esas palabras, el título junto a su nombre, habían perdido todo el valor que una vez tuvieron.

Aurora se revolvió entre sus brazos; le daba igual que aquello le ocasionara un pequeño corte en el cuello. Ya nada importaba, su máscara había caído, se sentía desnuda de repente. Los fuertes latidos del corazón le retumbaban en la cabeza y parecía como si todas las miradas se hubiesen puesto de acuerdo para contemplarla: el rostro que se ocultaba tras la ladrona de joyas más buscada.

Se notaba mareada; sentía que de un momento a otro caería al suelo. Quería desaparecer, esconderse de la mirada hambrienta que en ese instante el inspector le estaba dedicando, feliz de que su reinado hubiese llegado a su fin.

«Nuestro final es inevitable, Aurora».

Con la sangre todavía rugiéndole en los oídos, la joven liberó uno de los brazos e hizo que el codo impactara contra el estómago de Dmitrii, que reaccionó doblegándose hacia delante. Y no se lo pensó dos veces cuando, en ese mismo segundo, agarró la navaja para clavársela en la carótida, una cruel, rápida y sangrienta venganza por haber hecho que su vida se acabara.

Dmitrii Smirnov cayó de rodillas y el grito de su hermano retumbó en la fábrica mientras sus hombres lo obligaban a marcharse.

Un nuevo caos se desataba mientras los vehículos restantes abandonaban el lugar dando pie a varias persecuciones. Grace y los dos italianos se subieron en su coche con Stefan liderando la huida, dejando que la líder intercambiara una mirada rápida con la ladrona, como si estuviera pidiéndole en silencio que se subiera a pesar de que el vehículo ya estuviera en marcha.

Pero Aurora negó con la cabeza y no dudó en subirse en el primer coche vacío que encontró. Aceleró provocando que las ruedas chillaran y esquivó un par de vehículos antes de que la oscura noche la engullera. No dejaba de repetirse la misma palabra una y otra vez. Necesitaba escapar. «Escapar, escapar, escapar». Su disfraz había caído y estaba segura de que el inspector movería cielo y tierra para dar con ella. Todas las comisarías se llenarían con su retrato robot y sería cuestión de tiempo que encontraran alguna fotografía. Ya se imaginaba los titulares que darían la vuelta al mundo durante días: «La ladrona de guante negro por fin ha sido capturada y se la trasladará a una prisión de máxima seguridad».

Dio un golpe al volante, y otro, y otro más. Esa no era la vida que quería, la que había elegido. Se negaba a que la encerraran entre cuatro paredes roñosas para que se pudriera allí el resto de su existencia. No, mil veces no. Aurora ansiaba volar, sentirse libre. Había fantaseado tantas veces con eso, con dejar atrás una vida de ataduras, que no podía evitar sentir un vacío en el corazón al ver que su plan se derrumbaba.

Trató de respirar, de calmarse; tenía que huir y alejarse cuanto le fuera posible. Acarició una vez más el pedal y el coche cobró vida, aunque no tardó en percatarse por el retrovisor del vehículo que conducía pegado a ella. La había seguido con los faros apagados y lo tenía respirándole en la nuca. Y no podía tratarse de nadie más que de Vincent Russell.

Un cúmulo de sentimientos impactó de lleno en ella causando que miles de recuerdos se proyectaran a la vez: su primer encuentro en ese club; los bailes que habían protagonizado dejando que sus miradas se negaran a romper el contacto; las caricias; los encuentros fortuitos; la tensión que ambos respiraban cada vez que se producía cualquier mínimo roce entre ellos; las conversaciones inconclusas, unas más íntimas que otras; el deseo del detective de seguir conociéndola; el placer de ella cuando colocaba la cabeza sobre su pecho y escuchaba el latir de su corazón...

Como si hubiera compartido la mitad de una vida a su lado.

Pero su tregua se había roto y el lazo que los había unido ya no existía.

En lo único en lo que podía pensar era en escapar, en alejarse de él y de los meses que había compartido a su lado. Su fin había llegado, aunque había sido antes de lo que había creído.

«Nuestro fin es inevitable, Aurora». Lo era, siempre lo había sido y siempre lo sería.

Trató de acelerar al ver que Vincent se colocaba en paralelo; había bajado la ventanilla y no dejaba de mover los labios, como si intentara decirle algo. Vincent gritaba, pero ella no podía oírlo; el miedo iba apoderándose cada vez más de sus ojos. La velocidad era excesiva y el detective no podía quitarse el mal presentimiento que había estado acompañándolo desde que había salido del hospital.

Él seguía gritando, pidiéndole que por favor frenara; sentía que el corazón le temblaba, las manos se agarraban con fuerza alrededor del volante mientras desviaba la mirada una y otra vez hacia Aurora. Tenía que parar, debía conseguir que la ladrona frenara. Pero el puente no dejaba de acercarse con rapidez. Soltó otro grito que intentó atravesar el ruido de los dos motores, pero Aurora seguía sin escuchar.

Más gritos, más miradas... Hasta que una de ellas, la última que la ladrona le había dedicado, hizo que el detective perdiera por un momento el control del volante. Un solo segundo que bastó para que se produjera una minúscula colisión. Y a esa velocidad cualquier roce era capaz de desatar la catástrofe, como cuando se le acarician los pétalos a una flor para arrancárselos después.

El tiempo pareció volver a detenerse cuando el coche de Aurora se descontroló e impactó contra la barandilla del puente, destrozándola, para caer al vacío. A Vincent le pareció vivir la escena a cámara lenta; lo que realmente se detuvo fue su corazón.

Apretó el pedal del freno con todas sus fuerzas, haciendo varias marcas en el asfalto. Su mente no era capaz de asimilar lo que acababa de suceder. Había caído, su coche había caído y él había sido el responsable.

—¡AURORA! —gritó, y consiguió que el sonido atravesara incluso la espesa niebla. Se acercó al agujero de la barandilla esperando dar con ella, pero no aparecía. El agua del río envolvía el coche mientras este se hundía, pero ella seguía sin aparecer—. ¡AURORA!

El cuerpo le temblaba.

Tenía que llegar hasta ella, tenía que encontrarla. No era capaz de pensar con claridad mientras esa imagen se repetía: Aurora cayendo hacia el abismo, ahogándose, luchando por su vida. Tenía que encontrar la manera de bajar hasta ahí, así que empezó a correr hasta atravesar el largo puente mientras buscaba algún camino viable que lo condujera hasta abajo. No tardó en dar con él; sus pies volaban mientras trataba de recordar el punto en el que había caído el vehículo. «Aguanta; por favor, aguanta». No podía morir, ella no. No podía permitir que desapareciera de su vida, que desapareciera de este mundo por su culpa. «Aguanta».

Pero la corriente era fuerte, peligrosa y, sobre todo, traicionera. Incluso aunque consiguiera salir...

Vincent llegó a la orilla sudando frío y con la respiración sumamente acelerada. No había rastro del vehículo ni de ella.

El corazón del detective se detuvo mientras esperaba a que, de un momento a otro, ella apareciera.

—Aurora, vamos. ¿Dónde estás? —susurró sin querer mientras hundía las manos entre los mechones cortos del pelo—. Vamos, joder. —No quería creérselo. Se negaba a hacerlo. Ella no...—. ¡Aurora! —volvió a exclamar mientras notaba que su mirada se inundaba con las lágrimas que se había negado a soltar hasta entonces—. Por favor, por favor... —suplicó en medio de un suspiro mientras se secaba el rostro con fuerza, acercándose de manera inconsciente al borde del río.

Pero seguía sin haber rastro de la ladrona.

—¡¿Dónde está?! —gritó alguien sorprendiendo al detective. Se trataba de Stefan—. ¡¿Qué coño ha pasado?! —La rabia se entremezclaba con su voz mientras lo agarraba por el cuello de la camiseta; estaba fuera de sí—. ¿Dónde está Aurora? Hemos visto el destrozo en el puente; dime dónde cojones está. —Respiraba de manera acelerada mientras intentaba contenerse para no darle un puñetazo—. ¡Di algo, joder!

La exigencia hizo que Vincent reaccionara apartándolo de un empujón. Stefan intentó acercarse de nuevo, pero los brazos de Romeo lo rodearon impidiéndoselo. Grace se colocó entre ellos.

—Sucedió muy rápido, yo no quería que pasara. Ella no... —La voz del detective se apagó cuando, sin querer, su mirada volvía a perderse hacia el punto donde el coche había desaparecido.

—Es imposible que alguien sobreviva a esa caída y con esa corriente —pronunció la colombiana—. Tenemos que irnos.

—¡Y una mierda nos vamos! —respondió Stefan mientras se retorcía entre los brazos de su compañero—. Suéltame, joder. Aurora no está muerta, ¿me oís? No puede estarlo. ¡Suéltame de una puta vez! —insistió una vez más consiguiendo deshacerse de su agarre—. Es de Aurora de quien estamos hablando. Hay que buscarla.

—Stef... —murmuró Romeo mientras le apoyaba una mano en el hombro y negaba con la cabeza—. Grace tiene razón.

—Pero es Aurora... —insistió con la voz rota, notando el ardor en la garganta—. Siempre tiene un plan B, no puede... Joder. —Se llevó las manos a la cara para arrancarse las lágrimas de las mejillas—. ¿Se puede saber por qué cojones has llamado a la policía? Se suponía que estabas de nuestro lado, hijo de la gran puta —exclamó en el mismo instante en el que su puño impactaba contra la mejilla del detective—. Ella acepta confiar en ti, en un puto policía, ¿y tú lo mandas todo a la mierda? Y ahora qué, ¿eh? ¡¿Y ahora qué?!

—Stefan, ya —ordenó la líder, y se dirigió por una última vez a Vincent—. Esto es lo que pasa cuando juntas dos mundos tan diferentes. Tendría que haberse mantenido al margen o haberla esposado cuando tuvo oportunidad, ser un verdadero policía, pero ni modo... Si hubiese hecho lo que le correspondía, al menos aún estaría viva.

Grace no dijo nada más y los tres miembros de la organización desaparecieron segundos más tarde. Sus palabras se le habían quedado grabadas mientras observaba la furia del río, que se dirigía con rapidez hacia el océano. «Al menos, aún estaría viva».

Otra lágrima se le deslizó por la mejilla, aunque no dudó en limpiársela con rabia. Se había ido y todo había sido por su culpa.

Empezó a caminar de regreso hacia su coche, dándose cuenta de que Howard se encontraba ahí con un par de vehículos de la policía, inspeccionando la zona del choque.

—Vincent.

—Ahora no.

—Tengo que saber qué ha pasado —sentenció.

—Se ha acabado. Avisa a la prensa. Tienes la noticia que siempre habías querido: la ladrona de guante negro ha muerto. Enhorabuena, inspector.

Ni siquiera permitió que su superior respondiera. Todo había acabado.

Y ya no había nada que él pudiera hacer.

37

La noticia de la muerte de la famosa ladrona de joyas había dado la vuelta al mundo varias veces; los medios, la prensa y, sobre todo, las redes sociales no habían hablado de nada más. Parecían enfermos tratando de satisfacer su morbosa curiosidad. Y el detective estaba harto de tener que esconderse de los molestos periodistas.

«Fin de la era de la ladrona de guante negro».

«Vincent Russell, el detective que ha conseguido atraparla después de que haya pasado cinco años robando las joyas más extravagantes. ¿Dónde están esas joyas ahora?».

«No se ha vuelto a saber nada del Zafiro de Plata».

«El cuerpo de Aurora, la ladrona de guante negro, aparece dos días más tarde».

«La muerte de Dmitrii Smirnov causa estragos en la empresa familiar».

Vincent apagó la televisión mientras dejaba escapar un largo suspiro. Los mismos titulares que solo cambiaban alguna palabra por otra similar; noticias que se repetían hasta el cansancio; preguntas que no dejaban de hacerle y cuyas respuestas siempre eran las mismas.

Necesitaba que el mundo se olvidara de Aurora para

poder hacerlo él también. Sin embargo, lo dudaba, pues tenía un recordatorio constante que no dejaba de pasearse por su apartamento buscando su próxima distracción. Después de que, sin éxito, hubiera intentado contactar con Romeo, no había tenido más remedio que quedarse con Sira; la gata maullaba por las noches, por el día también, y a veces se quedaba horas esperando delante de la puerta con la esperanza de que su dueña apareciera de un momento a otro.

Pero ella no lo haría, y no podía evitar sentir cierta tristeza al pensar que, igual que él, Sira también la había perdido.

Se levantó del sofá para agacharse junto a la gata y la acarició por detrás de las orejas; no había tardado mucho en percatarse de que le gustaba, así que la oyó ronronear mientras pasaba la mano por su pelaje negro, con cuidado de no tocar los diamantes de su collar, pues se ponía arisca.

—Igualita que ella —susurró, aunque tensó la mandíbula sin poder evitarlo.

El pecho seguía doliéndole, sobre todo cuando llegaba la hora de dormir y observaba el lado vacío de la cama. Todavía no se había hecho a la idea de que ya no volvería a verla. Le resultaba extraño, como un sentimiento que se queda vacío, sin vida. «El amor duele, Aurora».

Había transcurrido cerca de una semana desde el accidente del puente y él aún no se había hecho a la idea de que esa mirada que le había regalado había sido la última. Todavía recordaba el miedo en sus ojos, la angustia de cuando el ruso la había descubierto delante de Howard, la persecución que había acabado con su vida...

Negó con la cabeza tratando de borrar todo aquello. No ganaba nada con seguir lamentándose. Aurora había muerto y él tenía que aceptarlo. Fin de la historia.

Se concentraría en estar junto a su padre, que se recuperaba despacio, pues, a pesar de que la operación había ido bien, debía seguir con la rehabilitación si quería recuperar la funcionalidad de la pierna. Aún no habían hablado de lo sucedido, ya que el detective se negaba cada vez que él sacaba la conversación. Lo hablarían más tarde, quizá, cuando él se sintiera preparado, aunque no sabía cuándo llegaría a estarlo. Hablar sobre la ladrona le despertaba un sentimiento extraño, como si la muerte y la vida se encontraran de cara.

Pero Aurora ya no estaba y ese sentimiento, que confirmaba que su corazón había llegado a pertenecerle, lo ahogaba por momentos, como si estuviese inmerso en un mar de angustia; el mismo en el que el cuerpo de la ladrona había aparecido días más tarde, flotando cerca de un embarcadero. La policía había sacado su coche del agua a la mañana siguiente y los forenses la habían identificado volviendo su muerte oficial.

Él no había querido acercarse mientras sacaban el cuerpo del agua. Se había mantenido lejos, con las manos en los bolsillos y contemplando por última vez su pelo negro, mojado y lleno de suciedad bajo la luz dorada del atardecer, antes de que subieran la cremallera del saco.

Con la autopsia confirmada, el caso de la ladrona de joyas quedaba resuelto y una nueva etapa se abría camino. No obstante, el misterio en torno a sus numerosos golpes, sobre todo el del Zafiro de Plata, que Vincent suponía que los italianos mantenían bajo custodia, seguía siendo un tema candente.

Aquel pensamiento había hecho que se preguntara por el paradero de la Lágrima de Ángel, el brazalete de topacios, pues no había vuelto a saber de él desde la última vez que Aurora había estado en su apartamento. Lo más probable era que Giovanni también lo tuviera en su poder y que la búsqueda de la tercera gema continuara, aunque sin él.

Vincent no quería volver a saber nada; había dejado de importarle y le daba igual que esa corona todavía estuviera perdida en alguna parte del mundo, esperando a que alguien la completara.

Sin Aurora, sin su compañera, esa búsqueda había dejado de tener sentido, igual que lo había hecho una parte de su vida. Su fin había llegado y ansiaba que llegara el momento en que su recuerdo dejara de doler, porque ese amor que había descubierto que sentía por ella no había dejado de latir.

Su corazón, en cambio, sí.